LE GLAIVE ET LES AMOURS

ROBERT MERLE

Fortune de France XIII

Le Glaive et les Amours

ROMAN

ÉDITIONS DE FALLOIS

À Nicole

CHAPITRE PREMIER

Il n'est, lecteur, que tu ne te ramentoives que le huit octobre 1634, Gaston d'Orléans, frère cadet du roi de France, s'était réfugié aux Pays-Bas espagnols après la défaite que Louis avait infligée au duc de Lorraine. Il s'y trouva bien traité de prime, mais la guerre entre la France et l'Espagne devenant menaçante il sentit, à certains indices, qu'il n'était plus l'hôte des Espagnols, mais leur otage. Il décida alors de quitter Bruxelles comme il avait quitté précédemment la France : en catimini.

Ce fut, de nuit, une belle cavalcade de Bruxelles à La Capelle, la citadelle française la plus proche de la frontière. Gaston y fut reçu non sans quelques difficultés. Pour ma part, j'y devins, comme on sait, mal allant, souffrant d'un catarrhe et d'une petite fièvre. Gaston, pressé de se présenter à Louis, ne pouvait attendre que je fusse rebiscoulé, et eut la bonté de me venir faire ses adieux dans ma chambre. Une fois de plus, il me mercia chaleureusement de lui avoir apporté, non sans périls pour ma personne, le passeport royal qui lui avait permis de revenir en France.

Toutefois, comme à ma grande surprise il paraissait quelque peu malheureux et déquiété, j'osai lui demander s'il n'était pas heureux de retrouver la douce France.

— Si fait ! dit-il. J'en rêve ! Mais je redoute l'accueil que me fera le roi mon frère.

— De grâce, Monseigneur, dis-je, ne concevez pas cette crainte. Louis vous recevra à bras déclos tant il est heureux de vous revoir et aussi parce que votre retour en France va refaire l'unité de la famille royale face à la guerre qui nous menace.

Mais, comme maugré mes assurances Gaston me paraissait encore très troublé, je me décidai de lui en demander doucement le pourquoi. Et tout soudain, à ma grande stupeur, un gros sanglot le secoua et les larmes coulèrent sur ses joues, grosses comme des pois. Je détournai la tête pour lui laisser le temps de s'apazimer, et dès qu'il eut séché ses pleurs, j'osai lui demander s'il n'y avait pas dans son retour une circonstance que j'ignorais, et qui serait telle qu'il n'oserait pas en parler au roi.

— Hélas ! dit-il d'une voix basse et contrite, c'est tout justement le cas et même à vous j'ose à peine le dire. Dieu bon ! Quelle folie fut la mienne ! A peine eus-je jeté l'œil sur la sœur du duc de Lorraine que je conçus pour elle un amourachement tel et si grand que, sans du tout consulter le roi mon frère, je l'épousai.

— Vous l'épousâtes ! dis-je béant, sans consulter le roi votre frère aîné ! Sans obtenir de lui son consentement ! Mais c'est quasiment, pardonnez-moi de le dire, un crime de lèse-majesté !

— Mais son consentement, je ne l'eusse jamais obtenu, dit Gaston amèrement, le duc de Lorraine étant de longue date le plus encharné ennemi de la France !

Tout du même, m'apensai-je, c'était là une incrédible insolence à l'égard de Louis, et comment Louis pourrait-il jamais pardonner à son cadet pareille écorne ?

— Monseigneur, dis-je au bout d'un moment, peux-je vous poser une question délicate ?

— Faites, faites, dit Gaston, se raccrochant à moi en sa détresse. Je vois bien que vous êtes mon ami.

— Vous avez parlé d'amourachement au sujet de la princesse de Lorraine. N'est-ce pas là un sentiment un peu limité ?

— Nenni ! Nenni ! dit Gaston avec force, je

11

l'aime de grande amour ! Je l'aime du bon du cœur ! Je suis d'elle quasiment rassotté ! Et même le verbe « aimer » me paraît faible au regard de ce que j'éprouve pour elle ! Ce fut un crève-cœur pour moi de la laisser à Bruxelles à mon départir. Mais d'évidence, montant en amazone, elle n'eût pu supporter la rudesse de notre folle chevauchée jusqu'à La Capelle.

— Autant dire que vous n'accepteriez mie de vous séparer de votre épouse si le roi l'exigeait.

— Fi donc ! s'écria Gaston l'œil enflammé, ce serait à l'égard de ma tant aimée une abjecte forfaiture et je n'y consentirai jamais.

— Dès lors, attendez-vous à ce que le roi et Richelieu remuent ciel et terre pour vous démarier sans votre consentement.

— Mais est-ce Dieu possible ?

— Hélas, oui, Monseigneur ! Tout est possible aux puissants. Et selon la loi canonique, il suffirait que le roi convoque, l'une après l'autre, deux assemblées d'évêques et que l'une et l'autre décrètent la nullité de votre mariage pour que cette nullité soit valable.

— Et je serais alors sans recours aucun ?

— Si fait ! Mais il faudrait que le pape s'empare de votre cause et se prononce sur elle. Ce qui demanderait des mois, peut-être des années.

Après le départ de Gaston, je demeurai deux jours encore à La Capelle pour me rebiscouler de mon catarrhe, mais si vite que je galopai ensuite avec Nicolas sur les chemins de France je parvins trop tard à Saint-Germain-en-Laye pour assister aux retrouvailles du roi avec son cadet. Elles ne me furent contées que plus tard, au Louvre, par la princesse de Guéméné.

Comme ce personnage féminin apparaît pour la première fois dans mon récit, je voudrais céans en toucher mot, en priant le Seigneur que Catherine ne lise mie ce passage de mes Mémoires. Car bien que ma relation avec la marquise fût irréprochablement chaste, ma Catherine, comme il apparut bientôt, prenait ombrage de cette amitié. Fort heureusement, Catherine ne mettait les pieds à la Cour que lors des cérémonies qui y commandaient sa présence, alors que Madame de Guéméné y avait son appartement — grandissime faveur royale due aux éclatants services que son défunt mari avait rendus à Sa Majesté.

A mon sentiment, si un homme aime le *gentil sesso*, il aime toutes les femmes, quel que soit leur âge, bien que de façon différente. Je trouve grand plaisir à envisager une garcelette de quinze ans sans l'approcher jamais. Et je puis trouver de l'agrément et éprouver de l'affection pour une dame que bien des gentilshommes dédaigneraient, parce qu'elle a passé, selon eux, l'âge de plaire. Je me ramentois avoir éprouvé

13

à Bruxelles des sentiments de tendresse pour l'infante Claire-Isabelle Eugénie et avoir versé des larmes amères quand la généreuse princesse mourut.

Pour en revenir à Madame de Guéméné, son mari commandait un régiment royal pendant la campagne d'Italie. C'est là que je l'encontrai pour la première fois, et le trouvant fort honnête homme, je devins son ami. Ce fut une amitié bien courte, car à la prise de Suse, alors même que les Savoyards en leur désordonnée déroute tiraient si peu et si mal, la méchantise du hasard fit qu'une de ces balles frappa le prince de Guéméné en plein cœur.

J'en fus excessivement affligé, et ne voulant pas que la veuve apprît une nouvelle tant affreuse par ce qu'on appelait « le courrier des veuves », je lui écrivis une longuissime lettre, qui en sa détresse la toucha fort, et fit qu'elle me répondit à son tour par une missive des plus touchantes. Je me souviens que, lorsque je reçus cette lettre, je ne laissais pas de la lire avec admiration, tant il m'apparut qu'il n'y a que les femmes pour sentir bien l'amour, peut-être parce que pour elles c'est toute leur vie, alors que pour l'homme c'est une chose à part.

Quand à mon retour de Bruxelles j'allai visiter sur les onze heures du matin Madame de Guéméné dans son appartement du Louvre, elle avait terminé, entourée de ses chambrières, le testonnement de ses cheveux et le pimploche-ment de son visage, et siégeait sur une chaire à bras en tous ses atours. Cependant, m'asseyant à son invitation sur un tabouret en face d'elle, je m'aperçus qu'elle n'avait ni bas, ni escarpins, une curatrice aux pieds, à genoux devant elle, lui coupant les ongles, ce qui provoquait chez notre belle patiente des soupirs, des petits cris et des petites mines souffrantes dont aucune, tou-tefois, ne l'enlaidissait. Je fus charmé d'être admis en cette intimité féminine, petits cris et soupirs inclus.

Madame de Guéméné, très attentive aux efforts de la curatrice aux pieds, ne regardait qu'elle. Quant à moi, mon regard ne laissait pas de s'égarer quand et quand sur la légère robe du matin dont Madame de Guéméné était revê-tue et d'autant qu'elle était décolletée, je ne dirais pas généreusement, mais en tout cas sans aucune pingrerie.

La curatrice aux pieds, ayant terminé son ouvrage, se retira enfin avec de grandes révé-rences à Madame de Guéméné, et non sans me jeter au passage un regard rapide et apparem-ment discret. Demeuré seul avec Madame de Guéméné, je ne laissai pas de lui faire de prime de grands compliments sur la joliesse et la peti-tesse de ses pieds.

— Mon cher duc, dit-elle, c'est merveille comme vous savez redonner du cœur aux dames. Ce matin, ayant découvert en me pimplochant le début d'une nouvelle ride sous les yeux, j'étais au désespoir et me demandais s'il ne serait pas temps de me retirer loin des hommes et du monde, dans un couvent, sans prendre le voile bien entendu. Car pour parler à la franche marguerite, je n'aime guère les nonnes. Je trouve que ce fut une décision à la fois bien sotte et bien impie de se refuser à Adam, quand on est Ève, le Créateur nous ayant faits si visiblement l'un pour l'autre. En bref, quelle mélancolie n'était pas la mienne quand vous apparûtes, mais grâce à Dieu, c'était l'épée à la main pour trancher le col à mes noires tristesses.

— Cependant, dis-je, je n'ai fait que dire la vérité en célébrant la beauté de vos pieds, et pour peu que vous me le permettiez, Madame, j'aimerais les baiser et je les baiserais dévotement.

— Nenni, nenni, duc, dit Madame de Guéméné comme effrayée, si vous faisiez cela, le serment que nous avons fait ne tiendrait peut-être pas très longtemps tant j'ai appétit à vos tendresses.

Je ne saurais dire si c'était là un ferme refus de mes caresses verbales ou une invitation à les continuer. Dans le doute, je décidai d'enterrer le sujet et demandai à Madame de Guéméné comment s'étaient passées les retrouvailles de Gaston et du roi, puisqu'elle était alors à Saint-Germain-en-Laye avec la Cour, et moi, pendant ce temps-là, comme le lecteur s'en souvient, sur les grands chemins de France.

— Il va sans dire, dit-elle, que bien que je fusse logée à Saint-Germain, je n'assistai pas aux retrouvailles qui eurent lieu en la chambre du roi, mais elles me furent contées ensuite successivement par les ducs de Longueville, de Montbazon, et de Chaulnes.

— Madame, dis-je, je ne savais point que vous connaissiez tant de ducs !

— Mais celui que vous savez, dit-elle avec un sourire, est celui que j'aime le plus, et aucun d'eux n'est intime assez avec moi au point de célébrer la beauté de mes pieds. Cet éloge du reste, d'ores en avant, vous sera réservé.

— Madame, j'espère me montrer digne de cette insigne faveur.

— Dès lors, n'y manquez pas. Mais finissons-en avec ce badinage, si plaisant qu'il soit pour moi et sans doute aussi pour vous. Et venons-en aux retrouvailles royales. Comme dit mon confesseur, elles furent *édifiantes*...

« Gaston, me dit-on, paraissait quelque peu trémulant en pénétrant dans la chambre où le roi

17

l'attendait, et fut un petit moment avant de pouvoir articuler le premier mot.

« — Monsieur, dit-il enfin, en fléchissant le genou devant son frère aîné, je ne sais si c'est la crainte ou la joie qui m'interdit la parole. Mais il ne m'en reste à présent que pour vous demander pardon de tout le passé.

« A cette phrase élégante, le roi répondit, lui aussi, fort élégamment :

« — Mon frère, je vous ai pardonné. Ne parlons plus du passé, mais seulement de la joie que je ressens très grande de vous revoir.

« Quelques instants plus tard, Richelieu pénétra dans la chambre avec un air de bonhomie qu'on ne lui avait jamais vu.

« — Mon frère, dit alors le roi, je vous prie d'aimer Monsieur le cardinal.

« Comme il fallait s'y attendre, la réponse fut évangélique.

« — Monsieur, dit Gaston à son aîné, j'aimerai d'ores en avant le cardinal comme moimême, et suis résolu de suivre en tout ses conseils.

— Parla-t-on, dis-je, en cette première rencontre, de ce malencontreux mariage avec Marguerite de Lorraine ?

— Une phrase à peine y suffit, avec beaucoup de tact. Elle fut dite par Richelieu : le mariage de Gaston sera envisagé « selon la législation en vigueur », phrase évasive, dont, tout à sa joie des retrouvailles avec son aîné, Gaston se contenta.

« Voilà qui m'étonne !

— Voilà qui ne m'étonne pas, dis-je. Gaston, bien qu'il ait beaucoup d'esprit, est une tête légère et joueuse.

A ce qu'on m'a dit, au moment de marier Marguerite de Lorraine, il jubilait du mauvais tour qu'il jouait à son frère, sans mesurer pour Louis, pour lui-même et pour le royaume, les lourdes conséquences de ce mariage. Se retrouvant en France, il est si radieux qu'il en oublie l'absence de son épouse. Après quatre ans d'exil volontaire, il retrouve Paris, ses amis, ses amies, les paresses des jours, et les fêtes de ses nuits. Qui plus est, le roi lui donne quatre cent mille livres pour payer ses dettes anciennes et ses plaisirs nouveaux. Un si grand boursicot valait bien qu'on aimât le roi et le cardinal « comme soi-même »...

Je m'aperçois que, tout au récit que je faisais au lecteur, j'ai omis de décrire Madame de Guéméné et, lecteur, tu y aurais certes perdu prou.

Elle avait passé trente ans, cela est sûr, et se peut davantage, mais il n'y paraissait pas, tant à la différence de nos hautes dames, paresseuses comme chattes sur leurs couches damassées, Madame de Guéméné prenait soin de sa « guenille », comme disent nos dévots, lesquels du reste ne sauteraient pas un seul repas pour rejoindre plus vite leur Créateur.

En ce siècle de goinfres (du moins à la Cour), Madame de Guéméné mangeait peu, ne croquait jamais de sucreries, buvait plus d'eau de source que de vin, et se donnait beaucoup de mouvement. Quand je la vis dans son château de Bretagne, où elle nous avait invités, Catherine et moi, je fus surpris de la voir nager dans son étang et trotter sur sa jument tous les jours que Dieu faisait. Elle ne montait pas à l'amazone, mais audacieusement comme un homme, et comme cette assise eût fait jaser d'elle, Madame de Guéméné ne galopait que sur ses terres et dans ses champs, afin de ne pas offenser la pudeur des aregardants.

Madame de Guéméné, lecteur, n'avait pas que de jolis pieds. Elle avait aussi beaucoup d'esprit, sans jamais tomber dans la mesquine méchantise de nos pimpésouées de cour. Bien je me ramentois qu'elle me dit un jour qu'en son opinion une femme ne pouvait jamais être heureuse en ménage, opinion qui me laissa béant et que je lui demandai de justifier. A quoi elle sourit, et dit :

— Si le mari est aimé des femmes, son épouse vivra dans les inquiétudes. Mais si son mari n'est pas aimé des femmes, elle ne saurait être heureuse avec lui.

Le lendemain de cet entretien avec Madame de Guéméné, Nicolas vint me dire, sur les dix heures du matin, qu'un petit vas-y-dire avait toqué à l'huis, et l'huis entrebâillé, dit qu'il me voulait voir, et moi personnellement. « Que voilà, m'apensai-je, un exigeant messager. »

Toutefois, la curiosité me poussant, je gagnai l'entrant et j'y vis un petit galapian d'une dizaine d'années, hirsute et sale, mais l'œil fort éveillé et la parladure étonnamment rapide.

— Monseigneur, dit-il, le révérend docteur médecin Fogacer vous fait dire qu'il aimerait, si cela vous convient, vous venir voir ce jour d'hui, avant ou après le dîner.

— Fi donc de ces cérémonies ! dit Catherine que la curiosité avait fait accourir dès le premier toquement de l'huis. Dites à notre ami qu'il vienne donc dîner ce jour d'hui chez nous sur le coup de midi.

— C'est bien, dit le galapian, je vas-y-dire.

Je lui tendis alors une piécette, mais de prime il noulut la prendre, disant qu'il était déjà payé par le chanoine. Cependant je n'eus qu'à insister une seule petite fois pour qu'il saisît la pièce d'une main avide, mais pas trop propre. A mon grand étonnement, il la fourra incontinent dans sa bouche. J'en conclus qu'il craignait, revenu chez lui, d'être dépouillé de ses gains par ses parents. Je lui demandai alors s'il avait faim et il me dit, d'une voix sourde en tapotant sa joue gonflée de ma piécette :

— Plus maintenant, Monseigneur.

Ce qui, je suppose, voulait dire qu'à peine sailli hors, il allait courre s'acheter une galette et, caché dans quelque recoin pour échapper aux autres galapians, il pourrait croquer ladite galette avec une lenteur délicieuse.

Ma Catherine était raffolée de Fogacer qui le lui rendait bien, sans que j'en prisse ombrage, le lecteur sait bien pourquoi. Fogacer vint accompagné, comme toujours, par son joli petit clerc que Nicolas détestait, l'appelant, hors d'ouïe, *niquefredouille*, ou *coquefredouille* et autres méchants mots dont on accable ordinairement les filles.

Je ne saurais dire exactement à quoi tenait cette hostilité de Nicolas à l'égard de cet inoffensif petit clerc, sinon qu'ayant été déniaisé depuis peu en un tournemain par la Zocoli, il se paonnait fort, depuis, de sa virilité, au point de n'avoir que dédain pour les puceaux et les bougres[1].

Je me souviens qu'au cours de ce dîner, Fogacer nous fit rire jusqu'aux larmes en imitant les babils de nos pimpésouées de cour. Ce qu'il faisait en prenant comme elles une voix de tête

1. Homosexuels.

avec des grâces et des petites mines que n'eussent pas reniées nos précieuses.

C'est seulement le dîner fini, quand nous fûmes retirés dans le petit salon pour y parler au bec à bec, que Fogacer se découvrit. Il me posa *sotto voce*[1] quelques questions sans me cacher le moindrement qu'il en ferait connaître les réponses au nonce apostolique, lequel, par courrier épiscopal, les ferait tenir au pape. Il va sans dire que je fusse demeuré l'oreille sourde et la langue muette, si ces confidences n'avaient pas été autorisées par Richelieu, lequel, au préalable, avait pris soin de me préciser les limites de ma franchise.

— Mon cher duc, dit Fogacer, puisque vous allâtes en grand secret à Bruxelles pour remettre à Gaston le passeport du roi, vous avez dû voir les favoris qui l'entourent.

— Eh bien, mon cher Fogacer, que voulez-vous savoir d'eux ?

— Leur nombre et leurs noms.

— Ils sont six et le principal se nomme Puylaurens. Il y en a d'autres, mais de grâce ne surmenez pas vos mérangeoises à tâcher de retenir tous ces noms. Je vous les jetterai sur le papier avant que vous ne départiez.

— La grand merci. Et qui sont ces gens-là ?

1. A voix basse (lat.).

— Vous voulez dire de leur naturel ?

— Oui-da.

— Taillés, me semble-t-il, sur le même modèle que leur maître : indolents, commençant tout et ne finissant rien, et en définitive dansant comme des bouchons à la surface de la vie.

— On répète, céans, qu'ils sont les mauvais génies de Gaston et ne lui donnent que de mauvais conseils.

— Oh, pour cela, il se les donne bien tout seul ! Disons que ses favoris renchérissaient sur eux.

— On dit que Richelieu va faire de Puylaurens un duc. N'est-ce pas un paradoxe ?

— Il l'a fait déjà. Il ne va pas tarder à le défaire. Richelieu espérait que Puylaurens, comblé de ses faveurs, déciderait Gaston à se démarier. En quoi Richelieu, tout grand génie qu'il soit, s'est trompé. Etant lui-même si hostile au *gentil sesso*, il ne peut entendre, ni même concevoir, à quel point un homme peut être attaché à une femme. Et c'est bien ainsi qu'il en fut de Gaston.

— Donc Puylaurens échouera dans sa mission.

— Si tant est même qu'il s'y essaie.

— Et que fera alors Richelieu ?

— Mais, bien entendu, il le cassera.

— Pouvez-vous me dire un mot sur l'humeur du roi ?

— Comme tous ceux dont la vertu est solide et même un peu rigide, Louis est déçu par la conduite de ses sujets et, désespérant de les changer, il tombe assez souvent dans la mélancolie. Il a été très déçu que sa campagne pour modérer le luxe des vêtures à la Cour ait si évidemment échoué. D'autre part, conscient que la guerre était proche, il a convoqué le ban et l'arrière-ban de sa noblesse, et l'appel, hélas, a encontré peu de succès, nos beaux gentilshommes des campagnes françaises préférant les aises et les loisirs de la vie domestique au périlleux métier des armes. Le roi fut fort déçu par leur abstention, se plaignit amèrement de la « légèreté » des Français, et dans son ire alla même jusqu'à me dire qu'il enlèverait à ces nobles la noblesse qu'ils ne méritaient plus.

— Le fera-t-il ? dit Fogacer en levant les sourcils.

— Nenni. Comment oserait-il annuler un titre donné par les souverains qui l'ont précédé sur le trône de France, se peut même par son propre père ?

« Autre déception pour notre pauvre roi. Il vient d'apprendre qu'en dépit d'un édit qui lui tient à cœur et qu'il rappelle tous les ans, un de ses mousquetaires a tué en duel un nommé Daubigny. Sans tant languir, ledit mousquetaire ainsi que les *seconds* furent serrés en geôle.

— Leur coupera-t-on la tête ?

— C'est peu probable. Le roi se contentera pour les *seconds* d'un séjour à la Bastille. En revanche le mousquetaire sera chassé du corps d'élite auquel il appartient.

— Monseigneur, reprit Fogacer, quel est à'steure, et à votre sentiment, le souci majeur de Louis ?

— Les Impériaux[1] et la frontière de l'Est, et aussi, bien entendu, la frontière du Nord. Raison pour laquelle Louis a quasiment annexé la Lorraine et, sur la prière des Alsaciens, occupé et fortifié leurs villes. Poussant plus loin les choses, il s'empara de Spire, ville impériale depuis 1294.

— Et l'empereur ne réagit pas ?

— L'empereur attend son heure.

— Est-ce que Spire a pour Louis une importance stratégique si grande ?

— Assurément. Grâce à Spire il n'aurait qu'à passer le Rhin pour pénétrer en Allemagne.

— Mon cher duc, dit Fogacer, j'ai encore une question à vous poser, c'est la dernière, mais se peut la plus délicate : où en sont les amours de Louis avec Mademoiselle de Hautefort ?

1. Les Autrichiens.

26

— Si j'inclinais à la raillerie, je vous dirais qu'il l'aime comme un ange du ciel. Mais dauber le roi à ce sujet, comme font les pimpésouées de cour, ne me convient pas du tout. Voici ce qu'il en est. Il aime cette fille comme un ange du ciel et ne la touche jamais. C'est à peine s'il ose, quand il converse avec elle, s'approcher d'elle d'une demi-toise. Pourtant, il l'aime de grande amour ! Lui qui a toujours déprisé le luxe, raillé le train de vie magnifique du cardinal, fait de son mieux pour modérer les dépenses somptuaires des courtisans, il se vêt maintenant avec la dernière élégance, sans épargner pécunes. Il visite sa belle tous les jours que Dieu fait. Il se pique de jalousie quand de hauts seigneurs courtisent Mademoiselle de Hautefort. Il demande à des poètes de célébrer sa beauté, et chose extra-ordinaire, il est si énamouré d'elle qu'il en oublie sa passion de jadis et de toujours : il a quasiment abandonné la chasse depuis que « la fille » est entrée dans sa vie.

— Mon cher duc, vous dites « la fille » ? N'est-ce pas irrespectueux ?

— Pas du tout. C'est ainsi que Louis la nomme, et dans son esprit cela veut dire qu'il n'y a qu'une fille au monde et c'est elle. Hier, le voyant fort déquiété, j'osai lui en demander la raison. Question qui m'eût valu d'ordinaire un silence glacial, mais pas du tout. « Ah,

Sioac ! dit-il, comme heureux de se confier. Me voilà très à la peine : la fille est mal allante. »

— Duc, dit Fogacer, pourriez-vous m'éclairer d'un doute ? A la Cour, parcourant les groupes et les rangs, j'entends les courtisans répéter à satiété, en riant comme fols, une nouvelle scie.

— Par exemple ?

— L'un dit : « Comment et comment le prends-tu ? » et l'autre répond : « Avec des pincettes comme Louis », et tous de rire alors à gueule bec.

— Cela ne m'étonne pas : la bêtise et la méchantise sont les deux mamelles de la Cour. Une question pourtant. Si je vous éclaire, mon cher chanoine, à qui allez-vous répéter l'histoire ?

— Mais au nonce !

— De grâce, au nonce seul !

— Je vous le promets.

Voici comment la chose se passa. Avant la disgrâce de la reine-mère, comme je l'ai dit déjà je crois, Marie de Hautefort a été sa fille d'honneur. La beauté lui attirait beaucoup d'hommages, et maints gentilshommes lui envoyaient des billets énamourés. Et Louis, allant présenter à sa mère ses hommages matinaux, trouva « la fille » en train de lire un de ces petits mots et lui demanda de le lui remettre. Mais la belle était altière, refusa tout à trac et glissa le billet dans son corsage. Outrée de ce refus, la reine-mère emprisonna ses deux mains et dit à son fils :

— Je tiens la pécore. Prenez donc de votre main ce mot qu'elle vous veut cacher.

L'embarras de Louis fut cruel tant il lui paraissait indécent de plonger le doigt dans le décolleté d'une fille. Il ne sut s'y résoudre et dans sa mésaise s'avisa de saisir des pincettes d'argent qui se trouvaient sur la table et tâcha avec elles de saisir le papier si douillettement caché. Mais en vain, car il eût fallu le voir mettre les pincettes, et Louis n'y put s'y résoudre. Et comme Marie poussait des cris d'orfraie et accusait Louis de lui meurtrir les tétins, de guerre lasse Louis retira les pincettes, les jeta rageusement sur la table et se retira à pas rapides.

A ce moment on toqua à l'huis. Je donnai aussitôt l'entrant. Catherine apparut et dit :

— Messieurs, j'aimerais que vous admettiez ma présence céans, si du moins vous ne parlez plus des affaires du royaume.

— Mon cher chanoine, dis-je, avons-nous fini ?

— En effet, dit Fogacer. Nous parlons de Mademoiselle de Hautefort et de l'amour que le roi a conçu pour elle depuis des années.

— Est-elle donc si belle ? demanda Catherine, mi-figue mi-raisin.

J'hésitai : banale était la question, mais périlleuse la réponse. Avec sa finesse coutumière, Fogacer répondit à ma place.

— Elle est blonde, avec de beaux yeux bleus, de belles dents, l'incarnat de son âge et elle a dix-huit ans.

La louange était minimale à souhait, et le dix-huit ans quasiment dédaigneux.

— Mais, dit Catherine, de quoi diantre parlent-ils quand ils s'entretiennent plantés à une demi-toise l'un de l'autre ?

— Mais voyons, dit Fogacer, avec son long et sinueux sourire, de quoi le roi peut-il parler, sinon de chiens, de chevaux et de chasse.

— Et elle, que dit-elle ?

— Mais rien. Elle ouvre grands ses yeux bleus, elle regarde Louis et l'écoute.

— Et que dit le cardinal de l'amour de cette « fille », comme vous l'appelez ?

— Il fut de prime fort hérissé, mais les parents de Mademoiselle de Hautefort n'étant hostiles ni à sa personne ni à sa politique, petit à petit il se rassura.

*

* *

— Monsieur, un mot de grâce !

— Serait-ce vous, belle lectrice ?

— C'est moi.

— J'en suis ravi, tant j'apprécie votre présence et la pertinence de vos questions. M'amie, questionnez à loisir, mais dites-moi de prime si vous vous adressez céans au duc d'Orbieu ou à son chroniqueur.

— A son chroniqueur.

— J'en suis heureux. Car à supposer que vous demandiez au duc d'Orbieu si cette guerre qui va s'abattre sur la France ne serait pas, d'aventure, une suite de la guerre de Trente Ans, il ne pourrait pas vous répondre. En effet, nous sommes en 1635, et le duc, n'étant pas devin, ne peut pas prévoir que cette guerre qui débuta en 1618 ne prendra fin qu'en 1648.

— La grand merci. Deuxième question, Monsieur, s'il vous plaît : que sont ces « Impériaux » qui menacent notre frontière de l'Est et contre lesquels Louis s'est fortifié en conquérant la Lorraine, en occupant l'Alsace, et en dernier lieu Spire ? Ces « Impériaux », sont-ils les sujets de l'Allemagne ?

— M'amie, l'Allemagne, en 1635, n'existe pas encore en tant qu'Empire. C'est une mosaïque de trois cents principautés, les unes grandes, les autres petites, gouvernées par des princes, des ducs, des margraves, et des burgraves.

— Des burgraves ? Comme dans la pièce de Victor Hugo ?

— Dont je ne sais si elle est bien historique, car Hugo a imaginé un burgrave de cent vingt ans, son fils âgé de cent ans et son petit-fils âgé de quatre-vingts ans, et quand ce blanc-bec de quatre-vingts ans ose déclore le bec, le grand-père le rabroue en ces termes : « Taisez-vous, jeune homme ! » On trouve aussi en Allemagne des villes libres et des villes impériales.

— Mais vous m'avez dit que l'Allemagne n'était pas en 1635 un Empire.

— En effet, l'empereur est un Habsbourg. C'est un Autrichien, parent et allié naturel du roi d'Espagne. Et comme lui, l'empereur Ferdinand II est un farouche adversaire des huguenots.

— Farouche ?

— Farouche et même féroce. Il déclara un jour qu'il préférerait « régner sur un désert plutôt que sur des hérétiques ». Ne vous semble-t-il pas qu'un désir d'extermination sourd de ces affreuses paroles ?

— Monsieur, vous avez dit que Spire est une ville impériale. Qu'est-ce que cela veut dire ? Qu'est-ce donc en Allemagne qu'une ville impériale puisque l'Empire est en Autriche ?

— Une ville impériale est une ville libre sur

laquelle l'empereur a jeté son dévolu, tant est que, la force aidant, elle est devenue sienne.

— Ferdinand II est donc un de ces princes qui ne rêvent que de s'agrandir aux dépens de ses voisins ?

— ... En attendant d'établir en Europe, avec le concours de l'Espagne, une monarchie universelle sous le prétexte, il va sans dire, de servir le Seigneur en éradiquant les protestants jusqu'au dernier. Hélas ! la persécution a déjà commencé dans le royaume de Bohême, lequel Ferdinand a placé sous sa coupe.

— La Bohême ! Quel nom évocateur !

— Mais trompeur aussi, car la Bohême dont je parle a pour capitale Prague et pour sujets les Tchèques. Prague est, du reste, une des villes les plus attachantes d'Europe.

— Attachante comment ?

— Elle comporte, comme Sarlat en France, un quartier, *la Mala Strana*, fait de maisons anciennes de grande beauté ! Et si vous l'empruntez, vous déboucherez sur l'imposant Palais appelé le Hradčani, et de là vous verrez le Pont Charles, unique au monde.

— En quoi est-il si remarquable ?

— Construit pour franchir la Vtlava, ses rambardes comportent de dextre et de senestre des niches semi-circulaires en surplomb sur le fleuve, et là, les statues de saints, grandeur naturelle, forment des groupes très vivants dont les muettes prières devraient protéger, j'imagine, outre la Vtlava, le Hradčani. Hélas, belle lectrice, pour ce qui regarde le Hradčani, ces muettes oraisons des saints de pierre s'avérèrent vaines, car dans ses murs se déroula le vingt-trois mai 1618 un événement tragique qui fut à l'origine de la guerre de Trente Ans et qu'on appela la défenestration de Prague.

— Le mot « défenestration » me paraît quelque peu étrange. Est-ce bien du français ?

— Assurément.

— Et que veut dire le mot ?

— De toute évidence, qu'on jette quelqu'un par la fenêtre.

— Mais c'est horrible !

— En effet, et c'est pourtant ce qui se passa. Le vingt-trois mai 1618 se tenait au Palais du Hradčani une séance du Conseil de lieutenance, lequel, nommé par l'empereur d'Allemagne, devait discuter les mesures répressives à l'encontre des hérétiques. Au milieu de la séance, une centaine de gentilshommes tchèques, tous protestants, envahirent à l'improviste la grande salle du Hradčani et s'emparèrent de deux comtes, membres du Conseil, et d'un jeune secrétaire qui les servait. Ceci fait, ils les jetèrent tous trois par les fenêtres.

— Dieu du Ciel ! Quelle abomination ! Furent-ils tous les trois tués ?

34

— Nullement. A dire vrai, un des comtes fut assez cruellement blessé en tombant sur les dalles du chemin. Mais l'autre comte ainsi que le jeune secrétaire churent sur un tas de fumier qui n'eût pas dû se trouver là. Ils ne se firent aucun mal. « Providence ! » s'écrièrent les catholiques, signe éclatant de la protection divine ! Tandis que les protestants estimaient que le fumier était le lit qui convenait le mieux aux papistes, leur Eglise étant déjà corrompue par de si puants abus.

« Après ce coup de force, les Tchèques, redoutant l'ire de l'empereur, levèrent une armée de mercenaires et en confièrent le commandement à l'Electeur palatin Frédéric V. Mais les mercenaires se révélèrent médiocres, et inepte leur chef. Ils furent cruellement défaits à la bataille de la Montagne Blanche par les Impériaux et plus cruelles encore furent les représailles qui suivirent. C'est ainsi, m'amie, que commença la guerre de Trente Ans. Mais je n'en dirai pas plus ce jour d'hui, noulant anticiper sur les événements.

— Monsieur, je vous remercie d'avoir éclairé mes lanternes et d'avoir rendu clair dans mon esprit ce qui était resté confus. J'aimerais, si vous me permettez, vous poser maintenant deux petites questions grandement indiscrètes.

— Posez, Madame. En mes réponses je serai discret pour deux.

— Les pimpésouées de cour vous trouvent extravagant d'être amoureux de la princesse de Guéméné, maugré qu'elle ait passé trente ans.

— Je ne suis pas amoureux de la princesse de Guéméné, mais j'ai pour elle de l'affection, ce que, d'évidence, nos pimpésouées ne peuvent entendre.

— Quant à ma deuxième question, je n'ose la poser tant elle me paraît monstrueuse.

— M'amie, qui eût cru que vous fussiez devenue tout soudain si timide ? Posez, posez votre question, je vous prie.

— Les pimpésouées racontent encore que, vous surprenant à écrire une longue lettre à Madame de Guéméné, Madame la duchesse d'Orbieu déversa votre encrier sur sa missive.

— C'est entièrement faux. Jamais Catherine ne se serait laissée aller à un geste aussi messéant.

— Monsieur, il me revient une question au sujet de la guerre de Trente Ans. Pourquoi, depuis la défaite de la rébellion tchèque, la guerre se poursuivit-elle ?

— Du fait du fanatisme religieux de l'empereur Ferdinand et de ses tentatives ouvertes, ou sournoises, pour établir son hégémonie en Allemagne. Il dressa non seulement contre lui les princes allemands, mais aussi le Danemark et la Suède, lesquels, avec des fortunes diverses, osèrent tour à tour l'affronter. Ferdinand y perdit prou, en pécunes et en prestige.

Cependant, ses alliés, les Espagnols des Pays-Bas, forts de cette infanterie fameuse que même Henri IV admirait, et prodiguant à mains décloses l'or des Amériques, demeuraient pour le royaume de redoutables adversaires, et d'autant que la frontière qui nous séparait des Pays-Bas espagnols se trouvait être si longue, et si faiblement remparée.

Comme je faisais remarquer à l'un de nos maréchaux que grâce à l'occupation de la Lorraine et de l'Alsace Louis s'était fortifié à l'Est, mais que le Nord restait béant, il me dit avec une courtoisie qui cachait mal une certaine condescendance :

— C'est vrai, mais outre que pour fortifier notre frontière du Nord il faudrait un demi-siècle de travaux et plusieurs millions d'or, notre solide rempart de l'Est exclut du moins que les Impériaux nous attaquent de flanc tandis que les Espagnols franchissent notre frontière du Nord.

— Mais ce ne serait là, dis-je, qu'un demi-bien.

— Je dirais plutôt, dit le maréchal en tortillant d'un air hautain sa moustache, que ce ne serait qu'un demi-mal.

CHAPITRE II

La guerre s'implantait dans les esprits avant même d'avoir fait irruption dans nos vies. En mon hôtel de la rue des Bourbons le babil des courtines avait pris un tour mélancolique. Non que nos tumultes eussent cessé, mais les bonaces qui leur succédaient et nous ococoulaient dans les bras l'un de l'autre, n'étaient plus meshui si apazimantes. Catherine était entrée dans des inquiétudes qui ne peuvent se dire, prévoyant déjà que Louis m'appellerait à des missions périlleuses, où bien naturellement je ne pourrais que perdre la vie, privant Emmanuel de son père et faisant d'elle une veuve déconsolée jusqu'à la fin de ses terrestres jours.

— Et pourquoi ? Et pourquoi ? demandait Catherine avec véhémence. Pourquoi cette guerre du diable ! Parce que les Français et les

Impériaux veulent en découdre au lieu que de s'entendre ! C'est à qui tentera de grappiller le royaume de l'autre.

— Nenni, m'amie, dis-je vivement, il ne s'agit pas de grappiller des parts du royaume, mais de montrer les dents au royaume ennemi par des affronts délibérés. Louis prend Spire, ville impériale. Les Pays-Bas espagnols prennent Trèves et retiennent prisonnier l'archevêque Philippe de Sötera, ami et protégé du roi de France. *Casus belli* aussi évident qu'insolent.

— M'ami, de grâce, dit Catherine, qu'est-ce qu'un *casus belli* ?

— C'est un procédé d'Etat à Etat si déplaisant qu'il peut, selon le code d'honneur des rois et des royaumes, motiver une déclaration de guerre à l'Etat qui s'en est rendu coupable. En l'espèce, Louis fit preuve de patience et de prudence. Il réclama de prime la libération de l'archevêque aux Espagnols, lesquels refusèrent avec une hauteur si dédaigneuse que le refus se trouva presque aussi insolent que la capture. Après avoir consulté Richelieu, Louis déclara alors la guerre en bonne et due forme aux Ibériques, mais non sans de terribles appréhensions, n'ignorant pas en effet que nos armées étaient maigrelettes et notre Trésor fort dépourvu. Au surplus, n'était-il pas prévisible qu'aux Espagnols viendraient se joindre les Impériaux, lesquels nous gardaient une fort mauvaise dent de ce que le duc de Rohan les eût chassés de la Valteline[1].

« Derrière cette raison-là s'en cachait une autre plus ambitieuse. Ni les Habsbourg d'Espagne ni les Habsbourg d'Autriche n'avaient renoncé au rêve d'une royauté universelle qui, seule, leur permettrait d'éradiquer par le fer et le feu l'hérésie protestante. Et quelle royauté pourrait être considérée comme universelle tant que la France serait libre ?

— Dieu bon ! s'écria Catherine avec colère, que les hommes sont stupides ! Chacun veut la terre de l'autre, et lui arrache la bourse comme le caïman des grands chemins aux malheureux voyageurs.

A cet instant on toqua à l'huis, et un mousquetaire aux couleurs du cardinal apparut, qui me remit un message de son maître. Je rompis le cachet, ayant peu de doute sur son contenu.

— Eh bien ! dit Catherine, que vous veut ce prélat diabolique ?

— Me confier une mission, m'amie.

— Et à coup sûr, au diable de Vauvert !

— Je ne sais.

---

1. Ce petit pays, qui provoqua tant de guerres, se situait au nord de l'Italie. Les Espagnols et les Impériaux voulaient le conquérir et le garder en tant que passage facile pour les Espagnols, établis en Italie, qui désiraient rejoindre leurs alliés autrichiens.

— Une mission dont vous ne reviendrez pas, dit Catherine, pâle et crispée.

— Babillebahou, Catherine ! Louis ne m'a mie confié une mission militaire.

— Vous avez pourtant escaladé de nuit le *Gravere*[1] avec le comte de Sault à la tête d'un régiment.

— Oui, mais le comte, seul, le commandait. J'étais le truchement du guide italien. Et je n'ai affronté alors d'autre danger que la neige et le froid.

— Monsieur, vous avez toujours raison !

— Mais vous aussi, Madame, et c'est là que gît justement le difficile : qui pourra dire lequel des deux a davantage raison que l'autre ?

— Monsieur, vous me daubez !

— Madame, je vous adore !

Et, la prenant dans mes bras, je la serrai contre mon cœur, argument plus convaincant pour elle, et pour moi plus délicieux, et d'autant qu'il ne pouvait que clore tous les discours du monde et sécher les larmes. Toutefois, en montant dans ma carrosse, l'idée de notre proche séparation m'attrista et me poignit plus que je ne saurais dire, et la pensée aussi qu'à mon réveil, pendant les semaines et peut-être les mois qui allaient

1. Massif montagneux de Savoie.

suivre, je ne trouverais plus à mon côté la douceur et la chaleur de son corps.

Au Louvre, je trouvai dans l'antichambre du cardinal Monsieur de Guron et Monsieur de Bouthillier[1] attendant leur tour comme j'allais l'attendre moi-même. Je m'apensai en mon for qu'en toute probabilité, lorsque l'heure de la repue de midi serait passée de longtemps, je pourrais alors seulement rejoindre ma demeure. Je dépêchai aussitôt Nicolas prévenir Catherine de ce probable retard, ce qui plut beaucoup à Nicolas, car cela voulait dire qu'il allait retrouver plus vite en mon hôtel sa charmante épouse, mais en revanche déplut fort à mon escorte qui allait transpirer pendant deux heures, le ventre creux, sous le soleil déjà chaud du mois de mai.

Le lecteur se souvient sans doute de Monsieur de Guron, et je ne ferai ici que rafraîchir sa remembrance. Fidélissime serviteur du roi et de Richelieu, il avait été utilisé, à tour de rôle avec moi, comme relais aux redisances de la Zocoli[2], jusqu'à ce que le roi jugeât plus sûr de la confier au confessionnal de Fogacer devant lequel, en effet. la Zocoli passait inaperçue, Fogacer étant assiégé par quantité de pécheresses. La raison en était que Fogacer montrait pour leurs péchés

1. Surintendant des finances.
2. Espionne.

43

une suave indulgence et les absolvait sans gron-
deries, prêcheries, ni menaces d'un éternel enfer.
Cette indulgence s'expliquait selon moi pour la
raison que Fogacer, en ses vertes années, avait
eu, lui aussi, quelques faiblesses mais non,
comme on sait, pour le *gentil sesso*.

Monsieur de Guron était — hélas, comme
Louis ! — un des goinfres de la Cour, mais cela,
à la différence du roi, ne lui faisait aucun mal.
Il buvait à lut sans être jamais ivre, il bâfrait
comme porc en son auge et coqueliquait comme
rat en paille. En dépit de ses damnables excès,
Monsieur de Guron demeurait sain, gaillard et
joyeux, poussant devant lui une ronde bedondaine avec l'assurance d'un homme qui a bien
dirigé sa vie.

Combien différent paraissait le long et maigre
Bouthillier, sobre, sage et laborieux, descendant
en outre d'une famille de robe célèbre pour sa
probité et liée de longue date à Richelieu. Est-il
utile de dire que le cardinal appréciait fort les
vertus de Bouthillier et fit de lui son confident
et son conseiller.

Sagement, comme il faisait tout, Claude Bouthillier à vingt-cinq ans épousa Marie de Brage-
lonne et lui fut adamantinement fidèle. Le Seigneur ne laissa pas de bénir ce couple exemplaire
en lui donnant des enfants, et à chaque enfant,
par une curieuse coïncidence, Claude montait

d'un échelon dans l'échelle des emplois : conseiller au Parlement en 1613, il devint conseiller d'Etat en 1619, secrétaire d'Etat en 1628, et en 1632, surintendant des finances : poste de la plus grande conséquence en temps de paix, mais plus encore en temps de guerre, grande mangeuse d'or, comme bien l'on sait.

Je m'attendais à ce que Bouthillier fût reçu de prime par Richelieu, mais quand Monsieur de Guron fut appelé le premier, je conclus que je serais introduit le second, le cardinal gardant Bouthillier « pour la bonne bouche », comme eût dit Catherine.

Observant ensuite que Richelieu ne retenait pas Monsieur de Guron plus de dix minutes, j'en conclus que mon entretien avec le cardinal ne durerait pas beaucoup plus. En quoi j'errais.

A mon entrant, le cardinal était occupé à écrire, et il me fit signe de m'asseoir en attendant qu'il eût fini, ce qui me laissa le loisir de le bien considérer. Il avait de grands cernes autour des yeux et le teint pâle, mais en même temps, il émanait de lui un calme et une force qui montraient bien que dans cette terrible épreuve il gardait la capitainerie de son âme. Et l'épreuve, le cardinal ne l'ignorait pas, avait des côtés dangereux et déplaisants. Derrière la guerre étrangère se profilait une sournoise guerre civile dont les effets pouvaient être destructeurs pour le royaume, pour le roi et pour sa propre personne. Ignorant ce que pouvait être le joug d'un royaume étranger établi sur leur propre sol, bon nombre de Français, influencés par les dévots ou emportés par la haine qu'ils nourrissaient pour le cardinal et souvent même pour le roi, ne voyaient pas d'un mauvais œil l'invasion de la France par les Espagnols. A leurs yeux, une fois la France occupée, les Espagnols mettraient fin à l'abominable indulgence qui avait poussé Louis à permettre en son royaume l'exercice du culte protestant. Ayant aboli cet édit, les Espagnols reprendraient à coup sûr contre les protestants une guerre si implacable qu'elle ne pourrait qu'aboutir à leur complète destruction. Dans cette perspective, ni Louis ni le cardinal ne seraient non plus épargnés. Ces bonnes gens allaient jusqu'à se réjouir des premiers succès remportés par les Espagnols sur notre sol. Plus sournoisement, ils entravaient par leur mauvaise volonté et des manœuvres dilatoires les efforts que prodiguaient Louis et Richelieu pour relever nos finances et aboutir à une levée en masse des Français.

Une fois sa tâche achevée le cardinal, d'une voix brève et expéditive, m'expliqua la mission qu'il désirait me confier.

— Comme vous savez, Siorac, le roi a appelé le ban et l'arrière-ban pour former une armée de quelque conséquence, mais cet appel n'a amené que déboires et déceptions. Châlons avait été désigné comme point de ralliement. Mais peu de gentilshommes s'y rendirent, et ceux qui s'y présentèrent, se trouvant si peu nombreux, décidèrent de retourner chez eux sans tant languir. Vous imaginez l'ire du roi. Il décida que ces couards seraient déchus de leur noblesse, leurs armes brisées et leurs maisons rasées. Mais en réfléchissant plus outre que ces mesures extrêmes risquaient, si elles étaient appliquées, de dresser contre lui la noblesse entière, il se décida à choisir des méthodes plus douces, chose surprenante quand on connaît l'homme. L'exemple lui en avait été donné par son frère Gaston, lequel, dans ses provinces de Blois et d'Orléans, avait réussi à lever huit cents nobles et neuf mille roturiers, les premiers servant d'officiers aux seconds.

« Mais revenons à nos moutons, dit Richelieu. Connaissant, Siorac, vos qualités de diplomate, le roi vous envoie dans le Languedoc pour tenter le recrutement que Gaston a si bien réussi à Orléans. Louis vous prêtera une carrosse à ses armes, une escorte d'une vingtaine de ses plus reluisants mousquetaires. Et étant l'envoyé du grand roi, vous devez être magnifique en votre vêture, et en outre, porter votre cordon du Saint-Esprit pour rassurer les dévots. Vous devrez aussi émailler çà et là vos discours de quelques mots occitans pour capter la bienveillance de vos auditoires. Ne craignez pas d'énoncer, dès l'entrée de jeu, fort gravement vos titres : duc et pair, membre du Grand Conseil du roi, et siégeant au Parlement.

— La grand merci, Eminence. Et comment vais-je m'y prendre pour séduire les gentilshommes languedociens ?

— Vous prendrez langue avec les baillis et les maires pour les rassembler, et si d'aucuns ne viennent pas, vous irez les voir un à un dans leurs gentilhommières.

— Et comment les engager à s'engager ? dis-je.

Gioco di parole[1], qui ne fit aucun effet sur le cardinal.

— Vous userez tour à tour de menaces voilées, et de séduisantes promesses.

— Et dans ce domaine, Eminence, jusqu'où puis-je aller ?

— La permission royale d'ajouter une tour à leur gentilhommière, ou un agrandissement de leurs terres, si le domaine royal est assez proche, ou un avancement dans l'ordre de la noblesse, un emploi flatteur pour leur fils aîné, le titre d'abbesse pour une fille qui est entrée dans les ordres...

1. Jeu de mots (ital.).

Ceci me titilla fort : je me ramentus que le Vert-Galant, quand il assiégeait Paris, avait ses habitudes dans une abbaye où une nonnette avait des bontés pour lui. Cependant, Henri, étant quelque peu chiche-face, préféra, en la quittant, la nommer abbesse plutôt que de lui faire un cadeau.

— Eminence, dis-je, peux-je derechef vous poser une question, la dernière et la plus délicate. Qui paiera les frais de ce grand voyage ?

— Louis versera les soldes de ses mousquetaires et vous paierez leur pitance.

— Ciel ! Mais c'est la ruine !

— Louis veillera à ce que vous ne manquiez pas du nécessaire...

— En effet, dis-je, mais je n'en dis pas plus, tant la chicheté de Louis, si semblable à celle de son père, me prenait à rebours.

Cependant, quand je contai la chose à Fogacer, il fut bien loin de partager mon avis.

— Nenni ! Nenni, mon cher duc. La chicheté chez un roi est une grande vertu, et fort utile, car la pécune donne force et pouvoir et bien mal avisé fut Henri III de couvrir ses mignons d'écus, car le moment venu, il n'eut pas la clicaille qu'il eût fallu pour lever une armée et défendre son trône contre le duc de Guise...

Richelieu me précisa le jour et l'heure à laquelle la carrosse royale et les mousquetaires du roi viendraient se présenter devant mon huis pour m'emmener en Languedoc. Il ajouta que je n'étais pas le seul à qui il donnait semblable mission dans les provinces françaises, et sans le cacher le moindre, mais tout le rebours, en le publiant *urbi et orbi* afin qu'on sût partout l'adamantine résolution de Louis de repousser les envahisseurs avec l'aide de ses gentilshommes.

Je noulus quitter le Louvre sans visiter la princesse de Guéméné dans ses appartements, laquelle je trouvai à son déjeuner du matin, croquant des galettes non beurrées et buvant un demi-gobelet de vin doux. Elle m'accueillit de la façon la plus familière, et après que je lui eus baisé la main, elle quit de moi de lui gratter la nuque qui, dit-elle, la démangeait à mourir, ce que je fis non sans quelque plaisir auquel, à mon sentiment, répondait le sien. A y penser plus tard, cela me rendit à la fois content et mécontent, le lecteur sait bien pourquoi.

— Eh bien, duc, dit la princesse de Guéméné d'un ton enjoué, vous partez en Languedoc recruter des soldats pour le roi.

— Eh quoi ! dis-je, vous le savez déjà ?

— M'ami, toute la Cour le sait, et si médisante qu'elle soit, à l'accoutumée, elle approuve le choix que Louis a fait de vous en cette affaire.

— J'en suis fort aise, et d'autant que, si j'échoue, la Cour me traînera dans la boue.

— M'ami, dit-elle avec un sourire, êtes-vous si précieux devenu que vous mettez meshui des rimes à votre prose ?

— Non, Madame, c'était fortuit.

— Alors, je vous absous. Et comment vous accommodez-vous de votre mission en Languedoc ?

— Comme eût dit Henri IV, « je la crains ».

— Et pourquoi ?

— Elle ne sera point facile. Ces gentilshommes de province sont chatouilleux en diable. Ce sont des petits rois en leur domaine, ils n'aiment pas qu'on leur rappelle qu'ils sont aussi les sujets d'un grand roi.

— Et quand partez-vous en Languedoc pour hameçonner vos hobereaux ?

— Après-demain.

— Vous pourrez donc demain matin me venir visiter.

— Je n'en suis pas certain, Madame. Je dois me rendre au Parlement où je siège par le bon plaisir du roi pour faire sentir aux conseillers le poids de son autorité.

— Dieu bon ! Mais ôtez-moi d'un doute ! A quoi sert un conseiller au Parlement ?

— Principalement à toucher des gages.

— Et par ailleurs ? dit-elle avec un sourire.

— A bailler de sages conseils aux membres du Parlement, lesquels ne les suivent jamais.

— Et pourquoi ?

— Parce qu'il n'y a pas plus paonnant que ces gens de robe. Eux aussi se prennent pour de petits rois et voudraient avoir leur mot à dire dans la conduite des affaires du royaume.

— Y parviennent-ils ?

— Jamais ! A chaque fois Louis les rebèque, les rabat et les rebiffe avec la dernière vigueur.

— Et ils recommencent ?

— Quand et quand ! Ils sont aussi têtus que les mules qui les portent.

— Des mules ! Ne montent-ils que des mules ?

— Rassurez-vous, Madame. Ils ont aussi des carrosses, et parfois plus belles que les nôtres, mais il leur est défendu d'en user pour se rendre au Parlement, la rue où il s'élève étant fort encombrée.

A ce moment on toqua à l'huis, et sur l'entrant que donna Madame de Guéméné, la porte fut déclose et le *maggiordomo* apparut, mais demeurant sur le seuil, il ploya le genou et dit :

— Madame la Marquise, le comte de Sault requiert l'honneur d'être reçu de vous.

En même temps il me jeta un regard furtif, comme s'il se demandait si j'étais rebuté par cette intrusion.

— Faites-le entrer, *maggiordomo*, dit Madame de Guéméné, et se tournant vers moi elle me dit avec un sourire : Il est fort de vos amis à ce que je crois.

— Intime et immutable. Je l'ai connu lors de la campagne d'Italie. Nous avons ensemble assisté à la prise de Suse, et Suse prise, nous logeâmes tous deux dans le logis de deux orphelines belles comme des anges.

— Et le comte de Sault et vous-même, touchés de les voir sans père ni mère, firent, je suppose, de leur mieux pour les consoler.

— Hélas ! C'est la thèse que soutient et soutiendra Catherine jusqu'à la fin de ses terrestres jours. Et pourtant, elle se trompe, le comte de Sault fut l'unique consolateur des deux orphelines.

— Je vous plains. Etre accusé à tort vous tourmente de deux façons : de prime, l'injustice vous pique. Ensuite, vous vient le regret de n'avoir pas commis, tant qu'à faire, le péché dont on vous accuse.

— M'amie, vous êtes un génie d'avoir senti cela.

— Nenni, génie ne suis. Femme me veux.

— Et la plus aimable des femmes.

— Duc, ramentez-vous de grâce que nous avions convenu de ne pas franchir en nos entretiens « *le seuil lumineux de l'amitié*[1] ».

1. « *Le seuil lumineux de l'amitié* » est une expression de saint Augustin qui, dans ses *Confessions*, se reproche de l'avoir parfois franchi en ses vertes années.

— Madame, je vous obéis, tout en renonçant à regret à de plus charmants crépuscules.

Là-dessus le comte de Sault apparut, fléchit le genou et baisa la main de Madame de Guéméné avec beaucoup de grâce. Se relevant, il me sourit, me donna une forte brassée tout en me tapotant les omoplates, témoignage amical, mais à la longue douloureux.

J'espère que ma belle lectrice, ayant lu le tome XII de ces Mémoires, se rappelle, le cœur trémulant, le comte de Sault, et la description que j'ai faite alors de lui. Pour ne me point répéter, je me contenterai de dire céans que le comte de Sault était tenu à la Cour comme le parangon de la beauté virile. Il avait, en effet, tant à se glorifier dans la chair, et il était si assiégé par le *gentil sesso* qu'il eût pu tomber dans les pièges de la vanité. Mais point du tout. On ne voyait en ses allures pas la moindre trace de piaffe et de morgue. L'ayant accompagné comme on sait en notre campagne dans le *Gravere* par neige et froid, je peux témoigner aussi qu'il était avec ses soldats, quoique ferme, jamais injurieux ni tabustant, mais au rebours prenait le plus grand soin d'eux et, quand il le pouvait, de leur nourriture.

Madame de Guéméné pria le comte de s'asseoir sur une chaire, ce qu'il fit d'un air si sombre qu'elle ne faillit pas à lui en faire la remarque.

— Cher comte, dit-elle, quelle triste mine vous tirez là ! Quelle mine défaite ! Que se passe-t-il ? Vous voilà tout rêveux, songeard et tracasseux ! Etes-vous mal allant ? Etes-vous par votre belle désaimé ? Avez-vous perdu vos biens et pécunes ?

— Madame, ce n'est pas moi qui vais mal. C'est le royaume.

— Eh bien, contez-moi ces malheurs, si ce ne sont pas des secrets d'Etat.

— Ils le sont ce jour. Ils ne le seront plus demain. Oyez, Madame, ce triste récit. La guerre déclarée à l'Espagne, nous avons, il vous en ramentoit, franchi sa frontière des Pays-Bas et vaincu son armée à Avins, mais cette victoire ne servit de rien, car nous échouâmes devant Louvain, et après cet échec, le pire arriva. Le venin de la désertion se mit à ronger notre armée. De vingt mille hommes elle tomba à six mille. Et comme si la guerre avec l'Espagne ne suffisait pas, Condé attaqua Dole dans le Jura et sans tant languir l'empereur nous déclara la guerre. Vous vous rappelez sans doute que nous avions fortifié la Lorraine et l'Alsace pour nous prévenir contre une invasion des Impériaux, mais bien sûr ils ne nous attaquèrent pas par l'Est. Ils remontèrent au Nord jusqu'à Aix-la-Chapelle et là,

55

franchissant la frontière amie, ils gagnèrent Bruxelles sans encombre et firent leur jonction avec les forces espagnoles, formant d'ores en avant avec elles une armée forte de vingt-sept mille hommes et de quarante canons. Nous n'avons rien en France qui puisse répondre à une telle *ejercito*[1]. L'appel au ban et à l'arrière-ban n'a donné que des résultats chétifs et vous en savez quelque chose, Monseigneur, poursuivit-il, se tournant vers moi, puisque vous allez, avec d'autres, tâcher d'y remédier. Qui pis est, le roi manque terriblement de clicailles et pécunes. En bref, si le roi et Richelieu n'arrivent pas à rétablir la situation financière et à réveiller les Français de leur torpeur couarde, j'ai bien peur que « nos lauriers d'Italie ne se changent en cyprès » (c'était là un mot de Richelieu à qui le comte de Sault l'empruntait, mais je ne l'appris que plus tard).

— Dieu bon ! dit Madame de Guéméné. Paris est-il jà menacé ? Dois-je gagner sans tant languir ma Bretagne ?

— Nenni, nenni ! Madame. Gardez-vous bien d'une décision aussi prématurée. Songez que votre hôtel de Paris, vide et clos, pourrait bien être pillé par la canaille. Surtout ne répétez pas, de grâce, ce que je vous ai appris. Gardez un

1. Armée (esp.).

front serein, mais faites provision de farine et d'autres victuailles, et priez votre majordome d'acheter des poules, de les mettre dans votre jardin et d'acheter aussi une chèvre lactaire. En temps de guerre, comme vous savez, tout se raréfie, et l'idée d'un siège de Paris n'est pas à écarter.

Comme il était prévu, je me rendis le lendemain à cheval et suivi du seul Nicolas au Parlement, où je fus reçu avec une froide courtoisie par ces messieurs de robe qui voyaient en moi, à n'en pas douter, un espion du roi, ce qui me fit résoudre de jouer, en effet, ce rôle puisqu'ils me l'attribuaient. Ils me donnèrent un siège assez bien placé, et comme je demandais avec bonhomie quel serait mon rôle en leur distinguée compagnie, l'un d'eux qui s'appelait, je crois, Monsieur de Mesmes me dit :

— Monseigneur, votre tâche est de nous écouter. Cependant, il vous est loisible de demander la parole et de faire une suggestion qui ne sera retenue que si le vote de la majorité l'accepte. Il n'est pas prévu dans vos attributions que vous preniez part à nos votes.

Ceci fut dit avec beaucoup de saluts et une courtoisie à la limite de l'insolence.

— Monsieur, dis-je froidement, je suis sûr que je m'instruirai beaucoup rien qu'à vous écouter.

Après cela, le bec clos et cousu, je demeurai immobile et impassible sur mon siège, entouré de l'hostilité générale.

Ces messieurs de robe obéissent à un protocole aussi solennel que celui du Grand Conseil du roi, sur lequel il est du reste copié. Mais à la parfin, la séance commença et le président, prenant la parole, annonça que le roi, pour la conduite de la guerre, avait demandé à son Parlement quinze millions d'or.

Un frémissement furieux parcourut alors l'assemblée, mais sans que personne ne s'en prît, soit par un reste de respect, soit en raison de ma présence, à Sa Majesté. Une discussion très confuse commença alors, les uns disant que c'était quasi impossible de racler une somme pareille, les autres demandant s'il était opportun de le faire, alors que la guerre commençait à peine, d'autres encore demandant non sans perfidie où iraient ces clicailles, sinon se peut dans les poches d'un ministre qui aimait construire des palais fastueux.

Cette perfide attaque contre Richelieu me tabusta au point que je faillis déclore le bec pour la démentir. Mais point ne le fis, et fis bien, car, au même moment, on frappa fortement à l'huis, le silence se fit, et l'huissier, entrebâillant la porte, dit au président qu'il s'agissait d'un courrier qui apportait, disait-il, une nouvelle de la guerre de la plus grande conséquence.

— Laissez-le entrer, dit le président.

Le courrier alors entra, hirsute et couvert de poussière.

— Messieurs du Parlement, dit-il, je suis bien triste d'avoir à vous annoncer, concernant la fortune de nos armes, une bien mauvaise nouvelle : les Espagnols se sont saisis de La Capelle.

Il ne se peut, lecteur, que tu aies oublié La Capelle, car cette place forte à la frontière des Pays-Bas est apparue deux fois en mes Mémoires. La première, quand le jeune de Vardes, qui à vingt ans à peine commandait la citadelle à la place de son père, s'était laissé convaincre de livrer la place à la reine-mère, lors de la fuite qu'elle projetait.

Sur l'ordre de Louis, j'allai alors quérir le père de ce malavisé galapian, lequel nous remit La Capelle avec des pleurs, et sans tant languir fut expédié par mes soins en Angleterre pour échapper à la Bastille, ou pis même à la hache dont l'ire de Louis le menaçait.

En Angleterre je le confiai aux bons soins de My Lady Markby, mon intime et immutable amie, laquelle aimant fort les jouvenceaux, déniaisa en un tournemain ce joli petit Français. Et c'est à La Capelle de nouveau que je fus reçu avec Gaston après une épuisante chevauchée de

Bruxelles à la frontière française. Le lecteur se souvient sans doute que j'y souffris d'un sévère catarrhe, lequel je guéris grâce au *quina quina* des jésuites, au grand dol de mon boursicot. En parlant du jeune de Vardes, je demande pardon aux dévots d'employer le mot « déniaiser » qui leur déplaît par son caractère positif, alors que le même acte perpétré par des personnes non mariées est considéré par eux comme un gravissime péché. Pour parler à la franche marguerite, je ne vois pas les choses ainsi. Il me semble que Lady Markby, étant veuve, n'a fait tort à personne, et le jeune de Vardes, pas davantage. Et respectueusement je pose à nos dévots cette question naïve : « N'est-ce donc rien que le bonheur d'un couple ? »

Connaissant les lieux, je puis donc affirmer que La Capelle était parfaitement défendable, étant solidement bâtie et crénelée, défendue par une forte garnison et certainement pas à court de vivres. Je fus donc fort indigné d'apprendre que le baron du Becq, qui commandait la place, avait ouvert lâchement ses portes aux Espagnols après seulement sept jours de siège.

Mais ce qui me déconcerta le plus encore fut de constater que ces messieurs du Parlement, à ouïr la capitulation de ce couard, ressentirent l'événement d'une façon fort différente de la mienne. Certes, nul ne fit de prime une déclaration ouverte de ses sentiments, mais à comprendre des échanges joyeux de regards, des chuchotements véhéments, des demi-mots accompagnés de sourires, je commençai à comprendre comment ils prenaient l'affaire.

Comme ce chuchotis était très faible et que je voulais en savoir plus, je m'avisai d'un subterfuge. Je me laissai aller sur ma chaire, et la nuque bien calée sur le dossier, je clouis peu à peu les yeux et fis le semblant de m'assoupir. La ruse réussit. Les voix assez étouffées jusquelà reprirent de l'ampleur. Je ne tardai pas à ouïr, prononcés distinctement, des propos qui me laissèrent pantois. « Après cette nouvelle, dit l'un des parlementaires, il faut s'attendre à en recevoir de semblables tous les jours. » Un autre dit : « Si l'Espagnol va si bon train, il est probable qu'en un mois tout sera fini, le cardinal devra se réfugier au Havre, et Louis laisser sa place à Gaston. » Un autre dit alors avec un air de dérision : « De grâce, Messieurs, ne vous pressez pas trop pour racler les quinze millions d'or demandés par le roi. Il n'en aura bientôt plus l'usage. »

J'attendis que ces propos cessassent et que le Parlement revînt à l'ordre du jour pour me réveiller de mon sommeil simulé et prendre congé de ces messieurs. Cependant, quand je saillis hors, Nicolas, me voyant dans mes fureurs, me demanda si quelqu'un de ces bedondainants bavards, assis sur leurs grosses fesses, m'avait noise cherché. En ce cas, ajouta-t-il en tapant sur la garde de son épée, nous irions lui découdre un peu de son lard pour le rendre plus courtois.

— En selle, Nicolas, dis-je, et ravale ces propos belliqueux. Nous allons de ce trot au Louvre.

— Au Louvre ! dit Nicolas, qui, le jour baissant déjà, pensait passer le reste de l'après-midi au logis avec son Henriette, étant l'homme le plus caresseur de la Création.

Au Louvre, je trouvai Bouthillier dans l'antichambre, et par lui, qui avait accès à toute heure au cabinet de Richelieu, j'y fus introduit dans l'instant et y trouvai le roi. Après les salutations protocolaires, je contai ma râtelée de ce que j'avais ouï au Parlement.

— Duc, dit Richelieu, vous confirmez avec d'utiles précisions ce que je savais déjà. Ces parlementaires sont en toute bonne conscience infidèles au roi, et déserteurs à leur patrie.

— Et qui pis est, dit Louis, ils veulent être mes tuteurs, comme la reine-mère voulait l'être et m'imposer une politique en faveur de l'Espagne. Quant à l'artificieuse procrastination à laquelle ils recourent pour ne point verser les pécunes que j'ai exigées d'eux, j'y mettrai bientôt bon ordre, et non sans rudesse.

A ce moment, Bouthillier entra dans le cabinet et, fléchissant le genou devant le roi, lui remit un pli.

— Sire, dit-il, ceci est, je le crains, une mauvaise nouvelle.

Louis ouvrit le pli, pâlit de rage, se leva, et se mit à marcher de long en large, les dents serrées et les yeux étincelants.

Personne ne pouvait s'adresser au roi en ses terribles colères, pas même Richelieu. Il fallait attendre que Louis se calmât de soi et retrouvât la parole.

— Oyez, Messieurs ! dit-il enfin, la voix encore frémissante et rageuse. Le baron du Becq a livré La Capelle à l'Espagne après sept jours de siège ! Vous m'avez bien ouï, sept jours de siège ! Et Saint-Léger a livré le Catelet à l'Espagne après deux jours de siège ! Vous avez bien ouï, deux jours ! Quelle hâte à se jeter dans l'éternel déshonneur ! Ce sont là deux coquins et couards, coupables de lèse-majesté au premier chef ! Annoncez, Eminence, qu'ils sont condamnés par contumace à être écartelés à quatre chevaux, déchus de leur noblesse, leurs descendances aussi, leurs armes et blasons détruits, leurs maisons rasées et leurs biens séquestrés !

Certes, chère lectrice, l'écartèlement est un supplice atroce, subi, il vous en ramentoit, par Ravaillac pour le meurtre d'Henri IV, mais dans le cas présent, je ne voudrais pas que pleurent

63

vos beaux yeux, car ni le baron du Becq ni Saint-Léger ne furent écartelés. Dès qu'ils apprirent leur condamnation par contumace, nos deux couards — comme il est bien naturel — se mirent à la fuite et on ne les revit jamais.

*

* *

Fogacer s'invita à dîner le lendemain de ma première séance au Parlement et, bien entendu, il savait déjà presque tout des impressions qu'elle m'avait laissées. Après la repue de midi, Fogacer et moi buvions à l'ordinaire notre dernier gobelet dans un petit cabinet. Catherine advint et requit d'être admise en notre bec à bec, nous en donnant ses raisons avec méthode. *Primo*, elle n'aimait pas être exclue et demeurer seule dans son coin comme une pestiférée. *Secundo*, sa cervelle n'était pas plus faible que les nôtres, tout le rebours. *Tertio*, elle était aussi capable que nous de demeurer close et cousue sur des secrets d'Etat. *Quarto*, elle était aussi adamantinement fidèle que nous au roi et au cardinal.

A peine avait-elle fini de prononcer ce nom qu'on toqua fortement à l'huis, et mon *maggiordomo* ayant donné l'entrant, apparut un mousquetaire de Richelieu qui insista pour me remettre un pli « en mains propres ». « Mais elles ne sont jamais sales ! » dit Catherine. D'un coup d'œil je lui fis entendre que cette sorte de joculation n'était pas de mise en nos graves entretiens. Elle prit alors une mine contrite des plus charmantes et secoua sa jolie tête pour me faire entendre qu'elle ne s'y risquerait jamais plus.

J'ouvris le pli et fus fort aise de le lire, car le cardinal m'y annonçait qu'il avait décidé de ne plus m'envoyer en Languedoc pour recruter le ban et l'arrière-ban, me voulant garder pour assister aux séances du Parlement où je serais plus utile au roi. Pour le Languedoc, il enverrait Monsieur de Guron qui, lui aussi, parlait d'oc.

J'annonçai aussitôt la bonne nouvelle à Catherine qui, comme on sait, déplorait fort mon département pour le Languedoc. Elle en fut ravie, et fit un geste pour se jeter à mon cou, mais je prévins cet élan amoureux d'un seul coup d'œil.

— Mon cher duc, dit Fogacer, vous n'ignorez pas que je suis en ce royaume les yeux et les oreilles du nonce apostolique, lequel — je le dis avec humilité — est par mes soins mieux renseigné que tous les autres ambassadeurs qui ont accès à Sa Majesté. Cependant, comme vous pourriez vous lasser de me laisser boire à vos sources, sans jamais boire aux miennes, je vous propose un troc.

— Un troc ?

— Un bargoin, si vous préférez. Vous me contez dans le détail ce qui fut dit en cette séance du Parlement à laquelle vous assistâtes, et je vous conte moi, par le menu, les moyens — parfois peu catholiques — que Louis emploie pour se procurer les clicailles nécessaires à la poursuite de la guerre.

— J'accepte votre bargoin, dis-je avec un sourire.

Et sans tant languir, je lui dis ma râtelée de cette séance au Parlement où je vis des Français applaudir à la proche défaite de leur patrie.

— Dieu bon ! dit Fogacer. A quels excès ne mène pas l'esprit de parti ! Par haine des huguenots, voilà nos hommes de robe devenus Espagnols. Ils n'ont même pas de jugeote assez pour concevoir combien serait dure en notre douce France l'occupation des Espagnols.

— Cher chanoine...

— Ne m'appelez pas « cher » chanoine, car justement, comme chanoine, je ne vaux pas cher.

— Est-ce à dire que vous êtes retourné aux péchés de vos vertes années ?

— J'ai fait bien pis depuis. Je suis devenu, sinon hérétique, du moins hétérodoxe.

— Par exemple ?

— Je pense que la morale de l'Ancien Testament — « œil pour œil, dent pour dent » — est immorale.

— Mais vous ne pouvez pas en dire autant de l'enseignement du Christ, puisqu'il défend qu'on lapide la femme adultère.

— C'est là, en effet, la vraie morale. Ce qui est troublant, c'est que la morale du fils contredise celle du père.

— A chacun, dis-je alors, de choisir celle qui lui convient le mieux.

— Mon cher duc, me permettez-vous de vous dire que vous prenez votre religion un peu à la légère.

— Et je fais bien : sans cela elle me pèserait trop. Mon cher ami, si nous revenions à nos moutons, j'entends à la pécune nécessaire à la poursuite de la guerre ?

— Eh bien, Louis a d'abord usé des moyens classiques. Il a créé et vendu des offices aux bourgeois avides d'honneurs : bonne recette pour le présent, mais chargée pour l'avenir, puisqu'il faudra bien continuer à verser des gages à ces gens-là. Autre recette tout aussi classique : il a dégraissé les évêques et les moines d'un excès d'économies. Cependant, Louis a innové, à notre grand dol, en établissant une taxe inique d'un sol par livre sur toutes les marchandises vendues[1]. Et Louis fit aujourd'hui une chose bien plus abominable encore en commettant un crime qui était, pour ses sujets, puni par la hache du bourreau, décollations célébrées par des petits poètes du Pont-Neuf, dans ces termes :

> *C'est bien raison que l'on s'apprête*
> *A écourter ce rogneur sans foi,*
> *Qui rognait de si près la tête*
> *Aux images de nos rois.*

— Est-ce à dire, dis-je béant, que Louis va rogner sa propre monnaie ?

— Oui-da ! C'est ce qu'il ose faire !

— Mais, dit alors Catherine, toute rougissante de prendre la parole, comment rogne-t-on un écu d'or ?

— Par l'eau de régale, dis-je. Rien de plus simple.

— Et qu'est-ce donc que cette eau qui a la puissance de fondre l'or ?

— C'est en réalité, m'amie, un mélange d'acide azotique et d'acide chlorhydrique.

— C'est d'ailleurs, fit Fogacer, une opération très délicate, car en rognant il faut se garder d'entamer, ou pis encore, d'effacer la gravure de la tête du roi.

---

1. Le lecteur constatera ici que le véritable créateur de la TVA fut Louis XIII.

— Si on rogne, dit Catherine, il y a des rognures, et que fait-on de ces rognures ?

— Mais, ma belle, dis-je, d'autres écus, bien sûr...

CHAPITRE III

Sur l'ordre du roi, je continuais à assister aux séances du Parlement. Ces messieurs de robe me saluaient, mais ne m'adressaient que rarement la parole. Richelieu m'avait avisé que d'aucuns de ces chattemites se demandaient s'ils n'allaient pas donner pécunes à quelque mauvais garçon pour m'occire, mais, dit-il, il n'attachait pas beaucoup d'importance à cette rumeur. Néanmoins, Richelieu me conseilla de me protéger, et pour me rendre au Parlement je me vêtis alors d'une cotte de mailles dissimulée par mon pourpoint. Mais elle était si raide, si chaude et si mal commode, qu'à y réfléchir plus outre je m'avisai au surplus qu'elle était inutile. Car si l'on devait me faire passer de vie à trépas, cela ne se ferait certainement pas dans l'enceinte du Parlement, mais dans la rue, à l'entrant ou à la sortie d'une séance. Je décidai alors de me rendre au Parlement accompagné, non seulement par Nicolas, mais par une dizaine de mes Suisses géantins, lesquels encombraient la rue tout le temps que duraient les débats.

La parole chez ces messieurs de robe suppléant aux épées, l'un d'eux, trois jours plus tard, eut le front de me traiter *sotto voce* de *rediseur*. Ce propos me fut rapporté, et prenant à part le *quidam*, je lui dis que c'était là une parole vile, orde et fâcheuse et que je la lui eusse fait rentrer dans la gorge à coups d'épée, si le roi n'avait pas interdit les duels. Après cette algarade qui laissa l'insulteur blanc comme neige, j'ajoutai d'un ton plus calme en m'adressant à l'ensemble du Parlement :

— Messieurs, je n'agis pas en catimini, au rebours d'un rediseur, mais ouvertement, au vu et au su de tous. Vous n'ignorez pas que, si vous tenez céans des propos espagnols, ils seront par mes soins répétés dans l'heure à Sa Majesté, laquelle est mon maître, autant qu'Elle est le vôtre. Vous n'ignorez pas non plus que le roi vous sait très mauvais gré de vos lanternements à enregistrer les édits que Sa Majesté a pris pour renflouer son Trésor. Il y a apparence que certains d'entre vous découragent plus qu'ils n'encouragent les efforts qu'il déploie pour faire reculer l'invasion. La Dieu merci, le roi dispose contre vous d'un arsenal de contraintes et de sanctions qui devraient vous inciter à être plus circonspects dans vos actes et dans vos propos. On m'a averti que certains d'entre vous rêvaient de me faire assassiner. C'est là un propos puéril. Vous pensez bien que le roi, qui n'a pas hésité à porter sur le billot la tête d'un Montmorency, ne laisserait pas impuni le meurtre d'un de ses plus fidèles serviteurs.

De retour à ma chacunière (mot qui désigne, non comme d'aucuns le croient une épouse, mais la maison qu'elle partage avec vous), j'avalai une bonne, quoique sobre, repue avec Catherine, mais quasi sans ouvrir le bec, tant me préoccupaient la malice et le mauvais vouloir du Parlement à l'égard du roi. Quand nous fûmes couchés derrière les courtines, nous ne parlâmes pas davantage de prime, d'autres soins nous appelant. Mais comme à la sieste bougeante succède toujours la sieste paresseuse, Catherine me posa à la parfin la question qui lui brûlait les lèvres.

— M'ami, dit-elle, vous paraissez songeard et malengroin. Peux-je vous demander quelle vilaine mouche, au Parlement, vous a piqué ?

Je contai alors l'incident du matin chez ces messieurs de robe et, lui ayant dit là-dessus ma râtelée, j'ajoutai :

— Mon petit cœur gauche, vous ne sauriez imaginer les dégoûts que me donnent ces chattemites. Les défaites de nos armes leur donnent à chaque fois tant de joie qu'ils se gonflent déjà comme des oies et frétillent du bec à l'idée de becqueter à mort Richelieu après la victoire des Espagnols.

— Leurs propos sont-ils si messéants ?

— M'amie, ils sont damnables ! C'est tout juste s'ils n'ont pas laissé éclater leur joie quand les Espagnols, le seize août, ont pris Corbie.

— Quoi ? dit Catherine d'une voix offensée. Ils ont pris Corbie ! Le jour de l'anniversaire d'Emmanuel !

Réaction bien féminine qui me titilla fort, étant évident pour Catherine que les Espagnols, s'ils avaient eu un peu plus de tact, auraient dû choisir un autre jour que le seize août pour se saisir de Corbie. En même temps, si naïve que fût cette réplique, elle me toucha fort et, me penchant sur Catherine, je la couvris de baisers.

— Monsieur, dit-elle, faisant la fâchée, nous sommes en train de parler de choses sérieuses, et vous vous jetez sur moi comme une bête !

— Je vous en demande, m'amie, mille pardons. Je n'ai pas pu réfréner cet élan. Mais poursuivez, de grâce, vos questions.

— Mais qu'est-ce donc, Monsieur, que cette Corbie, pour que sa perte effraye tant et si fort les Parisiens que d'aucuns, à ce que j'ai ouï, font déjà leurs paquets pour gagner leurs maisons des champs ?

— Corbie, m'amie, est ville petite, mais bien fortifiée et se situe non loin d'Amiens. C'est sa proximité de Paris qui effraye nos petits sots. Et ils ont bien tort, parce que l'investissement de Paris n'est pas pour demain, pour la raison que la grande armée hispano-impériale s'est révélée fort timide en sa stratégie. Au lieu de piquer droit sur Paris et de l'investir, elle s'est attaquée, l'une après l'autre, à de petites places dont la prise était pour eux un sujet de contentement, mais n'avait, en fait, rien de décisif. Cela donna du temps au roi et à Richelieu pour rétablir le Trésor et former une armée.

— Et comment se déroula le siège de Corbie ?

— Ah, m'amie ! De la façon la plus honteuse qui soit. Monsieur de Soyecourt commandait la place forte avec mille huit cents hommes, armes et vivres, bien entendu, en quantité. Mais comme Monsieur du Becq pour La Capelle, et Monsieur de Saint-Léger pour le Catelet, Monsieur de Soyecourt capitula au bout de quelques jours sur la promesse que l'Espagnol lui fit de lui permettre de se retirer libre à Amiens. A l'évidence, peu chalait à cet officier le sort des soldats qu'il laissait derrière lui. Le roi jeta feu et flammes à ouïr cette abjecte conduite, et les Parisiens furent

si indignés qu'ils allèrent crier sur le Pont-Neuf :
« Raccourcissez Soyecourt ! »

— Et qu'arriva-t-il de lui ?

— Comme avaient fait avant lui le baron du Becq et Monsieur de Saint-Léger, il fit ce que font le mieux les couards : il prit la fuite.

— Mais, Monsieur du Becq, Monsieur de Saint-Léger, Monsieur de Soyecourt, cela fait beaucoup de lâches parmi les officiers de Sa Majesté à qui incombe la défense des places fortes. Comment l'expliquez-vous ?

— Il faut d'abord savoir que c'est sur la recommandation de tel ou tel maréchal qu'en temps de paix on baille à ces faibles cervelles le commandement d'une place forte : sinécure qui ne laisse pas d'emparesser et d'escouiller hommes et officiers, la Citadelle devenant à la parfin un doux cocon où ils s'encoucoulent, tout y étant en abondance, viandes, vins, et même quelques folieuses, introduites à la nuitée par la petite porte. Tant est que leur vie devenait si douce à vivre qu'ils oubliaient la guerre, et quand elle leur tomba sus, ils furent pris d'une telle panique qu'ils se mirent à la fuite.

Pour en revenir à nos membres du Parlement, il était évident que la prise de Corbie les avait ancrés dans l'idée que l'Espagnol allait nous vaincre, ce dont ils se réjouissaient fort, et ce qui expliquait leur mauvais vouloir à enregistrer les édits qui visaient à renflouer le Trésor.

Pis même, après la prise de Corbie, le Parlement décida de passer à l'offensive contre le roi et le cardinal. J'assistai, il va sans dire, à la séance où cette étrange démarche fut décidée. Le débat commença par une vive attaque de Monsieur de Mesmes contre le cardinal : « Outre, dit-il non sans perfidie, que la victoire de l'Espagne rendra inutile le renflouement du Trésor, si l'on veut vraiment trouver des pécunes, on les pourra trouver dans les places de Brouage et du Havre. »

Je me levai alors de mon siège et dis d'une voix forte :

— Monsieur de Mesmes, permettez-moi de vous dire que vos insinuations au sujet du cardinal sont aussi infondées qu'injurieuses. Les pécunes qui ont été dépensées au Havre et à Brouage l'ont été à bon escient, avec le complet assentiment de Sa Majesté. Le Havre a été fortifié pour résister aux attaques éventuelles des Anglais qui voudraient bien, maintenant qu'ils ont perdu Calais, se revancher en s'emparant d'une autre ville sur nos côtes. Quant à Brouage, les travaux qui ont été faits l'ont été à l'instigation du roi lui-même qui veut construire là, pour les besoins de son royaume, un grand établissement maritime.

Monsieur de Mesmes resta clos et coi après ce discours, mais son idée, à ma grande surprise, ne fut pas abandonnée. Le premier président, quoique sous une forme plus courtoise qui ne mettait pas Richelieu directement en cause, mit aux voix une motion qui fut votée à une faible majorité : le Parlement enverrait une députation au roi pour lui dire que « ses serviteurs, en matière de finances, le servaient mal ». Ce qui était fort injurieux pour Monsieur Bouthillier, le surintendant des finances, et aussi, bien sûr, pour Richelieu qui était visé au premier chef.

Je demandai de nouveau la parole, et bien que le président y fût très rebelute, il n'osa pas refuser de me la bailler.

— Messieurs, je suis en droit, en tant que duc et pair, de siéger en ce Parlement. Aussi vais-je vous bailler un conseil. Que vous le suiviez ou non est affaire à vous et à votre conscience. Mais tout me porte à croire que votre députation auprès du roi sera très mal reçue. D'abord, parce qu'au lieu de voter les édits qui permettraient au roi de ramasser les millions qui lui sont nécessaires pour la conduite de la guerre, vous critiquez ses finances, ce qui apparaîtra comme une sorte de mauvaise excuse pour justifier votre lanternement. Soyez bien assurés que le roi ne vous saura aucun gré d'attaquer et le surintendant des finances et le cardinal de Richelieu, c'est-à-dire d'ébranler en pleine guerre les colonnes de l'Etat. Votre députation s'expose donc, comme disait Jeanne d'Arc, à de « bonnes buffes et torchons », surtout si Monsieur de Mesmes en fait partie, ce dont il ne peut guère cependant se dispenser de faire, étant le père de ce projet calamiteux.

Cette croche-en-jambe[1] laissa sans voix notre chattemite, et amena des sourires çà et là dans l'assemblée, preuve que Monsieur de Mesmes n'était pas aussi estimé qu'il croyait l'être. En fait, j'appris plus tard que nombre de ses pairs le trouvaient insufférablement piaffard et paonnant.

Le roi n'attendit pas que le Parlement lui demandât de recevoir sa députation. Il convoqua au Louvre nominalement une dizaine de parlementaires, dont firent partie le premier président et bien sûr Monsieur de Mesmes.

L'accueil au Louvre de ces messieurs fut glacial.

— Messieurs, dit le roi, j'ai déjà eu l'occasion de vous dire que vous outrepassez vos droits. Ce pays est un Etat monarchique. Vous avez été nommés, je le répète, pour juger des différends entre Pierre et Paul et pour enregis-

---

1. L'expression s'est masculinisée depuis en croc-en-jambe dont la consonance est, en effet, plus brutale.

trer mes édits. Il ne vous appartient pas de vous occuper des affaires de l'Etat et je vous défends d'en faire désormais délibération.

Ceci fut dit avec une majesté si écrasante qu'aucun des parlementaires n'osa ouvrir le bec, ni même regarder le roi, lequel, au bout d'un moment qui leur parut fort long je suppose, se tourna vers Richelieu et dit :

— Monsieur le Cardinal, désirez-vous vous adresser à ces messieurs ?

— Je le ferai, Sire, dit Richelieu, et je vous remercie de m'en donner l'occasion.

Et promenant son regard sur les parlementaires, il dit d'une voix égale mais qui, chose étrange, résonnait en même temps comme un coup de fouet :

— Je ne sais pourquoi, vous autres, Messieurs, vous vous prononcez contre moi qui ai pourtant rendu tant de services à l'Etat.

Là-dessus, il y eut un silence et Richelieu poursuivit :

— Mais je ne vois pas Monsieur de Mesmes ?

— Je suis là, Monsieur le Cardinal, dit Monsieur de Mesmes, lequel, étant petit et estéquit, s'était escargoté derrière le dos géantin d'un de ses collègues.

« Je suis là, Votre Eminence, répéta Monsieur

de Mesmes, en sortant du rang, pâle, défait et cachant derrière son dos ses mains tremblantes.

— Eh bien ! Monsieur de Mesmes, dit Richelieu, parlez ! Dites librement votre opinion en ce qui me concerne, afin que je puisse vous répondre par de bonnes raisons.

Là-dessus, Monsieur de Mesmes resta plus muet que carpe, se demandant s'il n'allait pas le soir même coucher à la Bastille. Cependant, Richelieu le regardait d'un air tranquille, poli et patient, comme si Monsieur de Mesmes pouvait réellement et raisonnablement justifier contre lui ses venimeuses insinuations. Cette scène muette dura bien une minute et fut si pénible pour tous que nous fûmes reconnaissants au premier président du Parlement d'y mettre un terme en disant :

— Sire, en présence de Votre Majesté, nous sommes tenus de tout écouter et nous sommes aussi tenus de ne répondre point.

Argument habile, puisque le silence de Monsieur de Mesmes était gracieusement assimilé à une règle du protocole. Cependant, le roi en avait trop sur le cœur pour ne désirer point avoir le dernier mot.

— Messieurs, dit-il d'un ton coupant, voici ce que je pense. Le corps du Parlement est bon en général, mais je vois bien qu'il en est parmi vous qui sont Espagnols.

Autant dire des traîtres. Là-dessus, la délégation de ces messieurs se retira, ramassant autour d'elle, comme elle pouvait, les lambeaux de sa dignité.

Il va sans dire, lecteur, que ce coup de caveçon, administré par le roi à nos parlementaires, fit les délices de nos pimpreneaux et des pimpésouées de cour. Et du diantre si je me ramentois combien d'entre eux, les jours suivants, me susurrèrent à l'oreille : « Monsieur de Mesmes et l'Espagnol, c'est du pareil au même. » Voilà bien nos Français ! m'apensai-je, dès qu'une question sérieuse se pose, ils font sur elle un jeu de mots, et ils s'imaginent avoir tout résolu.

L'ire du roi contre les Parlementaires fut loin de s'apazimer dans les jours qui suivirent. Il ne laissait pas de dénoncer leur malice, leur mauvaise volonté et leur sotte prétention à gouverner l'Etat. En revanche, il se rasséréna quand il convoqua au Louvre les corps de métiers de Paris. Ces braves gens se jetèrent à ses pieds et offrirent leurs biens et leurs personnes pour le salut du royaume. Louis en fut touché aux larmes, et donna une forte brassée à ceux qui étaient le plus proches de lui. Le bruit s'en répandit. Les vieux soldats qui avaient connu Henri IV dirent qu'au fond — à part le peu de goût qu'il avait pour les garces — Louis était bien comme son père, familier avec tout un chacun, et à la guerre, comme on l'avait bien vu en Italie, soucieux de la santé et du pain du soldat.

Cette grande bonne volonté du peuple parisien ne fut pas un feu de paille. Promptement obéissants aux ordres du roi, les ateliers de maçons, de charpentiers, de couvreurs, et aussi les artisans travaillant en chambre, fournirent chacun — avec son enthousiaste assentiment — un commis dont on tâcha de faire un soldat. D'aucuns de ces ateliers plus aisés ou plus généreux offrirent au surplus la pique ou le mousquet[1] à leur commis pour soulager le Trésor du royaume. Ces armes, je le dis en passant, étaient en vente publique en Paris, mais à un prix qui avait été fixé par un édit pour éviter la spéculation.

On demanda aussi aux Parisiens pauvres, ou désoccupés, de remettre en état les remparts de la capitale : travail cyclopéen dirigé par des architectes renommés. Ils eurent la tâche d'instruire et de diriger ces pauvres gens qui firent merveille, travaillant de l'aube à la nuit. On les fournit largement en pain et vin, et de plus on leur donna — largesse inespérée — trois sols par jour. Ils nettoyèrent les fossés, relevèrent les

1. Il y avait dans l'armée royale de ce temps des régiments de piqueurs et des régiments de mousquetaires. On ne mélangeait pas les deux armes.

murs, et renforcèrent les quinze portes de la capitale aussitôt gardées jour et nuit par des soldats. Bien qu'ils fussent choisis parmi les plus sûrs, des peines terribles furent prévues pour les « coquins et couards » qui seraient assez fols pour ouvrir l'huis à l'ennemi.

En même temps qu'il fortifiait Paris, le roi se souvint de la cruelle famine des huguenots dans La Rochelle assiégée, et il fit entrer assez de grains pour nourrir la population de Paris pendant au moins un an. En fait, il y en eut tant et tant que ne trouvant plus de place dans les greniers on les mit, sous bonne garde et bonne clef, dans les églises, les couvents, les grands hôtels parisiens, les maisons du roi et même le Louvre.

Les fabricants d'armes furent seuls à être exemptés de fournir un commis aux armées. Toutefois la permission de recruter leur fut donnée à condition que les commis eussent dépassé l'âge de se battre. Le roi passa aux armuriers des commandes considérables surtout en canons, lesquels firent merveille quand on décida la reconquête des places prises par les Espagnols. Au cours de ces travaux de fortification, on captura un rediseur espagnol qui rôdait autour de nos remparts. On le soumit à la question, il demeura muet comme carpe. Plus humain et plus habile, Richelieu ordonna que l'Espagnol, lavé, pansé et nourri, lui soit amené. Je fus présent à l'entretien en qualité de truchement, et j'eus en fait quelque difficulté à entendre ce que disait le rediseur, mes connaissances en espagnol étant très limitées.

Il fut pétri et pénétré de respect devant le cardinal, et de son plein gré, quoique difficilement, fléchit le genou devant lui et lui baisa les pieds.

Richelieu lui dit d'emblée qu'il allait le relâcher car, à y réfléchir plus outre, il n'avait fait aucun mal, sauf regarder les remparts, mais sans toutefois parler aux ouvriers, ce qui eût été un crime capital. En conséquence, on l'allait libérer avec un passeport lui permettant de traverser nos lignes.

Le rediseur se jeta derechef aux genoux du cardinal et derechef lui baisa les pieds. Je l'aidai à se relever et à se rasseoir, me doutant que les coups qu'il avait reçus de ses aimables geôliers lui avaient moulu bras et jambes.

Avec douceur, le cardinal lui demanda de prime s'il était marié, s'il avait des enfants, si ses parents étaient encore en vie, et quel était son métier. Ces questions firent renaître le rediseur à la vie. L'instant d'avant il s'apprêtait à jeter à travers un nœud coulant un dernier regard vers le ciel et, grâce à cet angélique prélat, tout soudain il redevenait un homme. Après les questions sur sa famille, il y eut un silence, et le cardinal lui demanda, d'un air détaché et un visage riant, ce qu'il pensait du rempart de Paris.

— *Excelentisimo !* dit l'homme avec emphase. Si nous l'assiégeons, Monseigneur, il nous faudra autant de temps que pour prendre Breda[1].

Je sus par le surintendant Bouthillier que Louis fut de prime mécontent que le cardinal eût relâché le rediseur sans le consulter, et le cardinal dut lui expliquer pour l'apazimer que la redisance de l'Espagnol, portant aux nues nos remparts, serait certainement très avantageuse pour nous, étant de nature à décourager l'ennemi de nous investir.

Dans le cas présent, le roi ne pouvait guère reprocher au cardinal sa décision, car lui-même avait refusé d'assister à l'interrogatoire du rediseur. Ayant réfléchi là-dessus, Louis, qui était l'équité même, rengaina le coup de caveçon qu'il pensait donner au cardinal et lui fit compliment de l'habileté qu'il avait montrée en renvoyant aux Espagnols un rediseur qui exalterait nos défenses.

*

* *

---

1. Un des longuissimes et des plus célèbres sièges du siècle. La reddition de Breda à l'Espagnol a fait l'objet d'un saisissant tableau de Vélasquez.

Ces fabrications d'armes, ce recrutement quasi universel, ces grandissimes provisions de grains, ces grands travaux, saignaient le Trésor à blanc, tant est que ceux qui avaient de prime *sotto voce* blâmé le roi d'avoir rogné ses écus durent admettre que cette opération, en soi blâmable, s'était révélée d'une grande utilité, car on ne serait jamais venu à bout, sans elle, de si considérables débours.

Toutefois, le boursicot du roi se dégonflant encore, Louis s'avisa qu'il avait, cinq mois plus tôt, demandé au Parlement d'enregistrer des édits qui lui eussent rapporté quinze millions d'or. Malgré de nombreux rappels, cette demande n'avait pas été satisfaite. Irrité, Louis convoqua au Louvre une délégation de parlementaires qui devaient comprendre, entre autres, Monsieur de Mesmes. Je fus alors pris de quelque pitié pour ce sottard tout venimeux qu'il fût et, l'encontrant la veille, je lui dis *sotto voce* :

— Monsieur, si je puis vous bailler un conseil, c'est de rentrer chez vous et de vous mettre au lit, après avoir averti le premier président que vous vous trouvez mal allant.

— Et pourquoi cela, s'il vous plaît ? dit Monsieur de Mesmes d'une voix escalabreuse.

— Parce que demain le roi convoquera une députation de parlementaires au Louvre, et il se pourrait que vous en fussiez.

— Et pourquoi ne puis-je pas en être ? dit Monsieur de Mesmes d'un air belliqueux.

— Monsieur, dis-je avec sécheresse, si vous ne le savez pas, ce n'est pas à moi de vous l'apprendre.

Et coupant net le bec à bec, je lui tournai le dos et m'en allai. Lecteur, vous voulez sans doute savoir ce qu'il advint de cette rencontre. Monsieur de Mesmes suivit mon conseil. « Mal allant », il ne put faire partie de la délégation, son absence apazimant Richelieu qui, dans la suite, voulut bien oublier son étonnante méchantise.

En revanche, Monsieur de Mesmes m'en voulut toute sa vie de mon bon conseil et se répandit sur moi en propos messéants, toutefois assez prudents pour ne pas être rapportés. Mais, bien sûr, ils le furent. Le comte de Sault me conseilla de le faire bastonner par un de mes Suisses. Mais je noulus. A mon sens, en attaquant si mesquinement Richelieu, Monsieur de Mesmes avait prouvé de quel venin il était fait, et le venin, pas plus chez un homme que chez une bête, ne saurait se guérir.

*
* *

— Monsieur ! Deux mots, de grâce !

— Belle lectrice, naturellement je vous ois.

— Je voudrais que cette fois vous m'éclairiez, non en amont, mais en aval.

— Le diantre si j'entends bien ce jargon de marinier d'eau douce ? Veut-il dire que vous aimeriez avoir des lumières sur ce que je vais écrire ?

— C'est tout à fait cela.

— Et pourquoi donc ?

— Je sens que Louis va derechef chanter pouilles à ses parlementaires, et je m'en fais déjà un grand pourlèchement des babines.

— Vous les tenez donc en grande détestation ?

— Oui-da ! Pour ce qu'ils font passer la haine des protestants avant l'amour de leur patrie.

— Eh bien, voyons ce qu'il en est cette fois-ci. Le roi convoqua en effet une délégation de parlementaires, non au Louvre, mais à Versailles, ce qui leur imposait plaisamment une course beaucoup plus longue et par conséquent plus onéreuse pour eux, car il faudrait davantage d'avoine pour leurs chevaux. Or l'avoine, accaparée en grande partie par l'armée, était montée à des prix exorbitants, ce qui promettait à messieurs les parlementaires un voyage particulièrement onéreux : circonstance qui les poignait fort, étant pour la plupart chiche-face et pleure-pain, encore qu'ils ne fussent pas pauvres, tant de plaideurs leur graissant les pattes pour prononcer en leur faveur.

Mais les malheureux n'étaient pas au bout de leur peine. Par le plus calamiteux hasard, à peine les cochers avaient-ils échangé entre eux jurons et insultes pour ranger leurs carrosses dans la cour de Versailles (laquelle était bien assez grande pour loger le double de leur nombre) qu'une pluie diluvienne se mit à tomber, et nos parlementaires, relevant leurs jupes sans pudeur, se mirent à courir jusqu'au Palais, et y parvinrent trempés comme des barbets, ce qui retrancha prou de leur dignité, et ajouta à leur mésaise, car ils se doutaient bien que le roi allait, cette fois, leur mettre le nez dans leurs méfaits. La raison en était que, le deux janvier 1637, le roi leur avait demandé d'enregistrer les édits qui lui eussent permis de se procurer quinze millions d'or pour la guerre. Nos chattemites le lui avaient promis main sur cœur, mais quatre mois plus tard, ils n'avaient encore rien fait.

Le lendemain, au Parlement, Monsieur de Mesmes m'aborda poliment, me mercia de mes conseils et, après maints discours inutiles, me demanda ce que le roi ferait s'il ne voyait pas les bourses se délier. Je noulus demeurer bec béant devant une langue si bien pendue, et je pris sur moi de lui dire qu'à mon sentiment le roi, exaspéré, enverrait en Bastille tous ceux qui montreraient malice et mauvais vouloir à exécuter ses édits.

Notre bonne langue sema ce propos menaçant dans le Parlement et fût-ce cette menace ou le simple bon sens ? Le fait est que le roi, à la parfin, eut le boursicot qu'il voulait. Et l'or, comme on sait, aidant fort le fer, nous eûmes tous les canons que le roi avait commandés.

*
* *

Cependant, l'ennemi, ayant franchi la Somme, occupait ou menaçait les places fortes qui traditionnellement défendaient le cours du fleuve : Amiens, Corbie, Péronne et Roye. Le comte de Soissons, rappelé de Dole qu'il assiégeait, avait trop peu d'hommes pour attaquer de front l'armée germano-espagnole. Mais il reçut l'ordre de tenir à tout prix la ligne de l'Oise, pour la raison que l'Oise, si l'ennemi la franchissait, ouvrirait la porte de Pontoise, ville que le roi considérait comme le verrou de Paris.

Mais revenons à nos moutons acaprissats du Parlement. Comme ils le prévoyaient, la réception ne fut pas tendre.

— Messieurs, dit le roi, je trouve bien étranges les longueurs que vous apportez à l'exécution de mes édits, desquels je vous ai parlé tant de fois. Cependant toutes mes affaires se perdent, faute d'argent. Si vous saviez ce que fait un soldat quand il n'a point d'argent, vous ne vous comporteriez pas comme vous faites. L'argent que je demande n'est pas pour jouer, ni pour faire de folles dépenses. Ce n'est pas moi qui parle ici, c'est mon Etat. Ceux qui contredisent céans mes volontés me font plus de mal que les Espagnols.

Ici, une fois de plus, l'oiseau noir de la trahison voleta au-dessus des têtes penchées des parlementaires. Il y eut un long silence, puis le président du Parlement dit après un profond salut :

— Sire, nous vous promettons que d'ores en avant nous tiendrons le plus grand compte de vos demandes.

— Vous promettez ! dit Richelieu d'une voix plus froide que glace. Les promesses ne suffisent pas, il y faut des effets. Et le roi veut promptement voir les effets de ses édits.

*

* *

Pour en revenir au champ de bataille, des mesures nécessaires, mais cruelles pour la population, furent prises. Entre Somme et Oise, tous les moulins et tous les fours furent détruits, et détruits aussi les ponts sur la rivière Oise, tandis que les gués furent recreusés pour les rendre inutilisables.

Le roi prit alors deux initiatives qui se révélèrent très heureuses. Il quitta sa capitale à la tête d'une armée et gagna la ligne de l'Oise, Richelieu demeurant à Paris pour assurer l'Intendance. Au grand désespoir et défrisement de Catherine, je fus de la partie, Louis m'emmenant comme truchement au cas où il aurait affaire à des Impériaux. Comme toujours, Catherine me voyait déjà tomber, une balle dans le cœur, comme le pauvre prince de Guéméné.

Arrivé sur l'Oise, le roi la longea de bout en bout, et au cours de cette minutieuse inspection, il remarqua que deux gués étaient restés intacts. Il convoqua alors Monsieur de Laffemas et Monsieur de Beaufort, responsables de cet oubli, et leur chanta pouilles. « Messieurs, dit-il, oublier un seul gué, c'est les oublier tous, puisque l'ennemi peut passer. » A moi-même, il confia plus tard qu'à son avis Beaufort et Laffemas étaient poussins de la même couvée : ils parlaient prou, et faisaient peu.

Le roi, en venant lui-même sur le front de l'Oise avec une armée, des vivres, de la poudre, des mèches, des canons, avait singulièrement réveillé l'ardeur des soldats. L'armée était jusque-là commandée par le comte de Soissons, à qui Louis avait joint Gaston. Ce fut un bien mauvais choix, comme on verra plus loin.

Le roi ayant établi son camp à Chantilly, j'y trouvai un gîte fort plaisant chez une dame de Quercy dont le mari, lui aussi, avait été tué en Italie. Elle avait des yeux noirs chaleureux, une grande bouche, et des cheveux luxuriants. Elle parlait peu, mais pendant les repas elle m'envisageait sans mot dire avec des petites mines languissantes qui me donnaient fort à penser. La première nuit que je passai chez elle, je fermai au verrou mon huis, mais constatant la nuit suivante que le verrou avait disparu, j'entendis bien ce que cela voulait dire, et j'eus un moment l'idée de me barricader en poussant devant l'huis un lourd coffre qui se trouvait là. Mais mon malin génie me soufflant à l'oreille que ce serait couardise chez un gentilhomme de repousser de si tendres assauts et au surplus une fort messéante discourtoisie à l'égard d'une hôtesse si attentive, je renonçai donc à me barricader. Et comme aucun valet à cette heure tardive n'apparaissait, je voulus bien oublier que j'étais duc et pair, et décidai sans tant languir de me dévêtir, de me laver et de me bichonner. Là-dessus, je regagnai ma couche. Mon huis étant ouvert à tous rien qu'en abaissant le loquet, je me sentis quelque peu comme place démantelée, et peu fier de l'être, cependant que ma conscience me faisait d'amers reproches d'attendre ma défaite avec tant d'impatience, alors qu'ayant pris pour modèles mon pauvre Schomberg et le roi lui-même, je m'étais juré une adamantine fidélité à mon épouse, et, à vrai dire, jusque-là, malgré les tentations, j'avais tenu parole. Ces reproches de ma conscience tant me poignaient que je balançais à me relever pour pousser le coffre devant l'huis. Mais, lecteur, je n'en fis rien. Preuve que l'âme donne des ordres auxquels le corps n'obéit pas toujours.

L'attente fut si longue que je me demandais si la suppression du verrou ne tenait pas tout simplement à ce qu'il ne remplissait pas son office. Mais outre que cette pensée me déconfortait prou, je ne tardai pas à l'écarter, car le premier soir, j'avais remarqué que le verrou, bien huilé, glissait fort bien dans son anneau. Je chassai donc cette idée comme une ultime tentative de mon pauvre bon génie, et je soufflai la bougie. Ou plutôt non, je ne la soufflai pas, je la contemplai qui brûlait à mon chevet et je tendis aussi l'oreille pour tâcher d'ouïr des pas feutrés dans le couloir qui menait à ma chambre. Je ne les ouïs qu'à peine, mais fort bien au contraire l'huis qui, se déclosant violemment, révéla mon hôtesse qui n'avait sur elle qu'un châle de nuit. Refermant l'huis derrière elle, loin de s'asseoir à mon chevet, elle se jeta sur moi comme tigresse sur sa proie. Toutefois, elle ne me griffa pas, et quant à moi, quand j'ouvris le bec, elle me le ferma du sien, n'ayant que faire de paroles en ce prédicament. S'étendant alors le long de mon corps, elle me caressa sur toute sa longueur. Lecteur, répondez-moi de grâce à la franche marguerite : aurais-je pu résister à une peau si douce, à de tant délicieux contours, à des audaces si surprenantes ? J'ai vergogne d'avouer qu'oubliant cœur et conscience, de passif je devins actif. Ces tumultes achevés, je tombai dans un sommeil si profond que mon ange lui-même n'eût pu me réveiller. Cependant, quand j'ouvris les yeux à la pique du jour, mon sot orgueil d'homme se réveilla lui aussi, et je me sentis quelque peu froissé d'avoir été l'objet d'un « forcement », si petit qu'il fût. Et alors, fort sottement, je fis à mon hôtesse quelques petites remarques sur son effronterie. Lecteur, quelle imprudence ce fut là ! La dame me cloua le bec en un tournemain.

— Monsieur, dit-elle, le tétin houleux et l'œil jetant des flammes, vous avez sans doute en tant que gentilhomme de grandes qualités, et aussi en tant qu'homme, à ce que j'ai pu entendre (ceci, à ce que je supposais, était la cuillerée de miel qui précédait tout un bol de vinaigre), mais permettez-moi de vous dire, Monsieur, reprit-elle en haussant le ton, que dans le cas présent, vous êtes le plus grand chattemite de la Création.

— Moi, Madame ! dis-je, moi un chattemite !

— Oui-da ! Traître ! Je ne trouve pas d'autres mots pour stigmatiser votre odieuse hypocrisie. Hier, Monsieur, à la nuitée, quand nous soupions au bec à bec, vous n'avez cessé de m'assassiner de vos regards brûlants, lesquels se portaient tantôt sur mes lèvres, tantôt sur la rondeur de mon épaule nue, et tantôt sur mes tétins. Et vous avez présentement le front de me laisser entendre que vous n'avez rien demandé, alors que vous désiriez tout ! Et enfin, Monsieur, que n'avez-vous poussé le coffre de votre chambre devant votre huis ! Vous vous seriez alors remparé contre moi et vous eussiez pu dormir en toute innocence comme moine escouillé en cellule.

— Pardonnez-moi, m'amie, mais personne n'escouille les moines. Où serait alors le mérite de résister à la tentation ?

— Oui-da, Monsieur ! Vous êtes bien fendu de gueule à ce qu'il paraît, et vous parlez de miel. Il n'empêche que vous avez atteint les sommets de l'ingratitude et de la discourtoisie en mettant en avant ma supposée « effronterie ».

— Dès lors, Madame, qu'aurais-je dû dire selon votre vœu ?

— Mais rien, une gratitude silencieuse eût suffi.

— Elle est la vôtre, Madame, dis-je, du fond du cœur et à jamais.

Sur ces paroles elle se retira, et je tombai dans un grand pensement de ma Catherine, lequel me fit grand mal, tant âpre fut alors mon remords d'avoir failli à la fidélité que je m'étais juré de lui garder toujours.

*

* *

Nicolas avait déjà sellé nos chevaux et leurs impatients sabots résonnaient durement sur les pavés de la ville. L'heure était matinale, car Louis, se levant à la pique du jour, s'attendait à ce que ses serviteurs en fissent de même.

— *Sioac*, dit-il, dès qu'on eut pu me donner l'entrant, je désire écrire à notre fidèle alliée la Hollande. Connaissez-vous le hollandais ?

— Nenni, Sire, mais je parle l'anglais, langage qui n'est pas déconnu en Hollande.

— Vous écrirez donc en anglais cette lettre.

Lecteur, voici la teneur de cette missive, qui montre que, même en l'absence de Richelieu, Louis ne manquait pas de finesse politique : il demandait à notre fidèle alliée, la Hollande, de rassembler une armée, de franchir la frontière des Pays-Bas, et de faire mine d'aller assiéger Bruxelles. Louis comptait que la seule annonce de ce siège inquiéterait fort les Espagnols et les ancrerait dans l'idée de ne pas assiéger Paris comme le voulait Jean de Werth qui commandait l'armée impériale aux côtés des Espagnols.

La question en effet se posait derechef, puisque le franchissement de la Somme mettait l'ennemi à portée de l'Oise, de Pontoise, et par conséquent de Paris.

Mais l'arrivée sur les lieux de Louis avec une armée nombreuse et bien garnie en artillerie, la destruction des gués et des ponts sur l'Oise, ne faisaient qu'augmenter la mésaise des Espagnols que tourmentait fort, en outre, l'idée que leur capitale allait être assiégée par les Hollandais. Là-dessus, Louis, prenant l'offensive, reprit Roye — une des villes de la Somme — et menaça Péronne. Du coup, les Espagnols, comme dit le maréchal de Châtillon, « n'y allèrent plus que d'une fesse », et les Impériaux, dégoûtés de leur apathie, ne songèrent qu'à retourner chez eux.

Cependant, les Espagnols avaient encore dans les mains Corbie avec trois mille fantassins et deux mille cinq cents cavaliers, et avaient ajouté, en outre, avec une grande rapidité, leurs propres fortifications aux nôtres. Le roi, pressé par les maréchaux de La Force et Châtillon, décida d'attaquer. Toutefois, alors que Châtillon ne lui demandait que dix canons, le roi lui en donna trente. La reconquête de Corbie, qui nous avait coûté tant de larmes, ne prit que deux jours : le neuf novembre 1636, notre artillerie commença à tirer, et le dix novembre la garnison capitula.

*

* *

— Monsieur, un mot de grâce !

— Plusieurs mots, si tel est votre désir.

— Mille mercis, Monsieur. Voici ma première question. Votre commerce avec Madame de Quercy s'est-il poursuivi tout le temps que vous fûtes à Chantilly ?

— Question bien féminine.

— Etant femme, je n'en puis poser d'autres. Cependant, vous ne répondez pas à ma question.

— Si fait, le lendemain même de cette nuit remarquable et regrettable, je demandai au comte de Sault d'échanger son logis contre le mien, ce qui le laissa dubitatif, jusqu'à ce que je lui eusse confié à mi-mot combien Madame de Quercy était belle et chaleureuse.

« — En revanche, mon cher duc, dit-il, laissez-moi vous dire que je loge avec une vieille dame charmante qui me dorlote à l'infini, mais pour tout dire elle est aussi insufférablement bavarde.

« — Cela est très bien ainsi. J'ouïrai ses propos jusqu'à la fin du monde.

Ma résolution prise, mais n'osant affronter Madame de Quercy au bec à bec, je lui laissai au départir une lettre lui annonçant que le roi me changeait de cantonnement à mon grand dol et regret. Je devais donc hélas la quitter. « Cependant, ajoutai-je, vous ne vous trouverez pas seule. Mon remplaçant, le comte de Sault, est un parfait gentilhomme et je suis bien assuré qu'il vous plaira. »

Ayant non sans peine rédigé ce poulet, je profitai d'une absence de la belle pour départir, en lui laissant ma missive sur sa coiffeuse.

Je quittai donc Madame de Quercy, mais non sans dépit et regret, tant me paraissait ingrat, stérile et désolant l'exercice de la vertu.

CHAPITRE IV

La guerre était à peine, sinon finie, du moins apazimée, que les « brouilleries du dedans », comme disait le roi, recommencèrent à l'accabler. La Dieu merci, les griffes et les crocs de la terrible reine-mère avaient été rognés par un exil perpétuel. Mais Gaston, lui, était toujours là avec ses disparitions soudaines, ses bouderies irraisonnées, ses départs à l'étranger, ses exigences à l'infini.

Anti-espagnol, il s'était fort bien conduit pendant la guerre. Par la male heure, on lui avait adjoint le comte de Soissons, bâtard royal. Le cardinal ne tarda pas à se mordre les doigts de ce choix malheureux. Car c'était là deux poussins de la même couvée, ambitieux, turbulents, et insatiables en leurs exigences de terres et de pécunes.

Soissons eût trouvé naturel d'être pour le moins assis sur les marches du trône. Et Gaston, frère cadet d'un roi sans dauphin, aspirait impatiemment à le remplacer. Quant à la reine régnante, Espagnole de sang et de cœur, elle faisait des vœux pour la défaite du pays dont elle était la reine. Ce trio calamiteux partageait la même ardente haine contre le cardinal, le considérant, d'ailleurs à juste titre, comme le vivant rempart du roi. Tant est qu'à force de le haïr, ils conçurent l'idée de l'assassiner. Cependant, bien que de cœur avec eux, la reine ne joua aucun rôle dans le projet que conçurent Soissons et Gaston. Ce ne fut de reste pas à Paris, mais à Amiens, et en pleine guerre, que devait s'accomplir l'assassinat. L'affaire paraissait à vue de nez bien conçue, puisqu'elle tirait parti d'une disposition protocolaire : là où se trouvait le roi, seule sa garde personnelle avait le droit d'être là. Autrement dit, le cardinal ne pouvait, dès lors, être entouré et protégé par sa propre garde. Or, à Amiens, le roi tenait habituellement Conseil en l'hôtel de Monsieur de Chaulnes, gouverneur de la Picardie. Le Conseil terminé, le roi quittait l'hôtel, accompagné de sa garde, Richelieu le suivant, mais sans être lui-même gardé, et s'attardant à saluer les personnes qui étaient là. C'est à ce moment précis, alors qu'il était isolé au milieu de la foule, que trois gentilshommes appartenant à Gaston devaient fondre sur lui, l'immobiliser et le percer de leurs poignards. Or, il était convenu que le signal de l'assaut, qui était des plus simples, devait être donné par un simple clignement d'œil de Gaston adressé aux assassins.

Ceci se passait, ou plutôt eût dû se passer, le dix-neuf octobre 1636, et cette date aurait pu devenir aussi tristement célèbre que celle de l'assassinat d'Henri IV.

Par bonheur, il ne se passa rien. Les regards des assassins étaient rivés sur le visage de Gaston, attendant le signal convenu. Et le signal ne fut pas donné. Tout le rebours. Gaston tourna soudain les talons et courut se réfugier dans la salle du Conseil qu'il venait à peine de quitter.

A cette occasion, on le traita de lâche. J'opine tout autrement. Gaston avait montré du courage pendant le siège de La Rochelle, et de nouveau quand on reprit Corbie, qu'il avait de reste le premier encerclée sous le feu de l'ennemi. A mon sentiment, la raison de sa volte-face s'explique par le fait qu'ayant beaucoup d'esprit, il avait peu de jugeote. Il concevait vite et mal ses entreprises et, à la première difficulté, il abandonnait.

A mon sentiment, au moment où il allait donner le meurtrier clignement d'œil à ses spadassins, l'énormité de son acte lui sauta aux yeux.

Il n'en pouvait douter. Si Richelieu mourait sous le couteau de ses spadassins, la fureur et la vengeance du roi seraient implacables. Or, la garde royale était à ce moment-là si proche que la capture des meurtriers ne faisait aucun doute, ils seraient soumis à question, serrés en geôle, exécutés et lui-même, reconnu pour l'instigateur du crime, serait alors serré dans un château, fortement gardé, pour le reste de ses jours. En outre, châtiment terrible, il serait excommunié par le pape pour avoir tué un prêtre. Leur projet abandonné, cette peur panique fut suivie d'une autre. Gaston et Soissons craignirent que leur entreprise — alors même qu'elle n'avait pas reçu le moindre commencement d'exécution — n'ait été découverte par la police du cardinal. Et de retour à Paris, ils quittèrent la ville dans la nuit du dix-neuf au vingt novembre, sans en avoir avisé le roi, Gaston se réfugiant dans son château de Blois, et le comte de Soissons à Sedan, chez le duc de Bouillon. Ce furtif et nocturne départ, sans autorisation préalable du roi, relevait du crime de lèse-majesté et augurait fort mal de l'avenir. Sans bien entendre la raison de cette double fuite, le roi et le cardinal la trouvèrent suspecte, et ils virent en elle une nouvelle révolte de Gaston, secondé cette fois par un allié redoutable et qui connaissait la guerre.

Au retour de l'armée, avec quelle joie je retrouvai à Paris ma chacunière, et dedans Catherine et mon fils. Dès la première frémissante brassée, Catherine m'annonça à l'oreille qu'elle était de nouveau enceinte, et qu'elle priait Dieu ardemment pour qu'il la laissât aller jusqu'au terme de sa grossesse. Car, maintenant que notre lignée était assurée par un fils, elle désirait ardemment une fille.

Comme bien l'on pense, après le repas, la sieste et ses tumultes, le babil des courtines alla bon train.

— Dieu bon ! dit Catherine, je suis au comble de la joie que soit finie cette guerre abominable.

— M'amie, c'est l'invasion qui a pris fin, mais non la guerre. Elle va se poursuivre un peu partout en France dans les Pyrénées, ne serait-ce que pour chasser l'Espagnol de Saint-Jean-de-Luz et aussi, en Méditerranée, pour reprendre les îles de Lérins.

— Je l'ai ouï dire pour les Pyrénées, mais non pour les îles. Est-ce bien assuré ?

— Tout à fait. Richelieu a commandé à ses armateurs de construire des galères, la galère étant le vaisseau le plus propre pour naviguer en Méditerranée, pour ce que le vent, y étant très capricieux, peut tomber d'un moment à l'autre, laissant vos voiles pendre comme des loques et le voilier s'encalminer.

— Et la galère ne l'est pas, elle, encalminée ? dit Catherine.

— Elle ne saurait l'être, car elle est mue par les pelles.

— Les pelles ?

— C'est ainsi que les galériens appellent les rames.

— Et je suppose que ces pauvres galériens, on les traite à bord abominablement mal.

— On les traite assez mal, mais on les nourrit fort bien ; sans cela, ils n'auraient pas la force nécessaire à leur épuisante tâche.

— Je croyais que seuls les Maures utilisaient les galères pour piller les côtes de la Méditerranée.

— Et elles étaient, en effet, si rapides que nous ne les aurions jamais arrêtées sans construire nous-mêmes des bateaux comme les leurs.

— Et nos galères, qui les fait marcher ?

— Je vous l'ai dit, m'amie, nos galériens.

— Mais comment les recrute-t-on ?

— Parmi les condamnés à mort qui préfèrent la pelle à la corde.

— Comment se fait-il, dit Catherine d'un ton

piqué, que vous sachiez tant de choses, et moi presque rien ?

— Parce qu'on vous a élevée pour mettre au monde des enfantelets et les élever.

— Et vous, par contre, on vous a élevé pour faire tout le reste.

— Ne vous plaignez pas trop, m'amie. Dans ce « tout le reste », il y a aussi la guerre.

— Pour une fois, Monsieur, c'est moi qui vais vous apprendre meshui quelque chose. Je connais une nouvelle que vous ne connaissez pas.

— Je vous ois de toutes mes ouïes.

— Mes belles amies de cour m'ont chuchoté à l'oreille que la reine s'est rendue coupable pendant la guerre d'une gravissime trahison, mais sans en vouloir dire davantage, si bien que, depuis, la curiosité me ronge. M'ami, ôtez-moi d'un doute, savez-vous ce qu'il en est ?

— Pas le moins du monde.

*

* *

Au Louvre, je fus reçu par Bouthillier, lequel me dit que pour l'instant ni le roi ni le cardinal n'avaient de tâche à me confier, mais qu'ils aimeraient néanmoins me voir au Louvre tous les matins sur le coup de neuf heures, au cas où la nécessité d'une mission apparaîtrait.

Je ne fus guère enchanté de cette nouvelle procédure qui me passait la corde au cou tous les matins, alors que j'aimais assister, au moins en partie, à la toilette de Catherine, laquelle, de reste, me demandait quand et quand mon avis. Après réflexion, je le lui donnais, non sans prudence, et avec la gravité qui convenait au sujet. C'est ainsi que je la convainquis, après beaucoup de prêchi-prêcha, de ne plus user comme nos coquettes pour se pimplocher le visage de céruse et de peautre, l'un étant dérivé de l'étain, l'autre du plomb, et tous deux fort nocifs.

Le lecteur n'a sans doute pas oublié que j'aimais déjà, en mes jeunes années, assister à la toilette de ma « marraine », la duchesse de Guise, et d'autant que ses chambrières étaient jeunes et accortes. Tel n'était pas le cas des garcelettes qui assistaient Catherine, lesquelles n'avaient guère à se glorifier dans la chair : ce que mes lectrices n'auront aucun mal à entendre, le point de vue d'une épouse n'étant pas celui d'une mère...

Il va sans dire que je noulus quitter le Louvre sans aller visiter la princesse de Guéméné. Il était, certes, un peu tôt dans la matinée pour aller toquer à l'huis d'une dame, mais celle-là, grande promeneuse, nageuse intrépide et parfaite écuyère, n'était pas femme à se lever à l'heure où d'autres ont le ventre à table. Et par le fait, son *maggiordomo* ne fut nullement déconcerté par l'heure matinale de ma visite, et m'introduisit dans un petit cabinet où j'attendis à peine quelques minutes avant que la belle n'apparût.

Et belle, certes, elle l'était, et ce qui était se peut plus attrayant pour moi, elle était fort douce de cœur, de manières, et de voix, ce qui à mon sentiment est un très grand attrait chez une femme. En fait, elle me rappelait l'infante Claire-Isabelle Eugénie qui commandait les Pays-Bas espagnols, quand j'y fus pour porter à Gaston, comme on s'en ramentoit, le passeport du roi qui lui permettait de rentrer en France.

La différence était l'âge, la vêture et la vigueur. L'infante était plus âgée, portait par dévotion une robe de nonne, et elle était de santé fragile. Toutefois, pour les raisons que j'ai dites, je l'aimais prou et fus fort désolé quand elle mourut subitement pour avoir pris froid, comme je l'ai déjà conté, lors d'une interminable procession dans les rues glacées de Bruxelles. Il faut dire qu'elle la suivait à pied, alors que la princesse de Guéméné, à sa place, l'eût suivie dans sa carrosse, avec une chaufferette sous les pieds.

— Adonc, m'ami, dit la princesse de Guéméné joyeusement, qu'ai-je ouï ? Vous allez d'ores en avant venir au Louvre tous les jours à neuf heures ! Est-ce à dire...

Elle s'interrompit, rougit et, n'osant aller jusqu'au bout de son propos, se tut.

— Madame, dis-je, si votre pensée est la même que la mienne, j'aimerais la compléter en disant qu'en ce qui me concerne, je ne voudrais pas que ma visite quotidienne au roi fût la seule que je fasse au Louvre.

— Monsieur, dit-elle, vous vous exprimez avec une gentillesse qui me conforte dans l'espoir que je nourris, et qui est bien naturel chez deux amis, de vous voir plus souvent.

Je mis alors un genou à terre et lui baisai la main, puis me relevant et regagnant ma chaire à bras, je me répétai derechef la phrase de saint Augustin sur « *le seuil lumineux de l'amitié* », lequel a ceci de dangereux qu'il pouvait être « *dépassé* ».

— M'amie, dis-je, à peine ai-je mis le pied au Louvre que j'entends bruire des propos étranges sur la trahison de la reine.

— Hélas, dit-elle, il s'agit, en effet, de trahison. Mais celle-ci n'est pas personnelle, elle est plus grave : c'est une trahison politique.

— Politique !

— Hélas, on n'en peut plus douter ! Avant la guerre et pendant la guerre, la reine a transmis à l'Espagnol tous les renseignements qu'elle a pu glaner sur notre préparation et sur nos armées.

— C'est damnable !

— Et c'est aussi très puéril, car depuis le complot criminel de Chalais contre le roi — qu'elle connaissait, mais ne dénonça pas — la reine aurait bien dû penser qu'elle était surveillée de près par la police du cardinal, laquelle découvrit en effet qu'elle correspondait en catimini avec la duchesse de Chevreuse.

Lecteur, il ne se peut que tu ne te rappelles cette « chevrette », comme disait le roi, lequel l'avait exilée à la parfin à Couzières en Touraine pour la punir de ses infinies intrigues contre lui-même, le cardinal, et la politique qui était la leur.

Parmi toutes les cabales qui s'étaient dressées contre ladite politique : celle des dévots, celle des Grands, et celle des « Espagnols », « la cabale des vertugadins diaboliques », inspirée et dirigée par la chevrette, fut la plus insidieuse, et se peut aussi la plus dangereuse. Par malheur, la chevrette était fort amie de la reine qui ne pensait que par elle.

Or, la chevrette, exilée à Couzières, n'était nullement repentante, et continuait à correspondre avec l'Espagne par le canal de ses amis anglais. Le cardinal soupçonnait la reine elle-même de n'avoir pas cessé tout rapport avec la chevrette. Et il s'avisa un jour d'une circonstance insolite. La reine allait faire souvent ses dévotions en petit équipage au couvent du Val-de-Grâce et avait de longues conversations avec la mère supérieure. Le cardinal se douta bien qu'il ne s'agissait pas de clabauderies d'oiselles « pipiotant dans les ramures ».

Il soumit alors la mère supérieure à un interrogatoire sévère, et le couvent lui-même à une fouille serrée. Il ne trouva rien, ce qui ne prouvait rien non plus. On a de l'ordre dans les couvents.

Néanmoins, la reine était fort suspecte. Or, elle avait la tête si légère et si enfantine qu'elle pensa qu'elle pourrait passer au travers des filets du cardinal. Dans son aveuglement, elle écrivit de sa main une lettre, et à qui ? Dieu bon ! à qui ? sinon à Mirabel !

Le marquis de Mirabel, gentilhomme espagnol de grand talent, dont il a été question dans ces Mémoires au moment où il était ambassadeur d'Espagne à Paris, quand il quitta ce poste, devint premier ministre de Philippe IV d'Espagne, qui le donna ensuite comme second, et un second fort précieux, au cardinal-infant qui gouvernait, comme il pouvait, les Pays-Bas espagnols.

La reine, après avoir écrit sa lettre à Mirabel, sentit bien toute l'audace de son entreprise et elle imagina, pour acheminer la lettre, un itinéraire compliqué. Elle la confia de prime à son fidèle portemanteau, lequel la devait confier à son tour à un nommé Augier, résident anglais à Paris, lequel devait aller à Bruxelles la remettre personnellement entre les mains de Mirabel. Le portemanteau de la reine s'appelait La Porte. Valet de haut rang, il ne portait pas que le manteau de Sa Majesté. Il lui rendait mille et un services, étant à Elle passionnément attaché au point qu'on disait, chez le domestique de Sa Majesté, qu'il était d'Elle quasiment amoureux.

La Porte, dont la police suivait tous les mouvements, fut arrêté à la parfin au moment où il entrait chez Augier qui était lui-même suspect de sympathies espagnoles. Ce qui se passa ensuite me rappela l'arrestation de Ravaillac par la garde d'Henri IV. Elle l'arrêta parce qu'il furetait autour du Louvre comme s'il attendait la sortie du roi. Mais elle le fouilla très mal, se contentant de lui tâter le dos, le ventre, les flancs et les cuisses. Si elle l'avait mis nu, comme c'était son devoir, elle eût trouvé le couteau meurtrier attaché à son mollet, et Henri IV ne serait pas mort assassiné.

Les gendarmes de Louis XIII furent autrement consciencieux. Ils mirent La Porte nu comme ver, et cela fait, ils fouillèrent sa vêture avec la dernière minutie. C'est ainsi qu'ils découvrirent, cousue sous le genou droit de son haut-de-chausse, la lettre de la reine à Mirabel.

On interrogea La Porte et on le serra en Bastille. Fidèle à sa maîtresse, il se ferma comme une huître. Les geôliers l'eussent volontiers mis à la question. Le cardinal jugea que c'était inutile. La lettre de la reine à Mirabel était suffisamment explicite pour établir sa trahison. On inspecta de nouveau le couvent du Val-de-Grâce. La supérieure, mère Saint-Etienne, tomba miraculeusement malade quand on fouilla son couvent, sans trouver du reste le moindre indice. On annonça alors à la mal allante qu'elle était guérie, mais déposée de son rang de mère supérieure, et reléguée comme simple nonne au couvent de La Charité-sur-Loire.

Le roi commit à l'interrogatoire de la reine le chancelier Séguier, le premier grand officier de la couronne depuis l'abolition de la connétablie. Bien qu'ayant regard sur tous les aspects de la vie du royaume, le chancelier incarnait particulièrement la justice, ministère où il excellait. Il avait beaucoup d'esprit, de tact et de talent, et se tirait à son avantage des situations les plus délicates.

Issue de l'élite marchande de la capitale, sa famille s'était ensuite élevée par les offices de finances et de justice. Possédant lui-même le talent de faire des pécunes avec des pécunes, le chancelier s'enrichit prou en prêtant clicailles aux nobles endettés. Tant est qu'il acheta en

116

1624 à son oncle la charge de président du Parlement pour la somme de cent vingt mille livres. Et en 1633, devenu garde des sceaux, il la revendit quatre cent mille livres...

Les finances attirant les finances, Séguier épousa la fille d'un trésorier de la guerre, laquelle lui apporta quatre-vingt-dix mille livres de dot. Il aimait le *gentil sesso*, mais il ne fut jamais infidèle à son épouse, non par vertu, disait Fogacer, mais « parce qu'il était trop occupé à compter ses boursicots ». Ni goinfre, ni buveur, ni joueur, et aimant la marche, il jouissait d'une excellente santé et mourut à l'âge de quatre-vingt-quatre ans. Je l'ai souventes fois encontré dans les couloirs du Louvre. Il était vêtu avec élégance, mais dans les notes sombres, et sans les dentelles et colifichets abhorrés par le roi. Il portait une barbe noire taillée assez courte, et un air de sérieux et de majesté qui, je ne sais pourquoi, faisait penser à un rabbin.

On apprit ce qui s'était passé au cours de son interrogatoire par la reine elle-même, qui s'amusa à le conter à ses pimpésouées de cour, sans omettre l'incident le plus piquant de cet entretien.

Après les salutations protocolaires d'un sujet à la reine de France, le chancelier commença d'une voix neutre :

— Madame, le roi m'a confié une lettre de

votre main adressée au marquis de Mirabel et lui donnant certaines informations sur nos armées.

— Cette lettre n'est pas de moi ! s'écria la petite reine aussitôt.

— Madame, c'est ce que nous allons, se peut, découvrir en la lisant.

— Lisez, Monsieur, dit la reine d'un air hautain.

Et d'une voix posée, articulée, mais soigneusement neutre, le chancelier lut la lettre de la reine à Mirabel.

Quand il eut fini, la reine s'écria :

— Ce chiffon est une imposture ! Il n'est pas de ma main.

— Madame, dit Séguier, le roi, qui possède plusieurs lettres de vous, les a comparées à celle-ci, et a authentifié l'écriture et la signature.

— C'est qu'on les a bien imitées, dit avec feu la reine.

— On a aussi trouvé, Madame, deux fautes de français dont vous êtes coutumière.

— Monsieur le Chancelier, dit la reine avec feu, oseriez-vous critiquer mon français ?

— Dieu m'en garde, Madame ! C'est le roi qui parle ici par ma bouche.

— Et sur qui avez-vous trouvé ce chiffon de papier ?

— Sur votre portemanteau.

118

— Et vous a-t-il dit qu'il était à moi ?

— Non, Madame. Vous avez là un bon serviteur. A la première question il s'est reclos comme une huître. Mais nous savons qu'il est bien à vous par Augier.

Si la reine avait été innocente, ou plus futée qu'elle n'était, elle eût alors demandé qui était cet Augier, et quel rôle il jouait en cette affaire. Au lieu de cela, elle dit étourdiment :

— Et qu'a dit Augier ?

— Il a tout dit, Madame.

A ce moment, perdant tout espoir, la reine réagit comme une enfantelette : arrachant tout soudain la lettre à Mirabel des mains du chancelier, elle la cacha dans son décolleté.

— Madame, dit Séguier, ce geste est un damnable crime, car il détourne une pièce à conviction. Je vous somme de me la rendre.

— Nenni ! Elle est trop bien où elle est.

— Est-ce votre dernier mot ?

— Oui. Mille fois oui.

— Alors, je vais être obligé de la reprendre de ma propre main.

— Monsieur, cria la reine, oseriez-vous porter la main sur une personne royale ! Ce serait un crime de lèse-majesté au premier chef ! Et vous finiriez la tête sur le billot.

— Le billot, Madame, n'est pas pour ceux qui obéissent fidèlement au roi. Tout le rebours, je

119

le mériterais si je vous laissais prendre et détruire cette lettre.

— Monsieur ! Si vous osez faire un pas vers moi, j'appelle ma garde.

— Madame, le roi, vous connaissant, a pris ses précautions. Il a remplacé votre garde par la sienne, et vous n'avez pas d'espoir à attendre de ce côté-là. Madame, remettez-moi sans tant languir la lettre en question ou je vais la prendre de force.

— Jamais ! Jamais ! Jamais !

Le chancelier, alors, s'avança hardiment vers la reine, et immobilisant son bras gauche, plongea la main dans son décolleté. A vrai dire, il tâtonnait pas mal, n'étant pas coutumier de cet exercice. La reine, alors, s'impatienta, et y mettant la main à son tour ramena la lettre de sa cachette et la tendit rageusement au chancelier.

— Madame, dit le chancelier en mettant un genou à terre, je vous remercie d'être venue à résipiscence, et avec votre permission, je prends congé de vous.

— Allez, allez, Monsieur le Chancelier ! dit la reine d'une voix furieuse. Vous n'irez pas au Paradis ! C'est moi qui vous l'affirme !

— Madame, qui peut décider que nous serons sauvés, vous et moi, sinon le Tout-Puissant ?

Là-dessus, il fit à la reine les trois saluts protocolaires, et s'en alla, la sueur au front, serrant dans sa main crispée la lettre qui lui avait valu, bien à contrecœur, de toucher les tétins de la reine de France.

Cependant, la reine persista à tout nier avec l'effronterie d'une petite fille qui a mis le doigt dans la confiture devant sa mère et qui jure que ce n'est pas elle.

Mais, la Dieu merci, elle n'était pas aussi obtuse et obstinée que la reine-mère et, d'un autre côté, ses proches amies la persuadèrent qu'en continuant à nier, elle aggravait son cas par l'insolence de son attitude. En revanche, si elle avouait tout, sa confession, comme dans l'affaire Chalais, lui vaudrait sans doute le pardon.

Le dix-sept août, dûment chapitrée, la reine se résigna à demander un entretien au cardinal. Vous avez bien lu, lecteur, au cardinal, et non au roi. Elle avait peur des colères du roi, et elle était sûre en revanche que le cardinal, lui, ne se fâcherait pas. Elle l'attribuait à sa robe et à sa bonté. En quoi elle se trompait prou. Le cardinal détestait les femmes dont il disait qu'elles étaient d'étranges animaux et que d'elles il n'y avait rien de bon à attendre. Chose curieuse, cette misogynie l'amenait à se montrer assez indulgent à leur encontre : puisqu'elles n'étaient capables que du pire, on ne pouvait pas trop leur en vouloir.

Avant cette rencontre, la pauvre reine avait fait belle et longuette toilette, et jamais peine ne fut davantage perdue. Néanmoins, le cardinal la reçut, avec une courtoisie un peu roide, mais selon tous les signes du profond respect qu'imposait le protocole. La reine avoua tout, le cardinal l'oyant avec beaucoup d'attention et sans mot dire. Quand elle eut fini sa confession, Richelieu hocha la tête à plusieurs reprises, sans qu'elle pût savoir si ces hochements exprimaient la sévérité ou la mansuétude.

— Madame, dit-il enfin avec une extrême douceur, cela est grave, en effet, j'oserais même dire gravissime. Mais ne craignez rien, je vais m'employer de mon mieux à obtenir pour vous le pardon du roi.

La reine ne vit rien des raisons politiques qui inspiraient cette évangélique bonté. Elle fut envahie par une brusque bouffée de gratitude, et se levant avec la spontanéité et la naïveté d'une enfant, elle s'exclama :

— Faut-il que vous ayez de la bonté, Monsieur le Cardinal !

Et là-dessus, oubliant tout protocole, elle lui tendit la main. Le cardinal se garda bien de la saisir et salua la reine par trois reprises, pliant le genou à terre.

La reine n'était pas pourtant au bout de ses peines. Louis exigea qu'elle mît par écrit sa confession, en même temps que la promesse solennelle de ne pas retomber dans ses erreurs. Cette lettre devait être, en outre, écrite et signée de sa main.

Cette mansuétude me scandalisa quelque peu, mais à y réfléchir plus outre, j'en entends les raisons. Que pouvait-on faire d'autre ? Répudier la reine et la renvoyer en Espagne ? Engager ensuite un longuissime procès auprès du pape afin qu'il déliât le lien conjugal ? Mais ce procès, on n'était pas du tout sûr de le gagner, le pape gardant une fort mauvaise dent à Louis de ses alliances avec des pays hérétiques. Et que de temps perdu pour une fin si douteuse !

Ne valait-il pas mieux persister dans les efforts que Louis faisait quasi quotidiennement pour que la reine eût enfin un fils qui ne mourût pas avant que de naître, comme tous ceux qui l'avaient précédé. Quant à la trahison elle-même, on pouvait lui trouver, non des excuses, mais des explications. La reine aimait à l'extrême sa famille espagnole. Elle ne se lassait jamais de ramentevoir à ses dames d'atour qu'elle était la fille de feu Philippe III d'Espagne, la sœur du roi régnant, et la sœur aussi du cardinal-infant, gouverneur des Pays-Bas. La gloire de sa famille éblouissait ses yeux ! Et comme la France lui paraissait petite et mesquine en comparaison ! Et comme elle pleura, le jour où Louis XIII renvoya ses dames d'atour espagnoles en leur pays, en raison des insolences de leur conduite. Quant à son mari français, hélas, comme il ressemblait peu aux hidalgos altiers qui, à la Cour d'Espagne, la regardaient respectueusement, mais avec des yeux de feu. Louis, au début, bégayait quelque peu, il avait peur des femmes. Il n'osait la regarder en face. Ses premiers essais furent désastreux. Il fallut à la parfin le porter jusqu'au lit conjugal pour qu'enfin il réussît « à parfaire son mariage » avec la reine, comme disait chastement le nonce apostolique. C'était trop tard pour qu'elle lui en sût gré, cette longue attente, semaine après semaine, l'avait profondément humiliée. C'est vrai que leurs rapports eurent l'air, ensuite, de devenir normaux, mais la reine entendit bientôt que ce n'était pas par amour pour elle ni par désir que Louis, régulièrement, venait honorer sa couche, mais qu'il y venait accomplir un devoir dynastique, tâchant de tirer d'elle un dauphin.

Il est vrai que ni le *gentil sesso*, ni l'amour que l'homme lui porte, n'étaient à l'honneur dans l'éducation que Louis avait reçue. Il était fils d'une mère tyrannique qui tâchait de lui ôter son orgueil d'homme en le privant de tout pouvoir et en le rabaissant sans cesse, quoi qu'il dît. En outre, elle ne l'entourait que de laiderons de peur que l'amour, fût-ce celui d'une chambrière, lui donnât l'énergie de lui résister. Cette attitude

124

avait été renforcée par la façon dont il avait été élevé par des prêtres qui, de peur que Louis ne ressemblât au Vert-Galant, lui avaient décrit l'acte de chair comme le chemin qui menait à la perdition de l'âme. Qu'on le fît en mariage comme un pénible devoir, cela pouvait encore passer, mais qu'on y trouvât du plaisir, c'était déjà faire beaucoup trop de cas du corps, cette « guenille ». Toute Ève de reste était suspecte, qui pouvait mener par le plaisir à la perdition de l'homme. C'est ainsi que ces bonnes gens, croyant bien faire, façonnèrent un jeune homme qui, adulte, prenait une pincette pour fouiller dans le décolleté d'une fille. Il est vrai qu'il tomba plus tard amoureux de Mademoiselle de La Fayette, mais ce fut un amour platonique. Il se tenait debout devant elle, il la regardait, il lui parlait, mais il ne la touchait pas : l'empreinte de son éducation était indélébile. La belle, de reste, n'avait pas vocation à la chair. Elle entra au couvent. Il y alla la voir presque tous les jours, et derrière la grille du parloir, obstacle infranchissable, il lui parlait intarissablement. Bien que Louis dans les affaires publiques menât toutes choses avec la dernière énergie, il ne lui vint jamais en cervelle l'idée de se faire ouvrir d'autorité cette grille comme son père l'eût fait, ce qu'il fit du reste par deux fois, quand il assiégeait Paris. Comme on s'en souvient, il trouva dans ces couvents deux charmantes nonnettes dont la vertu n'était pas encore chevillée au corps.

*
* *

— Monsieur, un mot de grâce ! Etes-vous amoureux de la princesse de Guéméné ?

— Belle lectrice, cette question n'est que peu historique !

— Alors pourquoi l'avez-vous évoquée dans vos Mémoires ?

— Comment puis-je évoquer l'Histoire sans parler aussi de la mienne ?

— Vous ne répondez pas à ma question.

— C'est que, Madame, je n'en ai pas le désir.

— Madame de Quercy à Chantilly a donc eu raison de vous traiter de chattemite, car le fait est là, vous n'avez pas poussé ce coffre contre la porte sans verrou.

— M'amie, c'est à mon confesseur de m'entendre à ce sujet. Tout autre discours là-dessus serait redondant. Plaise à vous de me poser meshui une question pertinente.

— La voici pour vous plaire. Ni le roi, ni le cardinal, ni sa police n'ont rien su du projet meurtrier de Gaston et de Soissons à Amiens.

Comment se fait-il que vous, vous le connaissez ?

— Le comte de Montrésor s'en est confié à moi.

— Qui est ce comte de Montrésor ?

— Le grand veneur de Gaston.

— Pourquoi s'est-il confié à vous ?

— Nous sommes amis. Et ce projet meurtrier tabustait peut-être sa conscience, même s'il n'avait pas abouti.

— Et que ne s'est-il pas confessé plutôt à un prêtre ?

— Parce qu'il craignait sans doute que le prêtre estimât de son devoir de le redire à son évêque, lequel aurait très bien pu le redire au pape. Et pourquoi d'ailleurs se confesser ? Le meurtre était resté à l'état de projet et n'était pas un péché.

— La seule tentation, Monsieur, en était une.

— M'amie, votre théologie est sévère.

— Et ce que ce comte vous a dit, l'allez-vous redire au cardinal ?

— Fi donc, Madame ! Trahir un ami !

— Etes-vous fâché contre moi ?

— A peine un peu froissé, mais mon caractère a ceci de bon qu'un sourire le défroisse. Merci pour le sourire, Madame, il était ravissant.

— Peux-je encore vous poser question ?

— Posez, de grâce !

— Savez-vous les raisons pour lesquelles Gaston et Soissons, comme vous l'avez écrit, ont fui Paris en catimini, le premier s'étant réfugié à Blois en son fief, et l'autre chez le duc de Bouillon à Sedan ?

— Je ne le sais pas de façon sûre, mais je peux l'imaginer.

— Est-ce qu'un historien a le droit d'imaginer ?

— Nenni, il doit s'appuyer sur des documents.

— Tandis que vous, vous avez le droit que vous déniez aux historiens.

— Non plus. Mais n'étant que mémorialiste, je peux me permettre de faire de vraisemblables hypothèses, pour peu que je prévienne le lecteur que ce sont des hypothèses. Dans l'affaire qui nous occupe, il m'apparaît que les raisons que donnent Soissons et Gaston pour expliquer leur fuite ne sont pas convaincantes.

— Et quelles sont-elles ?

— Gaston se plaignait qu'on l'eût traité rudement et qu'entre autres choses on l'eût forcé à se démarier.

— Vous décroyez cette raison, et pourquoi ?

— Elle est un peu trop tardive. Quant à Soissons, il fuyait parce que le cardinal voulait le forcer à épouser sa nièce, Madame de Combalet. Or, le cardinal nourrissait, en effet, ce projet insensé mais, le roi ne l'appuyant pas, Richelieu n'avait aucun moyen de contraindre un prince du sang à épouser une dame dont la condition était manifestement inférieure à la sienne.

— Quelle était donc, à votre sentiment, la vraie raison pour laquelle ils s'enfuirent ?

— La voici, à mon sentiment, comme vous dites. Croyant fort à l'infaillibilité de la police cardinaliste, ils s'étaient persuadés qu'elle avait découvert le projet d'attentat, et qu'un jour ou l'autre le roi les châtierait avec une extrême dureté.

En quoi ils montraient peu de jugeote. Comment le roi aurait-il pu punir Soissons sans punir aussi Gaston, l'héritier présomptif du trône ? L'ironie de l'Histoire veut que la panique qui les avait fait fuir de Paris n'était en aucune manière justifiée. Ni le roi ni le cardinal ne savaient et ne surent jamais rien de l'attentat d'Amiens.

*
* *

L'absence de Gaston mettait le roi très mal à l'aise, car il redoutait une foucade stupide, comme l'avait été l'attaque de Castelnaudary, laquelle avait entraîné la mort de bons soldats et l'exécution du duc de Montmorency. Il engagea des tractations avec Gaston pour qu'il regagnât la Cour. Mais, comme à son ordinaire, Gaston commença par demander la lune : il voulait que le roi lui donnât en son royaume une place de sûreté, c'est-à-dire une forteresse dans laquelle il se pourrait enfermer en cas de conflit avec Sa Majesté. C'était demander au roi de l'armer pour lui résister davantage. Cette puérile exigence fut répétée plusieurs fois, et autant de fois rejetée.

C'est alors qu'on apprit que Soissons fomentait un extraordinaire complot. Gaston devait venir le rejoindre à Sedan et, une fois dans ses murs, on ferait venir la reine-mère, et l'on prendrait langue avec l'infant qui commandait les Pays-Bas. A eux quatre, ils publieraient alors un manifeste pour exiger que le roi fît la paix avec l'Espagne, le cardinal étant, bien entendu, exclu de la négociation.

Pour ces folles cervelles, il allait sans dire que, si ce manifeste était rejeté par le roi, le peuple français ne manquerait pas aussitôt de se soulever.

Or, si le peuple de France, en effet, se soulevait çà et là, c'était pour protester contre les taxes que le roi avait instituées pour rétablir son Trésor et donner du nerf à la guerre. Ni la reine-mère, déchue du seul fait de son exil volontaire, ni Gaston, connu pour ses perpétuelles foucades, ni Soissons, bâtard royal, et l'infant de Bruxelles encore moins, ne possédaient le prestige et l'autorité qu'il eût fallu pour émouvoir en quoi que ce soit les Français. Il était donc évident que ce projet d'un enfantillage navrant ne pouvait qu'avorter. Et Gaston, bien ococoulé dans son beau château de Blois, où ne manquaient ni les mignotes, ni les joyeux compagnons, ni les belles repues, n'était point fort chaud pour se lancer dans l'aventure qu'on lui proposait.

Les tractations avec le roi et lui-même n'avaient jamais été rompues et parurent même faire quelque progrès quand on lui envoya son propre confesseur, le père de Condren. Mais plus on traitait avec lui, et plus il faisait monter les enchères. Il voulait qu'on payât ses dettes, qu'on lui rendît ses revenus. Il exigeait en outre qu'on lui promît cent mille livres pour reconstruire le château de Blois, désirait enfin que tous les siens fussent amnistiés et remis en liberté, et qu'enfin le roi reconnût son mariage. Cette dernière exigence fit, me dit-on, grimacer fort le roi, car ce mariage, on s'en souvient, s'était fait sans son autorisation, et sans même qu'il en fût averti, avec une fille d'un ennemi du royaume, le duc de Lorraine.

Par ce matin de février, je me rendis au Louvre, non à cheval avec Nicolas, mais dans ma carrosse, le temps étant fort froidureux et la Seine charriant des glaçons. Je trouvai le roi maussade et marmiteux. Bouthillier me fit signe de m'asseoir et me dit à l'oreille de me tenir coi, ce qui voulait dire que le roi et le cardinal avaient eu maille à partir, j'entends non sur le but, mais sur le moyen. Il s'agissait de clore les transactions infinies avec Gaston. A cette fin, le cardinal proposait que le roi partît pour Blois avec seize mille fantassins et quatre mille cavaliers, non, certes, pour combattre Gaston, mais pour l'intimider, ceci en accord avec le précepte militaire : étaler la force pour en éviter l'emploi. Le roi résista à ce projet, ne le trouvant pas, disait-il, « opportun ». Je suppose qu'il n'était pas chaud pour se lancer dans cette expédition dans le mois le plus froid de l'année. Si j'ose ici avancer une autre hypothèse, avec toute la circonspection désirable, il se peut aussi que demeurer absent trois semaines au moins, loin de la grille du parloir que vous savez, lui faisait quelque peine.

Mais Louis, implacable en sa justice, l'était aussi pour lui-même. Il accepta à la parfin l'expédition, et départit par neige et grêle sur les routes glacées. Gaston, dès qu'il sut que le roi avançait vers lui avec une armée, lui envoya en toute hâte une estafette pour le prier instamment de ne pas aller plus loin qu'Orléans, vu que lui-même, quittant Blois, l'allait rejoindre pour s'entendre avec lui.

Après cette lettre, tout ne fut plus qu'idylle. Les deux frères, avec la même émotion, jouèrent une nouvelle fois la scène de la réconciliation avec de fortes brassées et de belles phrases de cour, élégantes et ampoulées, gages d'une affection éternelle. Le roi ne donna assurément point la place de sûreté tant de fois réclamée, mais les dettes de Gaston — rançon de sa vie magnifique — furent payées. On lui rendit aussi les revenus qu'on avait mis sous séquestre, et on lui promit l'énorme boursicot de cent mille livres qu'il réclamait pour reconstruire le château de Blois. Le roi, enfin, reconnaissait son mariage, mais il ne serait légalement parfait qu'au moment où il lui plairait de le faire célébrer au Louvre. Il peut paraître étonnant que Gaston ait accepté une clause qui remettait à une date indéterminée la réunion avec son épouse. Il est vrai que l'attente ne serait pas si longue à Blois, en compagnie de joyeux compagnons et de douces caillettes.

Chose curieuse, c'est le roi qui, séparé à Orléans de Mademoiselle de La Fayette, « trouvait les soirées bien longues », et pâtissait de son absence. A cette occasion, je me fis cette remarque qu'avec les deux frères fondus ensemble, on eût fait un parfait amant, l'un donnant le corps et l'autre, le cœur.

Pour le comte de Soissons, cloué par la peur

à Sedan, le roi et le cardinal trouvèrent une habile solution. Le roi fit une déclaration — certifiée par le Parlement — qui promettait l'amnistie à Soissons et à ses serviteurs pourvu qu'ils se remissent en leur devoir dans les quinze jours qui suivraient. Cette proclamation donna lieu à un échange de lettres courtoises entre Richelieu et Soissons, Richelieu lui écrivant dans des termes très pesés : « Monsieur, je vous témoigne la joie que j'ai de ce que, prenant le chemin de vous remettre entièrement dans les bonnes grâces du roi, vous prenez aussi celui de vous garantir de votre perte. » Dans cette phrase, on entend à la fin comme un petit coup de fouet ou si l'on veut un avertissement. Soissons, pour son plus grand malheur, était un grand fol et il n'écouta point. Il voulait bien rentrer dans le devoir, mais il désirait demeurer à Sedan jusqu'en 1641. Le roi eût désiré qu'on le lui refusât, mais le cardinal le convainquit de l'y laisser, non qu'il eût quelque fiance en la loyauté de Soissons, estimant tout au rebours qu'il était l'homme de toutes les brouilleries, mais qu'il valait mieux qu'il brouillât loin de Paris, et surtout loin de Blois.

Il ne se trompait pas, car au bout de peu de temps, le comte de Soissons réussissait à grouper autour de lui les Grands qui voulaient en finir avec le cardinal : les ducs de La Valette, de Guise et de Bouillon.

Le complot fut une aubaine pour nos ennemis. Les Impériaux donnèrent aux insurgés sept mille hommes, et les Espagnols promirent des pécunes. Cependant, Gaston, maugré qu'on lui eût dépêché un sieur de Bruxelles pour le prier de se joindre à la coalition, non seulement refusa, mais arrêta Vaucelle. Et il fit bien. C'était, en réalité, un agent du cardinal, lequel voulait, par ce subterfuge, savoir si Gaston demeurerait fidèle à ses serments.

Le roi dépêcha à Sedan, commandés par le maréchal de Châtillon, huit mille hommes et deux mille chevaux. C'était assez peu, mais Charles IV de Lorraine avait promis d'envoyer des troupes, lesquelles ne vinrent jamais : Charles IV ayant avalé sa promesse. Ce qui ne lui porta pas chance, comme on verra. La rencontre entre l'armée de Soissons et celle du roi eut lieu à La Marfée, et le comte de Soissons l'emporta. Mais ce succès lui fut fatal, car apercevant un petit corps de gendarmerie royale qui se retirait, Soissons, dans l'ivresse de la victoire, voulut l'anéantir. Dans la mêlée, il reçut dans l'œil un coup de pistolet qui lui enleva, à la fois, la vie et la victoire. Les coalisés virent dans ce coup de pistolet le verdict de Dieu. Et ils se séparèrent, chacun se retirant tête basse dans sa chacunière.

CHAPITRE V

L'épisode du chancelier Séguier, contraint par ses fonctions de plonger la main dans le décolleté de la reine pour y retirer la lettre qu'elle lui avait soustraite, devint, on s'en doute, les délices de nos petits pimpreneaux de cour, et encontrant le pauvre Séguier dans les couloirs du Louvre, nos coquebins ne laissaient pas de lui demander sans vergogne, tandis qu'ils le croisaient :

— Monsieur le Chancelier, comment sont-ils ?

Ces coquelets se croyaient finauds en disant « ils » au lieu de « tétins ». Mais le roi ne s'y trompa pas, et fit savoir que tout gentilhomme qui adresserait à Monsieur le chancelier des paroles ordes et fâcheuses, serait serré en Bastille tout le temps qu'il faudrait pour le dégraisser de sa goujaterie.

En ces jours agités, et surtout pendant les siestes de l'après-midi, le babil des courtines allait bon train.

— M'eussiez-vous pardonné, dit Catherine, si j'avais agi comme la reine ?

— Dans le cas d'espèce, oui.

— Et pourquoi cela, sa trahison étant si latente ?

— Il était clair que la reine de France épousait la politique de l'Espagne, mais cette partialité ne représentait aucun danger pour le royaume.

— Pourquoi ?

— Parce que la reine était naïve. Répondant à une demande secrète de Madrid, elle mandait à Mirabel, dans cette fameuse lettre, de faire l'impossible pour empêcher d'une part l'accord entre la Lorraine et la France, et d'autre part l'alliance de la France avec l'Angleterre.

— Et pourquoi ces démarches étaient-elles si naïves ?

— Parce que Mirabel n'avait à aucun degré le pouvoir et les moyens d'empêcher ces rapprochements. La Lorraine, qui avait déjà subi l'invasion des Français, n'ayant aucune envie d'en subir une seconde. Elle aspirait maintenant à la paix, et d'autant que la mort de Soissons et le retour au bercail de Gaston la privaient de ses alliés. Au surplus, ayant trahi sa promesse d'aider la France par les armes lors de la rébellion des Grands et de Soissons, elle ne cherchait meshui qu'à apazimer son puissant voisin.

« Quant à l'Angleterre, étant acquise depuis longtemps à la religion réformée, elle avait fini par entendre que son alliée naturelle n'était pas l'Espagne, tout entière acquise au concile de Trente et à l'éradication par le fer et le feu des protestants, mais sa voisine, la France, le seul Etat catholique du continent qui tolérât les protestants et les laissât vivre en paix sur son sol sans exclusion ni persécution.

— Si je vous entends bien, m'ami, les deux alliances se feront par la seule logique de la situation, et les Espagnols ne pourront pas les contrecarrer. M'ami, poursuivit-elle, peux-je quérir de vous ce que vous avez fait ce matin au Louvre ?

— J'ai écrit un petit discours sous la dictée de Richelieu.

— N'est-ce pas au-dessous de la dignité d'un duc et pair d'écrire sous la dictée d'un cardinal ?

— Pas du tout. S'agissant de ce cardinal, c'est un honneur.

— Et de quoi s'agissait-il dans ce discours, si j'ose vous le demander ?

— Osez, mon petit belon. Du fait que ce discours a été prononcé, je peux en dire la teneur.

— Et devant qui a-t-il été prononcé ?

— Devant les envoyés de Venise.

— Et pourquoi devant eux ?

— Parce qu'ils sont nos amis et répéteront dans l'Europe entière les confidences de Richelieu.

— Et que leur confia-t-il ?

— M'amie, répéter tout un discours ! quel hommage à ma mémoire ! Ce discours était fort court heureusement, et avait pour seule fin de minimiser la trahison de la reine.

— Je suis d'autant plus impatiente de l'ouïr.

— Le voici. « Nos ennemis, commença Richelieu... » Bien entendu, m'amie, par « ennemis » il s'agit des Espagnols, et ils vont recevoir leur paquet. Je poursuis. « Nos ennemis se servent de certains moyens dont j'ai répugnance à parler. Ils recourent à des religieuses pour pousser la reine à la faute. »

— Ne serait-ce pas plutôt l'inverse ? dit Catherine.

— Je le crains. Ici, le cardinal reprend et dit d'une voix forte : « La reine est une bonne princesse, pleine de mérites... »

— Je voudrais bien savoir lesquels !

— De grâce, m'amie, il s'agit de la reine de France ! Je continue. « La reine est une bonne princesse, pleine de mérites, elle n'a pas fait de fautes, sinon, parce qu'étant femme, elle s'est

140

laissé conduire par affection et par les sentiments qu'elle a pour sa maison. »

— Etant femme, elle aurait tout aussi bien pu se laisser conduire par le sentiment qu'elle a pour son mari et sa nouvelle patrie.

— M'amie, la vérité n'a pas sa place dans un discours politique.

— Et celui-ci l'était ?

— Au premier chef ! Il avait pour but de convaincre amis et ennemis du dehors, que roi et reine étaient réconciliés et que tout allait pour le mieux en France pour la continuation de la dynastie. C'était bien là le hic. Louis, qui eût voulu en ses enfances être appelé Louis le Juste, était, en effet, un homme rigoureux pour lui-même comme pour les autres. Il n'oubliait pas facilement les écornes qu'on lui avait faites, et bien qu'il eût dit et même écrit qu'il pardonnait à son épouse, en fait, il lui gardait une fort mauvaise dent, et maugré les objurgations discrètes du cardinal, il n'avait pu se décider encore à aller rejoindre la reine en sa couche. En même temps, il s'en voulait de cette répugnance, car elle l'amenait à trahir son devoir dynastique.

Le hasard et la tempête vinrent à son secours. Le cinq décembre 1637, le roi alla voir la demoiselle que vous savez à travers la grille de son couvent. Il s'attarda, échangea avec elle de tendres regards, car il n'était pas grand parleur, et la

« créature », comme il disait, était quasi muette. Elle n'ignorait pas qu'elle allait payer cette longue et silencieuse entrevue par la froideur glaciale de la mère supérieure et les perfidies murmurées par les nonnes.

Le roi s'attarda à cette visite, tant il avait besoin d'affection féminine, mais à peine fut-elle finie qu'une tempête violente éclata et comme Louis était à cheval et que les chemins ruisselaient d'eau, ils rendaient dangereuse une bonne trotte jusqu'à Saint-Maur qui était le but qu'il se proposait. Louis se trouva fort embarrassé, ses officiers de bouche, son lit et tout le mobilier de sa chambre étant déjà partis pour Saint-Maur[1], tant est qu'il ne savait plus où manger ni dormir. Triste prédicament pour un roi de France. « Sire, dit le capitaine aux gardes, il n'y a qu'une solution : Retournez au Louvre et demandez à la reine de vous héberger. » Le roi, surpris de cette proposition, fit d'abord quelques difficultés, les habitudes de la reine étant au contraire des siennes : elle soupait tard et se couchait encore plus tard.

— Mais la reine, Sire, dit le capitaine, sera heureuse de se conformer à vos habitudes...

Ce qui se passa ensuite entre le roi et la reine,

1. Les châteaux campagnards du roi n'étaient pas meublés, et on ne les aménageait que la veille de l'arrivée du roi.

je ne le sus que plus tard par une chambrière de la reine qui se prénommait Angélique et qui avait été de prime à notre service. Mais Catherine, la soupçonnant d'être plus proche des diables que des anges, la renvoya, et la pauvrette entra alors par mon entremise au service du cardinal, lequel la donna ensuite à la reine non sans arrière-pensée, à ce que je crois, la redisance étant la base même de la politique cardinalice. Quant à moi, chaque fois que j'allais rendre mes hommages à la reine, si je trouvais Angélique sur mon chemin, je lui tapotais la joue en lui disant quelques mots en oc, l'occitan étant sa langue maternelle. Elle aimait fort ces civilités qui venaient d'un duc et pair et la haussaient dans l'estime de ses compagnes. Et elle me remerciait en me venant voir chez moi dès qu'elle pouvait, et elle me tenait au courant de ce qu'elle avait vu et ouï. Je répétais le tout incontinent au cardinal, mais ne vous y trompez pas : Angélique n'était pas, à proprement parler, une rediseuse comme la Zocoli. Elle agissait de son plein gré sans être payée d'un sol. En fait, elle agissait par gratitude. A Catherine, ces visites en mon hôtel d'Angélique ne pouvaient que déplaire, même quand je lui en expliquai le motif. Elle s'apazima alors, mais toutes griffes n'étaient pas rentrées, car lors du babil des courtines qui suivit elle revint à la charge et dit :

— N'avez-vous pas vergogne d'espionner cette pauvre reine par l'intermédiaire de cette fille ?

A quoi, haussant le ton, je lui dis :

— La reine a-t-elle eu vergogne de trahir son mari au profit de nos ennemis ?

Cela fit rentrer les griffes de Catherine, mais sans lui clore le bec, car elle me fit soudainement un reproche qui n'avait aucun rapport avec ce qui précédait.

— La vérité, dit-elle, c'est que vous aimez le roi et le cardinal plus que moi.

A quoi je ris à gueule bec et dis :

— Je les aime, m'amie, mais sûrement pas de la même façon.

Elle sourit à cette saillie, mais sans consentir à me laisser le privilège du dernier mot.

— Tout du même, reprit-elle, je n'aime pas voir cette fille chez moi.

Elle oubliait que ce « chez moi » était aussi le mien.

— M'amie, si vous préférez, je la recevrai d'ores en avant chez Monsieur de Guron.

— Oh, je n'aime pas votre Monsieur de Guron ! Il est bavard comme pie, goinfre comme porc et court le cotillon comme fol.

— C'est aussi mon ami immutable, dis-je avec quelque reproche.

— Vous ferez donc ce que vous voudrez, dit-elle en me tournant le dos.

Ce qui, traduit en langage clair, voulait dire : « Vous ferez donc ce que je veux. »

Et j'y souscris en effet. Mais en mon for, je trouvais Catherine bien irréfléchie, car si le diable m'avait voulu jeter dans les bras d'Angélique, il l'eût fait bien plus facilement chez Monsieur de Guron que chez moi.

*
* *

Voici, lecteur, sans que j'en retranche rien, ce que me conta Angélique sur la visite impromptue de Louis chez la reine sur les huit heures du soir, une pluie furieuse battant les pavés de Paris.

La reine était déjà en ses robes du soir, ses blonds cheveux dénoués retombant sur ses épaules. Elle se tenait debout devant un beau feu flambant et tendait vers lui, l'un après l'autre, ses pieds nus. Quand elle vit entrer dans son salon Louis trempé comme une soupe, elle n'en crut pas ses yeux.

— Mais Sire ! s'écria-t-elle, mi-riante, mi-inquiète, comment vous voilà fait ! Appelez vite vos laquais pour vous déshabiller !

— Hélas, Madame, dit le roi, mes laquais sont à Saint-Maur, avec mes vêtures, mon lit, mes vivres et mes officiers de bouche, tant est que sans votre aide je ne pourrai, ce soir, ni me sécher, ni me changer, ni manger, ni dormir. Je quiers votre merci, belle dame !

— Et vous l'aurez, beau Sire ! dit la reine, égayée de ce que Louis employa pour une fois le langage badin de la Cour.

La reine appela alors Angélique qui commença à débarrasser le roi de sa vêture mouillée.

— Mais vous tremblez, Sire, dit la reine en riant.

— Oui, Madame, mais c'est de froid.

— Cela ne vous fait donc rien qu'une belle fille vous dénude ?

— Madame, la seule personne qui me ferait de l'effet en un tel prédicament, c'est vous.

A quoi la reine rit à gueule bec, émue et titillée. Et quand on en vint au séchage, elle prit la serviette des mains d'Angélique et essuya elle-même son royal époux de la tête aux pieds.

— Mais vais-je rester nu ? dit le roi, quand, le feu aidant, il fut sec.

— Que non pas ! dit la reine. J'ai tout prévu.

Et de ses mains elle prit un peignoir, et non sans que Louis sourcillât quelque peu, l'aida à l'enfiler, puis se reculant, elle rit comme nonnette au couvent. Il rit aussi de sa propre gaieté, tant elle y mettait de gentillesse. Là-dessus, on apporta une table, des assiettes, des gobelets et des morceaux de bœuf à nourrir chacun quatre personnes, la raison en étant que les officiers de bouche escomptaient que roi et reine ne mangeraient pas tout et qu'il y aurait donc de beaux restes pour eux.

Nos Majestés, devisant et riant comme écoliers hors école, mangèrent comme goinfres et burent à lut. Et quand, enfin, ils se levèrent, Anne vacillant quelque peu sur ses jambes, le roi la prit par le bras et dit :

— Madame, plaise à vous de me laisser vous conduire jusqu'à votre lit.

Il le fit et il fit mieux. Il la déshabilla.

— Sire, dit alors la reine, de grâce retirez votre vêture féminine. Elle n'est pas de mise céans.

A quoi ils rirent derechef, et la reine dit alors de cette voix rapide et précipiteuse qu'elle prenait pour donner des ordres :

— Angélique, tire les courtines, prends-en des chandeliers pour éclairer ton chemin, et ferme bien l'huis sur nous.

« Ce que je fis, dit Angélique, et l'huis reclos je les entendais rire encore. Ma fé, me disais-je, du diantre si à leurs rires ne vont pas succéder les soupirs... Je me sentis alors bien contente et soulagée dans mon cœur, car c'était la première fois, depuis la lettre à Mirabel, que Louis couchait derechef avec son épouse. »

*
* *

Bien que je sois bon catholique, aille à messe, me confesse et communie quand il faut, bien je me ramentois les justes critiques que nos bons huguenots adressaient à mon Eglise, et je dois dire que je suis, comme Louis d'ailleurs, indigné du faste de nos évêques, de la façon dont ils prélèvent leur dure dîme sur les paysans, et de leur avarice, quand il s'agit de payer les pauvres curés de campagne, et de réparer leurs églises.

Il y a, en outre, chez les dévots, des manières qui me déplaisent. Ils parlent sans cesse de la « damnation » en anticipant sans façon sur le jugement du Seigneur et d'un autre côté ils jasent sans fin de la « Providence », comme s'ils savaient d'avance ce qu'elle allait décider.

Cependant, pour une fois, je ne suis pas loin de croire que nos dévots ne se trompaient pas, quand ils proclamèrent *urbi et orbi* que la pluie torrentielle qui empêcha le voyage du roi à Saint-Maur et lui fit chercher un gîte chez la reine fut, comme ils dirent, « providentielle ». J'en fus de plus belle assuré en ouvrant le trente janvier 1638 la *Gazette* de Théophraste Renaudot où je lus en toutes lettres que Sa Majesté la reine était enceinte.

La liesse fut grande dans toute la France, traversée cependant d'une crainte que personne n'osait exprimer : depuis vingt et un ans, toutes les grossesses de la reine avaient avorté. Réussirait-elle, cette fois, à porter son fruit jusqu'à son terme ? De tous les coins de France s'élevèrent alors d'ardentes prières, les unes adressées à Jésus, d'autres à la Vierge Marie, pour que la reine, cette fois, accouchât, et accouchât d'un fils.

Ces prières furent exaucées, preuve irréfutable aux yeux des dévots que la pluie torrentielle qui avait poussé le roi à chercher refuge chez la reine était bel et bien l'œuvre du Tout-Puissant. Raison aussi pour laquelle on appela l'enfantelet *Louis Dieudonné*.

C'était, à la vérité, un pépon joufflu, fessu et bien membré. Tant est que l'ayant avec gourmandise regardé et palpé, les nourrices conclurent que celui-là « côté dames ressemblerait davantage à son grand-père qu'à son père ». Ceci fut dit entre elles *sotto voce*, mais Dieu sait comment, dès le lendemain, la prophétie fut connue de toute la Cour.

De mon côté, jamais en notre chambre le babil des courtines ne fut plus nourri ni plus long.

— M'ami, disait Catherine, je conçois que la reine soit heureuse d'avoir porté jusqu'au bout son fruit, et Louis fort soulagé d'avoir à la parfin un dauphin qui garantisse l'avenir de la dynastie. Mais j'entends mal le retentissement de cette naissance, lequel est tel et si grand que hors même de ce royaume nos ennemis s'en désolent et nos amis s'en félicitent.

— Mon petit belon, la réponse à votre question tient en un seul nom propre : Gaston.

— Gaston ?

— Oui-da ! Gaston ! L'homme de toutes les intrigues et de toutes les trahisons. Avant la naissance de Louis Dieudonné, Gaston était, en fait, l'héritier du trône et, en cette qualité, taillait un personnage considérable dans le royaume. Et que faisait-il ? Il vivait une vie de *farniente* et de débauche, et de temps en temps, il quittait la Cour sans crier gare pour se réfugier en pays ennemis, Lorraine ou Pays-Bas, lesquels étaient ravis de le recevoir, trouvant plaisir et profit à ce que la famille royale fût désunie, et comptant que, succédant un jour à son frère, Gaston serait plus ployable à leur politique. Aux lettres de Louis lui demandant de revenir au bercail, Gaston répondait en barguignant son retour en France contre de l'or. Il exigeait, en outre, des faveurs et des avancements pour ses favoris, et dans son inconscience n'hésitait pas à demander le cardinalat pour son propre confesseur, lequel avait fait un enfant à sa concubine... M'amie, si le dauphin n'était pas né, quel désastre c'eût été à la mort de Louis de voir Gaston monter sur le trône ! Rien ne serait resté de l'œuvre patiente de reconstruction du roi et de Richelieu. Non que Gaston fût sot, mais rien ne l'intéressait que de farnienter avec ses joyeux drilles et ses complaisantes caillettes. En outre, indifférent au royaume, il est probable qu'il eût fait comme sa propre mère quand Henri IV mourut : il eût, comme elle, mis la main sur le Trésor royal de la Bastille et, en peu de temps, l'aurait dissipé. Tant est que le nerf de la guerre ayant disparu, on aurait à accepter alors une paix honteuse avec l'Espagne.

— Et meshui, que va faire Gaston ?

— Dépité de ne plus rien être, ni au-dedans, ni au-dehors, je gage qu'il ira s'installer en son fief, le château de Blois qu'il aime beaucoup, et pour lequel il souhaiterait faire des travaux, dit-il, si le roi consentait à lui bailler un gros boursicot de clicailles.

— Et qu'en serait-il de cet énorme don ?

— Il est probable que le roi y consentira, trop heureux que la bonace dans la famille succède enfin à la tempête. Alors, la Dieu merci, les « brouilleries du dedans » seront bien finies, Gaston à Blois, la reine-mère partie en son éternel exil et la reine plongée dans les joies de la maternité...

*

* *

— Monsieur ! Pourquoi ne m'avez-vous rien dit jusqu'ici sur le père Caussin ?

— Belle lectrice ! Vous vous intéressez aux confesseurs du roi ?

— Ne serait-ce que par leur nombre. J'ai calculé que depuis le début du règne jusqu'à ce jour d'hui, il y en a eu sept, et les sept, renvoyés tour à tour. Et par qui ?

— Par le cardinal avec l'assentiment du roi.

— Mais qu'avait à faire le cardinal avec les confessions du roi ?

— M'amie, *tout* ! Car il y avait *tout* à craindre d'un prêtre qui recommanderait au nom de Dieu à son confessé une politique espagnole.

— Et pourquoi donc le père Caussin fut-il choisi ?

— Parce que de tous les candidats possibles c'était le plus sot.

— Le plus sot ? Mais il passait pour saint.

— Ce n'est peut-être pas incompatible.

— Monsieur, seriez-vous irrévérencieux à l'égard de notre Sainte Eglise ?

152

— Point du tout. J'honore les saints, sauf ceux qui ne me paraissent pas bien sérieux.

— Et il y en a ?

— Mais oui, saint Norbert, par exemple.

— Et qu'a-t-il fait pour mériter ce dépris de votre part ?

— Il était chanoine de Cologne et courait le cotillon comme fol, tant est que le Seigneur Tout-Puissant le frappa de sa foudre, laquelle ne le tua point, mais durcit sa mentulle au point qu'elle demeura, sa vie durant, raide et redressée. Etrange châtiment quand on y songe, puisqu'il encouragea, plutôt qu'il ne découragea, les amours du chanoine. Or, à sa mort, Dieu sait pourquoi, l'Eglise le fit saint, et à partir de ce jour les femmes qui désiraient ardemment un enfant invoquent son intercession auprès du Seigneur.

— Monsieur, vous m'en contez !

— Pas du tout. La reine elle-même priait saint Norbert, et il faut croire qu'il avait bien là-haut quelque influence, puisque la prière royale fut exaucée. Pour en revenir maintenant au père Caussin, c'est vrai qu'il écrivait des livres religieux et qu'il prêchait bien. Toutefois, il n'était pas prisé de ses supérieurs. Voici ce qu'ils disaient de lui. *Judicium in practicia infra*

mediocritatem, experientia rerum fere nulla, pru-
dentia in rebus gerendis parva[1].

— Pardonnez-moi, Monsieur, mais mon latin est lointain, et à vrai dire, il ne m'a jamais été proche. Et malgré tous ces défauts, Richelieu l'engagea ?

— Erreur ! Il l'engagea *en raison* de ces défauts, se disant que si le père tentait d'incliner le roi vers la politique espagnole, il le ferait avec tant de maladresse que le roi percerait vite ses desseins et, sans tant languir, lui donnerait congé. Richelieu ne se trompait pas. En effet, le premier pas du père Caussin fut un faux pas : il écrivit à son ami le père de Séguiran pour lui préciser le sens qu'il donnait à sa nouvelle tâche : « Le prince a des péchés d'homme et des péchés de roi. Comment concevoir qu'un confesseur soit donné au roi pour l'absoudre de ses péchés d'homme et non pas de ses péchés de roi. »

— Et quels étaient, aux yeux de Caussin, les péchés du roi ?

— Nombreux et accablants. Il avait, par l'édit de grâce, assuré aux huguenots français la liberté du culte. Il s'était allié à des pays protestants[2]. Il ne voulait pas entendre parler de l'éradication

1. Jugement plus que médiocre dans la pratique. Expérience de la vie quasiment nulle. Prudence dans la gestion des affaires insuffisante (lat.).
2. La Suède, la Hollande et les princes luthériens d'Allemagne.

radicale des huguenots préconisée pourtant par une autorité aussi haute que le concile de Trente. Le roi, enfin, entretenait une longuissime et sacrilège guerre contre l'Espagne qui voulait justement exécuter sans tant languir la sainte éradication demandée par le concile.

— Si j'entends bien, Monsieur, c'était toute la politique du roi et de Richelieu que le père Caussin voulait jeter bas. Et que serait-il arrivé si le roi avait refusé de reconnaître ces énormes péchés ? Le père Caussin lui aurait-il refusé l'absolution ?

— Nenni, nenni. Les choses n'allèrent pas si loin. Le père Caussin n'attaqua pas directement la politique du roi. Mais au cours d'un prêche auquel le roi assistait, il déflora en termes pathétiques la misère où la guerre avait jeté le peuple. Cette compassion évangélique était surprenante car pour les évêques, pour ne citer qu'eux, ils ne s'étaient jamais souciés de la misère du peuple, tout le rebours, ils l'avaient augmentée, levant une exorbitante dîme sur les gerbes de blé des paysans.

« Sans tant languir, on renvoya le père Caussin. Il déclara alors que son seul crime était d'avoir dit au roi ce qu'il ne pouvait taire sans se damner lui-même. Il se plaignit ensuite haut et fort d'avoir été traité comme un criminel, relégué à la parfin aux extrémités de la terre.

— Et comment, Monsieur, nomme-t-on cette extrémité ?

— Quimper.

— Fort joli port, à ce que j'ai ouï ! Mais pour en finir avec le père Caussin, pensez-vous vraiment que Richelieu ait volontairement choisi cet esprit médiocre pour qu'il commette tant de fautes qu'on pût le renvoyer à grand éclat, donnant ainsi un avertissement à ses successeurs ?

— Je le crois. Et la leçon fut comprise, en effet, car aucun des successeurs de Caussin n'osa faire la plus lointaine allusion à la politique du roi. Ainsi finirent, comme celles du Parlement, les prétentions de l'Eglise à imposer au roi la politique qu'il devait suivre.

*

* *

Le trente et un août 1637, mon épouse chérie, la duchesse d'Orbieu, accoucha d'une fille et fut dès lors plongée dans une immense liesse. La mienne n'atteignait pas ce sommet, mais y parvint de soi dès que l'enfantelette eut un an, car elle commença à me faire de petites mines enchanteresses qui me confirmèrent dans cette idée que les filles n'ont pas besoin de grandir pour apprendre la séduction. Elles la possèdent dès le premier balbutiement.

Belle lectrice, devinez quels prénoms, à ma prière, Catherine donna à notre fille ? Hésitez-vous ? Mais de grâce, m'amie, ramentez-vous cet épisode de ma vie à Bruxelles où je fus l'hôte de l'infante Claire-Isabelle pour qui je conçus aussitôt, à ma grande surprise, une amour à la fois fervente et platonique.

— « Platonique ? » remarqua à cet égard la princesse de Guéméné quand je lui répétai ces propos. Une relation si affectueuse entre un homme et une femme est-elle jamais véritablement platonique ?

— En l'espèce elle le fut. L'infante de Bruxelles était bonne, douce et généreuse. Mais elle portait, sans faire partie de l'ordre, une robe de clarisse ornée d'une grande croix. Et pour parler à la franche marguerite, je ne me voyais pas prendre dans mes bras une dame ainsi attifurée : j'eusse cru commettre un sacrilège.

Quant à Catherine, quand je lui fis le récit du renvoi du père Caussin, elle me dit :

— Mais n'est-il pas vrai que le roi ne se conduit guère en chrétien en infligeant à la reine-mère un exil éternel ?

— Le roi, m'amie, se protège, et défend son Etat. La reine-mère est si obtuse, entêtée et vindicative qu'elle n'a jamais tiré le moindre enseignement de ses bévues. Si elle revenait en Paris, elle prendrait aussitôt la tête de la cabale contre

Richelieu, et *les brouilleries du dedans*, comme dit le roi, recommenceraient de plus belle.

Là-dessus, on toqua à l'huis et quand je donnai l'entrant, pénétra dans la chambre Honorée, appuyant sur ses fastueux tétins cette enfantelette que ses deux prénoms ne paraissaient pas alourdir. Claire-Isabelle tendait les bras vers sa nourrice avec des cris à vous tympaniser. Mais ses hurlades promptement cessèrent dès qu'elle eut la bouche bien remplie de bon lait.

J'ai dit déjà à quel point Honorée faisait cas de ses tétins qui étaient, en effet, admirables par leurs dimensions, leur rondeur et leur fermeté, tant est qu'un jour, Honorée étant dépoitraillée, je ne laissais pas de jeter sur ces merveilles un œil furtif, m'attirant du même coup une remarque acide de Catherine dont il se peut que ma belle lectrice se souvienne[1].

Dans ce moment si prometteur de tant de joies, on toqua de nouveau à l'huis, et comme je donnais l'entrant mon *maggiordomo* apparut et me dit que le révérend docteur chanoine Fogacer demandait d'urgence à me voir. Je me levai avec un dernier regard vers Catherine et ma fille, et je gagnai l'antichambre où Fogacer, debout, pâle, déconforté, me donna une forte brassée et me dit à l'oreille :

1. « Etes-vous attiré par ces énormités ? »

— Je donnerais bien dix ans de ma vie pour n'être pas celui qui vous l'apprend. Monsieur votre père est mort.

— Mais quand ? criai-je.

— Cette nuit dans son sommeil.

— Mais comment ?

— En toute probabilité, son cœur s'est arrêté.

— A-t-il souffert ?

— Je ne le pense pas. Son visage est serein.

Mes jambes tremblant sous moi, je m'assis alors sur une chaire à bras et enfouis ma tête dans mes mains. Parce que mon père était si vigoureux en sa verte vieillesse et si épris encore de sa blonde Margot, je m'étais persuadé qu'il était immortel, et sa mort, survenant après la naissance de notre petitime, me donna l'affreuse impression que le Seigneur me reprenait d'une main ce qu'il me donnait de l'autre.

Mon père avait servi Henri IV avec la même passion que je mettais à servir Louis. Mais l'âge lui barrant la route des combats et le péril des missions solitaires, il décida d'écrire ses Mémoires, et arrivé au terme du temps qu'il avait vécu, il me pria de poursuivre son œuvre et de jeter sur le papier ce que j'avais vécu et ce que j'allais vivre au service de Louis et de Richelieu. De prime, je tremblais que mon écrit ne fût pas à la hauteur du sien, mais au premier essai que je fis, mon père me rassura. Certes, j'usais beaucoup moins que lui de notre belle langue occitane, mais c'était l'époque qui voulait cela. En revanche, je parlais à merveille le langage de cour de ses pimpreneaux et de ses pimpésouées que je ne cessais de dauber. Quant aux passages sur le *gentil sesso*, je lui demandai s'il ne les trouvait pas trop nombreux. « Non, non, dit-il, on ne parle jamais trop du *gentil sesso*. Suivez votre pente. Vous lui êtes reconnaissant d'être ce qu'il est. Ne vous lassez pas que de le répéter. Le *gentil sesso* ne se lassera pas non plus de vous ouïr. »

Et maintenant mon père, mon héros, mon modèle, n'était plus. Dès que je fus sorti de mon accablement, je commandai ma carrosse et ma suite, et sans vouloir que Catherine m'accompagnât comme en sa générosité elle me le proposait, je gagnai l'hôtel de mon père.

Mon cœur se glaça quand je le vis étendu sur sa couche, dans la terrible immobilité de la mort, les yeux clos et le visage éteint.

Je tombai à genoux et me mis à prier, mais les prières ne me furent d'aucun secours et moins encore le sermon du prêtre qui était là et qui promettait à mon père les félicités éternelles. Et comment diantre pouvait-il les lui promettre avant que le divin juge ne se fût prononcé là-dessus ? Et qui est jamais revenu de ces félicités-là pour nous en conter les délices ? D'ailleurs, sur

160

la nature même de celles-ci, je ne suis pas sans nourrir quelques incertitudes.

Comment peut-on être heureux sans avoir des yeux pour admirer les ors du soleil levant et les violets du crépuscule, sans avoir des oreilles pour ouïr la voix de la bien-aimée, et sans avoir de lèvres pour les poser sur les siennes ?

Je m'ouvris de ces doutes à Fogacer, lequel les balaya en un tournemain : « Mon cher duc, vous oubliez la résurrection ! »

Entre deux prières, je ne laissais pas de me rappeler tout ce que je devais à mon père : de prime un corps sain et gaillard dont notre cuisinière me dit un jour « qu'il me ferait bon usage » ; une joie de vivre qui, maugré les dols et les déceptions, demeurait vivace, la fermeté dans la conduite de mes entreprises, une fidélité adamantine à mon roi, la haine indéracinable des cancans, complots et cabales, et la résolution de n'être jamais chattemite ni chiche-face, et qui mieux est, la volonté de considérer avec indulgence mes propres faiblesses et aussi celles d'autrui.

*

* *

— Monsieur, comment se fait-il que vous ne

parlez plus en vos Mémoires de votre mère, la duchesse de Guise ?

— Elle m'a fermé sa porte.

— Et pourquoi donc ?

— La dame est hautaine et maugré ses prières, ses ordres et même ses menaces, je m'obstine à servir le cardinal de Richelieu qu'elle tient, de son côté, en grande exécration.

— Qui aurait pu croire que la passion politique chez une dame pût l'emporter sur le sang ?

— C'est qu'elle a pour confesseur un jésuite.

— Et vous n'avez donc plus de rapports avec elle ?

— Si fait ! Je lui envoie assez souvent des lettres et des fleurs. Elle ne répond jamais aux premières, mais me remercie toujours pour les secondes.

— N'est-ce pas absurde ?

— Je ne sais. C'est là le résultat d'une bonne éducation. On doit toujours remercier pour des fleurs, mais répondre à une lettre, c'est déjà se compromettre.

— Ne pâtissez-vous point de ne plus la voir ?

— Si fait. Et je suis bien sûr qu'elle en pâtit aussi. Mais irait-elle perdre sa part de paradis pour le seul plaisir de voir un instant ce fils satanique ?

— Et que fîtes-vous quand elle vous cloit l'huis au nez ?

— Que pouvais-je faire, sinon reporter tout mon amour sur mon père. En outre, j'avais mille raisons de nourrir pour lui la plus vive gratitude pour avoir pris le plus grand soin de mon éducation.

— Mais n'était-ce pas bien naturel ?

— Point du tout. Dans les familles nobles on se contente d'apprendre aux fils l'équitation, l'escrime et la danse. Mon père, lui, m'a dès l'enfance nourri aux lettres, à la mathématique, à l'Histoire et aux langues étrangères. Il fit mieux : il m'envoya à grands frais accomplir d'assez longs séjours en Angleterre, en Italie et en Allemagne, confiant qu'en plus de l'enseignement des maîtres, je rencontrerais aussi des dames qui seraient assez bonnes pour me perfectionner.

— Et qui fut le meilleur maître, les magisters ou les dames ?

— Les dames. Mais il n'y en eut qu'une par pays. Je ne voulais ni me disperser, ni apprendre des accents différents.

*

* *

Au cours de cette longue veillée au chevet de mon père, il survint un incident qui ne fut pas de petite conséquence. J'étais encore à mes prières quand j'ouïs un gémissement, et comme la chambre était mal éclairée, je ne sus de prime d'où il venait, mais mon œil s'accoutumant à la pénombre, j'aperçus Margot assise à même le tapis dans le coin le plus obscur de la chambre, ses bras entourant ses genoux et sanglotant son âme. Je commandai à Nicolas de l'aller chercher et de l'amener à mes côtés pour qu'elle pût prier comme moi au chevet de l'homme qu'elle avait adoré. Elle y consentit, me remerciant, d'une voix étouffée, de ma bonté, s'agenouilla, mais à bonne distance de moi, craignant de m'offenser, si elle était plus proche. Comme il se peut que le lecteur ne se ramentoit point qui était Margot, « notre petite voleuse de bûches », comme nous l'appelâmes de prime, j'en voudrais dire ici ma râtelée. Orpheline, vivant seulette dans une masure, elle mangeait le peu de pain qu'elle gagnait en soulageant les voisines de sa rue des travaux les plus durs, et elle pleurait ses nuits glaciales. Mais étant d'une nature impavide, elle imagina d'escalader le mur derrière lequel s'entassait notre réserve de bûches et d'y prendre du bois à sa suffisance.

A la parfin on s'en aperçut, on la guetta, on s'en saisit et on l'amena à mon père qui fut de prime béant qu'une garcelette aussi menue ait pu escalader un mur haut de deux toises. Ce vouloir-vivre et cette audace plurent à mon père et,

164

loin de la livrer au bras séculier qui l'eût pendue sans tant languir, il la prit dans son domestique et s'en félicita, tant elle se montra vive et laborieuse.

A son entrant chez nous, elle devait avoir douze ou treize ans, pas plus. Il était cependant difficile de l'acertainer, ses bras et ses jambes étant si maigrelets, ses fesses sans courbe aucune, et du tétin comme sur ma main. Cependant, même alors, elle était, une fois débarbouillée, plaisante à regarder, car elle était blonde, avec des yeux clairs, et toute en énergie et vivacité, et ne manquant pas de griffes pour se défendre d'aucunes de nos chambrières qui l'eussent voulu morguer.

Elle possédait aussi une autre vertu, et celle-là bien rare : la gratitude. Elle adorait mon père, et bien que ce sentiment fût de prime filial, il ne manqua pas de changer, et pour elle et pour lui, quand apparurent les rondeurs qui faisaient d'elle une femme. Mais ce ne fut pas là, lecteur, un caprice de maître, car cet attachement dura et grandit, tant est que Margot devint à la longue la maîtresse de maison. Elle portait dès lors, non le cotillon court, mais le vertugadin, et mon père lui donna, en outre, un précepteur qui lui apprit en peu de temps à lire et à parler un français que bien de nos pimpésouées de cour eussent pu lui envier.

Je ne sais combien de temps nous demeurâmes ainsi avant qu'apparût sur le seuil de l'huis, joufflue, mamelue, fessue et bien fendue de gueule, Mariette, notre cuisinière. D'une voix forte, mais les pleurs coulant sur ses joues, gros comme des pois, elle nous dit que ce n'était pas le tout de pleurer le pauvre Monsieur le marquis, le meilleur maître qui fût jamais, mais qu'il fallait aussi nourrir la pauvre bête, si on ne voulait pas à notre tour dépérir et périr. Qu'elle était bien assurée que Monsieur le marquis, du haut de son paradis, voudrait que ses derniers hôtes mangeassent à sa table une dernière fois, et que toute perdue de pleurs qu'elle était, elle avait cuisiné pour nous une soupe bien épaisse, que c'était là son métier et que c'était à nous de faire le nôtre en la mangeant. Je me levai alors et ceux qui étaient là me suivant, je passai à table, et à peine fus-je assis que je vis Margot sise à mon côté, ce qui n'était guère protocolaire, mais que je tolérai, la voyant si perdue et si désemparée. Je lui dis à l'oreille de sécher ses pleurs, et comme elle était sans mouchoir, je lui prêtai le mien qu'elle passa sur ses joues toutes chaffourrées de larmes. Après quoi elle me dit d'une voix éteinte :

— Mais qu'est-ce que le bon Dieu va bien faire de moi, maintenant que j'ai perdu le meilleur maître qui fût au monde ? Où peux-je aller, meshui, sans pain ni toit ?

— Mais chez moi, bien sûr, dis-je, dans le chaud du moment et sans réfléchir plus outre.

Et certes, lecteur, ce fut là un geste charitable et qui me venait du cœur. Mais comme la suite bien le montra, ce n'était peut-être pas une très bonne idée.

CHAPITRE VI

Propre, prompte, policée, Margot fit merveille en notre emploi. Elle conquit nos chambrières par sa serviabilité, n'hésitant jamais à prêter main-forte à quiconque était débordé dans sa tâche.

En outre, le fait qu'elle « parlât la langue des maîtres », et non point le baragouin de la plupart de nos valets et chambrières, ajoutait à son prestige. Cette gloire, toutefois, n'éblouissait point ses yeux. Elle resta toujours simple et gentille. Avec le *maggiordomo*, avec Catherine, avec moi-même, elle était toute politesse et obéissance.

Malgré tout cela, les choses se gâtèrent pour les raisons qu'elle était femme, et Catherine aussi. Quand Margot me disait naïvement : « Ah, Monseigneur ! Comme vous ressemblez à Monsieur votre père », je trouvais la remarque touchante, mais que pouvait conclure Catherine, sinon qu'ayant adoré mon père, elle reportait sur moi cette adoration. Et lorsque me versant du vin dans mon gobelet à table, son tétin frôlait mon épaule, c'est à peine si je le remarquais, mais ce frôlement n'échappait pas au regard aigu de Catherine. Toutefois, pour l'instant, elle ne disait rien, accumulant sans doute les indices que je ne remarquais même pas, et qui m'eussent paru insignifiants, si je les avais observés.

Cependant, l'orage, ayant au fil des jours et des nuits accumulé ses forces, creva tout soudain et l'aimable babil du matin se changea en réquisitoire.

— Monsieur, dit Catherine de but en blanc, je quiers de vous de bailler sans retard son congé à cette fille.

— Quelle fille ?

— Margot.

— Margot ! m'écriai-je, tombant des nues, Margot ! Mais c'est la meilleure de nos chambrières !

— En effet, dit Catherine, mais là n'est pas le point. Cette fille fait votre siège, et je ne le puis souffrir.

— Elle fait mon siège ! m'écriai-je, béant. M'amie, où prenez-vous cela ? Elle est avec moi comme avec vous, aimable et même affectueuse, marquant ainsi la gratitude qu'elle nous doit de l'avoir recueillie céans après la mort de mon père.

— Babillebahou, Monsieur ! Vous avez à l'ordinaire beaucoup d'esprit et de bon sens, mais point quand il s'agit des dames. Vous les aimez tant que leurs manigances vous échappent.

Là-dessus, Catherine égrena d'une voix dangereusement douce un long chapelet d'*indices* qu'elle avait recueillis contre Margot. Aucun, pris séparément, n'était convaincant, mais, s'il faut parler à la franche marguerite, l'ensemble l'était.

— A supposer, dis-je, que la caillette soit portée par l'amour de mon père défunt à le reporter sur moi qui lui ressemble tant, imaginez-vous, Madame, que sous votre toit j'irais céder et vous faire cette écorne ? Quelle bête brute ferais-je ! Sans compter que je me sentirais fort sacrilégieux à l'égard de mon père, si je touchais à un seul des blonds cheveux de la créature.

— Ces « blonds cheveux » sont de trop, Monsieur. Ils vous trahissent. Vous ne les auriez pas mentionnés si vous ne les aimiez pas.

— Du diantre, Madame, vous voyez des trahisons partout ! Le moindre mot que je prononce est déjà un aveu.

— Babillebahou, Monsieur ! Ne faites point l'innocent. Vous êtes si follement amoureux du *gentil sesso* qu'à peine avez-vous encontré une caillette accorte que déjà vous brûlez d'envie de la caresser. Et ne pouvant lui pouitrer les tétins à la première encontre, vous recourez alors aux caresses verbales dont vous usez à l'infini. Pour en revenir à Margot, vais-je accepter que l'étoupe soit si proche du silex ? Nenni ! Nenni ! Je ne serais pas si inconsidérée ! Margot est jeune, accorte et sémillante et à se frotter à vous tous les jours que Dieu fait, je crains fort que de ce frottement ne jaillisse un jour une mauvaise étincelle. Pour le repos de mon esprit et du vôtre, je requiers donc de vous, Monsieur, avec la dernière insistance, que vous donniez, sans tant languir, son congé à Margot.

— Son congé ! dis-je. Mais elle n'a commis aucune faute ! Et allons-nous jeter à la rue la protégée de mon père ! Ce serait déshonorant.

— Il ne s'agit pas de la rue. Ayant ouï que Madame la princesse de Guéméné cherchait une chambrière, je me suis assurée qu'elle accepterait de prendre Margot sur votre seule recommandation.

— Madame, dis-je au bout d'un moment, j'y vais songer et vous ferai part sous peu de ma décision.

Je pris alors congé de Catherine, mais assez froidureusement, sans brassée ni baiser, l'ayant

172

trouvée un peu trop haute à la main en cette dis-
putation.

*

* *

Le cardinal, et le roi plus encore, honnissaient
chez les serviteurs le moindre retard, et je parvins donc à neuf heures sonnantes au Louvre,
mais ne trouvai dans l'antichambre de Sa
Majesté que le surintendant des finances, Claude
Bouthillier, avec qui j'avais noué depuis belle
heurette des liens amicaux.

Après la brassée d'usage que je ne détestais
que lorsqu'elle était suivie de tapes douloureuses
sur les omoplates, je demandai à Bouthillier ce
qu'il faisait là, et il me retourna la question.

— Je suis céans, comme chaque matin à neuf
heures. J'attends d'apprendre de la bouche du
roi ou du cardinal la mission qu'il me va confier.

— Alors, attendez-vous au pire, dit Bouthillier avec un sourire. Le roi part avec son armée
donner aux Lorrains une bonne leçon pour
l'avoir trahi au moment où Soissons, Bouillon
et Guise avaient pris les armes contre lui. Vous
vous ramentez sans doute que Charles IV de
Lorraine lui avait promis par traité aide et assis-
tance, et sur le terrain, bien sûr, il a trahi sa promesse. Ce qui mit les troupes royales en infé-

173

riorité, lesquelles furent battues à La Marfée par le comte de Soissons, qui du reste n'en pissa pas plus roide, car une heure plus tard une balle de pistolet lui crevait l'œil et lui traversait les mérangeoises[1]. Tant est que sa mort détruisit sa victoire, et ses alliés, Guise et Bouillon, se mettant aussitôt à la fuite.

— Si je vous entends bien, dis-je, le roi va meshui châtier Charles IV de Lorraine pour avoir de nouveau trahi son traité, et nous voilà derechef en guerre.

— A laquelle, dit le surintendant, j'apporte le nerf et vous, votre connaissance de l'allemand, laquelle sera très utile au roi en ce pays.

— Me voici donc le truchement de Sa Majesté.

— Avec cette précision, *rex dixit*, que vous partiez dans deux jours du Louvre sur six heures du matin, avec le roi et le cardinal.

— Vais-je voir meshui le cardinal ou le roi ?

— Nenni. Ils sont trop occupés. Ils se querellent.

— Dieu bon ! Ils se querellent ! Et savez-vous pourquoi ?

— Toute la Cour apparemment le sait, sauf moi, qui suis sourd, la Dieu merci, et la plupart du temps, muet.

1. Méninges.

Là-dessus nous rîmes et, non sans une ultime brassée, nous nous quittâmes. Toutefois, dès que j'eus tourné le dos, mon rire se changea en grimace, me trouvant fort marmiteux et dépiteux à l'idée de quitter Catherine et mes enfantelets, pour Dieu sait combien de jours et de semaines en pays froidureux.

Sur le retour, je ne laissai pas toutefois d'aller visiter dans son appartement du Louvre la princesse de Guéméné dans l'espoir que sa douceur et son extrême gentillesse pussent me rebiscouler. Je la trouvai pimplochée à ravir, mais non encore peignée par ses chambrières, ce qui m'adoucit fort, car ses cheveux longs et soyeux tombaient sur ses épaules en un flot délicieux.

Comme elle me tournait le dos, je ne la voyais que dans son miroir, et comme j'étais assis derrière elle sur une chaire à bras, elle ne me voyait, elle aussi, que par mon reflet. Je lui fis d'entrée de jeu de grands compliments sur ses cheveux dénoués, qu'elle accueillit avec un silence royal, comme si ces compliments n'étaient que son dû.

— Et vous, en revanche, mon cousin, dit-elle à la parfin, je vous trouve, en ces matines, triste et tracasseux.

Elle n'était nullement ma cousine et ne m'appelait ainsi que par gentillesse, étant née Rohan.

— C'est que, Madame, je pars dans deux jours pour la Lorraine.

— Eh bien ! N'êtes-vous pas fier de tirer l'épée pour punir aux côtés de votre roi ces traîtres lorrains ?

— Nenni. Nenni. Je ne tirerai pas l'épée, et je ne tuerai personne, la Dieu merci. Je serai dans cette campagne le truchement du roi.

— Mais c'est un honneur !

— Et aussi un tracas ! Je ne sais jamais si je vais entendre le baragouin de l'ennemi, lequel change d'une ville à l'autre.

— Et j'imagine aussi que c'est grand dol pour vous de quitter votre charmante épouse et vos enfantelets.

— Il est vrai. Ma cousine, si vous me permettez de passer du coq à l'âne, Catherine voudrait vous présenter requête : elle veut congédier une excellente chambrière et ayant ouï que vous en cherchiez une, elle aimerait vous la recommander.

— Dieu bon ! La chambrière est excellente et Catherine la veut congédier ! Que cache cette contradiction ?

— Rien qu'une inquiétude : la caillette est fort accorte et admirant fort son maître, il lui arrive de le frôler.

— Et Catherine ne vous croit pas capable de résister à ces frôlements ?

— C'est cela.

— En fait, mon cousin, dites la vérité. Le pourriez-vous ?

— Ma cousine, êtes-vous mon confesseur devenue, que vous voudriez sonder mon âme ?

— La Dieu merci, dit-elle avec un grand rire, il ne s'agit pas de votre âme, mon cousin. Je ne vise pas si haut.

A quoi elle rit et moi aussi. « Dieu bon ! m'apensai-je, qui eût jamais imaginé que la princesse de Guéméné, issue d'une des plus hautes familles protestantes du royaume, prendrait plaisir à des plaisanteries de corps de garde. »

Là-dessus, on toqua à l'huis de sa chambre, et sur l'entrant de la princesse apparut son *maggiordomo*, accompagné de deux valets qui portaient le déjeuner de leur maîtresse, laquelle, se remettant incontinent assise sur son lit, le dos appuyé contre deux coussins de soie, allongea ses longues jambes pour qu'on pût placer dessus un plateau de vivres, lesquels, lecteur, eussent nourri plantureusement une famille de cinq personnes, et que Madame de Guéméné en quelques minutes engloutit goulardement en son entièreté. Il est vrai que grande cavalière, grande nageuse, et grande marcheuse, il lui fallait beaucoup de vivres pour nourrir son grand corps. Je n'ignore pas, lecteur, que tu te demandes en ton for si cette haute dame était pareillement goulue derrière les courtines de son lit. Mais à cette question je ne saurais répondre, car la Cour elle-même, toute mauvaise langue qu'elle fût, ne lui a jamais prêté d'aventure ni du vivant de son mari, ni après sa mort.

— Amenez-moi demain votre Margot, dit Madame de Guéméné, je la mettrai à l'épreuve et vous dirai ce qu'elle vaut, en soi seule et sans les frôlements, ajouta-t-elle avec un petit rire.

Je lui fis de grands mercis, et comme j'allais prendre congé d'elle, je passai du coq à l'âne, et lui demandai comment il se pouvait faire que, se mêlant si peu à la Cour, elle avait la réputation d'en connaître les secrets.

— Mais parce qu'on me les vient dire pour savoir mon opinion.

— Et vous donnez votre opinion ?

— Jamais. Tant est que, pour tous, je suis à la fois une oreille accueillante, et une langue discrète.

— Puis-je, ma cousine, tester votre omniscience ?

— Mais vous le pouvez.

— Le cardinal et le roi se querellaient fortement ce matin. Savez-vous pourquoi ?

— Oui, et cela est fort triste. Dois-je vous rappeler que le comte de Soissons a été tué à La Marfée, gagnant la bataille contre l'armée royale, mais perdant la vie peu après. Louis fut si outré qu'il ait pris les armes contre lui qu'il voulait infliger à sa dépouille mortelle une punition.

— Mais la mort n'est-elle pas une punition suffisante ?

— Pas pour le roi. Il voulait que le corps de Soissons ne soit pas enterré, comme il en est l'usage en sa famille, dans la nécropole des siens à Gaillon.

« Dieu du Ciel ! s'écria-t-elle. Le roi est implacable ! Et dire que c'est le cardinal qui passe pour tel. Parce que sa soutane est rouge, on en conclut qu'il est sanguinaire. C'est tout le rebours. Il plaide le plus souvent pour l'indulgence et le pardon.

« Et c'est bien ce qu'il fit en ce prédicament, se déclarant hostile, tout à trac, à un châtiment *post mortem* de Soissons. A son sentiment, c'était là une rigueur inutile et déshonorante. Et il l'a dit sans mâcher ses mots à Louis.

— Et Louis ?

— Il a renoncé, mais de très mauvais gré, à priver le mort de la sépulture de ses ancêtres. Mais en même temps il a gardé très mauvaise dent à Richelieu d'avoir eu raison une fois de plus. Tant est que les coups de bec royaux ne vont pas manquer au cardinal dans les jours qui vont suivre. Et cela, m'ami, me rappelle qu'en ses jeunes années Louis voulait être appelé Louis

179

le Juste. Et c'est vrai qu'il a toujours scrupuleusement respecté ce vœu et réhabilité, après enquête, les personnes qu'il croyait avoir été calomniées. Mais d'un autre côté, il s'est toujours montré implacable pour les traîtres, et se décidant vite et roidement pour le billot et le bourreau, alors même que Richelieu eût penché pour l'exil ou la Bastille.

— M'amie, dis-je, je me demande pourquoi diantre on ne permet pas aux femmes d'être ministres. Vous avez tout le talent et tout le savoir qu'il y faut.

— La grand merci à vous, beau Sire, dit Madame de Guéméné, pour ce bel éloge. Approchez-vous, il mérite bien un baiser.

Ce fut un baiser chaste sur les deux joues, mais qui me fit grandement plaisir tant il fut donné du bon du cœur.

Comme je saillais du Louvre pour regagner ma chacunière, la pluie se mit à tomber à seaux, et j'en fus bien marri, car selon les règles édictées par Richelieu, les visiteurs devaient venir au Palais, non pas en carrosse, pour éviter les encombrements, mais à cheval avec des serviteurs. Et comme s'il ne suffisait pas d'être sur mon cheval, trempé jusqu'aux os, je me sentais aussi fort chaffourré d'apprendre à Catherine que j'allais accompagner les armées du roi en Lorraine, ce qui lui donnerait aussitôt deux douloureuses appréhensions : la première, je serais tué par balle en plein cœur dans le premier combat. La seconde, je serais séduit à l'étape par une logeuse aussi affamée que les deux fournaises ardentes de Suze.

A peine fus-je arrivé en mon hôtel, qu'Emmanuel et Claire-Isabelle, devançant leur mère, se jetèrent dans mes jambes, se pressant contre mes bottes, et y mouillèrent leurs vêtures, ce qui fit pousser des cris d'orfraie aux deux chambrières qui en avaient la charge. Plus prudente, Catherine me prit par la main, et se tenant à distance de moi, me retira dans nos appartements et me donna alors tous les soins qu'on attend d'un valet, mais avec tant de gaieté et tant de gentillesse que j'en fus en mon for très marmiteux à la pensée du mal que j'allais lui faire en lui annonçant mon département pour la Lorraine. Et en effet, à peine le lui eus-je dit, qu'elle me traita de méchant, et se jetant dans mes bras, sanglota son âme. J'entrepris alors de la rassurer en lui ramentevant que je ne serais pas parmi les soldats jetés dans la mêlée, mais seulement truchement de Louis, et demeurerais à ses côtés, c'est-à-dire ès endroits non périlleux, la vie du roi devant être avant tout préservée.

Et comme Catherine, sourde à ces rassurances, se pâmait à demi, je la portai jusqu'au lit et, tirant les courtines, m'allongeai à ses côtés. Se

181

pelotonnant alors dans mes bras, ses plaintes prirent une autre tournure, et comme je lui avais confié, bien sottement à mon avis, qu'aux étapes les officiers du cantonnement, pour éviter querelles et conflits avec les maris, nous logeaient de préférence chez des veuves, elle prédit aussitôt que ces veuves affamées de braguettes se jetteraient sur les officiers qu'elles logeaient pour en tirer les joies dont elles étaient privées. Et comme je lui objectais qu'il n'y avait pas d'exemple du forcement d'un homme par une femme, elle prophétisa aussi, qu'à en juger par l'effet que me faisait le tétin d'une garce en me frôlant l'épaule, ma défense serait des plus faibles.

Ce babil des courtines fut interrompu par mon *maggiordomo* qui toqua à l'huis et à mon entrant me dit qu'un petit vas-y-dire venait d'apporter une lettre-missive du révérend docteur médecin chanoine Fogacer, laquelle il désirait me remettre sur l'heure, pensant qu'elle était peut-être urgente. J'ouvris le pli. Fogacer quérait de moi s'il serait de mon bon plaisir et celui de Catherine de l'inviter ce jour d'hui à notre repue de midi.

— Giovanni, dis-je, est-ce le même petit vas-y-dire, crasseux, pétulant et bien fendu de gueule que la dernière fois ?

— Celui-là même, Monseigneur, et tout aussi crasseux.

— Alors, dis-lui que la réponse est oui pour le chanoine, et donne-lui de ma part un sol et un croûton de pain.

— Un sol et un croûton de pain ? dit Giovanni, jugeant sans doute que la générosité était excessive.

— Tu m'as ouï, Giovanni.

Là-dessus, il se retira avec une belle révérence, poli, mais désapprobateur. Très épris de protocole, Giovanni avait des idées précises sur ce qu'il fallait ou ne fallait pas faire. Par exemple, me voir au lit avec mon épouse à une heure qui n'était ni le lever, ni la sieste, ni le coucher, le choquait, et bien entendu sans qu'il en pipât mot. Cependant, je m'en apercevais au cillement de ses yeux, qui se peut n'était pas involontaire. Car Giovanni était un excellent *commediante* pour qui le métier de *maggiordomo* n'était pas seulement un métier, mais un rôle.

Bel homme, impeccable dans sa livrée chamarrée, le cheveu bien testonné, les ongles bien limés, la face rasée de près, il se tenait très droit, et il ajoutait à sa taille en portant des talons. Il aimait fort le *gentil sesso*, mais sur mon expresse défense de toucher à nos chambrières, il trouva un petit paradis très proche chez notre boulangère, jeune veuve fort accorte, chez qui il ne se rendait qu'accompagné d'un de nos valets, dont le seul labeur était de porter les pains qu'elle faisait spécialement pour nous, lesquels, disait-elle, étaient les meilleurs de Paris. Vous pensez bien, lecteur, que jamais notre superbe *maggiordomo* n'aurait accepté de se montrer en public, portant bassement des pains sous le bras, et d'autant que servant le seul duc qui habitât notre rue, ma gloire rejaillissait sur lui et l'entourait de ses rayons.

*
* *

Fogacer arriva sur le coup de midi, accompagné de son petit clerc qui, sur sa prière, fut assis à table à son côté, violation du protocole qui choqua fort Giovanni, mais non Catherine qui s'ébaudissait fort de voir le révérend docteur chanoine Fogacer veiller maternellement sur son petit clerc, lui coupant sa viande en petits morceaux, et rajoutant de l'eau à ses vins.

On se souvient que Fogacer avait été le sage mentor de mon père alors qu'il étudiait la médecine à Montpellier, et qu'il était devenu, au cours des ans, mon immutable ami. Il avait dû fuir Montpellier à la fin de ses études, parce qu'il était soupçonné d'être bougre et athée. Deux bonnes raisons pour être brûlé vif en notre aimable siècle.

Il dut départir alors pour Paris, s'y fit prêtre, renonça à Satan et à ses œuvres, mais sans aller jusqu'à s'éprendre du *gentil sesso*, aimant toutefois les femmes, mais comme des sœurs.

Physiquement, sa haute taille et sa minceur lui donnaient une allure élégante et il aimait se camper sur une jambe comme un héron, une main sur la hanche. Quand il souriait, il développait un long et sinueux sourire, ses sourcils remontant alors vers les tempes, ce qui lui donnait un air passablement diabolique qui faisait douter de sa conversion. Quant au petit clerc qui l'accompagnait partout, et qui devait avoir dans les seize ans, c'était le plus joli béjaune de la Création, et on pouvait certes nourrir quelques doutes sur ses relations avec Fogacer, mais rien n'étayait vraiment ces soupçons, pas même les soins maternels que Fogacer prenait de lui, car l'attitude de Fogacer envers le genre humain, hommes et femmes, était toujours empreinte d'une grande douceur.

Dès que le dernier cuiller du dîner fut avalé, Catherine se leva, nous disant qu'elle allait nous laisser à nos sérieux propos, et nous fit un petit salut des plus gracieux, avant que de clore l'huis sur nous.

— Mon cher duc, dit Fogacer, si j'aimais les femmes, j'enlèverais la vôtre, tant elle me paraît charmante.

— Mon cher chanoine, dis-je, j'aurais alors

185

le très grand regret de passer ma rapière à travers le corps d'un représentant de Dieu.

— Dieu du Ciel ! Aimez-vous les femmes à ce point de folie !

— On ne peut aimer les femmes sans les aimer à la folie.

— Je dirais cela de tout objet aimé.

— Alors, ne le dites pas, mon cher Fogacer. Cela choquerait chez un chanoine. Dites-moi plutôt ce qui, à ma grande joie, vous amène chez moi.

— La grande joie de vous voir, de toute évidence.

— Mon cher Fogacer, point n'en doute. Cependant, vous êtes le fidèle serviteur du nonce pontifical et moi, le fidèle serviteur du roi. Il ne se peut donc que vous n'espériez de moi des lumières pour votre nonce, et moi des lumières pour mon roi. Permettez-moi toutefois d'ajouter qu'il ne peut s'agir de secrets d'Etat, car point n'en connais.

— Et point n'en veux, dit Fogacer. Le bargoin que je vous propose est beaucoup plus modeste. Vous me dites la raison de la grande querelle entre le roi et le cardinal. Et moi je vous dis la raison des âpres et répétés picotis du roi et de Cinq-Mars.

— Bargoin conclu, cher chanoine. Voici ce qu'il en fut de Louis. Il était si encoléré que le comte de Soissons eût pris les armes contre lui qu'après la mort tragique du comte, il voulait lui refuser la sépulture à Gaillon, dans la nécropole de ses ancêtres.

— Dieu du Ciel ! Quelle implacabilité ! Une punition *post mortem* ! Après la mort, fût-ce celle d'un traître, Dieu est le seul juge !

— C'est bien parlé, mon cher Fogacer, et parlé en chanoine.

— Et que dit Richelieu ?

— Que cette rigueur était inutile et déshonorante.

— La raison même ! Et le roi céda en ce prédicament ?

— Oui, mais fort mal engroin, et pour montrer que le cardinal l'avait convaincu mais non vaincu, il lui tourna la froidureuse épaule et partit incontinent chasser dans la garenne du Peq[1].

— Et peux-je vous demander, cher duc, si ce n'est pas d'une très haute dame que vous tenez ce récit ?

— En effet.

— Et une haute dame dont la Cour dit que vous êtes amoureux ?

— Je l'aime, mais platoniquement.

— Ah, Platon ! Divin Platon ! Que d'adul-

---

1. S'écrit aujourd'hui Le Pecq.

tères commencèrent sous ta trompeuse égide ! A
cela je répondis avec quelque gaieté.

— Ah, Platon, Platon ! Divin Platon ! Que de
bougreries se cachèrent de prime derrière de
belles apparences !

— Touché ! cria Fogacer en levant la main
comme l'escrimeur que le fleuret d'un partenaire
vient d'atteindre. Le vaincu te salue, César, et
désire se retirer de l'arène.

— De grâce, pas avant que vous ne m'ayez
dit le *quid* et le *quod* des brouilleries du roi et
de son favori.

— Si l'on met à part Luynes, qui fut le seul
favori à jouer auprès du roi un rôle politique et
militaire — du reste désastreux —, les favoris
qui suivirent ne furent rien que de proches amis.
Dois-je vous en ramentevoir les noms ?·

— Volontiers.

— Les voici : Toiras, Barradat, Saint-Simon
et enfin Cinq-Mars qui est de tous, et qui sera
de tous, le plus insufférable.

— A ce point ?

— Jugez-en. Le roi l'ayant nommé grand
écuyer, Cinq-Mars, ravi de cette promotion, voulut qu'on l'appelât Monsieur le Grand, et se crut
promis dès lors à un grand destin. Et c'est pitié
que le roi lui fut autant attaché, car il se permit
de lui tenir la dragée haute, et d'être avec lui
de la dernière insolence.

188

— Dieu du Ciel ! Insolent avec Sa Majesté !

— Et à maintes reprises. Deux ou trois exemples suffiront. Le roi blâmant sa paresse, Cinq-Mars répliqua qu'il ne la pouvait en rien réformer. Et comme le roi menaçait de le renvoyer, il déclara qu'il n'avait que faire du bien que le roi lui faisait, qu'il s'en passerait volontiers, et qu'il serait aussi content d'être Cinq-Mars que Monsieur le Grand. Là-dessus, le roi le renvoie. Cinq-Mars lui fait demander le lendemain s'il trouve bon qu'il revienne à lui. Le roi accepte.

— Il accepte ! dis-je. Après toutes ces écornes ?

— Eh oui ! Et dès lors qu'il accepte, Cinq-Mars lui fait dire qu'il ne peut le venir voir, étant tout soudain mal allant.

— Dieu bon ! Quelle affreuse coquette que ce coquelet ! Il joue avec le roi comme le chat avec la souris.

— Dans ce cas, je dirais plutôt que c'est la souris qui joue avec le chat.

— Pauvre chat ! Et quel jour nouveau cette querelle jette sur le roi ! Louis le Juste ! Louis le roide et l'implacable ! Le voilà avec ce béjaune l'homme de toutes les faiblesses. Mon cher Fogacer, peux-je vous poser une délicate question ?

— Ne la posez pas. Je la connais jà et y vais

répondre. Il est vrai qu'avec la mère dure et rabaissante qui fut la sienne, Louis ne pouvait guère être attiré en ses enfances par le *gentil sesso* qui, dans son cas, était le *cattivo sesso*[1], et, bien sûr, cette aversion lui fit rechercher la consolation d'amitiés masculines. Cependant, même alors, il ne détestait pas les filles, tout le rebours. Il aimait fort ses petites sœurs, passait beaucoup de temps à jouer au grand frère avec elles, à les initier à la cuisine en leur cuisant de sa main des œufsmeslettes, à leur faire de nombreux cadeaux, et il fut dans la désolation lorsqu'il fallut se séparer de l'aînée quand elle s'embarqua pour la Bidassoa pour épouser le roi d'Espagne. C'est vrai qu'il eut ensuite des difficultés avec la reine, et qu'elle ne l'aida pas à les surmonter : avec tous ces complots contre lui, et trahisons en tous genres.

— Vous ne croyez donc pas, mon cher Fogacer, aux venimeuses insinuations que répandent sur lui nos pimpreneaux et nos pimpésouées de cour.

— Pas du tout. Pour parler à la franche marguerite, je ne discerne pas dans l'attachement de Louis à ses favoris le moindre grain de bougrerie. *Crede mihi experto Fogacero*[2].

1. Le méchant sexe (ital.).
2. Croyez-en Fogacer, expert en la matière (lat.).

*
* *

Déjà nos cavaliers ferraient à neuf leurs chevaux et fourbissaient sabres et piques, quand on apprit que la guerre avec la Lorraine n'aurait pas lieu, le duc Charles venant à résipiscence et désirant traiter. Il faisait bien, vu le nombre de villes que le roi de France lui avait déjà prises pour le punir de l'aide apportée à Gaston dans ses rébellions. Cependant, si le duc Charles n'avait pas trop à se glorifier dans ses mérangeoises, il faut bien convenir que sa situation n'était pas non plus si facile. Son duché était entouré par de puissants Etats : les Pays-Bas espagnols au Nord, l'Autriche et ses vassaux à l'Est, et la France à l'Ouest. Si bien qu'il ne pouvait être l'ami de l'une de ces fortes nations sans être du même coup l'ennemi des deux autres. Raison pour laquelle sa fidélité était si relative et si changeante. Le duc, jusque-là, avait marché main dans la main avec les Impériaux, mais ce jour d'hui il préférait la nôtre, parce qu'elle lui paraissait plus forte, et partant, plus apte à le protéger.

J'étais si impatient d'annoncer à Catherine la bonne nouvelle de la paix, que je demeurai ce jour-là fort peu de temps avec la princesse de

Guéméné, laquelle s'en piqua et me refusa froidureusement au départir son baiser quotidien, lequel, donné de prime sur la joue, se rapprochait, me semblait-il, insensiblement des lèvres. De ce refus je ne fus pas tenté de m'en faire chattemitement une vertueuse victoire, alors que ma volonté n'y était, certes, pour rien.

Dès que j'eus annoncé à Catherine que la paix meshui était sûre, elle se serra frénétiquement contre moi et les larmes coulant sur ses joues, grosses comme des pois, elle prononça une phrase étonnante qui, ce jour d'hui encore, résonne dans ma remembrance.

— M'ami ! dit-elle, quelle joie et soulas ! La Dieu merci, c'est la paix ! Vous ne serez ni tué, ni infidèle.

Je dois confesser ici que je n'aurais jamais mis sur le même plan la mort et l'infidélité. Mais il y a apparence que nos dames, là-dessus, pensent différemment de nous.

En ma qualité de duc et pair, je fus invité à Saint-Germain-en-Laye pour assister le vingt et un mars à la signature du traité entre Louis et Charles de Lorraine. Il y eut, si je puis dire, deux signatures données à ce traité : la première, temporelle ; la seconde, spirituelle, et qui m'étonna fort, car je n'avais jamais ouï parler d'une telle procédure. La première fut signée des deux parts avec une plume sur un parchemin. Mais la seconde, tout à fait inattendue, eut lieu après vespres dans la chapelle du château en présence du roi, de la reine et de Richelieu, et de quelques ducs et pairs dont j'étais. Le roi était agenouillé sur un coussin de velours et appuyé sur un accoudoir. De l'autre côté de la traverse, le duc de Lorraine était pareillement accommodé. Les vespres terminées, Monseigneur Séguier, évêque de Meaux, frère du chancelier et premier aumônier du roi, se dirigea vers Louis, le livre de l'Evangile en mains. Après que le roi eut baisé le Saint Livre, Monsieur de Meaux lui demanda de jurer et promettre à Dieu sur l'Evangile d'observer inviolablement le traité conclu avec le duc de Lorraine. Et après que le roi eut juré, Monsieur de Meaux présenta l'Evangile au duc de Lorraine et lui demanda de prêter le même serment. Alors, et alors seulement, la bénédiction fut donnée.

Dès que je revis Fogacer, je lui demandai la raison de cette procédure inhabituelle.

— Je l'ignore, dit Fogacer, mais je peux l'imaginer. Le duc de Lorraine a si souvent trahi ses engagements que Richelieu a estimé nécessaire de le lier cette fois par un serment de caractère religieux, le duc étant pieux et craignant l'Enfer.

— A moi, Monsieur ! Deux mots, de grâce ! Otez-moi d'un doute. Le traité de la Lorraine avec la France fut-il signé avant ou après la bataille de La Marfée où Soissons, rebelle à son roi, vainquit les royaux et perdit sa victoire en perdant la vie ?

— Avant, Madame, avant ! Le traité fut signé le vingt-neuf mars 1641, et la bataille de La Marfée eut lieu le six juillet de la même année.

— Dans ces conditions, Monsieur, pourquoi avez-vous décrit la bataille de La Marfée avant le traité avec la Lorraine ?

— M'amie, vous tirez l'épée contre moi à l'improviste. Mais je vais m'expliquer. Des deux événements, la bataille de La Marfée était de beaucoup la plus importante. Si le comte de Soissons n'avait pas perdu la vie après sa victoire, les conséquences pour le roi de France eussent été désastreuses.

— Mais n'est-ce pas une erreur de votre part d'inverser les deux événements ?

— M'amie, c'eût été en effet une erreur, si vous ne l'aviez pas corrigée. On voit bien par cet exemple que si vous n'existiez pas, belle lectrice, il eût fallu que je vous invente. Avez-vous d'autres questions ?

— Oui-da. Pourquoi cette guerre avec l'Espagne et les Impériaux est-elle si interminable ?

— Parce que les forces des deux adversaires, bien que différentes, sont égales. Les Français sont plus nombreux, mais les Espagnols disposent de l'or des Amériques. Ils ont aussi une très bonne flotte. La nôtre, que nous devons à Richelieu, doit encore faire ses preuves. Enfin, les Espagnols ont un allié de poids : les Impériaux, lesquels menacent notre frontière de l'Est.

— Mais Louis n'a-t-il pas aussi des alliés ?

— Si fait. Et les dévots de France les lui reprochent assez.

— Et pourquoi cela ?

— Parce qu'il se trouve que ses alliés sont tous protestants : l'Angleterre, la Suède, la Hollande et les princes luthériens d'Allemagne.

— Je ne savais pas que la Hollande était protestante.

— En fait, elle est plutôt anabaptiste.

— Et qu'est-ce que cela veut dire ?

— Les Hollandais pratiquent le baptême des adultes par immersion comme du temps du Christ.

— Nus ?

— Avec une chemise.

— N'empêche, l'eau doit plaquer joliment le tissu sur les formes féminines.

— M'amie, il s'agit d'un baptême ! Ne seriez-vous pas un peu frivole ?

— Et je m'en félicite, tant j'y trouve de joies. Il semblerait que cette guerre est faite de victoires et de défaites, pouvez-vous me donner un exemple de chacune ?

— Par où voulez-vous que je commence ? Par le succès ou l'insuccès ?

— Commencez par l'insuccès, ainsi serai-je toute rebiscoulée par la victoire qui suivra la défaite.

— Donc, oyez, m'amie. Oyez cette triste histoire. Le sept décembre 1638, l'amiral de Sourdis battit sur la côte de Biscaye la flotte espagnole et la dispersa.

— Mais c'est un succès !

— Hélas, c'est un succès qui finit mal. Monsieur de Sourdis débarqua sur la côte des troupes qui allèrent rejoindre celles qui assiégeaient sur la Bidassoa la ville de Fuenterrabia que les Français, avec leur étrange manie de franciser les noms des villes étrangères, appellent « Fontarabie ». Les troupes débarquées par Sourdis portèrent à douze mille le nombre des assiégeants, et comme les assiégés n'étaient que sept mille et comme nous disposions de canons, l'affaire paraissait faite. Or, il n'en fut rien. Les choses

196

tournèrent mal. Les canons français pratiquèrent une large brèche dans les fortifications de Fontarabie, mais au moment d'y pénétrer, Dieu sait pourquoi, nos soldats furent pris de panique et se débandèrent. Ni Condé ni le duc de La Valette qui les commandaient ne réussirent à les ramener. Condé, assez vilainement, fit porter tout le blâme sur La Valette, lequel dut se mettre à la fuite pour échapper au sort que Louis réservait aux généraux vaincus. Il n'en fut pas moins condamné à mort par contumace, et brûlé en effigie. Le plus curieux de l'affaire est que la prise de Fontarabie n'eût pas été de grande conséquence, la valeur stratégique de la ville étant médiocre. Mais l'échec que nous essuyâmes devant cette petite ville désola la Cour, la ville et le royaume tout entier, et humilia profondément le peuple français. La panique de soldats braves et aguerris au moment de pénétrer dans la brèche de Fontarabie demeura inexplicable et fut jugée déshonorante. Mais, belle lectrice, de grâce, attendez la suite. Ne faites pas cette triste figure et n'ayez pas la crête tant rabattue.

— Je suis femme, Monsieur, je n'ai donc pas de crête et je n'ai pas à la redresser. Mais je suis triste pour ces pauvres soldats. Après tout, pourquoi un soldat n'aurait-il pas peur, quand il s'enfourne dans une brèche où l'attend le feu nourri de mousquets et de canons ?

197

— C'est bien raison.

— Vous m'approuvez, beau Sire ?

— Non seulement je vous approuve, mais je vous rebiscoule tout aussitôt par un éclatant succès.

— Mon avide ouïe vous écoute.

— Chose étrange, ce succès nôtre fut remporté par un général saxon.

— Un Saxon, Dieu bon ! Un Impérial !

— Nenni, un Saxon, mais non un Impérial, lequel ayant été dépouillé dans son fief par les Habsbourg ne les portait pas précisément dans son cœur. M'amie, je vous présente céans le duc de Saxe-Weimar, *capitano di ventura*, comme disent les Italiens, ou si vous préférez *condottiere*, ce qui veut dire qu'ayant appris le métier des armes, il avait recruté et éduqué des mercenaires, et mettait son armée à la disposition des souverains les plus riches d'Europe.

— Pourquoi devaient-ils être si riches ?

— Parce que le duc de Saxe-Weimar demandait pour prix de ses services de gros boursicots de clicailles.

— Et comment était le duc ?

— Vous voulez dire en sa corporelle enveloppe ?

— Oui-da !

— Question bien féminine, mais j'y réponds.

Il était grand, mince, l'épaule carrée, l'air fier et pas très doux.

— Et était-il, comme vous, grand admirateur du *gentil sesso* ?

— Un ogre affamé n'eût pas été plus dévorant. Toutefois, étant gentilhomme, quand il avait pris ville, il ne forçait ni dames ni caillettes. Il les laissait venir à lui.

— Et que faisait-il de son armée ?

— Ne vous l'ai-je pas dit ? Il la louait.

— A qui ?

— De prime au roi de Suède qui lui dut ses victoires contre les Impériaux, et en 1635, grâce à Dieu, à Louis XIII.

— Bravo !

— Bravo, en effet. Bravo mais très coûteux. Le duc exigeait un subside annuel d'un million six cent mille écus qu'on lui devait payer d'avance, plus le pain et la solde pour dix-huit mille soldats.

— Bougre !

— Madame, ne dites pas « bougre », cela ne convient pas à une dame de bon rang. Dites plutôt : ciel ! Je reprends. Pour faire bon poids, Louis prêta au duc de Saxe-Weimar quelques bons régiments français, et aussi un assistant qui devint son disciple dans l'art de la guerre.

— Et qui donc était-ce ?

— Turenne.

— Turenne ? Le Turenne qui devint le plus grand général du siècle ?

— Ah, il ne l'était pas encore, mais il y travaillait, tout en apprenant le latin, la mathématique, l'allemand et le néerlandais.

— Et qu'en fut-il du grandissime succès du duc de Saxe-Weimar ?

— Il s'empara de Brisach et de Fribourg.

— Et où sont ces deux villes ?

— M'amie, vous êtes une vraie Française. Vous ignorez la géographie. Voici. Brisach est sur le Rhin et se situe à l'est de Colmar, et Fribourg est à l'est de Brisach.

— Et quel est l'intérêt de ces deux villes ?

— Grandissime, m'amie, grandissime. Elles mettent l'Alsace à l'abri des Impériaux, et ferment le chemin que prenaient les Espagnols pour ravitailler leurs armées des Pays-Bas. Désormais, pour les atteindre, elles devront passer par la mer et courre le risque de se heurter à la flotte hollandaise ou à la nôtre, ce qui, comme bien on verra, fut fort périlleux pour elles.

CHAPITRE VII

Au début du mois de juillct 1639, le roi me confia une mission auprès du duc de Saxe-Weimar, mission qui m'appelait hors de France, et plongea Catherine dans les affres et les désolations. Toutefois, elle se rasséréna dès lors qu'elle apprit que la mission était diplomatique et ne comportait point, par conséquent, une suite de gîtes aux étapes, la plupart du temps chez d'aimables veuves.

Le duc de Saxe-Weimar, fort de nos subsides, de nos ravitaillements en vivres et des régiments royaux dont nous avions étoffé son armée de condottiere, avait saisi, après des sièges bien menés, Brisach et Fribourg. Ces conquêtes étaient de grande conséquence puisqu'elles fermaient le Haut-Rhin et, comme je l'ai dit plus haut, interdisaient de la sorte aux troupes espagnoles, cantonnées en Italie, de porter secours par voie de terre aux Espagnols des Pays-Bas. Il leur restait, c'est vrai, la voie de mer, mais elle était pour eux très aléatoire, car leurs flottes risquaient d'être attaquées dans l'Atlantique par la flotte française, forte meshui, grâce aux efforts du cardinal, de quarante vaisseaux, ou pis encore par la forte flotte hollandaise, la Hollande étant notre fidèle alliée, au grand scandale de nos bons dévots[1].

Cependant, ayant conquis Brisach et Fribourg, le duc de Saxe-Weimar sentit son cœur se gonfler d'une ambition démesurée. N'était-il pas temps pour lui de mettre fin à sa vie errante de condottiere, et pour compenser la perte de son duché de Saxe, de fonder un autre duché dans la Haute Vallée du Rhin. Mais, bien entendu, pour réaliser cette opération, il ne fallait pas remettre au roi de France les villes de Brisach et de Fribourg qu'il avait conquises pour lui, et grâce à ses subsides.

Ma mission, comme on le devine, avait pour fin d'amener le duc à renoncer à un projet aussi déloyal, et pour lui périlleux, puisqu'il allait provoquer le ressentiment de la France.

Il est vrai que le duc de Saxe-Weimar avait beaucoup à se glorifier dans la chair, ce dont le

1. La Hollande était protestante.

condottiere se paonnait fort, ayant conquis, disait-il, autant de femmes que de villes.

Il me reçut avec courtoisie et me traita bien, quoique avec un soupçon de condescendance, mon duché de Montfort l'Amaury ne lui paraissant pas être à la hauteur de son duché futur. Par malheur, sur le fond, il fut d'entrée de jeu adamantin. Il ne livrerait jamais au roi de France les belles et bonnes villes qu'il venait de conquérir. Je fis néanmoins son siège, aidé par le jeune Turenne, son assistant et disciple, et aussi par le comte de Guebriant, qui commandait les régiments français que Louis avait confiés au duc de Saxe-Weimar pour augmenter ses forces.

Je fus assez bien logé à Brisach chez une veuve qui vénérait les ducs, et davantage encore les ducs français. Dès qu'elle me vit, elle s'écria tout à trac : « *Ach, Herzog ! Sie sind ein sehr schöner Mann*[1] *!* », déclaration dont je ne pouvais qu'être satisfait, tant elle laissait prévoir que je serais l'objet d'affectueux traitements. Etait logé à la même enseigne et dans la même chambre le comte de Guebriant, lequel était breton et chantait les louanges de sa province avec un amour tel et si fervent que vous sentiez bien qu'il serait déplacé de dire du bien de la vôtre. Le comte était aussi fort confit en dévotion et il

1. Ah, duc ! Vous êtes un très bel homme ! (all.).

eût voulu qu'avant de s'aller coucher nous chantions d'une même voix les louanges du Seigneur, estimant que nos oraisons conjuguées auraient plus de chance de se faire entendre du Seigneur. Je noulus toutefois, arguant que la tradition de ma famille était pour chacun d'entre nous de prier seul et à voix basse. C'était là un blanc mensonge, car je craignais en réalité que le comte breton m'entraînât dans des oraisons répétitives auxquelles, comme on sait, je suis hostile, pour la raison que la récitation à l'infini des *Pater* et des *Ave* devient à la longue trop mécanique pour sortir du bon du cœur.

Le duc de Saxe-Weimar me recevait tous les midis à sa table ainsi que le jeune Turenne, d'Erlach, et Guebriant. Nous tâchions tous, d'Erlach compris, de le ramener à traiter notre roi avec plus d'équité, lui ramentevant que sans les considérables subsides que Louis lui avait consentis, et l'aide des régiments français de Guebriant, il n'eût jamais pu prendre Brisach et Fribourg aux Impériaux. Mais le duc restait bouche cousue ou, s'il ouvrait la bouche, c'était pour se lancer dans une description passionnée et quasi amoureuse de son duché futur.

Sa résolution me parut si adamantine que je vis bien qu'il serait impossible de l'amener à renoncer à la possession de Brisach et Fribourg, et je songeais déjà à faire mes paquets, bien marri de mon échec, et la crête bien rabattue à la pensée de me présenter devant mon roi, les mains vides, quand un événement des plus inattendus survint : le dix-huit juillet 1639, le duc de Saxe-Weimar fut saisi le matin d'une fièvre qui l'emporta en quelques heures. Il avait trente-sept ans. Son second, d'Erlach, prit alors le commandement de son armée de condottiere, et sans aucune pression ni prière de notre part, nous déclara tout de gob qu'il respecterait le traité avec la France et rendrait à notre roi Brisach et Fribourg.

Quand le duc mourut, Guebriant s'écria : « C'est là, de toute évidence, un décret de la Providence ! Le Seigneur punit l'infâme déloyauté de ce pauvre duc. » En prononçant ces paroles, le comte me lança un regard triomphant, pensant que j'allais abonder en son sens. Je n'en fis rien, croyant, à voir tant de méchants ramper impunis sur la surface de la terre, que le Seigneur aurait fort affaire, s'il devait les frapper tous à la fleur de l'âge et les appeler en son Enfer.

Je laissai à d'Erlach, Guebriant et Turenne le soin de défendre et commander les deux villes et, sur leurs instantes prières, je promis de demander au roi qu'on leur dépêchât au plus vite de la poudre, des boulets, des canons et des mèches, et aussi des maçons pour réparer au plus vite les brèches que le duc de Saxe-Weimar avait pratiquées dans les fortifications pour s'emparer des deux villes.

Bien que le temps de cet automne fût doux et ensoleillé, mon retour à Paris me parut démesurément long, tant mon impatience était grande de revoir mon hôtel de la rue des Bourbons et ceux qui m'y attendaient, et grande aussi la joie d'apprendre à Louis et à Richelieu que Brisach et Fribourg appartenaient d'ores en avant à la couronne de France. Cette conquête était, en effet, de très grande conséquence sur l'échiquier de la guerre. Comme je l'ai déjà dit, il ne restait plus aux Espagnols que la voie de mer pour ravitailler en hommes les Pays-Bas. Mais en fait cette voie-là était peu sûre. Elle était même fort aléatoire, comme l'averra le combat naval qui se déroula en l'automne 1639 dans la Manche entre une armada espagnole transportant vingt mille soldats destinés aux Pays-Bas et, d'autre part, la flotte hollandaise commandée par l'amiral Tromp. Les Hollandais leur tombèrent sus à proximité de Douvres, et les Espagnols perdirent non seulement de bons et beaux vaisseaux, mais douze mille hommes. L'isolement des Pays-Bas espagnols était maintenant presque achevé, au grand soulagement du roi et de Richelieu. D'ores en avant, une attaque contre notre frontière du Nord n'était guère concevable.

Dès que je fus revenu en Paris, je fis un long et détaillé rapport au roi qui décida tout de gob d'envoyer en renfort à Brisach deux régiments, avec les canons et les maçons demandés, et aussi quantité de vivres, encore que le pays autour des deux villes ne fût pas pauvre. Mais Richelieu voulait éviter par là les réquisitions qui nous eussent valu d'être désaimés par la population. Ordre fut donné aussi aux soldats de ne rien prendre aux marchands qu'ils n'eussent dûment payé. Le roi nomma Guebriant au commandant de Brisach, et d'Erlach fut nommé commandant de Fribourg, et on lui donna comme second le jeune Turenne. D'Erlach était ainsi récompensé d'avoir corrigé tout de gob la *mala fides*[1] du duc de Saxe-Weimar en nous remettant les deux villes. Quant au jeune Turenne, on lui promit un commandement en Allemagne qu'on lui eût d'ailleurs donné tout de gob s'il n'avait pas été le fils du duc de Bouillon, traître à Louis. Cependant, il n'avait pas à se faire beaucoup de tracassin pour l'avenir car, aussi bon diplomate qu'il était bon soldat, il avait su gagner la faveur de Richelieu.

Lecteur, tu imagines avec quelle joie, mon rapport fait, je gagnai ma chacunière et celle qui en était l'âme et le plus bel ornement. Les enfan-

---

1. La mauvaise foi (lat.).

telets dormaient encore, tant est que je dus attendre pour les ococouler dans mes bras. Mais dès lors que je fus lavé et bichonné de la main de Catherine, je me jetai sur notre couche pour y retrouver, comme dit joliment Homère dans son *Odyssée*, « les droits d'autrefois ». Nos tumultes achevés, commença alors un longuissime babil des courtines sur ma mission à Brisach que Catherine, de son côté, écouta avec une affectueuse courtoisie. Toutefois, mon récit terminé, elle s'anima et voulut savoir comment j'étais logé à Brisach.

— Chez une accorte veuve qui me dit dès l'entrant : *« Ach ! Herzog ! Sie sind ein sehr schöner Mann. »*

— Ce qui veut dire ?

— « Ah, duc ! Vous êtes un très bel homme ! »

— Quel beau début ! dit Catherine, les dents serrées et l'œil étincelant. Et que fit encore cette dévergognée femelle ?

— Mais rien du tout, vu que je vous fus, Madame, adamantinement fidèle.

— Vous ne le fûtes pas toujours.

— Dieu du Ciel ! Et pourquoi faut-il que le présent répète sans fin le passé ?

— Donc point de doux regards ? Point de frôlements fortuits ? Pas de petites mines languissantes ?

— Rien de tout cela.

— Si je vous en crois, vous dormîtes seul comme moine escouillé en sa cellule.

— Nenni, Madame, je ne dormis pas seul.

— Eh quoi ! Vous avouez ! Vous avez le front d'avouer !

— Je n'avoue rien du tout. Pendant tout mon séjour à Brisach, je partageai chambre et lit avec le comte de Guebriant, gentilhomme breton d'une piété édifiante. Madame, poursuivis-je, allez-vous meshui m'accuser d'être bougre ?

— Monsieur, vous êtes un méchant ! dit Catherine avec une petite mine contrite, feinte ou spontanée, mais qui, de toute façon, me fit fondre le cœur.

Je la couvris alors de baisers, et je fus allé plus loin, si on n'avait pas alors toqué à l'huis.

— Qui êtes-vous et que voulez-vous ? criai-je d'une voix escalabreuse.

— Monseigneur, dit la nourrice Honorée, c'est Emmanuel et Claire-Isabelle qui se languissent de vous voir, sachant que vous êtes de retour.

— Donnez-leur l'entrant, dis-je avant que Catherine ait eu le temps de protester en disant que c'était donner là aux enfants une bien mauvaise habitude.

Par bonheur, ils étaient pieds nus tous les

deux, car dès leur entrant ils envahirent le lit pour nous étreindre.

*
* *

Le lendemain de mon arrivée j'allai au Louvre voir le cardinal et lui dis ma râtelée de ce qui s'était passé à Brisach avec le duc de Saxe-Weimar. Conte qu'il écouta avec la plus grande attention.

— C'est bien dommage, dit-il, d'avoir à recourir à ces condottiere. Ils n'ont ni foi ni loi, et ne rêvent que sang. Mais à la parfin Brisach et Fribourg sont à nous et ferment aux Espagnols la voie de terre pour gagner les Pays-Bas. C'est un grand succès à l'Est, et meshui nous allons faire de notre mieux en reprenant l'Artois aux Espagnols.

*
* *

— Mais comment ? L'Artois n'est pas à nous ?

— Hélas non, belle lectrice. Conquis par Louis IX, le comté d'Artois revint par mariages et donations aux Habsbourg et, après plusieurs péripéties, il appartenait encore à l'Espagne quand

Louis et le cardinal décidèrent en 1640 de le reprendre, afin de supprimer une position ennemie si avancée en France qu'elle pourrait faciliter une nouvelle invasion.

A ma grande surprise, le cardinal me dit que le roi désirait que je l'accompagnasse comme truchement en cette expédition, les habitants étant meshui plus Castillans que Français et ne parlant même plus notre langue.

— Mais, Excellence, dis-je, je ne parle pas l'espagnol.

— Vous l'apprendrez sur place, dit Richelieu d'un ton sans réplique.

Voilà qui était facile à dire, m'apensai-je, surtout pour un homme qui ne savait que le français et le latin, et qui pis est le latin d'Eglise, ce qui ne lui aurait certainement pas permis de lire Tacite.

En quittant le cardinal, je me sentis très déconforté à l'idée d'annoncer à Catherine cette nouvelle mission. Je n'omis pas toutefois ma quotidienne visite à la princesse de Guéméné. A cette heure matinale elle était encore en sa couche, revêtue d'une robe de nuit ajourée, son abondante chevelure châtain entourant sa tête charmante d'un savant désordre.

A peine m'eut-elle envisagé qu'elle s'écria :

— Mais qu'est cela, m'ami ? Vous, d'ordinaire, si allant et joyeux, vous voilà triste et marmiteux. Ne vous asseyez pas, de grâce, au diable de Vauvert, mais venez sur ma couche à mon côté, donnez-moi votre main, et dites-moi ce qu'il en est.

Je lui contai alors ma râtelée de l'impossible mission à moi imposée par Richelieu.

— J'entends bien, dit-elle, que votre Catherine va être bien marrie de vous voir si tôt départir.

— J'en suis moi-même désolé. Mais le pis, c'est que je la quitte pour rien, cette mission étant parfaitement inane, vu que je ne parle pas l'espagnol.

— L'avez-vous dit au cardinal ?

— Certes et avec force, mais il fut adamant.

— Il se peut que le cardinal, qui connaît votre irrésistible attirance pour le *gentil sesso*, ait pensé que vous n'auriez aucune difficulté à encontrer en Artois une belle Espagnole qui sera heureuse de prendre langue avec vous pour vous enseigner la sienne.

— Je doute que le cardinal soit si coulant à ce sujet.

— Détrompez-vous. Pour le cardinal, seule la fin importe. Les moyens ne comptent pas.

— Croyez-vous qu'il soit si cynique ?

— M'ami, un grand ministre est par nécessité plus proche de Machiavel que de saint François de Sales.

— On peut espérer du moins qu'il se confesse de temps en temps de ses petites vilenies politiques à un de ses pairs.

— Il ne le peut : ses péchés sont des secrets d'Etat.

— N'est-ce pas étrange, dis-je, que l'amour soit peu ou prou une bataille entre les amants ? Voyez le roi et Cinq-Mars.

— Chose étrange, dit-elle, je n'ai jamais vu ce petit pimpreneau de cour. Comment est-il ?

— Aussi joli qu'un mignon d'Henri III. Mais tout joli qu'il soit, il n'est pas bougre. Tout le rebours. Quand le roi tient sa cour à Saint-Germain-en-Laye, notre Cinq-Mars part tous les soirs en sa carrosse rejoindre Marion de Lorme à Paris, et passe la nuit avec elle. Il revient tôt le matin à Saint-Germain et dort jusqu'à midi. Ce qui fait que le roi lui reproche sa paresse en termes d'autant plus véhéments qu'il sait bien qu'il ne s'agit que d'un épuisement amoureux.

— Mais qui est cette Marion de Lorme, dont parlent la Cour et la ville ?

— Marion de Lorme est une femme de si belle et de si haute volée, et si bien garnie en pécunes, qu'elle peut choisir l'amant qu'elle désire, et au besoin repousser un duc qui ne lui plaît pas. Ce qui ne l'empêche pas, tout en aimant Cinq-Mars, de le plumer. Inutile de vous dire que Richelieu a introduit une rediseuse en son hôtel.

— Marion de Lorme est-elle un péril pour l'Etat ?

— Elle pourrait l'être. Cinq-Mars est, à l'égard du roi, si dur, revêche et rebelute, que celui-ci pourrait à la longue y perdre sa santé et, par conséquent, mettre en grand péril les affaires de l'Etat.

Au moment du départir pour l'Artois, Monsieur de Guron me pria de le prendre en ma carrosse avec son écuyer. J'acquiesçai, mais quelle ne fut pas ma stupéfaction quand je reconnus, dans ledit écuyer, la Zocoli habillée en gentilhomme, le cheveu court et sans le moindre pimplochement ni des yeux ni des joues, une fausse moustache sous le nez, ses rondeurs dissimulées au mieux, mais plutôt mal que bien, par sa vêture, et ses beaux yeux noirs la trahissant dès qu'ils se posaient sur un homme.

— Ma fé ! me glissa Nicolas à l'oreille, Monsieur de Guron désire, même en campagne, conserver ses commodités. Mais si le roi s'en aperçoit, il se mettra dans ses fureurs, vu qu'il est comme le chien du jardinier qui ne mange pas les choux, mais ne permet pas aux passants de les manger.

— Nicolas, dis-je *sotto voce*, es-tu fou devenu que tu compares le roi à un chien de jardinier ?

Mais dès que les cahots sur le pavé commencèrent, Nicolas me glissa à l'oreille, plus excité qu'une puce :

— Monseigneur, croyez-vous qu'à l'étape je coucherai, comme à l'accoutumée, avec l'écuyer de Monsieur votre ami ?

— Fi donc de ce stupide rêve ! dis-je *sotto voce*. Crois-tu que Monsieur de Guron puisse se passer de son écuyer pour se déshabiller ?

Comme nous approchions de Soissons, Sa Majesté me fit savoir qu'elle me voulait dans sa carrosse pour lui servir de témoin.

« Témoin de quoi ? » m'apensai-je stupéfait. Néanmoins, laissant Nicolas dans ses rêves et Monsieur de Guron dans les siens, mais ceux-là toutefois plus réalisables, je gagnai la carrosse du roi où je trouvai, outre le roi, Richelieu et Cinq-Mars. Je saluai protocolairement Sa Majesté et Son Eminence, et poliment Cinq-Mars, mais Monsieur le Grand me rendit à peine mon salut, me toisant du haut de sa grandeur future, car le béjaune aspirait, dans sa folle outrecuidance, aux plus hautes fonctions du royaume.

— *Sioac*, me dit Louis, prononçant mon nom comme en ses enfances quand il jouait au soldat avec moi dans le jardin de Saint-Germain-en-Laye, nous avons besoin de vous comme témoin à un contrat signé par moi-même et Monsieur le Grand. Monsieur de Noyers, qui l'a écrit de sa main, va vous le lire.

« Aujourd'hui, neuf mai 1640, le roi étant à Soissons, Sa Majesté a eu pour agréable de promettre à Monsieur le Grand que, de toute cette campagne, Elle n'aurait aucune colère contre lui ; et que s'il arrivait que ledit sieur le Grand lui en donnât quelque léger sujet, la plainte en sera faite par Sa Majesté à Monsieur le cardinal sans aigreur, afin que, par l'avis de Son Eminence, ledit sieur le Grand se corrige de tout ce qui pourrait déplaire au roi. Ce qui a été promis réciproquement par le roi et par Monsieur le Grand[1] en présence de Son Eminence. »

En signant ce texte après Sa Majesté, Richelieu et Cinq-Mars, je ne laissai pas de le trouver quelque peu enfantin. Mais à y réfléchir plus outre, j'entendis qu'il témoignait bien au rebours de la finesse politique de Richelieu, pour la raison que ce contrat, faisant de lui un arbitre, lui permettrait de connaître au jour le jour tout ce qui pourrait se passer de fâcheux entre le roi et Monsieur le Grand. Quant à celui-ci, Richelieu redoutait son ambition, tout enfantine qu'elle fût, puisqu'elle ne s'appuyait sur aucun talent ! Cinq-Mars donna, de reste, une nouvelle preuve de sa forfanterie en réclamant, à peine arrivé devant

1. Cinq-Mars était grand écuyer du roi.

Arras, le commandement du siège. Oyant quoi, le cardinal rougit de colère, tandis que le roi sourit avec le plus grand dédain.

— Monsieur le Grand, dit-il, la guerre n'est pas une œufmeslette que l'on cuit en un tournemain. C'est un art difficile qui demande un long apprentissage. Le maréchal de La Meilleraye, dont la suffisance[1] est depuis longtemps reconnue, a admirablement commencé les travaux d'encerclement d'Arras. Vais-je remplacer le maître par un apprenti ?

Cependant Richelieu, craignant que cette rebuffade n'amenât une nouvelle brouillerie entre le roi et son favori, entreprit de radoucir le vinaigre royal par une cuillerée de miel.

— Monsieur le Grand, dit-il d'une voix suave, Sa Majesté, qui admire votre impatience à vous exposer, sera sans doute amenée, au cours du siège, à vous donner un commandement qui requiert moins de science, tout en répondant au désir que vous avez de La servir.

Cependant, tandis qu'il débitait d'une voix suave ces propos lénifiants, Richelieu commençait pour la première fois à sentir quelque petite puce au poitrail au sujet de l'ambition qu'avait montrée là le pimpreneau, et prit note qu'il faudrait à l'avenir y veiller. Et chose étrange, Riche-

1. La compétence.

lieu ne savait pas encore ce que savait toute la Cour, à savoir que Cinq-Mars se sentait encouragé par le mal que le roi disait du cardinal à son entourage.

Ce n'était là pourtant que la revanche un peu puérile d'un homme qui admirait son ministre, acceptait ses avis clairvoyants, et en même temps se sentait quelque peu blessé par sa supériorité. Mais il aurait fallu à Cinq-Mars plus de pénétration qu'il n'en avait pour deviner ces finesses. On ne sut que plus tard qu'il aspirait à remplacer Richelieu comme ministre. Ce qui prouvait, hélas, qu'il avait plus à se glorifier dans la chair que dans ses mérangeoises. Mais avec ta permission, lecteur, je reprends mon récit. Quand nous arrivâmes aux abords d'Arras, je m'aperçus que le maréchal de La Meilleraye, qui se trouvait à pied d'œuvre depuis un mois, avait avancé beaucoup la circonvallation et la contrevallation qui se trouvaient de fait quasi terminées, les cavaliers étant en cours de construction.

*
* *

— Monsieur, un mot de grâce.

— A vrai dire, belle lectrice, je vous attendais. Vous êtes là, je suppose, pour me demander le sens...

— De ce baragouin. Que veulent dire ces « cavaliers » qu'on construit, au lieu de les laisser courir.

— M'amie, ils n'ont rien à voir avec les chevaux. Ce sont des élévations de terre qui sont construites pour mettre un canon à la hauteur voulue pour atteindre les fortifications ennemies.

— Et qu'est-ce donc que la circonvallation ?

— Ce sont trois fossés concentriques qui encerclent la ville, mettant les assiégeants à l'abri des tirs de l'assiégé, et leur interdisant toute sortie.

— Et la contrevallation ?

— Ce sont des tranchées toutes semblables aux trois autres, mais qui défendent les assiégeants d'être à leur tour assiégés par une armée de secours.

— Et comment nos soldats passent-ils, en cas de besoin, de la circonvallation à la contrevallation ?

— Par des tranchées en zigzag.

— Et pourquoi en zigzag ?

— Pour que les assiégeants, quand nos soldats circulent d'un fossé à l'autre, ne soient pas surpris par un tir en enfilade des assiégés.

— Et combien faut-il de temps pour s'emparer ainsi d'une ville ?

— M'amie, cela dépend de beaucoup de choses : de prime, de la vaillance ou de la couardise des assiégés. Ramentez-vous qu'au début de l'invasion de la France par l'Espagne et les Impériaux, un certain nombre de nos petites villes, à la grande ire de Louis, ouvrirent leurs portes à l'ennemi après huit jours de siège. Mais le plus souvent, c'est la famine qui vient à bout des assiégés, comme ce fut le cas à La Rochelle dont la défense fut fort héroïque d'un bout à l'autre, chacun des belligérants, catholiques ou protestants, attendant de Dieu la victoire.

— Dieu bon ! Et c'était le même Dieu ! Monsieur, une question encore. Pourquoi tant d'efforts pour prendre Arras ? Après tout, ce n'est qu'une ville comme une autre.

— Ah ! c'est là que vous errez, m'amie. Arras n'est pas petite ville, mais cité belle et prospère, ville de marchands de vin, de drapiers, de banquiers, de tapissiers, et croyez bien que la bourgeoisie marchande d'Arras est tout aussi bien garnie en pécunes et clicailles que celle de Paris.

— Et la conquête en sera difficile ?

— C'est ce dont se vantent les Espagnols qui répètent *urbi et orbi* depuis longtemps : « *Quand les Français prendront Arras, les souris mangeront les chats.* » N'oubliez pas que les Anglais, quand nous assiégions Calais, avaient une vanterie de la même farine, et bien que je la cite dans mes Mémoires, je n'arrive pas meshui à m'en rappeler les termes.

— Eh bien, je vais, moi, Monsieur, m'y essayer, et vous le dirai, si j'y parviens.

— M'amie, vous êtes un ange !

— Voilà, Monsieur, qui vaut mieux qu'une bouche exquise.

— Dois-je m'excuser, m'amie ?

— Point du tout. Un compliment fait toujours plaisir à une femme, même lorsque par décence elle le rejette. Où logiez-vous pendant le siège d'Arras ?

— Tantôt à Amiens, mais le plus souvent à Douai avec le roi.

— Et fûtes-vous satisfait de votre hébergement ?

— M'amie, que voilà une question captieuse, indiscrète et peu historique !

— Question à laquelle vous ne voulez pas cependant répondre.

— Si fait. Je fus logé chez une veuve et sa fille, d'assez pauvres gens, sans valet ni chambrière, mais à mon endroit fort affectueux. La fille m'apportait le déjeuner le matin dans ma chambre, et demeurait debout au bord de mon lit en attendant que j'eusse fini. Elle était fort jeune et fort fraîche, et dès que je terminais ma repue, comme les manches de sa robe de nuit étaient fort larges, je glissais par son ouverture ma main et lui caressais le haut du bras. Caresse qu'elle accepta sans broncher, en fermant les yeux. J'aurais pu, je crois, aller plus loin. Mais elle était si jeune et si naïve que je noulus. Elle avait le regard doux que Botticelli donna à sa Vénus quand elle naquit sous son pinceau.

— Donc, point d'amourette ?

— Non, mais une émotion qui dure encore et qui me ravit, dès lors que la scène me revient en ma remembrance.

— Et partagiez-vous encore votre logement avec Monsieur de Guron ?

— Nenni, et j'en étais fort aise, car si bon garçon qu'il est, il n'en ronfle pas moins impi-toyablement. Cette fois-ci, j'étais avec le comte de Sault.

— Le comte de Sault, le plus beau cavalier de la Cour ! Celui avec qui vous partageâtes les « fournaises ardentes » de Suze.

— Erreur, Madame. Ramentez-vous, je vous prie, qu'il les avait pour lui seul. Je m'abstins en cette occasion.

— A contrecœur ?

— Je dirais plutôt à contre-corps, car le cœur était, comme vous savez, à Paris dans mon hôtel de la rue des Bourbons.

— Et que faisait le comte quand votre Botti-celli vous apportait votre déjeuner au lit ?

— Il prenait le même dans la cuisine.

— Dans la cuisine ? Dieu bon !

— Cela ne le gênait pas. Le logis était, d'ailleurs, fort propre.

— Revenons au siège d'Arras.

— Nous prîmes la ville après deux mois de siège et le maréchal de La Meilleraye, qui ne manquait pas d'un certain esprit gaillard et militaire, dit à cette occasion : « Preuve que les souris peuvent manger les chats... »

« Pour en revenir à Arras, nous l'aurions occupée moins vite si les Espagnols n'avaient pas négocié avec nous. Ils demandaient, s'ils nous livraient la ville, de les laisser partir avec armes et bagues[1]. Ce qui se fit avec toute la dignité requise, Louis interdisant aux nôtres cris et injures au départir des Espagnols.

— Après quoi, Monsieur, je suppose, la ville fut mise à sac ?

— M'amie, vous vous gaussez ! C'est le duc de Saxe-Weimar qui « met à sac » les villes prises, avec force forcements de filles, sans compter les brutalités infligées aux hommes et le pillage. Louis le Juste, lui, interdit ces ignominies, sans réussir toutefois à empêcher la picorée.

— La picorée ?

1. Bagages.

— Autre nom pour pillage, et fort expressif : on croit voir une nuée de corbeaux s'abattre sur un champ de blé. Le roi résolut de prime de nourrir les squelettiques rescapés pour qu'ils reprissent forme humaine. Et en même temps il résolut d'attirer, par des primes alléchantes, à Arras, d'autres couples provenant d'autres provinces françaises pour étoffer la population de la ville reconquise et lui permettre de retrouver sa prospérité d'antan.

*
* *

Je croyais qu'Arras prise, le roi retournerait sans tant languir à Paris et chacun se réjouissait déjà de retrouver sa chacunière. Hélas, le roi ne quitta pas l'Artois, voulant demeurer à proximité de son armée jusqu'à ce que fussent reconquises toutes les villes de la province, ce qui se fit sans grande difficulté, la capitulation d'Arras ayant convaincu les Espagnols de l'invincibilité des Français. Pour ma part, je demeurai à Douai avec mes hôtesses.

Elles parlaient un jargon de pays assez particulier, et se prénommaient, la mère, Marie, et la fille, Anne-Marie. Chaque jour, après le dîner, elles jouaient aux dames, et comme la mère l'emportait toujours sur sa fille, le plus souvent

224

en trichant, je me permis de le lui faire remarquer. Mais loin de se démonter, elle me répliqua vertement.

— *Les revetchians n'ont rin à dire.*

Ce qui, je suppose, signifiait « Les spectateurs n'ont rien à dire ».

Pour me faire pardonner mon indiscrétion, j'envoyai le lendemain Nicolas quérir une bouteille de bon vin à laquelle elles firent grand honneur, la vidant sans coup férir, en moins d'une demi-heure. Je remarquai bientôt que, lorsqu'elles étaient émues par quelque incident domestique, elles s'écriaient « Bonne mèrc ! » ou « Sainte Vierge », ou « Sainte Marie ! », mais jamais « Dieu bon ! » ni « Seigneur Dieu ! ». D'après ce que j'appris dans la suite quand le vin leur eut délié la langue, Marie, la mère, avait eu un méchant père et un méchant mari, tous deux étant morts en état de méchantise, indifférents au mal qu'ils avaient fait autour d'eux. Raison sans doute pour laquelle sa fille Anne-Marie, maugré sa ressemblance avec la Vénus de Botticelli, se refusait à prendre mari. Raison qui expliquait aussi que mère et fille fussent furieusement vouées au culte marial. Les murs de leur petit logement étaient décorés par d'innombrables images de la Vierge, mais en revanche, on n'y voyait pas un seul crucifix, ce qui donna à penser que pour elles les puissanc

Ciel étaient bonnes dans la mesure où elles étaient féminines, l'indigne père et l'indigne mari ayant banni à jamais le Seigneur de leurs oraisons.

Je fus tenté de leur faire là-dessus quelques petites remarques, par exemple que c'est à Jésus, et non pas à sa Mère, que nous devons les Evangiles. Mais à la réflexion, je restai bouche cousue, craignant qu'elles ne me rebufassent derechef en me lançant à la face : « *Les revetchians n'ont rin à dire.* »

Au départir, je les embrassai toutes deux sur leurs belles joues rouges, ce qui les étonna fort venant d'un duc, et le comte de Sault, après un moment d'hésitation, en fit autant.

*
* *

Quant au roi, quand il réapparut dans Paris sa bonne ville, acclamé de tout un peuple, il eut de prime un petit chagrin suivi d'une grande joie. Ce chagrin, ce fut le petit dauphin qui le lui infligea à son retour en Saint-Germain. A peine eut-il vu son père qu'il poussa des cris d'orfraie, comme s'il voyait le diable, et appela sa mère à la rescousse. Louis entendit aussitôt qu'Anne d'Autriche et sa coterie l'avaient en son absence desservi auprès de son fils. Il ne perdit pas de temps. Il dit tout haut devant la Cour qu'il y avait des femmes auprès de son fils qui instillaient en lui la peur des hommes et que lesdites femmes, si elles continuaient leurs brouilleries, pourraient bientôt « *changer de garnison* ». Quant à lui, il se demandait s'il ne vaudrait pas mieux élever son fils dans un meilleur air que Paris, et par exemple à Versailles ou à Chantilly.

Jugez, lecteur, de la terreur desdites femmes à la pensée d'être obligées de s'éloigner de la Cour...

Ce petit discours fit merveille. Le petit dauphin, qui avait deux ans, vint demander pardon à deux genoux au roi, et le roi lui donnant alors des babioles qu'il avait apportées, ils jouèrent ensemble pendant une heure. Dès cet instant, le dauphin ne voulut plus quitter son père. Richelieu avait suivi toute cette brouillerie avec quelque anxiété, et se sentit fort soulagé de cette heureuse conclusion, mais sentait en même temps grandir démesurément sa misogynie. On m'a rapporté qu'il avait dit à cette occasion : « Les griffes des femmes sont aussi perfides que celles des chats et elles en usent férocement au gré de leurs changeantes humeurs. »

La contrariété que le dauphin avait donnée de prime au roi laissa place au plus grand bonheur. Le vingt et un septembre 1640 à neuf heures du soir, la reine accoucha d'un second fils de France que l'on prénomma Philippe. La liesse fut grande en la Cour, en la ville et dans le pays, cette seconde naissance consolidant prou la dynastie. Ce fut exprimé par le peuple de Paris qui, aimant fort la famille royale, aimait aussi faire à son sujet de petites gausseries. « Louis, dirent-ils, est un lapin, un fier lapin. Il ne s'est pas contenté d'un dauphin, il s'est donné ensuite *un dauphin de rechange...* »

Heureux père, heureux général, et l'Espagnol partout en recul, Louis avait pourtant, comme il aimait à dire, un caillou dans sa botte. Et ce caillou, c'était le favori qu'il aimait, Cinq-Mars, le plus insufférable coquelet de la Création. Bien que Cinq-Mars eût beaucoup à se glorifier dans la chair, les bontés du Seigneur à son endroit s'étaient arrêtées là. Car il était sans esprit, sans étude, ignorant de tout et, qui pis est, paresseux comme un loir. Le comble, c'est qu'il se voulait croire si plein de talents et très au-dessus de tous et de tout. Sa forfanterie eût été comique s'il n'avait poussé les choses jusqu'à l'insolence la plus odieuse, même avec le roi. Qui pis est, il était grand menteur, grand porteur de fausses nouvelles ou de fausses vérités.

Dès le lendemain de mon retour d'Arras, je me rendis comme à mon ordinaire au Louvre, où le cardinal me dit que le roi me désirait voir. Sa Majesté était encore au lit, mangeant sans

appétit une tartine de beurre, l'air triste et tracasseux.

— Ah, *Sioac* ! me dit-il, comme je suis aise
de vous voir ! Et quel contentement me donne
la droiture que je lis dans vos yeux !

— Sire, dis-je, cette droiture est tout entière
à votre service.

— Je n'en doute pas. *Sioac,* combien de
langues parlez-vous ?

— Pour vous servir, Sire, l'anglais, l'italien
et l'allemand.

— Il me plairait que vous appreniez l'espagnol, et le plus vite qu'il vous sera possible. Car
la situation au Roussillon ne me plaît guère et
je désire reprendre Perpignan aux Espagnols,
tant est que je voudrais que vous vinssiez avec
moi et me serviez d'interprète.

Là-dessus, il poussa un gros soupir, et comme
ce soupir me parut sans aucun rapport avec le
sujet qu'il venait de traiter, j'osai lui demander
s'il allait bien.

— Nenni, dit-il, je suis si plein de rage que
j'en perds le sommeil ! Cet homme[1] me tue !
Tant plus on témoigne l'aimer, tant plus il se
hausse et s'emporte. Je ne peux plus supporter
ses hauteurs.

Et tout soudain, se laissant aller à la colère

1. Cinq-Mars.

229

la plus escalabreuse, lui qui était d'ordinaire si maître de lui, il s'écria :

— Cet homme ! devant moi ! avec sa morgue !

CHAPITRE VIII

Le lendemain du jour où le roi émit cette plainte indignée, le révérend docteur chanoine Fogacer (mon *maggordiomo* n'omettait jamais un seul titre de mes visiteurs) vint prendre avec Catherine et moi sa repue de midi, et comme le voulait l'us, la repue terminée, je me retirai avec lui dans mon cabinet pour boire un dernier gobelet de mon vin de Bourgogne, non sans avoir hypocritement invité Catherine à se joindre à nous, offre qu'elle déclina comme elle le devait, avec un sourire suave et des sentiments qui l'étaient moins. Le lecteur ne peut qu'il ne se souvienne que Fogacer et moi échangions alors avec tact, un pied en avant et l'autre déjà sur le recul, quelques confidences répétées par moi au cardinal, et par Fogacer au nonce apostolique.

Ce jour-là, je lui contai ce que le roi avait dit de Cinq-Mars, et que le lecteur connaît déjà.

— Dieu bon ! dit Fogacer. Je n'en crois pas mes oreilles ! Comment Louis, qui est si imbu de ses prérogatives royales, qui n'hésite pas à chanter pouilles à son Parlement, à ses évêques, à disgracier un courtisan parce qu'il a quitté la Cour sans sa permission, et même à condamner à mort un duc et pair, peut-il supporter les insolences de cet infernal coquelet ?

— Il l'aime, comme il a aimé Mademoiselle de La Fayette ou Mademoiselle de Hautefort. D'autres, au rebours, font circuler à voix feutrée des bruits infamants.

— Infamants *et* faux, dit Fogacer, car à mon sentiment il n'y a pas le moindre soupçon de bougrerie dans cet attachement-là.

— Et sur quoi vous fondez-vous pour en être si sûr ?

— *Primo*, parce que la reine n'est aucunement jalouse de cet attachement, alors qu'elle l'était à l'égard de Mademoiselle de La Fayette. *Secundo*, je suis bien assuré sur le fait que le roi, étant fort pieux, ne voudrait pas perdre son paradis par un acte qui serait à la fois un adultère et une sodomie. Ramentez-vous, de grâce, que Louis est cloué comme un saint sur le Décalogue.

— Mais comment peut-on s'éprendre à ce point de ce petit pimpreneau de cour ?

— Mon cher duc, quand on est comme vous un fervent adorateur du *gentil sesso*, frémissant au moindre frôlement d'un vertugadin, on ne peut rien entendre à d'autres émois.

— Admettons ces émois-là, si surprenants qu'ils me paraissent. Mais comment Louis peut-il supporter que ce coquelet passe ses soirées avec Marion de Lorme, ses matins à dormir et le reste du temps à ne rien faire ?

— A vrai dire, le roi souffre mal les trahisons de son favori, ses insolences et ses indolences. On m'a conté qu'avant-hier il le gourmandait très fort à ce propos.

« — Pour un homme de votre condition, lui a-t-il dit, qui doit songer à se rendre digne de commander une armée, la paresse est absolument un obstacle.

« — Mais je n'ai jamais prétendu commander une armée, dit alors Cinq-Mars.

« — Avez-vous le front de le nier ? Avez-vous la mémoire si courte ? dit le roi très à la fureur. Ne vous souvenez-vous pas que vous m'avez demandé de diriger le siège d'Arras !

« Cette rebuffade, qui eût découragé à jamais une personne de bon sens, fut sans effet sur Cinq-Mars, lequel, sans talent militaire, et sans aucun autre, de reste, se croyait au-dessus de tout et, confiant en la faveur du roi, aspirait à des fonctions de plus en plus hautes : il voulut de prime qu'on lui donnât le gouvernement de Verdun. Dès lors qu'on le lui refusa, il demanda d'être admis au Grand Conseil du roi. Sur un nouveau refus, il exigea un ministère. « Le seul dont vous soyez digne, lui dit le roi, c'est le ministère de la paresse. »

« Savez-vous, me dit Fogacer, que bien que toutes ces rebuffades vinssent du roi, Cinq-Mars les attribue à Richelieu.

— Et j'en crois, dis-je, connaître la raison. Le roi qui admire son ministre et ne se passerait de lui pour rien au monde, se trouve toutefois piqué par son éclatante supériorité. Aux yeux du roi, s'opposer à ses vues, ou même implicitement les contredire, est presque un crime de lèse-majesté, et s'il a assez de clairvoyance pour entendre que Richelieu a raison sur à peu près tous les points, en même temps il se sent humilié en sa dignité royale. Assez puérilement, il se délivre alors de ce sentiment en rabaissant son ministre et en se plaignant de sa tyrannie.

— Mais c'est là, dit Fogacer, un procédé bien puéril.

— Puéril ? mon cher Fogacer, dis-je en riant. Mais qualifier de puéril un procédé du roi, c'est quasiment un crime de lèse-majesté.

— Je le reconnais, et sans tant languir je m'en

absous, dit Fogacer avec un geste clérical de ses blanches mains. Et d'autant, reprit-il, qu'il vaudrait mieux dire « néfaste » plutôt que « puéril ». Car en se plaignant sans cesse de Richelieu devant son entourage, Louis encourage les ennemis du cardinal, et Dieu sait s'il en a, à fomenter contre lui des complots qui pourraient aller jusqu'à l'assassinat. Rappelez-vous Amiens, et ce qui s'y serait passé si, au dernier moment, la peur des terribles représailles du roi n'avait pas abattu le courage de Gaston. Et c'est bien ainsi que les choses se pourraient passer pour Cinq-Mars, la cabale renaissant sans cesse de ses cendres.

Pour l'instant, le roi, après avoir chassé de l'Artois les Espagnols, ne pensait plus qu'à les chasser aussi du Roussillon où ils occupaient Perpignan, Collioure et autres villes côtières, grandes et petites. On se souvient que je devais, tandis que le roi rassemblait ses armées, apprendre l'espagnol, et l'apprendre en peu de temps. Et avec qui, Dieu bon ?

En quittant Richelieu, je dirigeai mes pas dans les couloirs du Louvre, vers l'appartement de la princesse de Guéméné, ayant grand besoin d'elle pour me conseiller et me rebiscouler en mon prédicament. Or, au tournant d'un couloir, je me trouvai nez à nez avec le comte de Sault qui, m'ayant baillé une forte brassée, me prit par le bras et me dit :

— Ne me dites pas où vous allez, l'air si marmiteux, je le sais. Vous allez vous faire consoler par la princesse. Chère princesse ! Que ferions-nous, nous autres grands, forts et vaillants gentilshommes, sans son angélique suavité ? Ce qui m'amène à vous poser, si vous me le permettez, mon cher duc, une question indiscrète.

— Comme a dit un sage, une question n'est jamais indiscrète, c'est la réponse qui l'est.

— Voilà qui me conforte, ma responsabilité n'étant plus engagée. Parlerai-je ?

— Je vous ois.

— La question est celle-ci : êtes-vous amoureux de notre princesse ?

— Autant que vous, mon cher comte, et pas davantage. Et de reste, n'avez-vous pas dit *notre* princesse ?

— Babillebahou, dit-il. Cher duc, point ne vous crois. Elle est de vous tout à fait raffolée, et j'enrage ! A peu que je ne vous appelle sur le pré pour en découdre !

— Un duel ! Violer les édits du roi ! Et voulez-vous qu'il nous livre à la hache du bourreau sur l'échafaud public ? Et ignorez-vous que je possède, transmise par mon père, la botte de Jarnac, de laquelle je n'userai jamais avec vous, même pour sauver ma vie.

— Et pourquoi donc ? dit-il d'un air hautain.

— Comment puis-je oublier notre marche glaciale dans le *Gravere* italien pour surprendre l'armée savoyarde sur son flanc ? C'est cette nuit-là que s'est nouée notre amitié et, de mon chef, jamais je ne la dénouerai.

— Mais moi non plus, dit le comte de Sault, et les larmes roulant tout soudain de ses yeux, il me donna une forte brassée, et je ne sais combien de baisers sur les joues. Dieu bon ! poursuivit-il. Il faut que je sois un grand fol pour vous avoir parlé dans un sens si contraire à mes sentiments. De grâce, pardonnez-moi, mon cher duc, ces propos insensés.

Là-dessus, il me tourna le dos et s'en fut d'un pas si rapide qu'il avait l'air de vouloir fuir son propre malheur.

Tout songeur et troublé, je poursuivis mon chemin jusqu'à l'appartement de la princesse et toquai à l'huis. Le *maggiordomo* et deux valets m'ouvrirent, alors qu'un seul de toute évidence eût suffi.

— Monseigneur, dit le *maggiordomo* avec une voix à la limite de l'impertinence, je ne sais si Son Altesse voudra vous recevoir aujourd'hui. Elle est aux mains de sa curatrice aux pieds, et ne veut voir personne.

— *Maggiordomo*, dis-je, demandez-lui donc de me donner l'entrant. Si vous ne le faites pas, elle pourrait vous en garder mauvaise dent, ajoutai-je d'un ton quelque peu menaçant.

C'était parler quasi en maître, et le *maggiordomo*, ne sachant pas encore quel était mon statut en sa maison, jugea prudent d'obéir, et revint, en effet, une minute après, bien plus aimable qu'il n'était parti.

— Monseigneur, dit-il, Son Altesse vous reçoit incontinent.

Et me précédant, il m'amena jusqu'à la chambre si bien défendue et, avec un grand salut, s'éloigna à grands pas.

La princesse de Guéméné avait fini son déjeuner dont on voyait encore les reliefs sur une petite table à son chevet, et sa robe ajourée de nuit retroussée sur ses genoux, elle livrait à la curatrice ses pieds nus, lesquels, pour la commodité, débordaient quelque peu du lit. La curatrice était assise sur un tabouret pour se mettre à hauteur et avait disposé ses instruments sur une petite table pliante à côté d'elle. Elle procédait, me sembla-t-il, avec beaucoup de précision et de délicatesse, la princesse laissant toutefois échapper des petites plaintes ravissantes. Il est vrai que j'étais là pour les écouter.

— Mon ami, dit-elle, ne restez pas planté là comme un poteau. Vous me donnez le vertige.

Enlevez vos bottes et votre pourpoint et venez vous allonger à mon côté, en me donnant votre main, afin que je la puisse serrer si le dol est trop fort.

La curatrice aux pieds, qui était une merveille de tact, ne leva même pas un sourcil à me voir ainsi, partiellement dénudé, et étendu aux côtés de sa maîtresse. Et pour moi, je me sentis tout à fait à l'aise, plongé, quoique encore passivement, dans une délicieuse intimité féminine. Il est bien vrai que j'en éprouvai aussi quelques remords à l'égard de qui vous savez. Mais je chassai sans tant languir ces importuns trouble-fête, me réservant de les accueillir dès que je serais éloigné de ce petit enfer qui ressemblait tellement à un paradis. Du diantre, arguais-je avec la dernière mauvaise foi, vais-je me jeter dans le tracassin de mon remords alors qu'il ne s'est encore rien passé. Mais je n'eus pas le temps de me chaffourrer davantage les méninges, car la princesse prit le commandement de la situation.

— M'ami, dit-elle, courez fermer le verrou, et mettez de l'ordre dans votre vêture. Je n'aime pas les hommes à demi habillés ou à demi nus.

Voilà, m'apensai-je, un ordre bien ambigu. Devais-je remettre mon pourpoint ou retirer mon haut-de-chausse ? J'optai pour la deuxième solution. Et à en juger par la façon dont la princesse me considéra alors, j'avais fait le choix qu'il convenait. Je la rejoignis aussitôt sous le drap, et l'eusse incontinent prise dans mes bras si elle ne m'avait rebuffé avec hauteur.

— Monsieur, dit-elle, ce n'est pas ici le moment pour une charge de la cavalerie légère. Nous devons parler de prime de choses sérieuses. *Primo,* pourquoi aviez-vous l'air si tracasseux quand vous êtes entré céans ?

— Le roi qui pense à reconquérir le Roussillon, et le cardinal qui pense de même, m'ont ordonné d'apprendre l'espagnol avant notre département pour les armées. C'est beaucoup en peu de temps.

— Monsieur, c'est aussi un très grand honneur. Car il y a beaucoup de gentilshommes à la Cour de France qui parlent l'espagnol, mais aucun ne possède en même temps vos talents de diplomate. Et c'est bien pour cela qu'on vous a choisi. Quant à trouver un professeur capable de vous enseigner la langue en si peu de temps, ne cherchez pas plus avant, ce sera moi, qui parle le plus pur castillan.

— Mon ange, comment vous remercier ? dis-je.

— M'ami, cet « ange » n'est guère approprié au prédicament qui présentement est le nôtre. Et ne croyez pas non plus que vous aurez trop peu de temps pour étudier sous ma férule. L'expédition dans le Roussillon n'est pas pour demain.

— Et pourquoi ?

— Cinq-Mars a quitté le roi, et dans sa folie il tâche de rameuter une cabale dont le dessein serait de perdre Richelieu.

— Pauvre Cinq-Mars, dis-je. Il a toujours eu davantage à se glorifier dans la chair que dans les mérangeoises. Mais pour le coup, le voilà le coquebin le plus décervelé du royaume ! S'attaquer au cardinal ! Lui, le petit Cinq-Mars ! C'est à pleurer !

— Ne pleurez pas, m'ami. Revenez au moment présent. Ce moment qui passe et qu'on ne verra pas deux fois. Eh bien, qu'attendez-vous ?

— Que vous donniez l'ordre de charger à la cavalerie légère.

— Monsieur, vous me daubez ! Qui vous eût cru si rancuneux ! Je ne puis plus vous donner d'ordre. A l'instant où vous entrâtes dans mes draps, sachez que je me suis dessaisie de mon commandement.

Sur cette dernière saillie, je la pris dans mes bras. Elle s'y ococoula tendrement, et le reste de la matinée fut perdu pour toute conversation sérieuse.

*
* *

— Monsieur, un mot de grâce,

— Belle lectrice, si vous voulez me poser questions concernant la princesse de Guéméné, sachez de prime qu'au premier mot que vous prononcerez, je me fermerai comme une huître.

— Aussi, Monsieur, n'en dirai-je rien. Je me permets seulement de vous plaindre pour les affres et les remords que vous allez ressentir pour avoir trahi votre charmante épouse.

— M'amie, voilà qui est véritablement perfide ! Vous autres femmes, vous devinez toujours le point faible où il faut frapper pour faire le plus de mal. Si, au lieu d'appartenir à votre aimable sexe, vous apparteniez au mien, je vous aurais déjà passé mon épée à travers le cœur.

— Ah ! n'en faites rien. Vous pourriez me déchirer un tétin au passage, et fervent amant que vous êtes du *gentil sesso*, vous me désolez jusqu'au terme de vos terrestres jours.

— De grâce, Madame, laissez-moi une fois pour toutes à mes affres et mes amours. Que diantre ! N'êtes-vous plus intéressée par l'histoire de votre pays ?

— Si fait ! Et je suis venue à vous pour que

vous me contiez dans le détail la conspiration de Cinq-Mars. Et d'abord, comment naquit-elle ?

— Par le désamour croissant du roi pour Cinq-Mars que sa puérile forfanterie portait toujours au-dessus de tout et de tous, à tel point qu'il aspirait, comme on l'a vu, sans études, sans talent, sans esprit, aux plus hautes fonctions de l'Etat. On les lui refusa, comme vous savez, de plus en plus durement, tant est que Cinq-Mars redoublait d'insolence envers Louis, et Louis le prenait si mal qu'on l'entendit un jour dire sur son favori : « Je le vomis. »

« Or, vivait alors à la Cour un certain Monsieur de Fontrailles qui était bossu, et souhaitait mal de mort à Richelieu, pour ce que le cardinal l'avait traité un jour de "monstre", méchantise qui n'était pas rare chez le prélat, quand son travail herculéen l'avait jeté hors de ses gonds.

« Je ne sais si, comme on le prétend, tous les bossus sont méchants, mais en tout cas celui-là l'était. Il prit langue avec Cinq-Mars et lui affirma savoir de bonne source que tous les injustes refus qu'on avait opposés à ses légitimes ambitions étaient le fait de Richelieu ; que le roi, d'ailleurs, n'aimait plus Richelieu et aspirait à se débarrasser de cette tyrannie. Ce qui donnait quelque couleur à ce mensonge, c'était que le roi, comme on a vu, avait la faiblesse de se plaindre en public de Richelieu, tandis qu'en son for il l'admirait et l'aimait plus que toute autre personne au monde.

« A la suite de cet entretien, Cinq-Mars, Fontrailles et de Thou, l'ami de Cinq-Mars, formèrent une petite cabale qui ne demandait qu'à s'agrandir. Ils prirent langue avec Gaston qui, toujours partant pour tous les complots, accepta joyeusement de s'engager dans celui-là.

— Pourquoi, Monsieur, « joyeusement » ?

— Parce que l'affaire pouvait être un échec pour son aîné, et à lui-même pourrait rapporter pécunes.

— Mais en cas d'échec ?

— En cas d'échec, étant le frère du roi, il ne risquait rien de rien : ni le billot, ni la Bastille, ni l'exil.

« Revenons à nos conjurés. Ils caressèrent tour à tour deux projets : le premier était d'assassiner Richelieu, mais le cardinal était fort vigilant et fort bien gardé. En outre, il était prêtre, et tuer un prêtre vous exposait à une excommunication papale, ce qui donnait fort à penser et fort à craindre à nos bons catholiques.

« Ce projet fut discuté, par une coïncidence curieuse, à Amiens, et abandonné sur le chemin d'Arras qu'on allait assiéger. Je me permets de vous rappeler, chère belle lectrice, qu'en 1636, Soissons et Gaston conçurent le même projet d'assassiner Richelieu, dans la même ville, et y

244

renoncèrent au dernier moment par peur des représailles royales.

« Nos nouveaux conjurés, ayant médité sur cet échec, décidèrent que la seule façon d'éliminer Richelieu était de fomenter une guerre civile avec l'aide des troupes et des pécunes que l'Espagne était la seule à pouvoir et vouloir fournir.

— Mais, Monsieur, n'était-ce pas là trahir la patrie ?

— M'amie, le mot « patrie » alors ne touchait pas les Grands. Propriétaires de fiefs, ils ne se sentaient pas inférieurs au roi, et bien qu'ils lui eussent juré fidélité au moment du sacre, ils ne se sentaient pas tenus à l'obéissance, et à l'occasion rompaient tous leurs vœux, s'enfermaient dans leurs nids crénelés, et défiaient la puissance royale. Si j'en crois mes remembrances, ils n'avaient jamais été si libres ni si heureux que sous la régence de la reine-mère. Pour un oui, pour un non, ils quittaient la Cour en affichant des intentions hostiles, et la reine-mère, dans son insigne faiblesse, courait après eux avec des boursicots de pécunes pour les ramener. Avec Louis XIII et Richelieu, tout changea. Comme vous savez, les Grands furent mis au pas, on leur rogna les défenses de leurs châteaux, et on leur imposa d'être présents à la Cour dès que le roi le désirait. D'ailleurs, ils ne pouvaient quitter la Cour sans l'autorisation du roi.

— Cependant, Monsieur, fronder le roi, le bouder, se retirer de la Cour, n'est-ce pas aussi ignominieux que de signer, en pleine guerre, un traité secret avec ses pires ennemis ?

— Ce traité, m'amie, n'est pas seulement ignominieux. Il est stupide, et je voudrais vous dire pourquoi.

— Pardonnez-moi, avant que vous me l'expliquiez, je voudrais savoir si la reine l'approuvait.

— Oh, sa position fut très nuancée. Elle l'approuvait, mais noulut entrer dans la conspiration, ni que son nom y fût prononcé.

— Elle était donc pour la troisième fois traîtreuse à son roi, mais pour le coup, avec quelque prudence.

— M'amie, je vous félicite de votre mémoire.

— Mais permettez-moi une question. Monsieur, pourquoi faites-vous tant de compliments au *gentil sesso* ?

— Madame, mon instinct m'y porte et je ne pense pas que je doive vous en rendre compte. Gaston confia le soin de traiter avec l'Espagne contre Richelieu à Fontrailles.

— Le bossu que Richelieu avait moqué ?

— Celui-là même. Et parmi tous les conjurés, c'était le plus discret et le plus actif. Il franchit les Pyrénées par le col de la vallée d'Aspe et de là il gagna Huesca, puis Saragosse, et atteignit enfin Madrid où il fut reçu sans difficulté aucune par le comte-duc Olivarès, premier ministre de Philippe IV, pour qui ce traité proposé par Fontrailles, au nom de Gaston, fut une aubaine inespérée.

— Monsieur, je suis tout ouïe et toute appréhension, car je crains que la teneur de ce traité, conclu à l'insu de Louis et du cardinal, ne me tabuste fort.

— En effet. Le début est pourtant tout à fait rassurant, le voici. On n'entreprendra rien contre les Etats du roi très-chrétien ni contre les droits et autorités de la reine très-chrétienne. Et, de part et d'autre, on restituera les villes conquises.

— Voilà qui va bien.

— En effet, mais voici qui va moins bien : Philippe IV mettra à la disposition de Gaston une armée de douze mille fantassins et de six mille cavaliers, ainsi que la solde nécessaire à leur entretien.

— En d'autres termes, il crée, encourage et alimente la guerre civile en France.

— J'ajoute que Gaston, frère du roi, en sera le général.

— Voilà qui est peu ragoûtant.

— Il y a bien pis, m'amie. La France devra mettre fin à ses alliances avec les pays protes-

tants : la Hollande, la Suède et les princes luthériens d'Allemagne.

— Voilà qui eût charmé la reine-mère,
Marillac, le père Caussin, et nos bons dévots de
France qui sont si peu Français.

— Et qui, implicitement, suppose qu'on
révoque l'édit de grâce, et qu'on persécute derechef les protestants. M'amie, armez-vous de courage, vous allez meshui ouïr le plus ignominieux : le traité stipulait que le roi d'Espagne
verserait à Gaston et à Monsieur de Bouillon
cent vingt mille écus, et à Cinq-Mars quarante
mille écus.

— Dieu bon ! Ces trois-là vendent leur patrie
pour un boursicot de clicailles !

— M'amie, peux-je attirer votre attention sur
le fait que ce traité n'était pas seulement odieux.
Il était aussi chimérique. Comment accepter
l'idée que, Richelieu mort, Louis aille tout de
gob renoncer à la politique qui fut la sienne
depuis vingt ans, et s'aligne docilement sur la
politique espagnole, devenant l'humble féal de
Philippe IV ? En bonne logique, il faudrait aller
plus loin et assassiner aussi Louis XIII, le dauphin et le dauphin de rechange, afin que Gaston
puisse s'emparer enfin du pouvoir et appliquer
le traité espagnol à la lettre.

« Fontrailles, le traité cousu à l'intérieur de
son pourpoint et lui brûlant la poitrine, voulut

s'en retourner en France par le même chemin qu'il avait déjà pris. Mais arrivé à Huesca, il fut avisé par un Béarnais qu'il avait été suivi sur le chemin de l'aller. Conspirateur naïf et débutant, Fontrailles ne s'est aperçu de rien, et surtout pas qu'il était suivi, et plus naïf encore, au lieu de rentrer en France par un autre chemin, il reprit le même, inconscient des yeux qui partout l'accompagnaient et ne perdraient plus sa trace. Mais dès cet instant, et il ne le sait pas encore, le traité qu'il porte à l'intérieur de son pourpoint, a cessé d'être secret.

— Et à qui, une fois parvenu à Paris, Fontrailles remit-il le traité ?

— A la reine, c'est-à-dire à la personne qu'il croyait la plus sûre.

— Et c'était elle ?

— Nenni. Elle était trop vulnérable.

— Comment cela ?

— Par ses enfants. Elle avait été en effet avisée par le roi qu'elle devait sans eux le venir retrouver en Roussillon. Elle fut au désespoir, écrivit lettre sur lettre à Richelieu afin qu'il persuadât le roi de ne la pas priver de ses enfantelets. Mais comme vous savez, m'amie, Richelieu ne faisait rien pour rien. Ces protestations d'amitié de la reine ne lui suffirent pas. Il voulait, comme il avait dit un jour au Parlement, voir les « effets » de cette bonne amitié. La reine entendit à mi-mot, et non sans scrupules elle dépêcha un gentilhomme porter le traîtreux traité espagnol à Richelieu qui, en route pour le Roussillon, avait fait étape à Arles. La réponse fut prompte. Le roi écrivit à la reine qu'il jugeait préférable qu'elle demeurât à Saint-Germain avec ses enfants plutôt que de supporter céans avec eux les incommodités de cette campagne en Roussillon qui menaçait d'être fort longue et fort rude, puisqu'elle ne pourrait réussir sans assiéger et prendre une ville aussi puissamment défendue par les Espagnols que Perpignan.

— Mais, Monsieur, vous dites cela en toute froidure, au lieu que de le déplorer. N'était-ce pas pur machiavélisme de la part de Richelieu de jouer sur l'amour d'une mère pour ses enfants afin d'arriver à ses fins ?

— Les fins des futurs assassins de Richelieu étaient-elles plus louables que la défense d'un ministre qu'on voulait assassiner, parce que sa politique s'opposait à l'Espagne, dont les armées avaient envahi le royaume, et occupaient encore bon nombre de nos villes. A Arles, le traîtreux traité espagnol fut apporté par Monsieur de Chavigny au petit matin à Richelieu. Sa lecture lui asséacha tant la gorge qu'il demanda un bouillon qui lui fut apporté aussitôt et qu'il but avec avidité. Après quoi, il remercia Dieu d'avoir pris grand soin, en cette occasion, du royaume et de sa propre personne, action de grâces qui y paraît naturelle dans la bouche d'un prélat, mais Richelieu aurait pu tout aussi bien remercier en son for les espions et les rediseurs de sa police d'avoir si bien travaillé pour lui.

Richelieu prescrivit à son secrétaire de faire plusieurs copies du traité et il demanda ensuite à Chavigny et à moi-même de porter le traité au roi qui se trouvait alors à Narbonne, en attendant de s'approcher de Perpignan dont il comptait, comme on sait, faire le siège. Nous partîmes fortement accompagnés, Chavigny et moi, à la pique du jour, et comme je le trouvais triste et marmiteux, au bout d'un moment je lui en demandai la raison. Il me dit alors d'une voix étouffée qu'il se tracassait fort au sujet du roi et du cardinal. Ils étaient l'un et l'autre fort mal allant, le cardinal souffrant d'une fièvre paludéenne et d'un abcès au bras qui ne voulait pas guérir. Quant au roi, ses douleurs de ventre l'avaient obligé à faire tout le voyage de Paris à Narbonne étendu sur un matelas dans sa carrosse.

A Narbonne, dès que nous eûmes mis pied à terre, le douze juin, devant le palais du roi, Monsieur Bouthillier vint à notre encontre et nous entraîna dans la chambre du roi, lequel était debout, mais me parut cependant mal à l'aise et mélancolique. Il conversait avec Cinq-Mars.

Monsieur de Chavigny s'approcha et, le tirant par la basque, lui dit à l'oreille qu'il avait quelque chose à lui dire en particulier. Le roi hésita, mais me jetant un regard, et comme je faisais oui de la tête, Louis passa d'un pas vif dans une autre pièce. Cinq-Mars voulut le suivre, mais Monsieur de Chavigny lui dit d'un ton froid et impératif : « Monsieur le Grand, j'ai quelque chose à dire au roi. » Cinq-Mars pâlit à ces propos et se retira.

— Sire, dit Chavigny, plaise à vous de vous asseoir. Le traité que nous vous apportons risque de vous émouvoir beaucoup.

Le roi s'assit et lut le traité une première fois, puis le relut une deuxième fois, pâle, défait et sans voix. Quand il la retrouva, il dit d'un ton désespéré :

— Peut-être s'agit-il en fait d'une erreur de nom.

— C'est peu probable, Sire, dit Chavigny, il est répété plusieurs fois dans le texte, et celui aussi de Bouillon et de De Thou.

— Sire, dit Chavigny, peux-je vous suggérer de faire arrêter Cinq-Mars et de Thou avant qu'ils aient le temps de s'enfuir. Ils pourront du moins s'expliquer.

— Donnez l'ordre, Chavigny. Donnez l'ordre, dit le roi d'un air las.

Puis il s'enferma dans un mutisme dont rien

ne put le faire sortir. Et quand enfin vint la nuit et qu'il fut couché, il se sentit mal, il prit médecine, il s'endormit et se réveilla sur les cinq heures du matin. Il dit alors d'une voix plaintive, les larmes lui coulant sur la joue :

— Quel saut a fait Monsieur le Grand !

Puis au bout d'un moment, d'un air triste et défait, il répéta :

— Quel saut a fait Monsieur le Grand !

*
* *

Le lendemain, j'avais précisément invité Fogacer à la repue de midi. Il avait obtenu de suivre les armées du roi afin de renseigner sur la guerre le pape, lequel, apparemment désolé de cette lutte fratricide entre deux pays catholiques, faisait, en fait, des vœux pour la victoire de Louis, les Espagnols qui s'étaient installés de force dans le nord de l'Italie lui paraissaient si envahissants qu'il commençait à craindre pour ses propres Etats.

— Eh bien, qu'en pensez-vous ? dis-je à Fogacer.

— La mort pour tous les deux.

— Cependant le roi hésite.

— Et pourquoi ?

— Cinq-Mars a trahi.

— C'est, dit Fogacer, que la trahison est double. Cinq-Mars est traître à sa personne, et traître à la politique royale. Et ce double ressentiment le trouble à tel point qu'il se demande si le châtiment qu'il envisage est bien justifié. Raison pour laquelle il a appelé auprès de lui le père Sirmont pour se confesser.

— Et quelle aide attendait-il de lui ?

— Mon cher duc, fit Fogacer avec son long et sinueux sourire, que faites-vous du secret de la confession ? Mais faute de savoir, on peut au moins imaginer.

— Imaginons.

— Il se peut que le roi ait demandé à Sirmont si, étant donné les liens d'affection qui l'unissaient à Cinq-Mars, il serait justifié de lui faire un procès pour crime de lèse-majesté qui ne pourrait se conclure que par la peine de mort.

— Et qu'a dit, selon vous, le père Sirmont ?

— Je ne le sais, mais aux effets de cette confession, je peux juger que le père Sirmont a dit oui.

— Et pourquoi cela ?

— Parce que, après s'être confessé, ordre fut donné par Louis de poursuivre Cinq-Mars et de Thou sans tant languir, de les arrêter, de les serrer en geôle et d'instruire leur procès. Ce qui fut fait promptement.

Messieurs de Cinq-Mars et de Thou n'étaient

254

pas des gens précautionneux. S'ils l'avaient été, ils ne seraient pas venus à pied à l'hôtel du roi. Tant est que, lorsqu'ils ouïrent à travers la porte que leur conspiration était découverte, ils fuirent certes, mais ils n'avaient plus de carrosse pour se mettre à la fuite, ce qu'ils auraient pu faire avec quelque chance de succès. Mais cette ressource-là leur faillant, ils s'enfuirent à pied et furent en un tournemain rattrapés par les gendarmes du roi, par eux désarmés, dirigés sur Montpellier et enfermés dans la Citadelle.

Sans perdre une minute, le roi envoya ses serviteurs en Italie afin d'arrêter le duc de Bouillon à Casal et de le ramener en France où il fut enfermé à Lyon dans la citadelle de Pierre Encize. Gaston fit par lettre des aveux complets et chargea sans ménagement ses autres conspirateurs. Du fait de son sang royal, il savait qu'il recevrait du roi « les effets de sa bonté ». Le procès de Cinq-Mars et de De Thou eut lieu à Lyon, et bien que toutes les formes fussent scrupuleusement respectées, la sentence ne pouvait faire de doute : Cinq-Mars et de Thou seraient condamnés à mort.

Quant au duc de Bouillon, conspirateur né, dont Henri IV disait déjà : « Dieu me garde des brouillons et des Bouillons ! », Louis agit contre lui en toute vigueur et rigueur. Il fit occuper Sedan, la ville qui avait abrité tant de conspirateurs, et du même coup Bouillon perdit sa principauté, mais conserva en compensation, Dieu sait pourquoi, le titre de « prince étranger » à la Cour de France, ce qui faisait de lui *mutatis mutandis* une sorte d'évêque *in partibus*. En compensation, on lui versa six millions de livres. Toutefois, comme le roi avait peu fiance en sa parole, il l'assigna à résidence dans son comté de Turenne. C'était beaucoup déchoir pour un prince, et craignant que Louis allât encore plus loin dans sa vengeance, Bouillon préféra aller s'établir à Rome.

— Où j'espère qu'il ne va pas se mettre à conspirer contre le pape, me dit Fogacer.

— Nenni ! Nenni ! Croyez-moi, il ne s'y frotterait pas, le Saint-Père l'enfermerait dans une moinerie jusqu'à la fin de ses terrestres jours. Et pour un homme qui comme lui aime tant le *gentil sesso*, ce serait là un terrible avant-goût de l'Enfer.

*
* *

On eût pu penser que, se préparant à arracher le Roussillon des mains des Espagnols, le roi n'eût plus le temps ni le désir de penser à son favori. Tout le rebours. Et la preuve en fut qu'il me fit appeler en son hôtel de Narbonne me demandant de partir pour Lyon afin, dit-il, de « consoler » son favori du mieux que je pus, lui assurant que son roi l'aimait toujours, mais que la raison d'Etat l'avait contraint à sanctionner un crime d'intelligence avec l'ennemi : trahison telle et si grande qu'elle ne pouvait être pardonnée.

Le lecteur se rappelle sans doute que Louis m'avait confié une mission similaire au moment où le duc de Montmorency, blessé, capturé, vaincu à Castelnaudary, attendait son exécution. Mais il y avait une nuance : s'agissant de Cinq-Mars, le roi l'aimait, et moi je le lui devais dire, alors même que la mort l'attendait.

Parti le lendemain pour Lyon, je roulais dans ma carrosse des pensées désabusées. On dit bien, m'apensai-je, quand on dit qu'on « tombe amoureux ». Car c'est une chute, en effet, au cours de laquelle on perd toutes ses qualités réflexives : intuition, perception, prudence...

N'allez pas croire que Cinq-Mars était enfermé à Lyon en geôle sordide et sale. On l'avait logé tout le rebours dans un fort joli hôtel, clair et bien meublé. Je le surpris à son dîner et, sans tant languir, il m'invita à le partager. Je dois attester que c'était là un repas de roi, servi en outre par de fort accortes chambrières qui lançaient en tapinois à Cinq-Mars des regards amoureux. Il est vrai qu'on voyait dans les couloirs des gendarmes armés, certes, mais dont le comportement était quasi évangélique. Il est vrai aussi qu'à l'arrivée on vous enlevait votre arme, mais quant à la fouille de votre vêture, elle était faite par une forte matrone avec une suavité quasi caressante.

Je détrompai Cinq-Mars dès l'abord. Je ne venais pas lui apporter la grâce du roi, mais son adieu, et les regrets qu'il avait d'être obligé d'en arriver là avec lui. J'ajoutai que le roi m'avait requis de lui dire qu'il l'aimait toujours, et que seul le caractère odieux de sa trahison l'avait obligé à sévir.

Cinq-Mars écouta ce discours avec attention, mais sans trahir la moindre émotion et, quand j'eus fini, il dit d'une voix ferme et claire :

— Je préférerais que le roi m'aimât un peu moins et me laissât vivre un peu plus. Toutefois le calice est plein et j'espère que je vais le boire sans défaillir.

J'osai alors lui demander les raisons qui l'avaient poussé à vouloir assassiner le cardinal. Là-dessus, il resta un assez long moment silencieux et, comme je l'interrogeais des yeux, il finit par répondre.

— Savez-vous que c'est Richelieu qui m'a jeté dans les bras du roi. Il voulait avoir en moi une créature qui lui répétât tout. En quoi je le déçus. Et je déçus aussi le roi, étant trop différent de lui. Louis est un homme de devoir, rigide, et n'aspirant qu'à une seule chose sur terre : gagner son paradis. Il déteste le luxe, les joies de la vie. Il travaille du matin au soir. Il est chiche-face et pleure-pain, s'habille à l'ordinaire comme un bas officier, sans perles ni dentelles et, qui pis est, il me sermonnait à l'infini, critiquant sans fin ma paresse et ma passion pour le *gentil sesso*. Hélas, tout empira et même tourna au drame quand je devins l'amant de Marion de Lorme. Les scènes de jalousie de Louis se multiplièrent, et le roi devint marmiteux et mal allant. C'est alors que Richelieu, craignant pour sa santé, décida de briser le lien qui m'unissait à Marion de Lorme. Je ne sais comment ce Machiavel a réussi ce beau tour, mais du jour au lendemain, la belle me tourna le dos. Fou de rage, je commençai alors à conspirer contre Richelieu. Et ce ne fut pas, comme dirent les sots, pour prendre sa place. Je n'avais pas cette outrecuidance, mais uniquement pour me revancher de sa vilenie.

Ayant dit, il se tourna vers moi et dit d'un ton indifférent :

— Viendrez-vous à mon exécution ?

— Louis ne me l'a pas demandé.

— Mais il ne vous l'a pas défendu non plus.

— Nenni.

— J'aimerais cependant que vous soyez là.

J'entendis alors qu'il voulait faire face à la mort aussi noblement que Montmorency, et qu'il désirait que le roi le sût. J'acquiesçai alors à sa requête, à mon cœur et corps défendant, détestant ce spectacle écœurant, d'un homme qui tue un autre en toute légitimité.

De Thou et Cinq-Mars furent décapités sur la place des Terreaux dont Lyon est, à juste titre, très fière, bien qu'elle n'eût pas encore la majesté qui fut la sienne à la fin des travaux en 1646.

La foule était immense, la plupart des assistants demeurant debout, les autres assis, selon leur degré de noblesse ou leurs fonctions, les juges assis au premier rang, vêtus de leurs belles robes et l'air grave et important, comme s'ils portaient fièrement la responsabilité d'un verdict qu'on leur avait dicté d'avance.

De Thou subit le premier[1] « le vent d'acier » comme avait dit Montmorency, mais aux yeux de la foule ce n'était qu'un prologue, car de Thou était quasiment inconnu, alors que Monsieur le Grand était auréolé de toute la majesté du roi dont il avait été successivement le favori et le traître.

Cinq-Mars était lui-même parfaitement conscient de l'importance théâtrale de cette

1. Inexact. Il fut exécuté après Cinq-Mars. *(Note de l'auteur.)*

260

entrée sur scène qui ne pouvait se terminer, comme dans les tragédies antiques, que par la mort. Ne voulant pas que le bourreau, cet homme de peu, le touchât, il se fit couper les cheveux de la nuque la veille par son barbier. Et le matin de l'exécution, il donna l'ordre à son valet d'étaler sur son lit ses plus belles vêtures, et choisit longuement celle qui lui convenait le mieux. Son choix se porta sur un pourpoint couleur de mûre tout couvert de dentelles, un haut-de-chausse de même couleur, des bas de soie verte et des chaussures à talons. Là-dessus il jeta un manteau écarlate couvert de galons d'argent et fermé par des boutons en or. Comme il noulait porter de chapeau, ses cheveux étaient délicatement testonnés. Et un soupçon de rouge pouvait se voir sur ses pommettes, probablement afin que, s'il pâlissait, la pâleur ne parût pas.

Il monta le degré de l'échafaud avec une allégresse majestueuse, et de prime remercia ses juges de la façon courtoise dont ils l'avaient jugé. Puis il fit le tour de l'échafaud en saluant à la ronde les spectateurs avec des sourires et une douceur charmante. Toujours souriant, il s'agenouilla et posa sa tête sur le billot. Deux coups lui furent donnés successivement, le premier pour entailler le cou, le second pour détacher la tête du tronc. A cet instant, la foule immense applaudit à mains rompues.

Un peu plus tard, comme je contais l'exécution de Cinq-Mars à Fogacer, il me dit d'un air sévère : « Nos nobles sont de grands vaniteux. Prônant au-dessus de toutes les vertus la vertu du courage, ils veulent la faire éclater par la façon dont ils meurent. Et minutieusement, en leur vêture et leur allure, ils préparent tout pour faire un chef-d'œuvre de leur fin. Et assurément, s'ils faisaient la chose plus simplement, ce serait une tragédie. Mais faite comme ils la font, c'est une sorte de pantalonnade. Toutefois, si toute cette comédie leur permet de passer de vie à trépas sans trop subir les affres de la mort, c'est peut-être une bonne chose pour eux. »

CHAPITRE IX

Lecteur, plaise à toi de me laisser revenir en arrière dans mon récit, c'est-à-dire au moment où je départis de Paris avec les armées du roi pour gagner le Roussillon. Eh quoi ! direz-vous, saviez-vous déjà la langue espagnole ? Je dirais passablement bien, grâce aux soins de la princesse de Guéméné, sur les tendres lèvres de qui j'avais cueilli tant de mots. Toutefois, j'étais bien loin encore d'en avoir acquis l'usage facile et coulant. Tant est que, pour progresser encore, j'emportai avec moi dans ma carrosse, pour ce longuissime voyage, mon dictionnaire d'espagnol et mon *Don Quichotte*, me promettant, dans mes cahotants loisirs, d'apprendre chaque jour par cœur, après l'avoir traduite, une page de Cervantès. Mon père m'avait nourri aux lettres dès mon enfance, et je n'eus aucune peine à soutenir ma gageure, tant et si bien que, même à ce jour, des pages entières de Cervantès demeurent en ma remembrance.

Ce n'est pas sans un grand pincement de cœur que je quittai mon épouse, mes enfants et mon hôtel de la rue des Bourbons. Richelieu, qui pensait à tout, m'avait fourni pour ce voyage une escorte d'une douzaine de ses mousquetaires et un boursicot de clicailles assez pansu pour les nourrir, et mes gens aussi, jusqu'à Narbonne.

Je lui en sus le plus grand gré, car je pus de la sorte laisser Hörner et mes Suisses garder femme, enfants et domestique[1] en ce périlleux Paris où chaque matin on ramasse dans les rues et ruelles une quinzaine de cadavres baignant dans leur sang.

Quant au royal boursicot de clicailles, il fut le très bienvenu pour nourrir moi-même, Nicolas, mes cochers, mes charrons et ces voraces mousquetaires qui ne rêvaient, d'un campement à l'autre, que vins, mangeailles et loudières, lesquelles, maugré les vertueux interdits du roi, se glissaient jusqu'à la nuit pour leur apporter de coûteuses et dangereuses consolations.

Les mousquetaires du roi étaient nobles, et les mousquetaires de Richelieu, roturiers, mais je

1. Au XVIIᵉ siècle, « le domestique » désigne l'ensemble des domestiques.

264

dois dire que, nobles ou non, je n'ai jamais discerné la moindre différence en leurs conduites.

Il va sans dire que mon écuyer Nicolas était du voyage, ainsi que mes deux charrons qui ne quittaient jamais leurs outils : bec d'âne, chasse, gouge et plane, et du diantre si je sais comment ils les employaient pour réparer roues et essieux, ce qui était fréquent, les chemins étant si mauvais en cette douce France.

Ces précieux charrons voyageaient à ma suite dans un spacieux charreton bâché qui leur servait aussi de campement la nuit, de peur qu'on volât tout, et dans lequel ils devaient laisser place aussi aux deux cochers qui, alternativement, tenaient les rênes de ma carrosse, sans compter mes encombrantes bagues personnelles ainsi que mes piques et mousquets, que je ne laissais jamais d'emporter avec moi au cas où nous serions assaillis par les caïmans des grands chemins. Ce qui eût été fort mal avisé de leur part, car nous étions précédés et suivis par les soldats, les premiers étant les officiers du logement qui se hâtaient, à l'approche des villes, pour trouver des chambres aux officiers, et des camps pour les soldats.

Je n'eus pas d'aventures au cours de ce long voyage, mais je fis une rencontre qui s'avéra fort heureuse pour moi. A dix ou douze lieues de Lyon, alors que j'étais seul sur la route, les officiers du logement m'ayant largement devancé, et le gros de l'armée ne m'ayant pas encore rattrapé, j'aperçus sur ma droite dans une prairie, dont aucun fossé ne me séparait, une carrosse qui paraissait en piteux état et, l'entourant, des silhouettes de femmes et d'hommes. J'ordonnai alors à mon cocher de s'engager sur ladite prairie dans leur direction, et une fois à proximité, je dépêchai Nicolas pour quérir de ces personnes en quel prédicament elles se trouvaient et si elles avaient besoin d'aide. Nicolas fut de retour en un clignement d'œil et me dit qu'il s'agissait de dames de bon lieu et d'un cocher, tous plongés dans un grand embarras, car l'essieu de leur carrosse s'était rompu, et ils n'avaient rien ni personne pour le réparer. Nicolas, à en juger par les armes peintes sur la carrosse, conclut que ces dames étaient nobles et, qui plus est, « très alléchantes ».

— Nicolas, dis-je sévèrement, retire ce mot « alléchantes », s'il te plaît. Il ne s'agit pas ici de loudières, mais de dames.

— Je le retire, Monseigneur, dit Nicolas avec une humilité qui ne changeait rien, j'en suis bien assuré, à son intime sentiment.

— Leur as-tu dit qui j'étais ?

— Oui-da ! Duc et pair, membre du Grand Conseil du roi et, à la réflexion, j'ajoutai que vous étiez aussi chevalier de l'ordre du Saint-Esprit.

— Et pourquoi « à la réflexion » ?

— Parce que j'avais observé que ces dames portaient sur elles des bijoux à caractère religieux.

— Ciel ! Des dévotes ! Nicolas, suis-moi, je vais prendre langue avec elles.

— Monseigneur, « prendre langue » n'est-ce pas une expression un peu osée, s'agissant de dames si confites en leur dévotion ?

— Effronté Nicolas ! dis-je en lui donnant une petite tape sur la nuque. Qui t'a permis de dauber ton maître ?

— Monseigneur, dit-il, je m'excuse de vous avoir offensé. Si impertinence il y eut, je la retire et vous prie de me pardonner.

— Voire ! dis-je. Du diantre si j'ai jamais vu un écuyer si impertinent avec son maître !

— Monseigneur, cela tient sans doute à ce que mon maître, lequel a beaucoup d'esprit, sait discerner quelque vérité dans mes humbles remarques.

— Et te voilà, meshui, qui chantes tes louanges. Holà ! Nicolas ! Cela suffit ! Suis-moi sans piper mot et ne te lèche pas non plus les babines à regarder ces dames.

M'étant approché, Nicolas à mon côté, je saluai dame et demoiselle, selon le plus pur protocole de cour en me découvrant avec un élégant virevoltement de mon chapeau et en pliant le genou. Sur quoi, elles me firent une belle révérence.

— Monsieur, dit la dame, sachant par votre gentil écuyer qui vous êtes, je me présente à vous. Je suis la marquise de Montalieu et voici ma nièce Adélaïde.

J'entends bien, lecteur, que tu aimerais ici que je te brosse un portrait de la marquise de Montalieu et de sa nièce. Pardonne-moi, mais il faut meshui parer au plus pressé : réparer son essieu, et la ramener au bercail.

— Madame, dis-je, les présentations faites, peux-je vous demander où vous alliez ?

— A Lyon, où je demeure.

— La Dieu merci, ce n'est pas si loin. Voici ce que je me permets de vous proposer. Mes deux charrons vont réparer votre essieu avec l'aide de votre cocher. Mais cela va prendre du temps, et pendant ce temps, je me propose de vous ramener avec votre compagne incontinent chez vous où vous serez sûrement plus à l'aise, et en sûreté d'ailleurs, que seulette en ce pré, exposée au vent, et surtout aux orages. Une fois à Lyon, nous attendrons que votre cocher ramène votre carrosse et mes charrons, je chercherai alors un gîte dans votre grande ville.

— Bon samaritain ! dit-elle avec un sourire

qui promettait prou. M'allez-vous donc alors quitter ? Ce serait mal avisé, car à cette heure les officiers de logement ont depuis belle heurette distribué tous les logements disponibles de Lyon. Et pas plus que vous ne pouviez souffrir de me laisser seulette, exposée au vent et à la pluie, je ne puis accepter l'idée que vous dormiez dans votre carrosse par ce temps froidureux. Donc, Monsieur, c'est chez moi, ainsi que votre gentil écuyer, vos cochers et vos charrons que nous logerons, dès lors que mon cocher les aura ramenés céans dans ma carrosse réparée.

— Mais, Madame, nous allons vous encombrer prou !

— Point du tout. Je vis dans une vaste demeure et si elle n'est pas à'steure envahie par les officiers du roi, c'est que le gouverneur a étendu sur moi sa protection.

C'est dans ma carrosse que nous échangeâmes ces propos amicaux, et je fus fort heureux, tout le temps que nous mîmes pour gagner Lyon, d'avoir, assise face à moi, la marquise de Montalieu, étant fort privé de présence féminine depuis mon département de Paris. C'était, à mon sentiment, quasiment un blasphème d'avoir osé dire de cette haute dame qu'elle était « alléchante » : terme bas et vulgaire pour ce bel ange du ciel. Non qu'elle manquât de ce charme féminin auquel si peu d'hommes résistent, non plus que ses beaux traits réguliers fussent aussi froids que ceux des statues grecques. C'était là, bien évidemment, une femme vivante et vibrante, mais fort bien défendue par la dignité de ses manières, et le bouclier de sa dévotion.

*
* *

— Monsieur, un mot de grâce.

— Madame, je vous ois.

— A l'ordinaire, dans vos Mémoires, vous contez vos succès, mais jamais vos échecs.

— M'amie, si vous faites allusion à la marquise de Montalieu, ce ne fut pas un échec, puisque je ne tentai rien.

— Et pourquoi cela ?

— La seule vue de sa demeure me glaça de respect. Ce n'était, sur les murs, que peintures de Dieu le Père, de la Sainte Trinité, de la Vierge Marie, de l'Enfant Jésus, de Jésus et de ses disciples, de Jésus sur la Croix, de Jésus exhumé et ressuscité. Tant est qu'en cette auguste compagnie, qui appelait tant de vénération, l'amour humain ne me paraissait pas à sa place. Je conçus alors quelque vergogne de mes terrestres aspirations, et tâchai de gagner sinon l'amour, du moins l'amitié de ma belle dévote.

— Et y êtes-vous parvenu ?

— Il y fallut beaucoup de tact, mais à la parfin elle voulut bien me permettre d'être son ami.

— Sans arrière-pensées de votre part ?

— C'eût été malséant.

— Mais ne m'avez-vous pas dit, au sujet de la princesse de Guéméné, que l'amitié entre homme et femme est toujours périlleuse.

— Ce fut vrai pour elle, ce ne pouvait l'être pour la marquise de Montalieu.

— L'avez-vous revue depuis ?

— Beaucoup plus tard, quand d'ordre du roi je revins à Lyon pour assister à l'exécution de Cinq-Mars. Dès que son *maggiordomo* m'introduisit en sa demeure, la marquise montra la joie la plus vive, m'invita à souper et me donna une chambre en son hôtel.

— Sans que changeât la situation ?

— Sans qu'elle changeât le moindrement du monde.

— Monsieur, puis-je meshui passer de la petite histoire à la grande Histoire ? Que firent le roi et Richelieu à Lyon ?

— Ils passèrent en revue, sur la place des Terreaux — là où plus tard Cinq-Mars devait perdre la vie —, les quinze mille fantassins et les quatorze mille cavaliers de l'armée royale. Ce fut un fort impressionnant spectacle pour les aregardants et qui les convainquit que le Roussillon

271

allait tomber comme fruit mûr dans nos verts tabliers.

— Et ce fut le cas ?

— Nenni. Il y fallut beaucoup d'efforts et de temps. Ce fut un très long chemin de Lyon à Narbonne et cette fois je suivis l'armée au lieu de la précéder.

— Et pourquoi ?

— Je voulais savoir le plus tôt possible où le roi et Richelieu allaient s'établir afin de courre me mettre à leur disposition.

— Monsieur, peux-je vous demander en rougissant où est Narbonne ?

— Il serait facile de vous montrer la ville sur une carte, mais hélas ! les cartes sont rares, chères et souvent inexactes. La mienne est enfermée dans mes bagues et du diantre si je me souviens où je l'ai fourrée. Mais je vais tâcher de vous dessiner visuellement le site où se trouve Narbonne.

— Je suis tout ouïe.

— La côte méditerranéenne de Nice à Montpellier fait face au sud, mais à Montpellier elle s'incurve fortement tant est que cette côte fait alors face à l'est. Elle ne comporte que deux grandes villes, Narbonne au nord et Perpignan au sud, mais sur la côte elle-même, ont poussé je ne sais combien de petites villes ou de petits ports qui sont tout à fait attachants. Leurs noms eux-mêmes sonnent joliment : Sigean, Leucate, Argelès, Collioure. L'arrière-pays est fait de verts pâturages, de forêts profondes, de montagnettes qui ne dépassent guère plus de sept cents toises et s'adossent aux puissantes Pyrénées.

— Je présume que Louis fut heureux de s'établir en aussi chaleureux pays.

— Chaleureux, m'amie, il ne le fut pas toujours, en particulier lorsque, venue des Pyrénées, la tramontane soufflait sur la côte. C'est vrai, toutefois, que cette région, étant chaude et arrosée, est généreuse en légumes, en fruits et aussi en vin, lequel se vend pour la somme modique de quatre sols le pot, tant est que lorsqu'il m'arrivait d'encontrer dans le camp Monsieur de Guron, j'observais qu'il était invariablement suivi d'un valet qui portait deux cruchons dont je ne pouvais ignorer le contenu à observer le teint vermeil de mon ami. Pour en revenir à notre Roussillon, certes l'air embaumait, ce qui nous changeait fort de notre puante Paris, mais quand l'été vint, il apporta avec lui le soleil, le ciel pur, la mer bleue, mais aussi hélas ! des nuées de moustiques, engeance tout à plein inconnue à qui avait vécu jusqu'à ce jour à Versailles. Mais plaise à toi, belle lectrice, de me laisser revenir quelque peu en arrière.

*
* *

A Narbonne, il ne me fut pas difficile de savoir où demeurait Richelieu — encore que son logis fût réputé secret —, car le cardinal, au contraire du roi, était fort entiché de luxe : il me suffit donc de demander quelle était la plus belle demeure de la ville pour savoir où il logeait. Dès que je commençai à gravir les marches monumentales de son palais, les mousquetaires, qui les gardaient, après m'avoir observé attentivement, me reconnurent et me donnèrent l'entrant. Le surintendant Bouthillier apparut alors, me donna une forte brassée et m'avertit *sotto voce* que le cardinal étant fort mal allant, je ne saurais demeurer longtemps avec lui.

— Dieu bon ! dis-je, et de quoi souffre-t-il ?

— D'une grande plaie au bras droit qui ne veut pas guérir et d'une forte fièvre. Fort heureusement, le révérend docteur chanoine Fogacer est là et, chassant les médecins ignares du cardinal, a obtenu qu'on n'inflige à Richelieu ni purgation, ni saignée. Tant est que le cardinal n'est pas encore trop affaibli.

— Dieu bon ! dis-je. J'ignorais qu'il fût si mal allant.

— C'est que la chose est tenue secrète, étant

considérée comme un secret d'Etat. L'ennemi pourrait reprendre cœur s'il savait la vérité. Fogacer, dont vous connaissez les liens avec le nonce apostolique, a juré de garder là-dessus bouche cousue. Pensez-vous qu'il gardera parole ?

— Je suis bien assuré que oui. Il est fort honnête homme. Et pour moi il va sans dire que je serai là-dessus muet comme carpe. Mais *quid* des ambassadeurs étrangers qui suivent la Cour dans ses déplacements ?

— Ne pouvant tout à plein cacher la maladie de Richelieu, nous l'avons minimisée. Nous avons répandu le bruit qu'il avait la goutte, maladie qui n'est pas rare chez les Grands de ce monde. En outre personne n'a la permission de le visiter, sauf ses plus fidèles serviteurs, dont vous êtes, mon cher duc. Car vous auriez tort de penser qu'il prend du repos : allongé et souffrant, il n'en demeure pas moins cloué sur sa tâche gigantesque comme le martyr sur sa croix.

Là-dessus, une sonnette retentit, et Bouthillier me dit : « Venez, c'est votre tour, le cardinal vous appelle. » Et comme bien je m'y attendais, la chambre où j'entrai était toute dorure, tableaux, statuettes, objets précieux. Toutefois, le cardinal, à demi allongé sur le lit de camp, ne portait pas sa soutane rouge, qu'en raison sans doute de l'enflure de son bras droit il ne pouvait plus supporter, mais un simple surplis dont les larges et légères manches ne pesaient pas sur sa plaie, cette simplicité étant relevée par une croix pectorale qui tombait sur le surplis.

Dès que j'eus fléchi le genou devant lui, Richelieu me dit d'une voix faible, mais ferme :

— Duc, étant donné mon état, je ne peux vous consacrer que peu de temps. Voici ma question : avez-vous, comme je vous l'ai demandé, appris l'espagnol ?

— Oui, Monseigneur.

— Et le savez-vous assez pour traiter avec un officier espagnol la reddition d'une place et les conditions de cette reddition ?

— J'en suis bien assuré, dis-je d'une voix ferme, alors même que je n'en étais pas bien sûr en moi-même.

Mais je connaissais bien Richelieu. Et je savais qu'ayant une immense confiance en soi, il ne pouvait souffrir chez ses serviteurs qu'ils fussent modestes ou hésitants...

— Duc, reprit-il, voilà qui va bien. J'aimerais donc que vous partiez dans l'instant avec nos mousquetaires retrouver le roi à Sigean. Bouthillier vous remettra un nouveau boursicot de pécunes pour vos frais. Mon cousin, je vous souhaite bonne route.

Au contraire du roi qui y était tenu par le protocole, Richelieu n'appelait presque jamais

« mon cousin » les pairs et les maréchaux. C'était donc là un honneur particulier qu'il me faisait.

Je le saluai en fléchissant le genou (mais sans toucher terre, comme j'eusse fait pour le roi) et, me relevant, je lui jetai un discret regard, et j'en fus fort déconsolé tant son visage me parut creux et blême. Va-t-il mourir ? m'apensai-je, et quelle immense perte ce serait pour le roi et le royaume !

Court était le chemin de Narbonne à Sigean, et ne voulant pas apparaître devant le roi en état de famine (ne sachant si dans le trouble de sa maladie il songerait à me nourrir), je fis un petit détour pour visiter l'abbaye de Fontfroide où les moines, qui ne furent pas chiches en salutations, me firent visiter le cloître et m'en firent admirer les voûtes dominicales à huit branches. Elles sont en effet admirables, mais du diantre si j'ai jamais entendu pourquoi on appelle cette partie d'une abbaye « cloître », alors que c'est la seule qui admette à flot l'air et le soleil.

Les moines me donnèrent, si je puis dire « donner », un repas que je trouvai très frugal, et dont je me demandais si c'était bien celui dont ils se contentaient à l'ordinaire, car ils avaient tous bonne trogne et ventre bedondainant. Silencieusement, et si j'ose dire pieusement, ils posèrent, mon repas fini, une bourse de quête à côté de mon assiette. En y jetant un œil, je vis qu'elle était pleine de pièces d'or, auxquelles j'entendis bien que j'étais tacitement invité à ajouter, moi aussi, un écu. Comment penser que je pusse faire moins, étant non seulement duc et pair, mais chevalier du Saint-Esprit ?

Autant le palais de Richelieu à Narbonne m'avait laissé indifférent, autant me plut le site de Sigean, tout rustique qu'il fût. La petite ville s'élevait au bord d'un lac marin, alimenté d'eau de mer par un goulet qui malheureusement n'était pas assez large pour admettre un bateau. S'il l'avait été, quel merveilleux mouillage c'eût été pour les bateaux de pêche des habitants. Cependant, les Sigeanais, gens fort astucieux, trouvèrent un usage à ce lac. Ils aménagèrent sur ses bords des marais salants.

La journée était tiède et le soleil voilé, et je vis Louis étendu en plein air sur un lit de camp, les deux mains placées sur son ventre comme s'il le doulait. Cela me donna à penser qu'il pâtissait du même mal qui avait failli l'emporter à Lyon, et dont il n'avait été sauvé que parce que l'abcès de son intestin s'était crevé de soi et s'était évacué avec beaucoup de sang par « *la porte de derrière* », comme disaient pudiquement les médecins.

— Ah, *Sioac* ! dit-il à ma vue, je suis bien aise de vous voir. J'ai bien besoin de vous. Nous

278

n'allons pas tarder à mettre le siège devant Perpignan et nous comptons réduire la ville par la famine. Vous aurez à traiter avec les Espagnols pour les engager à capituler. La ville est habitée par des Catalans qui nous sont favorables, mais défendue par une garnison espagnole qui hait et les Français et les Catalans. Perpignan, selon nos dispositions, sera prise comme La Rochelle par la famine. Cependant, comme l'Espagnol arrive encore à ravitailler la ville en débarquant les vivres à Collioure, il faudra de toute évidence prendre de prime Collioure.

J'envisageai Louis tout en l'écoutant, et je fus surpris par sa maigreur, sa pâleur et l'altération de ses traits.

— Sire, dis-je, peux-je vous demander comment vous allez après ce longuissime voyage de Paris à Sigean ?

— En vérité, dit Louis avec un pâle sourire, toute ma crainte était que je n'eusse pas assez de force pour supporter la fatigue de ce long voyage. J'y suis parvenu, pourtant, mais en si mauvais point que je serais désolé de quitter ce monde avant d'avoir repris le Roussillon aux Espagnols. Quant à quitter ce monde à Paris ou à Perpignan, peu me chaut.

Ces paroles me glacèrent le cœur, tant à parler ainsi de la mort il était clair que Louis la pressentait. J'en fus d'autant plus chaffourré de chagrin que le cardinal m'avait tenu à Narbonne à peu près le même langage. Et c'est avec une anxiété qui ne se peut dire que je me demandais si ces deux fortes colonnes qui soutenaient l'Etat n'allaient pas s'écrouler dans le même temps, laissant place aux ambitions déchaînées, aux folles entreprises des Grands, aux complots des dévots, plongeant alors le royaume dans une anarchie dont il pourrait difficilement se relever, car cette faiblesse serait aussitôt exploitée par l'Espagne et par les Impériaux.

Toutefois, Louis parut se réveiller de ses tristes pensées et me dit d'une voix plus ferme :

— La ville de Collioure ne pose pas de problème, mais son château en pose un, étant fort solidement bâti sur la pierre. Je pars demain avec le maréchal de La Meilleraye et voudrais que vous fussiez du voyage, ayant besoin de votre truchement pour parlementer avec les Espagnols.

Ayant pris congé de Sa Majesté, je me cherchai un logement pour la nuit car la neige, en plein mois de mars, s'était mise à tomber, et je ne me voyais pas demander à mon escorte de planter ses tentes sous les flocons. A'steure, les officiers du logement avaient tout raflé pour l'armée. J'aperçus cependant, en m'éloignant quelque peu du rivage, un beau et grand mas, à l'huis duquel je commandai à Nicolas d'aller toquer. Ce qu'il fit, mais l'huis ne s'entrebâilla que pour se refermer violemment avec un claquement, suivi aussitôt par de furieux aboiements de chiens.

— Laisse, Nicolas, dis-je. Je veux voir si je peux faire mieux.

Là-dessus, je toquai de nouveau à l'huis et je dis :

— Madame, de grâce, n'ayez aucune crainte. Je suis le duc d'Orbieu, membre du Grand Conseil du roi et chevalier de l'ordre du Saint-Esprit. Je ne veux pour moi, et ma douzaine de mousquetaires du roi, que le gîte d'une nuit.

Dans l'huis s'ouvrit alors une petite fenêtre grillagée, par laquelle deux yeux noirs me dévisagèrent assez longuement, tandis qu'un pistolet était braqué sur mon visage. Puis le pistolet disparut et l'huis s'entrebâilla.

— Monseigneur, dit la dame, entrez, mais entrez seul avec votre valet.

J'entrai, et jamais face ne fut plus attentivement scrutée et étudiée que la mienne. Toutefois, ce que la dame en vit parut la rassurer car elle dit en baissant la voix :

— Monseigneur, votre escorte logera dans la deuxième écurie, la première étant réservée à mes chevaux. Qu'ils y aillent de soi. Je leur ferai porter à manger. Vous-même et votre valet dormirez céans.

Elle envoya là-dessus l'un des siens montrer

à mon escorte « la deuxième écurie et nous fit passer dans une grande pièce fort simplement meublée, mais où brûlait un grand feu qui, rien qu'à le voir, me rasséréna.

— Prenez place, dit l'hôtesse fort civilement, mais avec encore un reste de méfiance.

Deux chambrières vinrent alors mettre le couvert, lequel, dans ce milieu campagnard, m'étonna, tant il était beau et raffiné. J'en complimentai mon hôtesse qui sourit et dit :

— Il me vient de mon défunt mari, le marquis de Sigean. Le mas que voici était notre maison des champs, et je suis bien aise de l'habiter quand le temps devient tracasseux, car il est à l'abri à la fois de la tramontane et des tempêtes de la Méditerranée.

Là-dessus, remarquant que les chambrières, tout en me jetant en tapinois de vifs petits regards, n'avaient mis que deux couverts, je tirai doucement la marquise à part et je lui dis *sotto voce* :

— Madame, Nicolas n'est pas mon valet, mais mon écuyer, et il est noble.

— Je n'en doute pas, dit-elle, d'autant qu'il a bonne mine et bonnes manières. Mes nique-douilles de chambrières s'y seront trompées, mais je vais les prier de corriger leur erreur.

Le mot « prier » me plut, s'agissant d'une maîtresse s'adressant à ses chambrières, et mieux encore, la douceur avec laquelle, leur parlant à l'oreille, elle les réprimanda.

En y réfléchissant plus outre, je me suis apensé que les chambrières, sans rien demander, avaient trouvé combien ce serait plaisant d'avoir un joli drole comme Nicolas à table avec elles. Et d'autant qu'elles vivaient en pleine campagne, sans compagnie masculine, à part les garçons d'écurie qui sentaient fort le cheval et les ragoûtaient peu.

Nicolas, dès la dernière bouchée avalée, se retira avec tact dans la chambrette qui lui avait été attribuée, et la comtesse me fit passer dans un petit salon où brûlait un grand feu, et où une chambrière nous vint apporter une tisane chaude.

Bien qu'il y eût des chaises à bras, la comtesse s'assit sur un divan à la turque et me pria de prendre place à ses côtés. Elle me posa alors deux questions qui, d'évidence, devaient dès le début la tracasser.

— Duc, est-ce que l'ordre du Saint-Esprit, dont vous êtes chevalier, est un ordre religieux ?

— Nenni, Madame, c'est un ordre décerné par le roi, et le roi seul, aux nobles catholiques, qu'ils soient mariés ou non.

— Et c'est cet ordre qui vous vaut de porter ce beau cordon d'un bleu céleste au bout duquel pend cette belle croix de Malte ornée d'une blanche colombe.

La « blanche colombe » fut dite sur un ton de légère ironie qui me donna à penser.

— En effet, dis-je, et chaque soir je dois réciter, en plus d'un *Pater* et d'un *Ave*, la prière spéciale de l'ordre.

— Mais est-ce que l'ordre vous impose le célibat ?

— En aucune façon.

— Je suppose aussi que cet ordre vous donne le pas, à la Cour, sur les nobles de votre rang.

— Oui, Madame, mais pas sur les princes du sang.

— L'ordre vous oblige-t-il au célibat ? (Question qu'elle m'avait déjà posée.)

— Nullement. Nous ne prononçons pas de vœux et nous ne sommes pas des prêtres.

— C'est donc que vous pouvez vous marier.

— Ce n'est pas non plus une obligation. A chacun de suivre son penchant.

— Et en l'occurrence, quel fut le vôtre ?

— Je me mariai.

Ce « je me mariai » était un peu sec, mais je commençais à me lasser de cette inquisition, et d'autant que le lecteur, me poussant du coude, me rappelle que j'ai omis dans mon récit de décrire la dame.

Eh bien, lecteur, je dirais qu'elle était fort bien faite, mince et ronde là où il fallait, avec de grands yeux noirs et une fort jolie chevelure, laquelle se tordait en belles boucles brunes autour de son visage. Elle était sûre d'elle-même, mais non hautaine, ferme mais fort polie avec les domestiques, et en toutes circonstances, comme aurait dit Mariette ma cuisinière, « fort bien fendue de gueule », et enfin dans sa curiosité, comme on l'a vu, sans la moindre vergogne, sachant son but et y allant tout droit.

Tandis qu'elle me confessait ainsi, je la considérais avec attention sur toutes les coutures, et remarquant qu'elle portait autour de la taille une ceinture d'où pendait, dans son fourreau, un poignard, je lui dis :

— Comment, Marquise, vous portez toujours une arme ?

— Constamment. Je vis seule en mas isolé, mes valets ne couchent pas céans et de reste ils seraient trop couards pour me secourir. Or nous avons dans les Corbières des caïmans de grands chemins qui forcent filles, tuent, pillent et mettent le feu au mas qu'ils viennent ainsi de saccager. C'est pourquoi j'ai deux pistolets chargés et deux arquebuses constamment chargées elles aussi, afin de me défendre, et pour que nul n'en ignore, je m'exerce au tir en public. Etant au surplus une des rares femmes à la ronde qui ait quelques attraits, je serais en butte aussi à quelques effrontés galants qui pourraient user envers moi de brutalité, s'ils ne savaient pas que je sais jouer du poignard.

— Diantre ! Voilà qui est bien menaçant ! dis-je. Et si je vous prenais tout soudain dans mes bras, oseriez-vous me poignarder ?

— Certainement, duc ! dit-elle avec un petit rire charmant. Mais considérant que vous portez une blanche colombe sur votre croix de Malte, je ne vous ferais qu'une légère égratignure.

— La grand merci, Madame. Mais une question encore : êtes-vous si grande ennemie des hommes ?

— Mais point du tout ! Je suis d'eux aussi raffolée qu'une femme peut l'être, et qu'un homme peut l'être aussi, du *gentil sesso*, et pour peu qu'ils me plaisent, et ne soient ni brutaux ni arrogants, je leur rends les choses aussi faciles que mon inclination m'y porte. Mais venez, duc, il se fait tard et il serait temps que le sommeil nous dorme.

Ce « nous » sonnait très joliment à mon oreille, et c'est le cœur battant que je montai à sa suite les marches qui conduisaient aux chambres. Elle me montra la mienne qui jouxtait la sienne, et décrochant le poignard qui pendait à sa ceinture, elle me le tendit avec un sourire et dit :

— Duc, prenez mon arme en gage, s'il vous

plaît, vous serez ainsi rassuré sur mes intentions, d'autant que ni ma chambre ni la vôtre ne ferment à clef ou au verrou. Pour moi, sans poignard, me voilà comme place démantelée, mais cela ne m'effraye pas. Je suis certaine que cette nuit vous m'allez garder de près.

*
* *

Dès que l'aube « aux doigts de rose », comme dit Homère, se leva le matin, je regagnai ma chambre, je me jetai sur mon lit, et ne pouvant dormir, je me livrai à ce que les prêtres appellent un examen de conscience. Plus précisément, je mis en question les règles qui ont été édictées par mon Eglise, sans qu'aucun texte biblique ou évangélique ne les puisse justifier. Par exemple, le célibat imposé aux prêtres qui, à mon sentiment, les déshumanise et les place en dehors des problèmes qui assaillent les humains. De toute façon, le sexe ne se laisse pas faire si facilement. Et privé de ses voies légitimes, emprunte parfois chez les prêtres les moins naturelles et développe la bougrerie : fléau célèbre dans l'Eglise, mais que par peur du scandale elle étouffe plutôt qu'elle ne le punit. Et n'y a-t-il pas aussi quelque plaisante chatonie dans le fait de prescrire que la servante d'un curé devra avoir

« l'âge canonique », c'est-à-dire l'âge auquel une femme, sans renoncer au plaisir de l'amour, ne peut plus avoir d'enfant...

Certes, j'entends bien que le Décalogue a raison quand il prescrit qu'un homme ne doit pas convoiter la femme de son voisin. Mais si mon voisin meurt, ne peux-je trouver du charme à ma voisine ? Reste le problème de la fidélité, et là, lecteur, je bats humblement ma coulpe, car j'ai bel et bien péché en cette grisante nuit, et je me sens ce matin la conscience bien chiffonnée à l'égard de ma Catherine qui ne mérite pas cette trahison, si brève qu'elle fût. Parfois, certes, je suis tenté de mettre le Ciel en accusation en lui demandant pourquoi il m'a donné à ma naissance un amour si fervent du *gentil sesso* qu'au premier chant d'une sirène, je plonge dans l'eau pour la rejoindre, au risque, comme le veut la légende, de me noyer.

Nicolas me sortit de ces pensées, qui peut-être n'étaient pas tout à fait orthodoxes, en toquant à l'huis aux matines. Il m'annonça que Louis avait ordonné le branle-bas, et que le département devait avoir lieu dans une heure. Cet ordre fut transmis à mon escorte qui dormait dans les neuves écuries, et aux chambrières et cuisinières qui nous firent aussitôt un copieux déjeuner. Quant à la marquise, elle me fit appeler dans sa chambre, où, plutôt dévêtue que vêtue par sa robe de nuit ajourée, elle achevait, s'étant déjà pimplochée, de se testonner les cheveux avec l'aide d'une chambrière qu'à ma vue elle renvoya. Puis, se jetant alors dans mes bras, elle voulut de force forcée que je la prisse pour la dernière fois. Ce qui me toucha fort, mais me priva du déjeuner dont il ne restait plus une miette, lorsque je fus appelé par l'ultime sonnerie, et dus me mettre à jeun en selle sur mon Accla, car dans la zone des combats les carrosses étaient reléguées en queue de l'armée.

Mon Accla, que j'avais bichonnée, câlinée et caressée la veille à son cœur content dans l'écurie de la marquise, hennit joyeusement à mon entrant dans l'écurie en ce clair matin, de prime parce que je l'allais monter, et surtout parce qu'elle allait s'éloigner des autres chevaux qui se trouvaient là et qui d'évidence n'appartenaient pas, comme elle, à la noblesse chevaline, et l'irritaient au dernier point par leur vulgarité et leurs insolentes avances.

J'arrivai avec quelque retard à Sigean où le roi tenait un Conseil de guerre en présence de Charpentier (envoyé par le cardinal), le maréchal de La Meilleraye, et Monsieur de Maillé-Brézé, amiral de la flotte.

Ce Conseil fut de grande conséquence, étant fondé sur les renseignements des plus précieux, recueillis et rassemblés par le cardinal. Il fut décidé ce jour-là que la flotte espagnole étant nombreuse et redoutable, il fallait faire venir en Méditerranée, par le détroit de Gibraltar, les vaisseaux français de l'Atlantique afin qu'ils s'ajoutassent à ceux de la Méditerranée et pussent constituer une force numérique aussi importante que celle de l'Espagnol. Cette excellente décision n'émut nullement Philippe IV, ni le comte-duc Olivarès, lequel proclama *urbi et orbi* que les Français pouvaient bien faire ce qu'ils voulaient, jamais ils n'arracheraient à l'Espagne l'empire des mers.

A mon sentiment, nos grands guerriers devraient se méfier de ces forfanteries fracassantes. Le lecteur se ramentoit que les Anglais, jadis, avaient juré que les Français ne leur reprendraient Calais que lorsque le plomb flotterait sur l'eau. Plus récemment, les Espagnols clamèrent que les Français ne reprendraient Arras que lorsque les souris mangeraient les chats... Pauvres chats, ils furent mangés. Et notre flotte devant Perpignan mit en échec la flotte espagnole.

CHAPITRE X

Le roi et le maréchal de La Meilleraye avaient décidé que Collioure serait de prime assiégée et prise avant qu'on entreprît le siège de Perpignan, et comme Collioure était située au sud de Perpignan, il nous fallut contourner la ville à bonne distance avant d'atteindre notre but.

Ceux qui avaient cru ne faire de Collioure qu'une bouchée furent bien déçus. Car, si la ville elle-même était peu protégée et fut facile à occuper, il n'en fut pas de même du château. Construit avec de solides blocs de pierre sur un terrain rocheux, il paraissait quasiment impossible de pétarder à la base un point quelconque de ce mur crénelé. En outre, il était bien garni en artillerie et nous tenait le jour à distance par un feu nourri. On m'a dit — mais je ne saurais acertainer si c'est vrai — qu'il avait été construit par les Catalans pour faire échec aux pirates mauresques qui écumaient les ports méditerranéens pour en tirer une grande picorée d'or, de bijoux, de vivres et de femmes.

Chose étrange, la personne qui dans ce prédicament nous tira d'affaire fut un de mes charrons qui affirma que c'était là beaucoup de souci pour rien car, à en croire sa jugeote, quelle que fût la dureté de la pierre, il était toujours possible d'y percer un trou à force de patience et de muscles.

Je répétai ce propos au maréchal de La Meilleraye. Il observa que ce n'était pas le tout de pétarder un mur, encore faudrait-il savoir ce qu'il y avait derrière, et s'il valait la peine qu'on l'éclatât.

Là-dessus, il envoya de nuit deux de ses émissaires qu'on appelait dans leurs régiments les fantômes, car ils avaient l'art de passer partout sans faire le moindre bruit. Ceux-ci, bien vêtus de noir de la tête aux pieds, passèrent toute une nuit à explorer le mur extérieur du château, qu'ils trouvèrent de reste fort mal gardé, les assiégés se contentant de clore les huis, mais sans envoyer la nuit des patrouilles au-dehors des murs pour en surveiller les abords.

Nos deux fantômes prirent tout leur temps, et l'oreille collée au mur ils avançaient pas à pas, quand tout soudain l'un d'eux s'arrêta et en un souffle dit à son compagnon : « Ecoute un peu, couillu, de l'autre côté du mur il me paraît que j'entends comme un clapotis. »

Le « couillu » prêta l'oreille et dit : « C'est ma fé vrai et je jurerais que cette putain de puits alimente le château. »

« Ne jure pas, couillu, si tu veux pas qu'au Jugement dernier, dit son compère, on suspende ce que je sais à un arbre le reste de ta putain de vie. » « Il n'y a pas d'arbre au paradis, dit le couillu, pour ne pas tenter les Eve qui sont là. Mais c'est pas tout de jurer, poursuivit-il, faut encore marquer l'endroit du mur où l'on a ouï qu'il y avait de l'eau derrière. » Ils se fouillèrent les poches et y trouvèrent une pipe et cinq sols, mais cinq sols, quand même, c'était le prix d'un pot dans ce pays où le vin était si bon marché, et les laisser en plein air c'était tenter le diable. Quant à la pipe, ils la partagèrent fraternellement, l'ayant à eux deux si bien culottée qu'à l'intérieur on ne voyait plus de bois du tout. Et ils y tenaient tant que ce serait un gros crève-cœur de la laisser là, toute bien cachée qu'elle fût par une grosse pierre. Ils s'y décidèrent néanmoins, le couillu ayant promis que si on la leur volait, il irait tout dret au maréchal de La Meilleraye pour lui demander de leur compenser une perte qu'ils avaient faite au service du roi.

La pipe qu'on avait laissée là par négligence,

après la pose du pétard, fut volatilisée par l'explosion et La Meilleraye, hautain et chiche-face, refusa de rembourser les fantômes. Tant est que ce furent les camarades de nos deux compains qui se cotisèrent pour une pipe fort belle, qui fut l'honneur du régiment. Après les « fantômes », ce fut le tour de mes deux charrons d'intervenir pour creuser le trou où l'on placerait le lourd pétard pour éclater le mur. En réalité, n'étant pas soldats, ils eussent pu fort bien refuser leur concours, mais ils tinrent à l'honneur d'aller jusqu'au bout du projet puisqu'ils l'avaient eux-mêmes suggéré, alors que d'aucuns ne le croyaient point possible. Toutefois je noulus qu'ils allassent seuls ès lieu si périlleux, et à ma demande le maréchal de La Meilleraye leur adjoignit deux soldats pour les couvrir et leur faciliter leur retraite au cas où ils seraient surpris.

Pour mes charrons, ce trou dans le mur fut à la fois le martyre et la gloire de leur vie. Car ils devaient creuser la pierre en faisant le moins de bruit possible, ce qui ralentissait prou leur travail, et du même coup augmentait leur fatigue. A la parfin ils en vinrent à bout. C'était maintenant la tâche d'un artificier d'introduire dans le trou ce puissant pétard que nous possédions et d'y mettre le feu à la mèche, et vous ne sauriez croire, lecteur, combien longue fut cette mèche, tant l'artificier craignait que, maugré la rapidité de sa retraite, un éclat de roche lui tombât sus. A la parfin, il trouva un petit muret derrière lequel il se protégea. Il battit alors son briquet, et le cœur lui doulait quand il mit le feu au bout de la mèche. Ses yeux émergeant à peine au-dessus du muret qui le protégeait, il suivit le lent progrès de la flamme, craignant à chaque seconde qu'un coup de vent ne l'éteignît. On n'avait pas lésiné comme j'ai dit sur la grosseur du pétard, et l'explosion fit un bruit à vous assourdir pour le reste de vos terrestres jours. Le mur s'écroula sous nos yeux, projetant des pierres énormes de tous côtés.

Au Conseil qui suivit, un rediseur au service du cardinal, qui à la faveur de l'affolement avait pu saillir du château, nous vint annoncer que le pétard avait tué une vingtaine d'assiégés, et que si les survivants voulaient réparer le mur, ils perdraient davantage encore, étant exposés à nos feux. Là-dessus, le maréchal de La Meilleraye rassembla les colonels généraux de l'infanterie et le grand-maître de l'artillerie pour leur demander quelle serait la suite qu'il fallait donner à l'explosion du mur. Bien que n'ayant aucun grade dans l'armée, j'avais été moi aussi convoqué en tant que futur plénipotentiaire et truchement auprès du Marqués de Mortare qui commandait les troupes espagnoles du château.

Les colonels généraux de l'infanterie proposèrent une vive attaque de ladite infanterie par la brèche que notre artillerie venait de pratiquer et, avant cette attaque, ils suggérèrent une préparation d'artillerie faite de tous les feux de nos canons.

— Duc, me dit le maréchal, que pensez-vous qu'on doit faire ?

— Monsieur le Maréchal, dis-je, je ne suis pas soldat, mais il me semble que le bon sens voudrait que le château capitule et qu'il vaut mieux attendre sa capitulation plutôt que de perdre des hommes en vain. Avec une telle portion de son mur détruit et la flotte espagnole ayant fort à faire à repousser les attaques de la nôtre en Méditerranée, il me semble qu'il faut traiter.

— Messieurs les colonels généraux, dit alors La Meilleraye, Monsieur le duc d'Orbieu, qui n'est point colonel général, vient de nous donner une belle leçon de stratégie militaire. En effet, pourquoi diantre attaquer ? Pourquoi faire tuer les nôtres inutilement ? Le fruit est mûr. Il n'est que d'attendre. Il va tomber de soi dans notre gibecière.

Et en effet, le lendemain, le Marqués de Mortare qui commandait la place demanda à parlementer. Monsieur de La Meilleraye me pria de prendre langue avec lui. Le bec à bec fut fort bref. L'Espagnol demanda, pour capituler, la lune. Je la lui refusai et je lui posai une condition. Ils laisseraient sur place leurs canons et sortiraient du château la vie sauve avec armes et bagues, mais sans rien détruire ni brûler à leur départir. S'ils ne respectaient pas ces conditions, ils seraient poursuivis et taillés en pièces. El Marqués tâcha de discuter encore, mais je me clouis comme une huître, et quand il eut fini son discours (et Dieu sait si la langue espagnole se prête bien à l'éloquence) je lui réitérai sèchement nos conditions, en ajoutant que, s'il les discutait encore, je romprais les chiens.

Il s'inclina alors et m'adressa une dernière prière. Il demanda, quand les siens sortiraient de la ville, que nos soldats ne les accablent pas de propos fâcheux et mal sonnants. Raison pour laquelle, une heure plus tard, el Marqués de Mortare et ses soldats sortirent du château entre deux haies formées par nos Suisses, soldats consciencieux et polis à qui il ne viendrait même pas à l'esprit de dauber des ennemis vaincus.

Collioure, occupée par nos soldats, et la flotte espagnole de la Méditerranée tenue en respect par la nôtre, Perpignan n'était plus ravitaillée. Et l'opinion du roi et des maréchaux fut unanime : la ville, une fois encerclée par nos troupes, il n'y aurait plus qu'à attendre que la famine vînt à bout de ses habitants. C'était là le bon sens même, et un bon sens qui coûterait peu en vies humaines, du moins celles des nôtres, car la famine allait ronger effroyablement les deux peuples assiégés.

*
* *

— Monsieur, pourquoi dites-vous les deux peuples ? Je n'en vois qu'un.

— Nenni, belle lectrice. Les Espagnols formaient la garnison de la ville, et une garnison fort bien garnie en mousquets, canons, poudre et mèches. Mais la ville était en majorité catalane.

— Que venaient faire ici les Catalans ?

— Ils fuyaient l'Espagnol qui leur avait rogné leurs libertés et les écrasait de ses taxes. Autant dire que l'Espagnol se battait pour garder Perpignan au roi d'Espagne, tandis que les Catalans souhaitaient du bon du cœur la victoire des Français.

— Et qui commandait la garnison espagnole ?

— Deux hommes, l'un, Flores d'Avila, était un hidalgo de bonne lignée, humain, généreux, aussi doux que son nom. L'autre, Diego Cavallero, qui s'arrogea brutalement tout le pouvoir, était une bête brute, orgueilleuse et sanguinaire. Pour mettre les soldats espagnols de son côté, il leur lâcha la bride en leur donnant ce qu'il appelait « la liberté de conscience ». Cette « liberté de conscience » incluait le forcement des filles, la picorée des maisons, les battures et frappements des hommes et des enfants. Cavallero n'avait pas plus de considération pour les consuls de la ville, et comme ils lui résistaient, il leur jura que s'ils s'obstinaient, il ferait sonner le tocsin, signal qu'il avait donné à ses soldats pour le massacre général de tous les habitants. Et ils l'eussent accompli, j'en suis bien assuré, tant ils étaient dénués de toute humanité. Jugez-en. Le matin, au moment où les béjaunes et caillettes se rendaient à l'école, les soldats les arrêtaient, et le couteau sur la gorge, leur arrachaient le quignon de pain que leurs parents leur avaient baillé pour leur unique repas.

« Les religieuses, à qui les soldats avaient enlevé toutes leurs provisions, allèrent crier famine auprès de Cavallero. Il se contenta de leur dire : "Vous n'avez plus de pain ? Mangez donc des cailloux."

« Il y avait longtemps déjà que chevaux, chats et chiens avaient été dévorés. Chacun avait encore bien caché une petite provision de blé, mais malheur à qui se rendait à l'unique moulin de la ville, les soldats leur arrachaient les grains de blé des mains et les dévoraient sans les moudre. Aux soldats blessés ou malades qu'on avait entassés dans les hôpitaux, on donna des soupes de plus en plus claires, et quand ce ne fut plus que de l'eau, ils mangèrent leurs paillasses.

« Les nouveau-nés mouraient sur le sein tari de leurs mères. Il n'y eut plus de famille : père, mère, enfants se disputant comme des chiens sauvages la plus humble pitance. Bientôt on ne laissa plus sortir les enfants hors les maisons barricadées, car ils eussent risqué d'être enlevés, tués et mangés. Les rues étaient jonchées de mourants squelettiques et ceux qui marchaient encore titubaient, la main appuyée sur le mur pour ne pas choir. Sur toute la ville pesait une odeur de charnier et peu de gens osaient encore sortir de leurs maisons, et s'ils en sortaient, ils se bouchaient le nez avec leurs mouchoirs. Par bonheur, aucun cas de peste ne fut signalé.

« Au début du siège, quand ils tenaient encore sur leurs jambes, les Espagnols avaient tenté quelques sorties par le plus large de leur huis, tant est que devant lui nous avions construit une redoute.

— Monsieur, qu'est-ce qu'une redoute ?

— Une redoute est un ouvrage fortifié, de forme carrée, son entrée est dérobée, une face seulement est crénelée et armée de canons pour faire face à l'huis principal d'une ville assiégée et empêcher les ennemis de tenter une sortie.

— Et la tentèrent-ils ?

— Oui, une fois, avant qu'on eût construit la redoute. Ils subirent beaucoup de pertes même alors, et nous eûmes des prisonniers, lesquels se trouvèrent tout soudain les plus heureux des hommes.

— Et pourquoi cela ?

— Parce que La Meilleraye leur donna la même ration que nos soldats. Tant est qu'à la fin du siège, ils étaient plus gras qu'au début.

— Et le roi, où se trouvait-il ?

— Il avait trouvé à se loger à Saint-Estève, dans la métairie d'un nommé Joan Pauques, qui en tira une grande gloire et le village aussi, lequel d'ores en avant appela ladite métairie el Mas del Rey.

*

* *

C'est là que je portais au roi quasi quotidiennement les comptes rendus secrets sur le siège que le maréchal de La Meilleraye rédigeait pour lui. Dans le mas, ou sur la terrasse, selon que soufflait ou non la tramontane, le roi était couché sur un lit de camp. Bien que son état eût empiré, il ne se plaignait mie. Le ventre lui doulait fort et il avait la fièvre, laquelle on combattait par la quinine des jésuites, la seule drogue

301

qui le soulageât. Presque à chaque visite il me répétait que peu lui chalait s'il mourait céans ou dans ses palais : ce qui à la longue me donna à penser que, bien au rebours, il aspirait de toutes ses forces à pousser son dernier soupir dans le décor royal du Louvre, plutôt que dans l'humble mas d'un paysan. Mais il noulait partir, disait-il, avant que Perpignan capitulât, et sans la fierté d'avoir arraché à l'Empire et l'Artois et le Roussillon. Cependant, son état empirait. Il n'avait plus les moments de rémission qui lui avaient permis un mois plus tôt de monter à cheval et de chasser. Il passait ses journées étendu sur son lit de camp, et pouvait à peine manger. Mais il rejetait les plus pressantes prières de son entourage qui l'engageait à regagner sa capitale, comme je l'ai dit déjà. Je l'allais voir tous les jours. En fait, il avait besoin de ma présence plus que de ma conversation. Après de longs silences, il me demanda à la parfin de récapituler ses campagnes en Italie, à La Rochelle, en Lorraine, en Artois et maintenant en Roussillon. En fait, il les connaissait beaucoup mieux que moi et corrigeait, non sans plaisir, mes erreurs. Je trouvais assez pathétique qu'il fît ainsi le bilan de sa vie, en s'assurant auprès d'un de ses sujets qu'elle n'avait pas été vaine et qu'il avait fortifié et agrandi la France.

Il fallut que la nature s'en mêlât pour lui arracher sa décision de rentrer à Paris. Le mois de juin fut, en effet, si torride qu'il ne put résister à une chaleur pour lui si inhabituelle, et il décida de lever le camp. Je fus de ceux qui, dans leurs propres carrosses, accompagnèrent la sienne. Aux étapes, il lui arriva de demander à Monsieur de Guron ou à moi-même de lui tenir compagnie. Il ne garda pas Monsieur de Guron plus d'une heure. Sur ce qui s'était dit entre le roi et lui-même, Monsieur de Guron resta bec cousu, et comme je l'interrogeais sur la santé du souverain, il me dit : « Duc, vous verrez vous-même, il va vous appeler. » Et en effet, à l'étape suivante, le *maggiordomo* royal me vint quérir.

Louis sommeillait. Son lit, fort peu royal, n'était qu'un matelas jeté sur les deux banquettes qui se faisaient face — deux tabourets, placés sous le matelas dans le vide entre les banquettes, assurant sa stabilité. Le visage du roi était pâle et creusé, ses deux mains étaient placées sur son ventre, comme s'il eût tenté d'assouager sa douleur.

— Ah c'est vous, *Sioac*, dit-il d'une voix assez ferme, prenez place ! Je suis bien aise de vous voir.

— Sire, je suis très touché de l'accueil que me fait Votre Majesté.

— Mais tu le mérites, *Sioac*. Tu as toujours été un de mes plus fidèles serviteurs.

— Sire, derechef je vous remercie, et je fais des vœux fervents pour que vous guérissiez le plus vite possible du mal qui vous poigne.

— Mais ce n'est là qu'une partie de mon tracassement, dit alors le roi. Je viens d'apprendre par un courrier que Monsieur le cardinal est fort mal allant, et si son mal est aussi grave que le mien, je crains pour l'avenir de ce royaume.

— Mais, Sire, je suis bien certain que vous allez vous remettre, comme vous le fîtes à Lyon, après qu'on eut craint le pire.

— Mais à Lyon, *Sioac*, ce fut un miracle de Dieu, l'abcès dans mon ventre crevant de soi et s'évacuant dans un flot de sang. Est-il sage d'attendre de Dieu un deuxième miracle ?

— A Dieu plaise, Sire ! Tout le royaume en ce moment prie pour vous, et il ne se peut que ces prières n'aient aucun effet, tant elles sont nombreuses et ferventes.

— Plaise à toi meshui que nous ne parlions plus de mes terrestres jours. Ce que je désire présentement de toi, *Sioac*, c'est un exploit de ta merveilleuse remembrance.

— Sire, la grand merci, mais est-elle si merveilleuse ?

— Ne sais-tu pas, en plus de ta langue maternelle, trois autres langues ?

— Si fait !

— Eh bien, voici ce que je veux de toi : me

ramentevoir présentement toutes les campagnes que j'ai faites durant mon règne.

Si étrange que me parût cette exigence qu'il avait déjà formulée quelques jours plus tôt, ce qui ne laissa pas de m'étonner, je ne pouvais que je ne l'acceptasse. Et je me mis à l'œuvre, la voix haute et claire, récapitulant toutes ses campagnes : la conquête de Suse en Italie, l'occupation de Pignerol, la défense de Casal, le siège de La Rochelle, les villes conquises en Lorraine ou sur le Rhin, la guerre victorieuse contre les Espagnols et les Impériaux, et enfin — *last*, *but non least* — la reconquête de l'Artois et celle du Roussillon. En fait, comme je m'y attendais, Louis connaissait le détail de ses guerres bien mieux que moi, et il eut l'occasion plus d'une fois de me corriger, ce qu'il fit non sans plaisir, à ce qu'il me sembla. Il n'ajouta aucun commentaire à ma râtelée, mais à interroger discrètement son visage, il me parut qu'il éprouvait une profonde satisfaction devant l'œuvre qu'avec l'aide de Richelieu il avait accomplie pour protéger et parfaire son royaume.

— *Sioac*, reprit-il, j'ai une difficile mission à quérir de toi et je dirais même que c'est une épreuve, et je doute que tu l'acceptes.

— Sire, doutez-vous de mon acquiescement ?

— En aucune façon. Oyez, *Sioac*, voyez ce qu'il en est. J'aimerais que, monté sur votre

Accla et suivi d'une dizaine de mousquetaires, vous tâchiez de rattraper Monsieur le cardinal. Outre une douzaine de mousquetaires que je vous donnerai comme escorte, prenez avec vous le révérend docteur médecin Fogacer. Bouvard, qui soigne un cardinal, est toujours si évasif. Qui pis est, il écrit et parle un jargon latin à peu près inintelligible. Je voudrais en avoir le cœur net et savoir où en est le cardinal. Il a pris comme nous le chemin de Paris, et ne doit pas nous précéder de beaucoup. Dès que vous l'aurez rattrapé, dites à Fogacer d'examiner le cardinal, de coucher par écrit ce qu'il en pense, lequel écrit vous me ferez aussitôt parvenir par courrier.

Ainsi fut fait. Je rattrapai le cardinal de Richelieu à Roanne, au moment où il allait s'embarquer, préférant la voie des rivières et des canaux, pour la raison qu'elle était bien moins cahotique que la route. Il m'invita ainsi que Fogacer à l'accompagner sur son bateau, tant est que je confiai mon Accla, ma carrosse et mon escorte à Nicolas en lui donnant rendez-vous à Nemours où nous devions quitter la voie fluviale. Dès que Fogacer fut à bord, il obtint du cardinal la permission de l'examiner et, l'ayant fait, il rassura son patient : rien de ce qu'il avait ne pouvait mener à une issue fatale.

Toutefois, étant moins soucieux des détails que Richelieu, le roi omit de me remettre un boursicot de clicailles suffisant pour me nourrir, moi et mes gens. Je décidai donc d'aller trouver Bouthillier, lequel, étant surintendant des finances, me garnit le plus maigrement qu'il pût de pécunes, en exigeant je ne sais combien de signatures, alors qu'à mon sentiment une seule eût suffi.

Enfermé dans la cabine que nous partagions Fogacer et moi, il me dicta une lettre pour Louis où il se montra beaucoup moins optimiste : le cardinal pâtissait toujours de son abcès au bras, lequel, malgré les médecins, ne guérissait pas. Et d'autre part, il avait un vilain ulcère au fondement dont il souffrait beaucoup.

Je voudrais dire un mot sur cet ulcère. Depuis des années, la Cour savait que Richelieu souffrait d'hémorroïdes, tant est que nos pimpreneaux et pimpésouées de cour qui, il va sans dire, n'aimaient pas le cardinal, l'avaient surnommé, avec l'exquise délicatesse qui leur était coutumière : « cul pourri ».

Ayant fini d'écrire sous la dictée de Fogacer, je lui dis qu'à vue de nez il n'y avait là rien qui pût faire craindre une issue fatale.

— Ce serait vrai, dit Fogacer, si le malade n'était pas épuisé par le travail. Mais épuisé il l'est, et au point que rien ne marche bien en son corps, ni le cœur, ni les poumons, ni les entrailles. Il semblerait, en outre, qu'il ait une sorte de pleurésie. C'est un homme usé, et pour cette raison il y a lieu de prévoir le pire.

— Mais vous ne le dites pas dans la lettre destinée au roi.

— Pourquoi inquiéter Louis prématurément ? Il pâtira bien assez quand Richelieu aura quitté ce monde.

Lecteur, n'est-ce pas étrange que lorsqu'on vit comme je vivais sur le bateau en grand tracassement de la mort proche de Richelieu, même alors, chose étrange, je n'en goûtais pas moins le plaisir que me donnait ce grand voyage sur les rivières et les canaux de notre douce France, passant de la rivière de Loire au canal de Montargis, et dudit canal à la rivière de Loing, dont les deux rives étaient dans tout leur éclat automnal.

A Nemours, comme il avait été prévu, je fus rejoint par Nicolas, mon escorte et ma carrosse. Avec la permission et la bénédiction du cardinal, je le quittai alors pour regagner Paris et revoir les miens, hélas brièvement, car Richelieu, au départir, me dit que le roi se trouvait à Fontainebleau avec sa Cour et qu'il serait convenable que j'y l'aille retrouver dès que faire se pourrait.

A vrai dire, je forçais bel et bien la main au roi en allant, sans sa permission, voir de prime en Paris ma famille. Il ne pourrait pas dire que

308

je l'avais quitté. J'avais seulement tardé à le rejoindre. A la Cour, on me considérait comme un des favoris du roi, et c'était vrai, mais il y avait un mauvais côté à cette faveur : plus on se rapprochait du roi, plus on devenait son esclave.

Mon lecteur imaginera sans peine les embrassements et les cajoleries que je reçus en mon hôtel de la rue des Bourbons par Catherine, Emmanuel et Claire-Isabelle. Je les trouvai tous les trois plus beaux encore que lorsque je les avais quittés, et je le leur dis, compliment qui fit rire Catherine, mais que Claire-Isabelle prit très au sérieux car elle me fit dès lors des petites mines à l'infini. Talent que je croyais acquis chez les femmes, mais comme ma Catherine n'était aucunement façonnière, je vis bien qu'il était inné chez toutes ces filles et quasiment dès le berceau.

Je me rendis dès le lendemain au Louvre, à cheval, et non en carrosse, ne voulant pas encombrer les accès au château. J'eus bien tort, car ils étaient vides, et l'huissier chamarré qui gardait l'huis avec quelques soldats me dit que la Cour était partie la veille pour Fontainebleau, à l'exception de quelques dames qui s'étaient attardées à faire leurs bagues, et ne partiraient que le lendemain.

— Madame la princesse de Guéméné est-elle de ce nombre ? dis-je.

— Je le pense, Monseigneur, car j'ai vu son cocher ce matin en chair molle et en os fluets, siffloter le nez à tous vents et assez rouge, preuve qu'il va se vautrer toute la journée dans la paresse et la boisson.

— Je vais donc tenter ma chance, dis-je, et je donnai discrètement un écu à l'huissier (comment donner moins à un huissier du roi) et l'huis fut déclos pour moi.

Comme c'était étrange de marcher seul dans ces couloirs du Louvre, sans les pimpreneaux et les pimpésouées qui les encombraient du matin au soir, riant, jacassant, et daubant leur prochain !

Je toquai à la parfin à l'huis de la princesse de Guéméné, et il fallut du temps avant que son majestueux *maggiordomo* apparût, fort béant de me voir là, alors que sa maîtresse aurait dû n'y pas être.

— Monseigneur, dit-il, je vous salue très humblement.

— Je suis là parce que j'ai ouï que la princesse de Guéméné n'était point encore départie.

— En effet, Monseigneur, et c'est la faute à ces coquefredouilles de chambrières qui caquettent et jacassent à l'infini, tant est qu'il leur faut une heure pour plier une robe.

On remarquera que, dans le domestique, les supérieurs sont bien plus méprisants à l'égard de leurs inférieurs que les maîtres, et dans les occasions les tabustent et les tracassent sans la moindre pitié.

A l'entrant chez la princesse, je vis du premier coup que je ne pouvais tomber plus mal : la belle peignait ses ongles en rouge, opération si délicate que, n'osant la confier à une chambrière, elle l'assurait elle-même. Dès qu'elle me vit, elle leva une main en l'air et s'écria :

— Duc, de grâce, ne m'approchez pas ! Vous gâcheriez tout !

— Dans ces conditions, ne ferais-je pas mieux de me retirer ? dis-je quelque peu piqué de cet accueil.

— Nenni, nenni, dit-elle, vous me fâcheriez à l'infini si vous agissiez ainsi. Prenez place là sur ce tabouret, à mes pieds, et sans mot dire adorez-moi. Cela m'aidera prou à faire ma tâche.

— Sans mot dire, m'amie ! Mais ce silence est fatal aux gens qui s'aiment ! Autant prendre congé de vous !

— Nenni, nenni, vous me fâcheriez. Racontez-moi plutôt vos campagnes.

— Dieu bon ! C'est déjà bien assez ennuyeux de les faire. Faut-il encore les conter, qui pis y est, à quelqu'une qui n'y prendra pas le moindre intérêt !

— Alors, parlez-moi des dames qui vous ont voulu du bien au cours de vos voyages.

— Que diantre, Madame ! Suis-je un de ces pimpreneaux de cour qui se vantent à tous vents de leurs conquêtes !

— Il ne s'agit pas de vous vanter, mais de me divertir. De grâce, parlez ! Vous êtes une proie si facile pour une femme de quelque agrément. Elle vous donne le bel œil, et jà, vous voilà pris. Elle n'a plus qu'à vous passer le licol.

— Puisque me voilà cheval devenu, je peux, certes, hennir, mais la Dieu merci, Madame, je ne sais plus parler.

— De grâce, mon ami, parlez-moi ! Contez-moi vos conquêtes.

— Nenni ! Je serai adamantin dans ma résolution.

— Mais c'est que je suis fâchée !

— Mais de votre fâcherie je me fâche.

— Donc, point de récit ?

— Nenni.

— Qu'est devenu ce fameux licol que je vous ai passé ?

— Vous avez tiré trop fort, il est rompu.

— Et pourquoi ?

— Comme souvent le cheval, je suis fier et têtu.

— Voudrez-vous m'obéir si je vous baille un boursicot de clicailles ?

— Fi donc ! Je suis sinon plus riche, du moins moins dépensier que vous.

— Monsieur, sous la contrainte je joue mon dernier atout : si vous promettez de me céder, je vous conte, moi, les retrouvailles de la reine avec le roi à son retour du Roussillon.

— Et comment savez-vous si ce conte est vrai ?

— Cela se passa à Fontainebleau et j'étais là.

— Bargoin conclu ! Je vous ois !

— Eh bien, ce fut sinon un scandale, du moins une surprise immense pour la Cour. Voici comment il en alla. La reine, sachant par ses courriers que Louis, retour du Roussillon, allait s'arrêter de prime à Fontainebleau, s'y établit à l'avance et l'attendit, et du diantre si je sais comment elle savait que le roi allait s'arrêter de prime dans ce château.

— M'amie, je vais vous le dire. Le roi aime Fontainebleau de grande amour parce qu'il y est né, il y a sa chambre, il y couche encore quand il lui arrive de séjourner au château. Il va même jusqu'à y réunir son Conseil. Ce qui ne nous plaît guère à nous autres, car la chambre est si petite qu'à part le roi, nous sommes tous assis sur des tabourets.

— Les pauvres ! Comme je vous plains ! Vous êtes aussi mal assis que les duchesses ! Quels tendres culs sont les vôtres !

— Madame, de grâce, trêve de méchantises !

— Adonc, je poursuis. Le roi, très attendu, survient enfin, toute la Cour se lève et se prosterne, la reine s'élance pour l'étreindre, mais n'y peut parvenir, car il n'ouvrit pas les bras, et de sa main droite dressée l'arrêta dans son élan.

« — Madame, dit-il avec la dernière froidure, je suis bien aise de vous voir et j'espère que vous êtes en bonne santé.

« Puis sans un mot de plus, il lui tourna le dos et gagna son trône.

— Dieu du Ciel ! Et ce fut tout ?

— Absolument tout. La Cour fut consternée. Et le plus étonnant fut sans doute que personne ne pouvait expliquer pourquoi Louis avait agi si rudement avec la reine.

— C'est sans doute que la Cour, toute à ses petites intrigues, oublie vite les incidents politiques de grande conséquence. Mais Louis, lui, n'oublie jamais rien, et il est aussi tenace dans ses rancunes que dans ses gratitudes. Il gardait donc à la reine quelque mauvaise dent dont la plus récente était qu'elle eût consenti à cacher le traîtreux traité de Madrid, rapporté en France par Fontrailles. De ce fait, sans bien s'en rendre compte, elle s'était associée au complot de Cinq-Mars contre la vie de Richelieu.

Ce n'était pas la première, mais la troisième fois que la reine trahissait le roi. Le lecteur ne peut qu'il ne se souvienne qu'ayant eu vent du projet d'assassinat du roi par le comte de Chalais, elle négligea de lui faire part du danger qu'il courait. Et qui pourrait oublier, hélas, les lettres qu'elle écrivit au comte-duc Olivarès aux fins de le renseigner en pleine guerre sur les mouvements de nos armées, le plus incriminateur de ces documents étant « la lettre du tétin » ainsi appelée par nos pimpésouées de cour par allusion à la vaine et désespérée tentative de la reine quand elle arracha des mains de son accusateur la missive incriminatrice et la fourra dans son giron : douce cachette assurément, mais trop ouverte pour n'être pas fouillée.

A vrai dire, quand j'ouïs des tendres lèvres de la princesse de Guéméné la rebuffade que le roi, à son retour, avait infligée à la reine, j'en fus bien marri et pour l'un et pour l'autre, le roi étant alors presque aussi mal en point que le cardinal et ayant besoin de quelque tendresse féminine. Quant à la reine, elle était fort terrifiée à l'idée d'être, une fois devenue veuve, la régente d'une France si fertile en cabales, complots et assassinats.

Le roi, quand il pouvait encore tenir debout, alla visiter Richelieu sur sa couche, et sachant par le docteur Bouvard qu'il mangeait fort peu, il lui fit de ses mains royales une œufmeslette de deux œufs, comme il avait fait jadis pour ses deux sœurs, quand elles n'étaient encore que fillettes et lui-même un grand frère très affectueux. Maugré ces soins amicaux, le cardinal et le roi avaient encore des brouilleries. Le cardinal, ses forces déclinant chaque jour, craignait qu'on le voulût assassiner, et demanda au roi d'éloigner de la Cour quatre officiers qu'il considérait comme dangereux, parce qu'ils avaient été fort avant dans l'amitié de Cinq-Mars. Il s'agissait d'une part de Troisville, capitaine des mousquetaires, de Tilladet, des Essarts et La Salle, tous capitaines aux gardes.

Louis trouva cette demande absurde et messéante. Il répliqua que les officiers en question étaient à lui et ne lui avaient jamais donné la moindre raison de douter de leur fidélité. Il ajouta plutôt sèchement qu'il ne se mêlait pas de ceux qui servaient le cardinal et qu'il ne voulait pas non plus que le cardinal se mêlât des siens.

Richelieu lui dépêcha alors Chavigny pour plaider plus outre sa cause. « Si Son Eminence, dit Chavigny, apprenait qu'il y eût dans son entourage quelqu'un qui déplaise au roi, il ne le verrait plus jamais. » « Dans ce cas, dit sèchement le roi, il ne vous verrait plus jamais, car je ne vous saurais souffrir. »

Le pauvre Chavigny — secrétaire d'Etat connu pour sa suffisance et son honnêteté — fut tout chaffourré de chagrin de cette rebuffade. Le cœur ulcéré, il alla conter à Richelieu l'écorne que le roi lui avait faite, et Richelieu, exaspéré, écrivit au roi que, puisque Sa Majesté ne voulait pas entendre sa prière, il allait se retirer dans son fief du Havre. Et il l'eût fait, à ce que je crois, si le roi n'avait pas cédé. Mais le roi noulut le pousser à bout, car de toute évidence, Richelieu était si faible et si mal allant qu'il serait mort en route, et Louis ne voulait pas que cette mort lui fût un jour imputée.

Dieu sait comment la rebuffade infligée à Chavigny fut connue de la Cour, mais aussitôt nos pimpreneaux et nos pimpésouées de cour en firent des plaisanteries à l'infini. Tant est que pour rompre, ou feindre de rompre avec leurs amants, les belles disaient meshui à leurs beaux : « D'ores en avant, je ne vous saurais souffrir. »

Dès que Richelieu allait un peu mieux (et il eut, en effet, quelques rémissions), il se croyait alors guéri et se berçait de faux espoirs : le roi mourait, bien entendu avant lui, la reine était proclamée régente, et il devenait aussitôt de nouveau le tout-puissant ministre de Sa Majesté.

Je l'appris et je demandai à Fogacer si à son sentiment cela était possible.

— Certainement pas, dit Fogacer, Richelieu déteste les femmes et en conséquence ne saurait ni se plaire à elles, ni leur plaire, marchant avec elles de bévues en bévues. La Cour vient d'en avoir, durant sa maladie, un exemple éclatant.

— Comment cela ?

— Quand le cardinal était à Rueil, déjà fort mal allant, la reine l'alla visiter. C'était fort gracieux de sa part, mais non étonnant, car par trois fois, dans l'affaire Chalais, l'affaire des lettres espagnoles et l'affaire du traîtreux traité, il avait empêché le roi de la répudier.

— Qui eût cru chez le cardinal à une telle douceur de cœur ?

— Ce ne fut pas douceur de cœur, dit Fogacer avec un sourire, mais calcul. La reine, quoique peu fiable, était indispensable au roi puisqu'il attendait d'elle un dauphin. Quant à la répudier, il ne fallait même pas y penser, car il était fort peu probable que le pape pût accepter un divorce et un remariage.

— Revenons à la visite de la reine au pauvre mal allant. La visite étant si généreuse, elle eût dû se passer bien. Elle se passa fort mal. Quand la reine entra, elle fut fort surprise que le cardinal ne se levât pas de son fauteuil. Et au lieu de s'en excuser sur sa faiblesse, ce qui eût attendrézi sa visiteuse, Richelieu lui fit remarquer qu'en Espagne les cardinaux avaient le fauteuil devant les reines. Dans son orgueil, il se mettait sur le même pied qu'elle et même un peu au-dessus d'elle. La reine ne put souffrir pareille insolence. Regard absent et bouche cousue, elle quitta aussitôt la pièce.

— Et comment, à votre sentiment, Richelieu ressentit-il cette écorne ?

— Avec indifférence, ayant de la reine la plus pauvre opinion. Et qui pourrait en avoir une après toutes ses traîtreuses entreprises ?

— Duc, dit Fogacer avec son lent et sinueux sourire, ses sourcils blancs remontant vers les tempes, le roi étant si mal allant, souvenez-vous qu'à sa mort la reine sera notre régente, et qu'il faudrait mieux éviter à son endroit des propos messéants, si on ne veut pas être accusé du crime de lèse-majesté au premier chef.

— Mon ami, dis-je, je m'en ramentevrai.

— La Cour dit que Richelieu est quasi au grabat[1]. Qu'en est-il ?

— On dit vrai, hélas !

— Je l'admirais fort, et pour de bonnes raisons. Je ne sais plus qui a dit : « Il a mis la France au plus haut point de grandeur où elle eût été depuis Charlemagne. » Cela éclate aux yeux. Mais toutefois il faudrait ajouter que le roi eut le courage de supporter son caractère escalabreux.

1. Mourant.

*
* *

— Monsieur, un mot de grâce. On dit que Richelieu est quasi au grabat. Qu'en est-il vraiment ?

— On dit vrai.

— Vous l'aimiez fort, je crois.

— Aimer n'est peut-être pas le mot qui convient. Je ne sais pas qui pouvait aimer Richelieu. Son génie était trop écrasant. Il savait tout du passé, donnait des leçons d'histoire militaire à nos maréchaux, prévoyait l'avenir, et ne s'est jamais trompé dans ses prévisions. Sa force de travail était surhumaine. Personne n'a pu dire s'il dormait vraiment la nuit. Mais de toute évidence il n'eût pu rien faire, si Louis n'avait pas eu assez d'esprit ni assez d'abnégation pour reconnaître son génie, tant son caractère était difficile à supporter. C'est pourquoi je ne les veux pas séparer l'un de l'autre. Ils ont ensemble conçu une tâche immense, et ensemble, ils l'ont accomplie.

— Cette tâche immense, Monsieur, pouvez-vous m'en toucher mot ?

— La première tâche et la plus urgente fut d'unifier le royaume en abaissant les Grands qui se conduisaient en leurs fiefs comme des petits rois, ne manquant jamais une occasion de se révolter contre l'autorité royale. Ce qu'on fit. On démantela les défenses de leurs châteaux, et quand le plus prestigieux d'entre eux, le duc de Montmorency, voulut affronter les armées royales les armes à la main, on battit sa petite armée à Castelnaudary, on le fit prisonnier et on l'envoya affronter le billot du bourreau.

— Que firent-ils d'autre ?

— On réorganisa l'armée. Pour la première fois on y établit un service de santé qui prit soin des blessés et des malades. Le paiement des soldes, qui, jusque-là, était assuré par des officiers qui engraissaient leurs propres boursicots aux dépens de ceux des soldats, fut assuré d'ores en avant par des intendants scrupuleux. On veilla constamment à ce que les vivres nécessaires fussent acheminés à temps, afin qu'ils n'allassent pas au combat l'estomac vide, ce qui assurément rognait fort leur courage.

On fit mieux : Richelieu s'avisa un jour d'un état de fait tout à plein scandaleux. La France jouissait d'une longue côte sur l'Atlantique, et d'une autre non moins belle sur la Méditerranée. Elle ne manquait ni de ports, ni de havres, ni de marins, et sa flotte marchande était amplement suffisante à ses besoins. En revanche, elle ne possédait pas, comme la Hollande, comme l'Angleterre et comme l'Espagne, une flotte de guerre, tant est que n'importe quel ennemi pouvait faire incursion sur nos côtes et s'emparer à l'improviste d'une de nos villes.

Richelieu convainquit sans peine le roi de créer une flotte de guerre, ou plutôt deux, une sur la côte atlantique et une autre sur la côte méditerranéenne, celle-ci comportant des galères. Le lecteur se souvient sans doute que les galères, étant mues à main humaine par l'aviron, se trouvaient plus fiables que les voiliers, lesquels étaient encalminés par l'absence de vent, assez fréquent sur cette mer capricieuse où le vent souffle parfois très fort et parfois pas du tout.

La liaison de nos deux flottes de guerre en Méditerranée avait joué un rôle décisif dans la prise de Perpignan. Plaise à vous de me laisser revenir sur la terre ferme et à l'histoire intérieure du royaume. Vous vous souvenez que, si les évêques détestaient la politique anti-espagnole du roi, le roi de son côté ne les aimait guère. Ils étaient trop bien garnis en clicailles et vivaient, disaient-ils, comme des satrapes dans leurs beaux palais. Il s'attaqua deux fois à eux. Il exigea vertement d'eux qu'ils contribuent de leurs deniers à la prise de La Rochelle. Ce qu'ils firent, le couteau sur la gorge. Avec moins de succès, hélas, il leur enjoignit de payer mieux, et plus régulièrement, les pauvres curés de campagne.

Et il exila sans pitié les ministres dévots qui

soutenaient l'Espagne. Il rebuffa les Parlementaires qui tentaient de peser sur sa politique. Il permit la publication de la *Gazette* de Théophraste Renaudot sous réserve d'en surveiller le contenu. Sur la suggestion de Richelieu, il fonda la Sorbonne et l'Académie : la première pour instruire les jeunes nobles et bourgeois qui en avaient bien besoin. La seconde pour purifier la langue française : ce qu'elle fit en l'appauvrissant. C'est à peine si nous osions encore prononcer ces beaux mots occitans qui chantent si bien à l'oreille et qui réchauffent le cœur.

— Monsieur, n'allez-vous rien me dire des conquêtes de nos armes ?

— Belle lectrice, c'est une trop longue histoire pour que j'en dise ma râtelée en deux mots. Pour votre plaisir et pour le mien, je la réserve pour la bonne bouche.

CHAPITRE XI

Richelieu mourut le quatre décembre 1642. Sa mort réjouit fort les Grands et les dévots, les premiers parce que le cardinal avait considérablement rabaissé leur puissance, les seconds parce qu'ils pensaient que Richelieu mort, le roi allait renoncer à ses alliances avec les pays protestants et faire la paix avec l'Espagne. Cette sotte hypothèse parvint jusqu'aux oreilles du roi, lequel rassembla son Grand Conseil et déclara sans ambages ce qui suit : « S'il y a des gens qui croient que, parce que le cardinal est mort, ils ont gagné leur procès, je voudrais qu'ils sachent que je ne changerai pas de maximes, et que je les appliquerai avec encore plus de rigueur que le cardinal. »

Et sans tarder, il appela Mazarin au Grand Conseil du roi, et confirma Chavigny et Noyers dans leurs ministères. En apprenant ces nouvelles pour eux si consternantes, nos pimpreneaux de cour opinèrent que le cardinal devait être le diable, puisque, même après son décès, il régnait encore.

Les nuits qui suivirent la mort de Richelieu furent pour moi des nuits d'insomnies. Je mets un « s » à insomnies, car elles furent entrecoupées de rêveries plus pénibles qu'elles, tant elles me représentaient l'avenir sous les jours les plus sombres, les ennemis du cardinal et de sa politique reprenant le dessus, et se vautrant dans la vassalité de l'Espagne. Non content de cet abaissement, ils reprenaient cette grande œuvre si peu évangélique et si ardemment désirée des dévots : l'éradication par le fer et le feu des protestants français.

Le lendemain, au déjeuner, ma Catherine, me voyant si chaffourré de chagrin, m'en demanda la cause, et je lui contai ce qu'il en était.

— Mais, dit-elle, ne m'avez-vous pas dit que Louis a déclaré publiquement qu'il suivrait les maximes du cardinal, et poursuivrait la même politique avec l'aide de Mazarin ?

— Il en a l'intention, mais pourra-t-il le faire ? S'il meurt, la reine deviendra régente et que deviendra alors le royaume de France gouverné par cette Espagnole ?

— Détrompez-vous, m'ami, la reine n'est plus Espagnole, elle est Française devenue.

— Et depuis quand ? Et par quel miracle ?

— La naissance du dauphin. Etant la mère du futur roi de France, elle entendit à la parfin qu'elle ne pouvait d'ores en avant que le défendre bec et ongles contre ses ennemis, fût-ce même contre l'Espagne.

*
* *

Ce jour-là, qui était un vendredi, Fogacer vint partager notre déjeuner en notre hôtel de la rue des Bourbons, et à peine fut-il assis que Catherine lui demanda comment le roi allait.

— Il est mal allant, et ses médecins, mes savants confrères, se disputent pour savoir s'il faut appeler sa maladie un *flux hépatique* ou une *fièvre étique*, beaux mots qui sonnent bien et qui cachent leur abyssale ignorance[1].

— Et vous, qu'opinez-vous, mon cher Fogacer ?

— Je n'opine rien, ne sachant rien. Tout au plus, peux-je aventurer une hypothèse.

1. Fogacer avait fait ses études de médecine à l'Ecole de Montpellier qui était alors la meilleure d'Europe, probablement parce que, passant outre à l'opposition formelle de l'Eglise qui interdisait la dissection des cadavres, elle y était pratiquée en catimini.

— Laquelle ?

— Les symptômes dont Louis pâtit sont les mêmes que ceux de la maladie qui l'accabla à Lyon : il souffre fort du ventre, la fièvre est élevée et il ne mange plus. On peut donc supposer qu'il souffre derechef d'un abcès dans les entrailles et qu'il n'y a plus qu'à souhaiter que cet abcès, comme celui de Lyon, crève de soi et s'écoule en un flot de sang par la porte de derrière.

— Que font les docteurs ?

— Ne pouvant employer leurs remèdes habituels, tels que la saignée et la purgation, ils n'ont pu que mettre le roi à la diète, ce qui était facile, car il ne mange rien. Ils n'osent pas le saigner, tant il est faible, ni lui donner un lavement tant ils craignent d'aggraver sa douleur.

— On ne peut donc rien faire ?

— A part lui ouvrir le ventre, ce qui n'est pas possible, rien. On ne peut qu'attendre et prier Dieu.

Le roi, lors de la reconquête du Roussillon, souffrait déjà âprement de son mal, et passait le plus clair de son temps allongé sur un lit de camp. Cependant, il avait encore des rémissions qui lui permettaient de monter à cheval. Hélas, Louis, meshui, était bien loin de ces bienfaisantes chevauchées. Fuyant le Louvre et le mauvais air de Paris, il s'était installé au château neuf de Saint-Germain où il avait jadis, d'ordre d'Henri IV, vécu ses enfances. On se rappelle qu'étant de peu son aîné, j'avais joué avec Louis dans le parc du château toute une après-midi, et qu'avant de départir, je lui avais baillé mon enfantine arbalète. Cadeau dont vingt ans plus tard il se ramentevait encore, m'appelant gentiment *Sioac*, comme au temps de nos enfances, le « r » lui étant encore inaccessible. Autant dans les affaires du royaume Louis pouvait bien plus que Richelieu se montrer dur et implacable envèrs ceux qui avaient trahi sa confiance, autant il pouvait, en sa vie privée, s'affectionner profondément à ceux qui le servaient. Rien de plus faux que la légende de sa misogynie. Il était, tout le rebours, fort sensible aux charmes des femmes, et s'il ne dépassa jamais avec elles le « *seuil lumineux de l'amitié* », ce fut par respect pour les lois de l'Eglise et assurément point par froidure de cœur à leur égard.

Les adversaires haineux et encharnés du cardinal prétendirent qu'à la mort de Richelieu, Louis se sentit joyeux et soulagé d'échapper à sa tyrannie. Ces coquefredouilles prêtaient sottement au roi les sentiments qui étaient les leurs. J'ai mille témoins pour confirmer que le roi pleura à la mort de son « meilleur serviteur », celui qui, par son génie, sa clairvoyance et son prodigieux labeur, l'avait aidé à hausser la France au plus haut point de sa grandeur.

Au château de Saint-Germain, Louis noulut loger dans la chambre de ses enfances, mais dans celle de la reine, pour la raison que ses fenêtres donnaient des vues fort belles sur Saint-Denis qui allait être, hélas, sa dernière demeure. Jusqu'au trois avril, le roi tous les jours se levait, se faisait habiller, et soutenu de dextre et de senestre par deux de ses officiers, suivis en outre par un porteur de chaire, il faisait un tour dans les galeries du château, s'asseyant quand et quand sur la chaire, l'air épuisé, mais satisfait de s'être donné tout du même quelques mouvements.

Le soir à la nuit tombante, il se faisait lire la vie des saints ou l'*Introduction à la vie dévote* de saint François de Sales. Les ayant ouïes avec la plus grande attention, il priait lui-même à voix haute, demandant à Sa Divine Majesté, non pas sa guérison, mais d'abréger la longueur de sa maladie.

Le vingt et un mars, sentant que la mort approchait, Louis appela la reine, Gaston, le prince de Condé et les ministres d'Etat à se réunir dans sa chambre. Dès qu'ils y furent, il ordonna à son *maggiordomo* de déclore les courtines de son baldaquin, afin que toute la Cour pût le voir et l'ouïr. Il demanda ensuite qu'on l'assît sur son lit en lui maintenant le dos par des coussins et, levant sa dextre pour réclamer le silence, il promena ses regards sur les auditeurs, et dit d'une voix claire :

— Messieurs, ce jour d'hui, vingt et un mars, je déclare la reine régente après ma mort.

La reine était assise au pied du lit royal sur une chaire dorée. Elle était pâle, défaite, les larmes coulant sur ses joues. Tous les yeux se tournèrent vers elle, et bien qu'ils fussent très respectueux, il me sembla que ce respect cachait mal quelque appréhension, car la reine n'avait pas montré jusque-là beaucoup de loyauté envers le royaume dont elle était la reine.

Le même jour, on baptisa le dauphin dans la chapelle du vieux château de Saint-Germain, et pour des raisons évidentes, il fut alors appelé Louis, et non pas Louis Dieudonné, comme on l'avait appelé à sa naissance. Je le vis de près à cette occasion et il me plut fort. Il n'avait pas cinq ans, mais c'était un bel enfant, l'œil vif, la membrature carrée, et fort bien fait de sa personne, la parole prompte, et se peut même un peu trop.

— Eh bien, mon fils, dit Louis d'un air enjoué, puisqu'on vous a baptisé ce jour, vous allez pouvoir me dire comment vous vous nommez.

— Louis XIV, dit le dauphin promptement.

331

Cette réponse fleurait, sans doute plus qu'il n'eût voulu, l'impertinence et nous craignîmes que le roi la prît mal. Mais tout au rebours, Louis sourit et dit d'un air bon enfant : « Pas encore, mon fils ! Pas encore ! » Je fus très touché que Louis, au bord de la tombe, eût encore la force de dialoguer avec son fils avec tant d'indulgence et de gentillesse.

Il était fort visible pour tous que Louis ne redoutait aucunement la mort, mais il se plaignait, par contre, amèrement de la longueur de sa maladie. Tant est que son confesseur, le père Dinet, lui dit un soir pour le consoler que Dieu ne nous envoyait les longues maladies que pour rogner d'autant la durée de notre purgatoire. C'était là une interprétation très ingénieuse, mais je doutai qu'elle fût bien orthodoxe. Je la répétai le soir même au révérend docteur médecin chanoine Fogacer qui haussa les épaules et dit : « Le père Dinet parle en courtisan. Le purgatoire est une punition *post mortem* mesurée à l'aune de nos péchés. Et cette punition n'a rien à voir avec les affres d'une longue maladie. »

Et c'est bien, de reste, ce que Louis répondit à son confesseur : « Je ne pense pas que mes souffrances présentes allégeront mon purgatoire. Si Dieu ne me laissait que cent ans au purgatoire, je penserais qu'Il me ferait là une très grande grâce. »

J'ai souvent repensé à ces paroles de mon roi, et toujours avec étonnement, car je ne voyais pas quelles fautes en sa vie il avait pu commettre qui eussent justifié une peine si grave. Pouvait-on, par exemple, le blâmer d'avoir envoyé au billot le duc de Montmorency, Cinq-Mars et de Thou, traîtres avérés. Il n'avait fait là que défendre son royaume contre ces fauteurs de guerre civile.

Louis avait été, sa vie durant, fidèle aux commandements divins. Et il les suivait à la lettre sans jamais fléchir, ayant aussi un grand souci de la justice, et si anxieux de bien faire que lorsqu'il avait l'impression d'avoir grondé trop durement un de ses serviteurs, fût-il noble ou non, il le rappelait à son chevet et lui donnait la main : grand honneur assurément pour apazimer une petite gronderie.

Lecteur, plaise à toi de me permettre de revenir en mon récit quelques pas en arrière. A mon arrivée à Saint-Germain-en-Laye, toute la Cour était là, et tous les logis étaient pris, tant est que je ne pus trouver gîte que dans une auberge qui était à la fois très coûteuse et fort peu ragoûtante. Aimant le luxe comme Richelieu, ainsi que la propreté, je fus fort malheureux dans cet affreux taudis et d'autant que je m'y sentis aussi très seul, et très déconsolé de la mort de Richelieu et de la mortelle maladie du roi.

Par bonheur, dans les couloirs du château de Saint-Germain, j'encontrai — déesse descendue du ciel pour consoler les malheureux — la princesse de Guéméné, qui m'eût, je crois, sauté au cou tout de gob, s'il n'y avait pas eu autour de nous tant de pimpésouées caquetantes et médisantes. Cependant, dès qu'elle me vit, la princesse s'approcha de moi d'un air faussement distant et me tendit la main que je baisai avec émoi. Elle s'enquit alors à voix basse de mon logement, et dès qu'elle sut ce qu'il en était, elle me dit que possédant une maison des champs à Saint-Nom-la-Bretèche, village fort proche de Saint-Germain, elle serait heureuse de m'y accueillir avec ma suite.

Lecteur, n'allez pas croire, de grâce, que « la maison des champs », dont les nobles et les riches bourgeois se prévalent, ne soit qu'une maison de campagne, ou comme on dit en Roussillon, un mas. Ce peut être un château, un manoir, une gentilhommière, ou une vaste ferme ennoblie d'une tour. Celle de la princesse de Guéméné tenait, elle, du manoir. Elle était riche de deux tours du XVIe siècle et comportait une dizaine de chambres, et aussi, à distance convenable, une grande écurie flanquée d'un logis pour les valets, cochers, charrons, jardiniers et palefreniers du domaine. Cette maison des champs comportait aussi un étang fort propre, créé à partir d'une source, la princesse étant non seulement bonne cavalière, mais nageuse passionnée.

J'ai quelque vergogne à confesser que le tracassement que me donnait la maladie du roi se trouva très apazimé, dès que je franchis le seuil de cette maison des champs. Mon chagrin réveillant la tendresse de la princesse de Guéméné, elle m'ococoulait comme seul le *gentil sesso* sait le faire, dès que son cœur est touché.

Si bien je m'en ramentois, c'est le mardi vingt et un mars que survint un incident qui, répété de proche en proche, navra toute la Cour. Le roi ayant ce jour-là fait de grandes évacuations, il fallut enlever le drap de dessus pour le nettoyer, tant est que le roi, voyant alors toute l'étendue de son corps, poussa un grand soupir et dit avec tristesse : « Mon Dieu, que je suis maigre ! »

C'était vrai, hélas. Il n'avait plus que la peau sur les os, et avant même que de mourir, il était squelette devenu. Le même jour, il prononça une parole qui m'étonna chez le bon chrétien qu'il avait été sa vie durant : « Dieu sait, dit-il, que je ne suis pas ravi d'aller à Lui. » Cependant, un peu plus tard, recevant les maréchaux de Châtillon et de La Force, qui étaient huguenots, il les exhorta vivement à quitter leur religion protestante et à revenir à la religion catholique, hors laquelle, dit-il, il n'y avait point de salut. Les

335

deux maréchaux l'écoutèrent avec respect, mais ni l'un ni l'autre, après sa mort, ne suivirent ses recommandations.

Peu après, le roi confia à ses médecins qu'il priait le Seigneur que sa mort survienne un vendredi, pour la raison que ce jour de la semaine lui avait toujours été faste en ses batailles. Ce propos m'étonna car un moribond qui déclarait ne pas être ravi d'aller à Dieu pouvait difficilement considérer sa mort comme un jour faste. Par malheur, même son ultime souhait ne fut pas exaucé. Il mourut non un vendredi, mais un jeudi, le quatorze mai 1643. Il avait régné trente-trois ans sur la France.

*

* *

— Monsieur, un mot de grâce ! A vous lire, il m'apparaît que vous nourrissiez pour Louis XIII la plus grande estime.

— En effet.

— Et cela m'étonne.

— Cela vous étonne, et pourquoi ?

— Parce que d'aucuns de vos contemporains le considéraient comme un toton[1] que Richelieu faisait tourner à sa guise.

1. Petite toupie pour enfant.

— Mais qui étaient ces gens-là, belle lec-trice ? Les Grands, dont il avait rogné les privi-lèges et rasé les tours, le Parlement qui tâchait vainement d'influencer sa politique, les dévots horrifiés par ses alliances protestantes, les évêques de qui il avait tiré des millions d'or pour nourrir sa guerre, et enfin cette tourbe de pim-preneaux et de pimpésouées de cour dont l'unique métier est la médisance.

— Et *quid* de l'impopularité du roi auprès du populaire ? Elle tenait sans doute aux taxes dont on l'accablait à chaque guerre.

— Pas seulement. En tous temps le populaire a observé avec intérêt, et dirais-je, avec délec-tation, les amours de son roi et de sa reine et ses jugements en la matière étaient bien diffé-rents de ceux d'un moine escouillé en cellule. Le populaire admirait qu'Henri IV — le Vert-Galant — courût de cotillon en cotillon, pensant qu'à sa place il en aurait fait tout autant, profi-tant au mieux de ses prérogatives royales. Mais que penser d'un roi qui, comme Louis XIII, avait mis des semaines à parfaire son mariage avec sa jeune et jolie épouse et, dans la suite, n'eut même pas de maîtresse, et pas même une des accortes chambrières qui, refaisant son lit, l'eussent volontiers défait pour lui ?

« En outre, Louis XIII, qui en ses enfances avait bégayé et s'en était guéri, n'aimait pas parler. Il le disait lui-même : ?"Je ne suis pas grand parleur." Le populaire lui en voulait de sa taciturnité et, quand il parlait, du peu de chaleur de son discours. Où étaient le grand rire, le contact facile, la verve, la familiarité bon enfant, les gausseries à l'infini et les saillies gauloises de son père ?

« Une fois, une fois seulement, le populaire avait aimé Louis XIII. Ce fut au moment où les Espagnols et les Impériaux nous ayant envahis menaçaient de mettre le siège devant notre capitale. Comme on sait, le roi rassembla aux halles les ouvriers et artisans, en les incitant à prendre les armes pour défendre leur capitale. Après ce vigoureux discours, il circula de groupe en groupe, prenant langue avec tout un chacun, donnant aux plus résolus des tapes sur l'épaule et même de fortes brassées. Vous avez bien ouï, m'amie, de "fortes brassées" à des ouvriers mécaniques ! "*Horresco referens*[1]", eussent dit nos pimpésouées de cour, si elles avaient su le latin. Pour moi, je fus ravi. Qu'était donc cette gaillarde humeur, sinon une résurgence, dans les périls, du tempérament paternel ?

— Mais si vous le comparez à son père, comment, dès lors, expliquer sa misogynie ?

— Mais il n'était pas misogyne le moins du

---

1. Je frémis en le racontant (lat.).

monde, et il ne devait sa timidité à l'égard du *gentil sesso* qu'à l'éducation escouillante qu'il avait reçue en ses enfances de par la volonté de sa mère qui, désirant frénétiquement qu'il ne ressemblât en rien au Vert-Galant, l'émascula par son éducation. Les prêtres qu'elle avait choisis poussaient le jeune roi fanatiquement dans les sentiers de l'abstinence, la méfiance et le mépris, dès lors qu'il s'agissait de l'acte de chair.

« Par surcroît de précaution, sa mère avait mis tout son soin à écarter de lui en ses enfances toute chambrière un peu accorte, et le pauvret ne fut de sa vie habillé et déshabillé que par de revêches laiderons. Tant est que le petit drole ne se sentait aimé, ni par son entourage féminin, ni par sa mère, avec lui toujours impérieuse et rabaissante. A vrai dire, il ne l'aimait pas non plus, détestant la façon méprisante dont elle le traitait et l'humiliait, et il aspirait avec force au pouvoir royal qu'elle refusait de lui transmettre. Madame, pardonnez-moi ces propos. Tout ce que j'ai dit à cette heure je l'ai déjà dit, et seul mon chagrin excuse mes redites.

— Monsieur, puis-je vous poser encore questions ? Je crains de vous fatiguer.

— Belle lectrice, à vous voir, qui ne se défatiguerait ?

— Dieu du Ciel, encore un compliment ! Par

tous les dieux, d'où vient ce fol amour pour le *gentil sesso* ?

— J'aime mes semblables, et plus encore, quand ils sont un peu dissemblables. Mais il se peut aussi que mon père m'ait transmis cette passion. Ramentez-vous que jusqu'à son extrême vieillesse il a aimé sa Margot, si passivement qu'il se sentait fort malheureux quand elle le quittait plus de quelques minutes.

— Si vous aviez à définir le défunt roi, que diriez-vous ?

— Dès ses enfances, il voulut être, comme son père, un roi-soldat, et il le fut, préférant être offensif plutôt que défensif.

— Qu'entendez-vous par là ?

— Quand il devint roi, le grand péril pour la France était l'hégémonie que les Habsbourg d'Autriche et les Habsbourg d'Espagne tâchaient d'établir en Europe, non sans succès, les Espagnols s'étant rendus maîtres des Pays-Bas, et ayant conquis en Italie une grande partie du Piémont. D'où cette lutte interminable pour s'emparer de la Valteline, passage facile qui permettait aux Espagnols de franchir les Alpes et de rejoindre l'Autriche par le chemin le plus facile afin de ravitailler leurs troupes des Pays-Bas. Mais la Valteline perdit de son intérêt quand Louis envahit l'Italie avec une puissante armée, occupa Suse et saisit successivement Casal et

Pignerol, lesquelles étaient, comme disaient nos maréchaux, les « clefs de l'Italie ». Chose curieuse, les maréchaux oublient toujours que ces clefs n'ouvrent les portes que lorsqu'elles sont accompagnées par des soldats, des cavaliers et des canons...

— Mais, Monsieur, que devinrent pour lui les « clefs de l'Italie » ?

— La lutte fut rude pour les garder, surtout en ce qui concerne Casal, mais la présence française en Italie eut cependant une influence heureuse sur les événements. Elle empêcha la présence espagnole de s'étendre dans la péninsule, menace qui n'était que trop réelle, le pape lui-même redoutant que ces bons catholiques ne s'emparent à la fin de ses Etats.

« Au nord de la France, la Lorraine, petite grenouille tâchant de se faire aussi grosse que le bœuf, s'était très tôt déclarée hostile à Louis, et donnait asile à tous les traîtreux français, Gaston compris, qui conspiraient contre Louis. Il fallut par deux fois lancer contre la Lorraine des expéditions pour venir à bout de ce petit duc. Mais ce faisant Louis lui prit tant de villes qu'on pouvait dire à la fin du règne que la Lorraine était à nous.

« L'Autrichien aussi était un ennemi, ce qui explique pourquoi, lorsqu'il conquit la Lorraine, Louis occupa sur le Rhin une ville impériale et un peu plus tard, si bien on s'en ramentoit, il bailla de généreux subsides au duc de Saxe-Weimar qui conquit pour lui Brisach et Fribourg, autres villes qui nous permettaient une forte présence sur le Rhin. A la parfin, Louis, après des combats très durs, repoussa une invasion de l'Empire et de l'Espagne, et reprit aux Espagnols l'Artois et le Roussillon. Nous verrons si le dauphin fera mieux.

— Le dauphin ! Monsieur, ne parlez plus de dauphin ! Pardonnez-moi de vous rappeler la loi salique : dès la minute, que dis-je, dès la seconde où le roi meurt, le dauphin *ipso facto* devient le roi. Le fil royal ne se rompt pas un seul jour.

— La grand merci, belle lectrice, de ce courtois rappel. En effet, je l'avais oublié.

— Peux-je profiter de votre merci pour vous poser encore questions ?

— Je vous ois.

— Quel âge a la régente ?

— Je vais répondre et vais même en dire plus que vous ne m'avez demandé. La reine a quarante-deux ans. Bien que fort attrayante encore, elle n'est plus aussi belle qu'au temps où Buckingham lui faisait une cour dévergognée. Mais elle est toujours aussi charmante et coquette, et elle aime toujours autant les hommages. Elle a quelques petits défauts dont la Cour évidemment se gausse : elle est très indolente et ne se lève jamais avant dix heures du matin. Après la repue de midi, elle feint d'oublier qu'il ne fait pas aussi chaud à Paris qu'à Madrid et fait encore une longuette sieste. Bien que molle en ses habitudes, elle ne manque toutefois pas de hauteur et ne souffre pas d'être contredite. Dès lors qu'on s'oppose à son dire ou à sa volonté, elle se met à hurler d'une voix suraiguë qui retentit jusque dans les galeries du palais. Elle est aussi très pieuse et prie plusieurs heures par jour dans son oratoire, bien que sa piété ne lui ait jamais appris patience, tolérance, et moins encore humilité. Comme dit méchamment Fogacer, la quantité des prières ne remplace pas la qualité. Toutefois, elle a le cœur assez bien placé et consacre plusieurs heures par semaine à des œuvres de charité.

J'ai conté en ces Mémoires que, déserteuse à sa patrie et traîtreuse à son roi, elle n'était devenue française que lorsqu'elle accoucha du futur roi de France. Elle adora d'autant plus Louis Dieudonné qu'elle avait désespéré, après tant d'avortements, de mettre jamais au monde un enfant. Et elle fut comblée quand, deux ans plus tard, elle accoucha d'un second fils, Philippe.

A sa naissance, Philippe fut déclaré duc d'Anjou, mais on s'en souvient, le populaire, lui, lui donna un autre nom, beaucoup plus pittoresque[1].

1. *Le dauphin de rechange.*

Le dix-huit mai 1643 fut un jour venteux, pluvieux et fracasseux, mais fut aussi un jour de grande conséquence pour l'avenir du royaume. La reine annonça *urbi et orbi* qu'elle avait choisi pour premier ministre et président du Conseil de régence, le cardinal Mazarin.

Il m'était arrivé de l'encontrer plusieurs fois à la Cour et d'admirer à la fois sa prestance, son esprit et aussi sa *gentilezza* italienne, toujours prête aux compromis et à la conciliation. Aussi, me sentis-je fort heureux que le jour même de sa nomination, le révérend docteur médecin chanoine Fogacer me parlât de lui tandis qu'il prenait avec nous, en notre hôtel des Bourbons, la repue de midi. Il vint avec un autre petit clerc que celui auquel nous étions habitués, et je fis un clin d'œil à Catherine pour qu'elle ne posât aucune question à ce sujet.

En revanche, Fogacer s'inquiéta de ne plus voir avec nous Nicolas, et comme j'ouvrais la bouche pour lui expliquer son absence, Catherine, me ravissant la parole, lui apprit que Nicolas avait été atteint, durant la campagne du Roussillon, d'une fièvre peut-être paludéenne, tant est que sur mon ordre il se soignait dans mon domaine d'Orbieu (en compagnie de sa charmante épouse) par le repos, le bon air, et la quinine des jésuites.

— Eh bien, dis-je, mon cher Fogacer, que

pensez-vous de ce cardinal italien qui va d'ores en avant gouverner le royaume de France ?

— Que c'est pour ledit royaume une grandissime chance.

— Quel grandissime éloge vous faites là de lui !

— Mérité. Et si vous me le permettez, je vous en dirai le pourquoi par le menu.

— Je vous ois, vous assurant que ni Catherine ni moi n'oserons vous interrompre.

Là-dessus, Catherine, voyant cette petite pierre tombée dans son jardin, bouillonna de colère, mais ne pipa mot. Certes, je ne perdais rien pour attendre. Fogacer parti, elle sortirait ses griffes, mais je n'aurais rien à craindre dès lors, revêtu que je serais de ma cuirasse d'innocente ingénuité : « Mon petit belon, dirais-je, c'est évidemment par amour que j'ai associé ton silence au mien. »

— Mazarin, dit Fogacer, n'est pas né, comme disent les Anglais, avec un cuiller d'argent dans la bouche. Son père venait de la moyenne bourgeoisie et sa mère de la petite noblesse. Mais c'étaient de bons parents, et voyant leur fils si éveillé et si industrieux, ils ne lésinèrent pas un instant sur son instruction, l'envoyant étudier de prime à Rome chez les jésuites, où il fit merveille, et ensuite à l'université d'Alcala de Henares en Espagne où, tout en apprenant le castillan, il conquit les titres de docteur en droit civil et docteur en droit canon. Il fit ensuite un stage de deux ans comme capitaine dans l'armée pontificale.

— Et pourquoi diantre, dis-je, fit-on faire ce stage à un docteur en droit canon ?

— Je ne saurais affirmer que ce fut pour lui apprendre à obéir au pape, étant évident qu'un doctorat en droit canon ne peut que déboucher sur un épiscopat.

— Ce qui se fit ?

— Oui, mais plus tard. Mazarin fut d'abord par intérim nonce du pape à Milan, poste diplomatique qui lui donna l'occasion d'encontrer Richelieu et Louis et de faire apprécier d'eux ses rares talents de diplomate.

— Sont-ils aussi admirables qu'on le dit ?

— Ils sont admirables en soi et plus encore la vaillance qui les accompagne.

*
* *

— Monsieur, un mot de grâce !

— Madame ! N'avez-vous pas vergogne d'interrompre le révérend docteur médecin chanoine Fogacer ?

— Monsieur, c'est que je suis béante. C'est peu souvent qu'un évêque a l'occasion de prou-

346

ver sa vaillance et je voudrais savoir comme cela se fit.

— Devant Casal. Casal, si vous me permettez de vous le ramentevoir, est en Italie du Nord une place forte que Louis saisit lors de sa première expédition en Italie. Comme disent nos maréchaux, c'était « la clef de l'Italie du Nord ». Mais une clef qui nous coûta prou car il fallut la défendre contre les Espagnols : ils savaient bien que nous étions là, non point en conquérants, mais pour leur interdire de se rendre maîtres de toute l'Italie du Nord, ce qui eût eu pour effet de joindre sans encombre leurs armées à celles des Impériaux.

— Et qui défendit Casal ?

— Louis ne lésina pas. Il choisit Toiras.

— Toiras ? N'est-ce pas le maréchal qui défendit victorieusement avec vous la citadelle de l'île de Ré contre les Anglais ?

— M'amie, vous êtes un ange et vous en avez la mémoire. Toutefois, je n'étais pas le second de Toiras en cette citadelle, mais son truchement en langue anglaise, et Toiras n'était pas encore maréchal. Néanmoins, il résista si bien que jamais les Anglais ne purent le déloger, et il sauva ainsi l'île de Ré.

« Connaissant bien sa réputation, l'Espagne ne lésina pas non plus et envoya pour reprendre Casal le marquis de Spinola que l'Europe entière admirait parce qu'il avait pris Breda après un siège longuissime. Le siège de Casal aurait duré tout autant si Mazarin n'avait pas réussi à négocier une trêve. Mais à peine fut-elle signée que survint, venant de France, une nouvelle armée commandée par Schomberg, laquelle se trouva face à face avec les assiégeants espagnols. Et l'affaire eût sans doute mal tourné si Mazarin n'avait pas bondi à cheval et surgi entre les deux armées prêtes à en découdre, les mousquets chargés et les piques basses. Mais l'une et l'autre furent béantes de voir un homme d'Eglise se mettre en grand péril d'être tué en galopant entre les lignes, brandissant son traité de trêve au-dessus de sa tête et criant d'une voix forte : "*Pace ! Pace !*" Les soldats observèrent, béants, leurs chefs, lesquels hésitaient, car tout était prêt, de part et d'autre, pour un massif égorgement. Schomberg se décida le premier, étant lui très épargnant du sang de ses soldats. Précédé d'un héraut, il s'avança vers le marquis de Spinola, et descendant de cheval lui donna une forte brassée. Dès cet instant, les blanches colombes de la paix voletèrent au-dessus de nos têtes. On désarma les mousquets et on leva les piques.

— Monsieur, je suis béante de ce magnifique courage chez un homme d'Eglise. Peux-je encore vous poser question ?

— M'amie, posez, posez !

— D'où vient que Mazarin plus tard fit une si brillante carrière en France et non en Italie ?

— Quand vous êtes un homme de très grand talent comme Mazarin, vous ne pouvez que susciter la haine des médiocres. En l'occurrence, le médiocre fut Francesco Barberini, dont tout le mérite — largement récompensé — se réduisait à être le neveu du pape et par conséquent son secrétaire. Quand Louis XIII et Richelieu demandèrent au pape de leur bailler Mazarin comme nonce apostolique, le pape, sous l'influence de Barberini, refusa.

— Mais n'était-ce pas impertinent de la part du pape de refuser au roi de France le nonce de son choix ?

— Assurément ! Et il n'eût jamais osé agir ainsi envers Philippe IV. Il eût trop craint pour ses Etats.

— Et que fit Louis ?

— Il invita Mazarin à venir vivre en France, et dès qu'il eut touché le sol français, il lui conféra des lettres de naturalité et lui confia diverses missions dont Mazarin s'acquitta à merveille. Louis demanda alors pour lui au pape la dignité cardinalice, ce que le pape, cette fois, n'osa refuser. Pauvre Barberini, qui, à cette nouvelle, pataugea dans la mare des jalouses aigreurs.

Dès que Mazarin fut nommé premier ministre par la reine, je repris l'habitude à laquelle j'avais été si fidèle au temps de Richelieu. J'allai le voir tous les matins aux fins de quérir de lui s'il n'avait pas une mission à me bailler. Bien que cette démarche parût très naturelle, beaucoup de personnages boudaient encore Mazarin. Les uns parce qu'il était Italien, et les autres parce qu'il avait été nommé par une femme : deux raisons aussi niquedouilles l'une que l'autre.

Le cardinal Mazarin entendit dès ma première visite que je le servirais aussi fidèlement que j'avais servi Richelieu, et il m'en sut le plus grand gré. Pour moi, je gagnai fort à son contact, car autant Richelieu avait été, en ses rapports avec ceux qui le servaient, escalabreux et malengroin, autant je trouvais Mazarin charmant, poli, et très ménager des sensibilités d'autrui.

Il me donna comme première tâche de réorganiser avec Monsieur de Guron le réseau des rediseurs et des rediseuses qui avaient si bien servi Richelieu et qui depuis sa mort s'étaient quelque peu dispersés, ne recevant plus ni urgente mission ni récompensantes pécunes. Je trouvais le projet très opportun et je résolus d'inviter à déjeuner Monsieur de Guron, et faute de lui pouvoir dépêcher Nicolas qui se soignait comme on sait à Orbieu, je lui envoyai mon petit vas-y-dire, que Mariette avait surnommé « Tartine », parce que, non content d'être payé par moi, il lui demandait à chaque mission un morceau de pain. Bravette caillette qu'elle était, comme elle fut toujours, et veuve sans enfant, non seulement Mariette lui baillait le pain, mais le beurrait sans chicheté, tout en exigeant de lui qu'il se décrassât au préalable de la tête aux pieds. Ce qu'il fit avec quelque réluctance, craignant d'être daubé par ses amis des rues et accusé par eux de faire le hautain.

En fin de compte, Tartine finit par entrer tout à plein dans mon domestique, et il fut hébergé, nourri et vêtu par nous. Comme il était orphelin et ne connaissait ni son nom ni son prénom, on lui demanda de choisir à tout le moins un prénom. Après réflexion, il choisit Lazare. Et quand on lui demanda la raison de ce choix, il répondit tout à trac : « Avec un nom pareil, Monseigneur, quand je serai mort, je serai sûr d'être ressuscité. »

Quand je quittai Mazarin et retrouvai les galeries du palais grouillant de pimpreneaux et de pimpésouées, mes pas me portèrent de soi vers l'appartement de la princesse de Guéméné.

Je toquai à l'huis, et comme on tardait à

déclore, je craignis que la princesse ne fût demeurée en sa maison des champs à Saint-Nom-la-Bretèche, le temps étant si beau pour la saison. La Dieu merci, il n'en était rien. Un valet apparut, me vit, et se tourna d'un pas vif pour aller quérir le *maggiordomo*, lequel survint avec une lenteur due à la fois à sa bedondaine et à son importance. La princesse, dit-il, était encore dans son lit, mais comme elle n'était pas mal allante, il ne doutait pas qu'elle ne me reçût. Ceci fut dit majestueusement, subjonctif compris. L'instant d'après, je fus admis dans le saint des saints, et je vis la princesse, pimplochée à ravir, gracieusement allongée sur son lit dans un peignoir de soie si ravissant qu'il valait bien la plus belle des robes.

— M'ami, dit-elle, maugré l'exemple de notre reine vénérée, je ne m'apparesse pas au lit, comme vous pourriez le croire, mais parce que je doulois d'une petitime lassitude que votre présence va sans doute dissiper. De grâce, ôtez vos vêtures et venez me rejoindre derrière les courtines, nous serons mieux pour parler.

Mais parler, c'est ce que nous ne fîmes pas de prime, car nos enchériments nous emportèrent en des ravissements qui exclurent toute parole articulée.

— M'amie, dis-je, quand nous revînmes du

paradis sur terre, vous qui connaissez le monde entier, que pensez-vous du cardinal de Mazarin ?

— Le plus grand bien.

— Voulez-vous dire qu'il est bel homme ?

— Il l'est, mais cela ne suffirait pas à lui assurer mon estime. Il a une foule d'autres qualités qui font de lui le parangon de la Cour.

— Dieu bon ! Dois-je être jaloux ?

— D'un cardinal ? Vous vous moquez ! Oyez-moi, de grâce, et vous serez de mes dires convaincu. Mazarin est courageux, comme il l'a montré devant Casal. Il a une puissance de travail au moins égale à celle de Richelieu. Il a beaucoup d'esprit et du plus pénétrant. Il est tenace dans ses entreprises et trouve toujours des solutions ingénieuses aux problèmes les plus délicats. Etant Italien, quoique Français de cœur, il n'a pas la moindre parenté, Dieu merci ! avec les Grands de ce royaume. Il fuit les cabales. Il n'appartient à aucun clan, ce qui lui a permis de servir le roi et Richelieu, et eux seuls. Il s'est épris, en tout bien tout honneur, de la reine, et il l'a attachée à lui par d'innombrables cadeaux apportés d'Italie : gants, éventails, eau de toilette et parfums, présents dont la reine était raffolée. Mazarin, il va sans dire, est d'une politesse exquise. Il fuit tout ce qui pourrait dégénérer en querelle. Mieux même, il pardonne les mauvais procédés, et n'a de cesse qu'il ne désarme ses ennemis par la douceur et la conciliation.

— Il n'est pas sûr, m'amie, que dans la tourmente qui se prépare, la conciliation soit la meilleure méthode qu'on puisse opposer aux trublions de tout poil dont nous allons souffrir. Rappelez-vous, de grâce, que si le royaume n'a pas jusqu'ici sombré sous les complots et cabales, on le doit à la rigueur de Richelieu et à la justice implacable du roi. Et je doute que la douceur soit la meilleure réponse aux agitations qui fermentent et bouillonnent autour de la régente.

— Et de son ministre bien-aimé, dit alors la princesse.

— Bien-aimé ? Mais que dites-vous là, m'amie ?

— J'ai appris que lorsque la reine a abandonné le Louvre pour vivre dans le palais cardinal, elle a attribué à Mazarin un appartement tout proche du sien.

— N'est-ce pas naturel que la reine, effrayée par son nouveau rôle, veuille avoir à proximité son meilleur conseiller ?

— Deuxième remarque, poursuivit la princesse. Quand, en octobre, Mazarin est tombé malade, la reine a montré la plus grande anxiété, elle lui a rendu visite plusieurs fois par jour, et souvent dans les larmes.

— Derechef, quoi de plus naturel ? Elle craignait de perdre son sage mentor.

— Nos pimpésouées de cour ne voient pas les choses ainsi.

— Elles les voient à leur niveau, m'amie, c'est-à-dire assez bas. En réalité, l'ultime ambition de Mazarin étant de devenir pape, il ne serait pas si fol que de salir sa dignité cardinalice par une intrigue scandaleuse.

— Donc, point d'amourette ?

— Nenni, mais de part et d'autre, la plus tendre affection.

CHAPITRE XII

— Monsieur, un mot de grâce !

— Belle lectrice, avec joie je vous ois, mais toutefois je m'étonne. A peine ai-je terminé de tailler ma plume et d'aiguiser mes mérangeoises pour écrire le premier mot du chapitre XII, que vous voilà en chair et en os — la première enveloppant gracieusement les seconds — et prête à me poser de pertinentes questions sur ce que je n'ai pas encore écrit.

— Monsieur, de grâce, ne me daubez pas. J'ai fort bien senti combien la mort du roi et celle de Richelieu vous avaient chaffourré de chagrin, et je ne suis venue céans que pour me condouloir avec vous de cette irréparable perte. Il ne m'échappe pas non plus que vous êtes dans un grand tracassement sur l'avenir qui attend le royaume, craignant qu'il ne se délite et ne se démantèle, maintenant que les deux fortes colonnes qui soutenaient l'État se sont écroulées.

— En effet, j'ai nourri cette crainte, mais je ne l'ai plus, car à'steure, sur terre comme sur mer, nos armées remportent partout d'éclatants succès.

— Cela paraît très étonnant, et comment l'expliquez-vous ?

— Apparemment, nous cueillons aujourd'hui les fruits des arbres que le roi et Richelieu ont plantés. Louis a magistralement réorganisé notre armée. Et Richelieu a créé de toutes pièces une marine, l'a dotée en canons et en marins bretons (les uns et les autres excellents) et a nommé à sa tête, non point de ces Grands qui croient tout savoir sans en avoir rien appris, mais son brillant neveu, Maillé-Brézé, lequel fit merveille. Dois-je vous ramentevoir les éclatants succès qui nous permirent de prendre Perpignan ? Or, belle lectrice, en août 1643, c'est-à-dire après la mort de nos deux géants, Maillé-Brézé, payant son armement de son propre boursicot, prit la mer derechef et remporta sur la flotte espagnole l'éclatante victoire de Carthagène.

« L'Espagne n'était donc plus la reine des mers. Et bientôt, sur terre aussi, elle ne sera plus réputée invincible.

« Oyez ! Oyez, m'amie, cette victoire étonnante. Mazarin et la reine, ayant appris que

358

l'armée de Picardie se trouvait en état déplorable, nommèrent à sa tête Condé, lequel la vit, la remit sur pieds en un mois, et sans tant languir attaqua les Espagnols à Rocroi, et avec une armée plus faible, en nombre tout au moins, battit les terribles *tercios* espagnols.

— Monsieur, qu'est-ce qu'un « *tercio* » ?

— En espagnol, un régiment de fantassins. Et ces *tercios* étaient réputés les meilleurs d'Europe. Mon père m'a conté qu'Henri IV un jour, sur le point d'engager bataille avec les Espagnols, avait dit : « Je ne pense pas grand bien de leur cavalerie, mais pour leur infanterie, en revanche, je la crains. » Comme j'aurais aimé être là, pour entendre Henri IV prononcer « je la crains » avec son accent béarnais..

— Rocroi fut donc une très grande victoire !

— M'amie, grandissime. Condé devint le héros du royaume et étant ambitieux, insatiable, il en profita aussitôt pour demander à la reine la surintendance de la marine.

— Un soldat qui aspire à devenir marin !

— Peu lui importait la mer ! De toutes les hautes fonctions du royaume, la surintendance de la marine était de très loin la plus lucrative. Rien que la récupération des épaves rapportait une fortune.

— Que fit la reine, confrontée à cette exigence ?

— Elle en fut très agitée et s'en ouvrit à Mazarin qui opina que donner la marine à ce grand ambitieux, c'était lui bailler trop de richesses et de puissance. Cependant, préférer quelqu'un d'autre au héros de Rocroi n'était pas chose aisée.

Une fois de plus, la *finezza italiana* nous tira d'affaire. La reine décida de s'attribuer à elle-même le titre, les fonctions et les pécunes de la surintendance de la marine. Le tour était bien joué et fit rire à gueule bec nos pimpésouées de cour, et d'autant que la reine ne pouvait pas mettre le pied sur un bateau, fût-il fluvial, sans être incommodée. Mais peu importe, répondirent les marins. Un surintendant de la mer nomme les amiraux, mais ne met jamais le pied sur un vaisseau. Nos bonnes langues de cour, hélas, fai-saient pis. Bien que nos difficultés financières fussent d'évidence dues à notre longuissime guerre contre l'Espagne et l'Autriche, elles pré-tendaient que la régente ruinait le royaume par les fêtes qu'elle donnait. C'est par des clabau-deries de cour que commença cette cabale, et pour qu'une cabale prenne forme, il faut qu'elle trouve un chef. En l'occurrence, ce fut le duc de Beaufort, petit-fils adultérin d'Henri IV, ce sang royal lui assurant une place de choix parmi les Grands.

Le duc de Beaufort avait beaucoup à se glorifier dans la chair, étant grand, bien fait, très admiré pour sa chevelure absalonienne, laquelle était du plus beau blond. Il avait des talents, du moins ceux qui sont admirés par les Grands. Il excellait au jeu de paume, à l'escrime et à la chasse. Il dansait fort bien. Ses talents et ses succès lui montaient à la tête. Il se croyait promis aux plus hautes destinées et il conçut le projet d'approcher la reine, de la séduire et de partager avec elle le pouvoir.

La séduction ne réussit pas, encore que ce grand niquedouille ait réussi à approcher Anne d'Autriche en son bain, goujaterie qu'elle n'apprécia guère. Pour se débarrasser de ce quémandeur, Mazarin eut l'idée de le nommer grand écuyer, fonction qui aurait dû séduire ce vaniteux personnage puisqu'il aurait été appelé « Monsieur le Grand » comme Cinq-Mars. Mais Beaufort, trouvant la fonction très au-dessous de lui, hautement la refusa, pensant pouvoir obtenir mieux. Il attendit, mais comme rien ne venait, il redemanda à la reine la fonction qu'il avait refusée. Mais cette fois-ci la reine s'encoléra, sa voix s'envolant dans l'aigu, et elle refusa net de donner quelque fonction que ce fût à ce dévergogné.

Cette écorne ne faillit pas d'outrager notre homme au plus vif, et il conçut aussitôt un projet à l'aune de sa sottise. Il rassemblerait autour de lui des mécontents et, le moment venu, tuerait le cardinal Mazarin, puisque c'était de toute évidence à cause de ce funeste Italien que la reine lui avait refusé les hautes fonctions qui lui étaient dues par sa naissance et ses talents.

Comme il fallait s'y attendre, il tissa son fil trop lentement et avec trop de complices. Depuis que je hante la Cour, je n'ai vu qu'un seul complot qui soit arrivé à ses fins : celui qui aboutit à la mort de l'infâme Concini. Et d'évidence, son succès était dû au petit nombre des conjurés et au fait qu'il ne leur fallut que deux ou trois rencontres secrètes avant de passer à l'acte.

Dans ce genre d'affaire, c'est le secret et la rapidité qui font tout. Beaufort agit tout au rebours. Il s'efforça de gagner à sa cause le plus de monde possible, tant est que, multipliant les conjurés et les conciliabules, il ne pouvait que perdre le secret de son entreprise. Il n'est pas jusqu'à nos pimpésouées de cour qui, observant les airs graves des conjurés et leurs mystérieux conciliabules, se mirent à les dauber en les surnommant les *Importants*.

Beaufort, dans son peu de jugeote, commit une autre erreur. Il admit parmi ses conjurés la duchesse de Chevreuse qui était connue *urbi et orbi* comme la reine des intrigantes, et à ce point que Louis XIII et Richelieu, qui l'auraient volontiers livrée à l'épée du bourreau si elle n'avait été une femme, l'avaient exilée. La duchesse de Chevreuse était en effet sans scrupule ni vergogne. Elle n'hésitait pas à user de ses charmes pour détourner un ministre de ses devoirs envers le roi. En fin de compte, le roi et le Richelieu l'exilèrent en une lointaine province où elle fut fort surveillée de jour comme de nuit. Par malheur, quand Louis XIII mourut, Anne d'Autriche, qui était fort entichée de la pimprenelle, parce qu'elle était gaie et dévergognée en ses amoureuses réminiscences, la rappela à sa Cour, où, comme on a vu, elle se jeta sans tant languir dans une nouvelle intrigue où elle avait tout à perdre et rien à gagner.

Cependant, ce ne fut pas pour les beaux yeux de la Chevreuse que Monsieur de Beaufort fomenta la cabale des Importants, mais pour ceux d'une autre dame : la duchesse de Montbazon, laquelle faisait partie du cercle intime de la régente. Cette dame était belle comme les amours. Mais cet aspect trompait le monde. Sa langue était vipérine. Dieu sait pourquoi, elle haïssait la princesse de Condé, répandant sur elle, jour après jour, des flots de calomnie, lesquels, à la parfin, lassèrent la reine : elle chassa la vipère de sa Cour. C'est alors que Beaufort résolut de tuer Mazarin, qui non seulement avait le tort d'être Italien, mais d'être, à ce que la Cour disait, un ami très proche de la reine. Il ne se peut que le lecteur ne se ramentoive que les mérangeoises de Beaufort étaient fort limitées, tant est qu'il ne pouvait concevoir que des idées simples. En l'occurrence, voici comment il raisonna : « La reine a chassé ma maîtresse, moi je lui tue son favori. »

Mazarin m'apprit toute l'histoire du complot dès le quatre septembre 1643 dans son nouvel appartement qui n'était plus au Louvre, mais dans le palais du cardinal de Richelieu, Anne d'Autriche l'ayant choisi pour sa résidence à Paris, parce que le palais était plus neuf, plus luxueux et plus gai que le Louvre. Par bonheur, la princesse de Guéméné qui appartenait elle aussi au cercle intime de la reine y eut comme au Louvre une chambre, tant est que je pus la visiter chaque fois que je devais encontrer Mazarin.

Mazarin, ce quatre septembre, m'accueillit, comme toujours, avec sa *gentilezza italiana*, et me conta le complot de Beaufort, ce qui m'étonna fort, mais bien plus ce qui suivit.

— Et savez-vous, duc, conclut Mazarin, par qui j'ai appris le complot qui devait mettre fin à ma terrestre vie ?

— Nenni, Monseigneur.

— Par une chambrière qui fait partie du domestique de la duchesse de Montbazon, et qui d'évidence aima mieux servir la couronne que

364

sa maîtresse. D'après ce que dit cette caillette, elle vous connaît fort bien ainsi que Monsieur de Guron et le chanoine Fogacer. Est-ce la vérité ou vanterie ?

— C'est vérité.

— Et elle se nomme ?

— La Zocoli.

— C'est bien cela, dit Mazarin. Et *quid* de cette Zocoli ?

— C'était une rediseuse qui appartenait au cardinal de Richelieu, et une des meilleures. Monsieur de Guron, Fogacer et moi-même étions ses relais. En fait, Monseigneur, il y avait deux relais et non pas un seul. Les rediseurs et les rediseuses disaient ce qu'ils avaient appris au confessionnal du chanoine Fogacer, et Fogacer nous répétait leurs confidences, lesquelles, bien sûr, n'avaient aucun caractère religieux.

— Voilà qui sans être sacrilégieux n'était pas bien orthodoxe, dit Mazarin, bien que fort utile à la couronne.

En d'autres termes le cardinal nous désapprouvait, mais le ministre nous félicitait.

— Monseigneur, puis-je poser question ?

— Je vous en prie.

— Il m'est venu à l'idée qu'à partir de la Zocoli, il nous serait peut-être possible de reconstituer, comme vous le désirez, le réseau des rediseurs qui s'était dispersé après la mort du cardinal de Richelieu.

— Si c'est là votre idée, elle est aussi la mienne, dit Mazarin avec un sourire aimable. Tâchez avec Monsieur de Guron de les retrouver tous et toutes, et de me dire, dans une dizaine de jours, où vous en êtes.

« Dix jours ! » m'apensai-je. A le comparer à Richelieu, mieux valait, comme disait Henri IV, une cuillerée de miel qu'une tonne de vinaigre, mais ne nous fions pas à l'apparence, l'exigence était la même, et le miel tout aussi impérieux que le vinaigre.

Il va sans dire que je n'allais pas quitter le Palais Richelieu sans visiter la princesse de Guéméné. Je la trouvai, comme toujours, gracieusement allongée sur la couche dans son matinal déshabillé (et « déshabillé » est bien dit). Mais ce qui m'étonna fort, elle ne rêvait pas : elle lisait ! Vous avez bien ouï, elle lisait ! Et quel livre ? Je vous le donne en mille : le *Discours de la Méthode* de Descartes.

Dès que j'eus sauté hors ma vêture et l'eus rejointe sur sa couche, elle déposa le Descartes sur son chevet, et, comme à l'accoutumée, les minutes qui suivirent furent perdues pour toute conversation utile. Mais après tout, lecteur, Descartes lui-même, quand il assistait au siège de La Rochelle dans une petitime maison, avait avec lui, outre ses livres, ses plumes, son encre et son manuscrit, une gentille caillette qui l'approvisionnait en vivres, lui cuisait son rôt, faisait son lit, et avec lui le défaisait. Preuve que Descartes était un sage tout autant qu'un philosophe.

— De grâce, m'ami, dit la princesse de Guéméné, ne me dites pas : « Eh quoi, Madame, vous lisez Descartes, vous, une femme !... Etes-vous bien assurée que vos mérangeoises suffiront à cette lecture ? »

— M'amie, je ne dirai rien de semblable. Ce n'est point par les mérangeoises que les femmes se distinguent des hommes : c'est par leur délicieux petit corps.

— C'est vrai, mais de grâce, Monsieur, ne dites pas cela au pluriel, c'est désobligeant pour moi.

— Il va sans dire qu'en disant « les femmes » je ne pensais qu'à vous.

Dès que j'eus prononcé cette complaisante phrase, je me sentis mordu par le remords, tant elle me parut injuste à l'égard de Catherine.

— M'ami, poursuivit-elle, pardonnez-moi cette petite querelle, mais je suis toute déconsolée de ce qui vient d'arriver ce matin.

— Et qu'est-il arrivé ?

— Mazarin a durement châtié la cabale des Importants.

— Comment cela ? Je reviens du Palais Cardinal et personne ne m'en a rien dit.

— C'est que la Cour est terrifiée, car même ceux qui noulurent entrer dans la cabale avaient de la sympathie pour elle, et craignent meshui que cela ne se découvre.

— Quels sont ceux qui sont frappés ?

— Tous, et sans ménagement. Le duc de Beaufort est arrêté et enfermé au donjon de Vincennes. Montrésor est reclos en Bastille. La Châtre perd sa charge de colonel général des Suisses. Vendôme et sa famille sont relégués au château d'Anet. Les évêques compromis sont condamnés à regagner leurs évêchés et à ne plus les quitter. Madame de Chevreuse est derechef exilée au diable de Vauvert.

— Oh, dis-je, je ne me mettrai pas martel en tête à son sujet. Elle trouvera bien le moyen de s'évader, serait-ce même en séduisant, l'un après l'autre, tous les soudards qui la gardent. Après quoi, revenue à la Cour, elle se remettra à comploter de la pique du jour aux nuiteuses étoiles. L'intrigue est son milieu naturel. Elle y barbote comme le canard dans sa mare.

— Et comment trouvez-vous la punition des factieux dans la présente affaire ?

— Opportune, mais un peu faible. Richelieu aurait enlevé à Beaufort le peu de jugeote qui lui reste en lui coupant la tête. Mais ces rudes manières ne conviennent ni à la reine, ni à Mazarin. La reine a le cœur trop tendre et Mazarin ne renonce pas volontiers à sa *gentilezza* italienne.

Mon regard tombant alors sur le Descartes qu'elle avait déposé sur son chevet à mon entrant, je lui dis :

— Ainsi, m'amie, vous lisez Descartes. L'avez-vous dit à votre confesseur ?

— L'eussé-je dû ?

— Assurément. Vous savez, bien sûr, l'ayant lu, que Descartes, apôtre du doute méthodique, ne tient pour vrai que ce qui lui paraît incontestablement être tel.

— Eh bien, m'ami, je ne vois pas ce qu'il y a de suspect dans cette phrase.

— Vous, non. Mais les jésuites, si.

— Et où diantre est le diable là-dedans ?

— Si vous ne tenez pour vrai que ce qui vous paraît incontestablement être tel, vous pourriez mettre en doute par exemple la résurrection des corps.

— Et Descartes l'a mise en doute ?

— Il s'en est bien gardé.

— Serait-il cependant suspect ?

— Il doit avoir quelques raisons de se sentir tel, car depuis 1629 il vit en Hollande, terre bénie où, comme vous savez, on peut penser ce qu'on veut et dire ce qu'on veut, sans être jamais inquiété !

*

* *

Le lendemain, à la pique du jour, j'appelai mon vas-y-dire.

— Dois-je lui bailler une tartine, Monseigneur ? me demanda Mariette de prime. Où irais-je si chaque fois qu'une chambrière faisait un lit, elle me quérait une tartine ? Dieu bon, suis-je une tartineuse ou une cuisinière ?

— Tu es une très bonne cuisinière, Mariette, dis-je en lui tapotant l'épaule du plat de la main, faveur qu'elle devait à son âge, car Catherine n'aurait pas toléré cette amicale caresse sur une épaule plus jeune.

Et j'ajoutai : « Mon père a eu bon goût de te choisir, Mariette, et moi de te garder. » Sur quoi, sans tant languir, je la quittai, car chaque fois que je lui parlais de mon père les larmes lui coulaient sur les joues, grosses comme des pois.

Tartine fut très heureux d'avoir à courre Paris par un temps clair, sec et sans froidure, car il aimait se montrer avec la livrée à mes armes, escorté par deux de mes Suisses, et baillant œillade fière, enjôleuse et piaffante, à toute mignote encontrée en chemin. En outre, il aimait fort les personnes qu'il allait inviter pour moi à la repue de midi : Fogacer et son petit clerc, Monsieur de Guron et sa Zocoli.

Venus dans la même carrosse — initiative due à la gentillesse de Monsieur de Guron — nos invités apparurent à midi et demi, ce retard étant dû aux encombrements de Paris qui, comme on sait, dépassent l'imagination, et sont dus non seulement à l'étroitesse des rues, mais au caractère escalabreux des cochers qui s'en prennent violemment et longuement à leurs congénères pour des querelles de néant.

Dès que le *maggiordomo* leur eut déclos notre huis, Catherine accueillit nos invités avec une amicale chaleur, mais tout se gâta quand elle aperçut la Zocoli. Elle me tira vivement à part, tandis que le *maggiordomo* plaçait nos hôtes à table et, l'œil étincelant, me demanda d'une voix trémulante ce que faisait céans, dans sa maison, et à sa table, cette gouge ! cette loudière ! cette ribaude ! cette putain cramante ! Je la serrai avec force dans mes bras, lui fermai la bouche de prime par un violent baiser, et quand elle fut quelque peu apaisée je lui dis à l'oreille : « Mon petit belon, cette personne, qui n'a pas, en effet, très bon genre, mais le bon genre ne serait pas de mise dans son métier, est une rediseuse, et elle excelle dans ce difficile et périlleux métier. Elle a rendu à Richelieu de fort grands services dans le moment où la défunte reine-mère travaillait à sa destruction. Quant à Monsieur de Guron, Fogacer et moi qui la connaissons bien, nous devons recourir à elle et à ses semblables sur l'ordre de Mazarin. Et comme première rencontre, cela ne pouvait se faire que très à la discrétion, c'est-à-dire chez l'un de nous. Or, Monsieur de Guron est sans cuisinier, Fogacer est hébergé, et d'ailleurs outrageusement gâté, par les sœurs de la Visitation, de sorte que c'est chez nous que devait se tenir cette discrète rencontre. Et dites-vous que, recevant cette rediseuse chez vous, vous vous associez à cette entreprise et rendez un grand service au jeune roi et à la régente. »

Je mis beaucoup de chaleur dans ce discours, et à l'accueil que lui fit ma Catherine, qui sans s'excuser le moins du monde (ce qui était contraire à sa philosophie) me fit entendre qu'elle consentait à recevoir « cette personne », appellation qui était déjà en grand progrès sur la « putain cramante », et elle ajouta qu'elle ne ferait aucune différence entre ladite personne et le reste de nos invités.

La présence des valets qui servaient nous obligea à garder bouche cousue à table, et ce ne fut qu'après la repue, Catherine s'éclipsant et nous-mêmes nous retirant dans le cabinet, que nous commençâmes à ouvrir le bec sur le projet qui nous rassemblait.

— Clairette... dis-je à la Zocoli qui aimait être appelée de son prénom de jeune fille, ayant horreur du nom que son mari lui avait donné et qui lui collait à la peau, même après qu'ils se furent à la parfin séparés, du fait qu'elle aimait trop les hommes, et lui aussi.

Comme tous se taisaient, la Zocoli sans tant languir vint à notre rescousse et dit :

— Vous vouliez sans doute quérir de moi, Monseigneur, comment je suis devenue rediseuse.

— La grand merci, m'amie, dis-je. Poursuis, Claire. Dis-nous tout à tract ce qu'il en est.

Etant née sur le pavé de la capitale, la Zocoli avait l'accent pointu et précipiteux de Paris qui m'a toujours titillé. De plus, elle avait bon bec, la réplique vive, parfois au bord de l'impertinence, mais jamais sans tomber dans la méchantise tant elle avait chevillé au cœur l'amour des autres.

— Je servais à ce moment-là, dit-elle, comme chambrière chez un Grand[1], lequel était fort ennemi de Monsieur le cardinal. Et un jour, tandis que je me confessais, je répétai ces propos

---

1. Les « grands » sont les ducs et les princes. La « seconde noblesse » comprend les barons, les comtes et les marquis. La « gentilhommerie » désigne le reste.

à mon confesseur, lequel me proposa de répéter les propos de son maître au cardinal si j'y consentais, et aussi les noms de ceux qui conciabulaient avec lui. Pour ce travail, qui me parut fort simple, que j'aurais de toute façon fait gratis, le confesseur me proposa cinq sols par jour.

Vous avez peu de doute, lecteur, sur la personne qui était son confesseur.

— Cinq sols par jour ! Voilà qui est plaisant ! dit Monsieur de Guron en tambourinant des deux mains sur sa bedondaine (objet de tous ses soins). Mais cinq sols par jour, c'est tout justement la solde d'un soldat.

— Mais nous sommes des soldats, dit vivement la Zocoli. Et comme les soldats nous avons nos armes : l'oreille pour ouïr et la langue pour redire. Ce qui ne va pas non plus sans péril.

— Et chez qui présentement travaillez-vous ? demanda Monsieur de Guron.

— Monsieur le Comte, dit vivement Fogacer, il n'est peut-être pas opportun de poser meshui cette question. La réponse sera donnée dès que la redisance sera recomposée, puisque c'est Monsieur le duc d'Orbieu ou vous-même qui devez la mettre par écrit et la transmettre à Sa Majesté.

Preuve qu'on ne peut jamais tout cacher. Fogacer avait caché le nom de l'espionné, mais en même temps il avait dévoilé que le recruteur

374

et régent des rediseuses c'était lui. Quant au nom du quidam espionné, même avant que la Zocoli nous l'eût soufflé, je connaissais ses préférences. C'était Monsieur de Mesmes, membre du Parlement, qui déjà du vivant de Louis XIII avait à deux reprises essayé d'empiéter sur le pouvoir du roi et s'était fait rudement rabrouer par Sa Majesté. Il est évident que le Parlement et Monsieur de Mesmes ne pouvaient faire cette fois-ci qu'une petite guerre mais quasiment ouverte contre le pouvoir royal, à seule fin de le partager.

*
* *

— Monsieur, je suis étonnée. Vous me parlez des rediseuses, mais non des rediseurs. Je suppose néanmoins que le pouvoir utilisait aussi des hommes à ces basses besognes.

— Madame, permettez-moi de vous rebiquer quelque peu. Une besogne qui sert les intérêts du roi ne peut être tenue pour basse.

— Monsieur, expliquez-moi pourquoi il y a ce jour d'hui en ce royaume tant de mésaise et de tracassement.

— Parce qu'une guerre si longue, et qui du reste dure encore, a exigé et exige toujours beaucoup d'or, tant est que les fermes et la taille pèsent plus lourd sur ceux qui les payent.

— Qu'est-ce qu'une taille ?

— C'est le plus lourd des impôts.

— Qu'est-ce qu'une ferme ?

— Les « fermiers » sont ceux qui, ayant avancé au roi le montant de l'impôt, sont chargés de le collecter moyennant une honnête commission.

— Et qu'est-ce qu'une taxe ?

— C'est un paiement supplémentaire que le roi exige de quiconque achète un produit. La plus honnie de toutes les taxes est la gabelle, laquelle porte sur le sel, dont le roi s'est déclaré le seul propriétaire en son royaume. Et non seulement c'est à lui qu'on l'achète, et à son prix, mais on est tenu à lui en acheter une certaine quantité, qu'on le veuille ou non.

— C'est inique.

— Mais plus inique encore est la répartition de la taille. Les nobles ne la payent pas, ni les parlementaires, ni les évêques, ni les officiers du roi. Cependant, les évêques sont tenus de verser un « don gratuit », mais ils ont le droit d'en discuter le montant, ce qui rend les choses plus faciles pour eux. Il y a aussi des villes entières — comme Paris — qui sont dites « franches », c'est-à-dire affranchies des griffes de l'impôt. En fin de compte, on en arrive à cette insufférable

injustice que ce sont les plus pauvres, les paysans surtout, qui payent la taille, ce qui les
amène à des révoltes : celle des va-nu-pieds en
Garonne, ou celle des croquants en Languedoc,
lesquelles furent aussitôt noyées dans le sang par
les soldats du roi très-chrétien.

— Et qui lève la taille et les fermes ?

— Des gens qu'on appelle les financiers. Ils
ont pour le roi un grand avantage. Ils peuvent
lui avancer des sommes importantes dont ils se
paieront ensuite par la taille et les fermes. Mais
il y a là un grand désavantage. Une fois sur les
terrains, et collectant taille et fermes, ils ont ten-
dance à confondre leurs propres boursicots avec
celui du roi. Bref, les choses allaient cahin-caha
quand un nouveau venu, Particelli, contrôleur
général des finances, eut l'idée saugrenue de
faire payer les riches.

— Et pourquoi saugrenue ?

— Parce que les riches, étant riches, ont tous
les moyens de se défendre.

— Que fit donc Particelli ?

— Il exhuma un édit vieux d'un siècle, mais
jamais abrogé, aux termes duquel il était interdit d'édifier des maisons hors les murs. Or,
comme souvent en France, cet édit n'avait
jamais été appliqué. Et Particelli imagina de s'en
ramentevoir et de taxer les propriétaires desdites
maisons à raison de cinquante sols par *toise car-*

rée (la toise égalant deux mètres). Or, dans ces faubourgs — qu'on appelait autrefois plus justement *forsbourg,* le « *fors* » voulant dire *hors* —, bon nombre de parlementaires étaient propriétaires ou locataires. Dieu bon ! Pauvre Particelli ! S'attaquer à des juges ! Desquels de reste on n'eût pas attendu qu'ils violent les lois au lieu de les appliquer. C'est pourtant ce qu'ils firent. Ils fomentèrent une émeute populaire, les pauvres subitement devenus les défenseurs des riches. La régente commença par exiler deux ou trois meneurs pour les rappeler presque aussitôt, et l'*édit du toisé,* comme on l'appelait, fut une fois pour toutes enterré et mourut de sa belle mort. Eh bien, m'amie, qu'en pensez-vous ?

— *Primo,* que la France est dirigée par un gouvernement faible, et *secundo* que les Français ont, par ailleurs, un grand défaut : ils sont par nature hostiles à toute autorité. Il est donc périlleux de renoncer à leur endroit quand ils se rebellent à la Bastille et au billot.

— M'amie, vous parlez dur et d'or ! Ah, Richelieu ! Richelieu ! Que n'es-tu encore parmi nous !

*
* *

Le lendemain, quand j'eus rendu compte à

Mazarin de mon entretien avec Guron et Fogacer sur le sujet des rediseuses, malgré l'heure
tardive je noulus quitter le Palais Royal sans
visiter la princesse de Guéméné. A mon grand
étonnement, je la trouvai échevelée, furieuse et
en même temps quasi dans les larmes.

— M'amie ! M'amie ! dis-je en la serrant
dans mes bras, que se passe-t-il ? Pourquoi ces
pleurs ?

— J'enrage. La reine, ce soir, donne un grand
bal au Palais Royal, et mon confesseur me
défend d'y prendre part, parce que j'ai reçu
l'hostie ce matin.

— Diantre ! Et comment s'appelle le confesseur ?

— C'est l'abbé de Saint-Cyran.

— Saint-Cyran ! Dieu bon ! Mais c'est, depuis
la mort de Bérulle, le chef des archidévots de
France ! M'amie, quel diable vous a poussée à le
choisir ! Il est plus Espagnol que Philippe IV et
plus catholique que le pape. Richelieu l'a serré
en geôle à Vincennes quelque temps pour avoir
condamné *urbi et orbi* les alliances protestantes
du roi. Saint-Cyran ! Un homme dont la folle
ambition est de remettre dans le droit chemin,
à sa façon étroite et fanatique, toutes les
consciences de France. La Dieu merci pour vous,
il est ce jour fort mal allant et Fogacer, qui le

soigne, prédit qu'il n'est pas loin du jour où il goûtera les félicités éternelles.

— Est-ce vrai ? Dieu bon ! Me voilà toute rebiscoulée !

— Madame, dis-je en riant, rebiscoulée ! Que dites-vous là ? Verser des larmes de joie parce que votre confesseur se meurt ! Quand il sera en Paradis, j'espère que vous prierez pour lui tous les jours, vu qu'à ce moment-là il ne vous fera plus de mal.

— Je le ferai, dit-elle avec gravité.

Cette gravité à la fois m'amusa et m'attendrézit, et la prenant incontinent dans mes bras, je la serrai contre moi et se peut que je fusse allé plus loin si elle ne m'avait dit à l'oreille qu'elle était en une condition féminine qui l'interdisait.

— Eh bien, dis-je, devisons ! Et d'abord de vous. M'amie, j'espère que vous allez désobéir à Saint-Cyran qui ferait mieux de s'appeler Saint-Tyran, tant il aspire à gouverner les consciences des autres maugré qu'ils en aient.

— Mais pour ce bal, que ferai-je ? dit-elle avec quelque anxiété.

— Par tous les saints du monde, allez-y, Madame ! Il n'y a rien dans les livres religieux, les missels et les décisions des conciles qui prescrit de ne pas danser le jour où on a reçu l'hostie. De grâce, m'amie, n'allez pas vous soumettre à la tyrannie de ce coquin qui se revanche

380

de l'aigreur de sa sotte chasteté sur le *gentil sesso*.

— Mais, avança-t-elle, on dit que la danse n'est que le mime de l'amour.

— Et que peut-elle être d'autre ? Et en quoi est-on coupable de mimer l'amour quand on ne le fait pas ? Et comment tolérer qu'un moine escouillé en cellule vienne vous interdire tyranniquement la danse, le roman et la comédie, parce qu'on y parle des suavités qu'il s'est de soi refusées. Et ce refus n'est-il pas — que je le dise encore — une grave offense faite au Créateur puisqu'on tourne le dos à l'Eve qu'il a façonnée pour nous ? Et enfin, Madame, personne n'ignore que vous êtes à la Cour très proche de la reine, et ne pensez-vous pas que vous allez lui faire une grave écorne si vous n'apparaissez pas au bal qu'elle donne pour ses amis ?

Je la persuadai, je crois, mais avec un quant-à-soi bien féminin elle noulut dire la décision qu'elle avait prise. Et chose étrange, tout en ayant l'air de tenir pour nuls mes conseils, elle continua à les quérir de moi.

— Je ne sais que décider, dit-elle, à propos de Monsieur de Saint-Cyran. Dois-je le renvoyer aux consciences qu'il tourmente et choisir un autre confesseur ? Mais comment saurais-je que celui-là sera meilleur que celui-ci ?

— Sur ce point, dis-je, il est trop délicat pour que je vous en puisse dire quoi que ce soit.

Cette réserve faite, je fis, bien entendu, le contraire de ce que je venais de dire, mais je le fis avec tout le tact voulu.

— Toutefois, poursuivis-je, je connais une dame qui s'est bien tirée d'affaire, ayant chassé son tyrannique confesseur et l'ayant remplacé par un jésuite.

— Un jésuite ? On en dit tant de mal !

— Mais qui dit ce mal-là, sinon les curés de nos églises pour la seule raison que les jésuites leur ont ravi tant de pénitents, et pour cause.

— Connaissez-vous quelqu'un qui me convienne parmi ces jésuites ?

— Moi, non. Mais à coup sûr, le chanoine docteur médecin Fogacer vous en trouvera un.

— Qui est ce Fogacer ?

— Un ami de longue date, qui fut un ami de mon père. Un homme plein de savoir, de sagesse et de suavité.

— Ne pourrait-il lui-même faire l'affaire ?

— Nenni, il ne confesse plus. C'est devenu meshui un Grand de ce monde. Il est le conseiller du nonce apostolique.

— Peux-je l'inviter à déjeuner avec vous et la duchesse d'Orbieu ?

— Sans moi et sans mon épouse, cela vaudra mieux.

— Et *quid* de ces confesseurs jésuites ?

— Ils sont doux, suaves, pleins de tact, dès lors qu'on les caresse.

— Qu'on les caresse ! Dieu bon !

— Madame, ne vous alarmez pas ! Il ne s'agit pas d'eux-mêmes, mais de leurs boursicots.

— Dieu bon ! Que je serais heureuse de n'être plus tyrannisée par ce pied-plat de confesseur. Voilà donc qui est décidé. J'irai ce soir au bal de la reine ! Irez-vous ?

— Catherine n'aime ni ces lieux ni ces danses.

— Est-elle si pieuse ?

— Point du tout. Elle craint qu'une de ces pimpésouées de cour qui tournoient dans leur vertugadin au son d'une grisante musique ne dérobe d'une œillade mon cœur.

— Est-ce bien du cœur qu'il s'agit ?

— Madame ! Parlez-moi plutôt de la reine ! L'aimez-vous ?

— Dans le détail, non. Dans l'ensemble, oui.

— De grâce, précisez.

— Elle est escalabreuse à l'extrême, hurle dans l'aigu à vous tympaniser quand elle est en colère, mais son cœur est chaleureux. Elle est sensible au malheur comme au bonheur des autres. Bien que rigoureusement chaste après son veuvage, elle accueille avec plaisir les hommages de ses gentilshommes. Par-dessus tout elle adore son fils, et son fils le lui rend bien. Dès qu'il apprend qu'elle est réveillée, il accourt dans sa chambre, tire les courtines, se jette sur son lit, et le voilà aussitôt câliné, caressé, ococoulé à l'infini. Il répond avec ferveur à ces enchériments. Quand Anne se lève pour se laver des pieds à la tête, il est là, à la contempler, entouré de chambrières accortes qui pendant ce temps-là lui lavent le visage, lui testonnent le cheveu et accueillent volontiers sa nuque sur leurs tétins. Heureux mignot qui, au rebours d'un père élevé par une mère désaimante et rabaissante, a connu une enfance si caressée par les femmes !

CHAPITRE XIII

Quand il succéda à Richelieu, Mazarin me pria de continuer mon assiduité auprès du Parlement, ce qui me permettait, dans les occasions, moins de conseiller ces messieurs, que d'écouter cc qu'ils disaient et de flairer ce qu'en ma présence ils n'osaient dire.

Leur hostilité, muette à mon endroit, était telle dans les débuts que je craignis qu'ils ne me fissent assassiner à l'improviste par quelques caïmans, raison pour laquelle je ne me rendais au Parlement que fortement accompagné.

Pourtant, à la longue, ils me virent d'un meilleur œil, car je leur avais mis plus d'une fois puce à l'oreille sur des procédures qui eussent été pour eux fort périlleuses.

Il va sans dire qu'après la mort de Richelieu je perdis à leurs yeux beaucoup de mon importance, tant est qu'en ma présence ils ne se gênaient plus pour dauber la régente et son ministre, sans pourtant oser s'en prendre encore au petit roi.

Les ambitions de ces messieurs n'avaient pas changé d'un iota. Du vivant de Louis XIII, ils avaient sans relâche essayé de grignoter une parcelle du pouvoir royal, tentatives qui leur avaient valu d'être à deux reprises fort rudement rebuffés par Louis XIII. Ils reprenaient meshui le même dessein avec plus d'assurance, devrais-je dire même avec plus de morgue, tant les succès du Parlement anglais à l'encontre de leur roi Charles Ier leur montaient à la tête, et les rendaient plus piaffards que des chevaux fougueux. Que de paroles sales et fâcheuses ces graves messieurs de robe prononcèrent alors *sotto voce* sur la régence, sur Mazarin et sur Particelli, le nouveau surintendant des finances.

La guerre, grande dévoreuse de pécunes, avait mis à sec le Trésor du roi, et la reine, par mille moyens, essayait de le renflouer, ce qui ne se pouvait faire qu'en levant de nouveaux impôts. Nos messieurs de robe n'avaient cure du but poursuivi, ni de la guerre à nos frontières. Ils trouvaient plus avantageux de critiquer les moyens par lesquels Particelli tâchait de joindre les deux bouts. Ces sages juges, sachant combien les nouveaux impôts étaient haïs par le populaire, s'appuyaient sur lui comme sur une force dont ils pourraient dans les occasions se servir.

Parmi ces mesures financières désespérées de Particelli, je n'en citerai qu'une : l'aggravation de la Paulette.

*
* *

— Monsieur, qui est cette mignote et que vient-elle faire en ces graves affaires ?

— Belle lectrice, la chose étant complexe, j'aurai fort besoin de votre finesse pour la faire entendre à tous ceux qui me lisent. Voici le problème. La Paulette, m'amie, n'est pas une mignote comme on pourrait croire. C'est une loi, et une loi fort déplaisante. Elle fut imaginée par un nommé Paulet qui, tout content de sa trouvaille, voulut lui donner son nom. Voici ce qu'il en était. Un officier, entendez par là non pas forcément un militaire mais un quidam qui détient un office, ou une fonction si vous préférez, un officier, dis-je, qui est propriétaire de son office peut, s'il voit sa mort prochaine, léguer ledit office à son fils, moyennant le versement de la fameuse taxe nommée Paulette, dont le montant était renégocié tous les neuf ans. Le legs n'était valable que si le légataire survivait quarante jours à sa donation.

— Mais quelle odieuse chinoiserie ! Et quel est l'avantage pour le roi ?

— Considérable. Si la survie des quarante jours n'est pas respectée, le quidam étant mort avant cette limite, son fils est déshérité en faveur du roi, lequel peut revendre cet office quand et à qui il lui plaît.

— Et que fit votre Particelli pour améliorer ou aggraver cette inique disposition ?

— Hélas, il l'aggrava ! Lors de la renégociation de 1648, il porta le montant de la Paulette à quatre années des gages de l'officier.

— Quatre années ! Mais c'est ajouter l'inique à l'inique ! La somme demandée est exorbitante !

— Elle l'est, en effet. Et c'est pourquoi la reine, s'attendant de la part des juges à des cris et des grincements de dents, exempta astucieusement le Parlement de cette imposition. Seules étaient frappées la Cour des aides et la Chambre des comptes. Par malheur, cette astuce fut déjouée. Non seulement le Parlement se solidarisa avec les trois cours susnommées, mais il alla beaucoup, beaucoup plus loin : le treize mai 1648, après consultation des intéressés, il rendit un arrêt qu'il appela l'arrêt d'union, au nom duquel le Parlement et les trois cours déjà citées se fédérèrent pour n'en former qu'une.

« Or, cette décision était révolutionnaire. C'était introduire une sorte de république dans la monarchie. C'était empiéter, comme avait fait le Parlement anglais, sur l'autorité royale. En fait, la révolte des juges contre le pouvoir royal est le premier acte de cet événement calamiteux et tristement célèbre qu'on appelle la Fronde.

— La Fronde ? Et pourquoi ce nom ?

— Du nom de ces lance-pierres que les galapians utilisaient pour se bombarder de cailloux dans les fossés de la capitale. Ce nom de Fronde, bénin et lénifiant, recouvre en fait une réalité très menaçante pour la régente et le jeune roi.

Anne d'Autriche et Mazarin commencèrent à s'alarmer. Le Parlement, la Cour des aides, la Chambre des comptes, et le Grand Conseil se sont, devant leurs yeux, ligués contre le pouvoir royal.

Le problème qui se pose alors à la Cour est le suivant. Qui de Mazarin ou de Chavigny, son rival, osera annoncer à la reine la décision du Parlement ? Chavigny, que Mazarin soupçonne non sans raison d'avoir participé aux manœuvres feutrées du Parlement contre la régente, préfère, à la réflexion, se taire. Et c'est sagement fait, car le vote fédérant les quatre cours souveraines parisiennes s'étant fait à main levée, comment ne pas redouter que quelque œil épiant ait vu celle de Chavigny se lever aussi.

— Eh bien, Messieurs, j'écoute, dit à la parfin la reine, que ces atermoiements agaçaient.

— Votre Majesté, dit Mazarin, d'après ce que j'ai su de cette affaire, et si je ne me trompe sur un point, Monsieur de Chavigny, qui était présent, voudra bien me corriger (lecteur, admire au passage cette petite perfidie). Voici comment l'affaire se fit.

Le treize mai 1648, le Parlement a rendu un arrêt d'union par lequel les quatre cours parisiennes se fédèrent afin d'agir contre le retranchement des gages.

Un grand silence suivit ce rapport, et tous les yeux se tournèrent vers la reine qui tour à tour rougit et pâlit, et se levant brusquement de son lit, se mit à marcher de long en large en laissant éclater sa colère. Il lui fallut quelques secondes pour retrouver sa voix, et quand elle put enfin parler, son discours, quoique furieux, fut bien articulé et parfaitement cohérent.

— Messieurs, dit-elle, je n'en crois pas mes oreilles. La décision de ces messieurs est quasiment un acte de lèse-majesté. C'est introniser une puissance nouvelle à côté de celle du roi. Je refuse donc absolument cet arrêt car je le crois très nuisible, tant je crains les conséquences désastreuses pour le royaume de cette déplorable nouveauté.

Un silence se fait alors dans la chambre royale, et j'admire la clairvoyance et le courage de la régente.

— Chavigny, poursuit-elle, voulez-vous rédiger ce que je viens d'écrire, le soumettre à ma signature et le faire tenir au Parlement par le truchement de l'avocat royal.

Au reçu de cette lettre royale, que fait alors le Parlement ? Il ruse, il temporise, il n'abolit pas l'arrêt d'union. Il en repousse le vote jusqu'au huit juin.

Or, la reine n'est pas habituée à ces finasseries parlementaires. Il lui suffirait pourtant de renouveler son veto avec force, qui sait, même de suspendre pour un mois les gages de ces messieurs. Mais maugré les objurgations de Mazarin qui recommande des mesures plus douces, elle fait, hélas, arrêter et serrer en geôle quatre membres de la Grande Chambre et deux conseillers de la Cour des aides. Mais, chose étrange, elle épargne le Parlement qui ne lui sait pourtant aucun gré de cette finesse et prend violemment parti contre ces mesures, et bravant le pouvoir royal vote l'exécution de l'arrêt d'union.

La reine demande alors aux parlementaires de lui apporter le ou les pages du registre où figure la décision. Sachant fort bien ce que la reine veut en faire, la délégation des parlementaires se rend auprès de Sa Majesté, mais sans le registre, et la reine, ne pouvant le brûler, se contente de leur adresser une verte semonce que nos chattemites écoutent avec respect, la tête basse. La régente est bien sûr une femme, et les femmes ont des colères qu'il faut subir avec patience et politesse, mais bien fol qui y attacherait la moindre importance. De toute évidence, ce n'est pas Richelieu qui est devant eux.

En fait, les choses sont allées trop loin. Le vieux conseiller de la Grande Chambre, Pierre Broussel, est arrêté. Or, Broussel dans son quartier, et même dans Paris tout entier, est très aimé du populaire. C'est un homme modeste, il circule à pied dans les rues, il parle à quiconque l'interpelle, et nul n'ignore qu'il hait et dénonce les impôts. A l'annonce de son arrestation, tout le peuple de son quartier sort dans la rue, et veut empêcher de partir la carrosse où les gendarmes l'emmènent. En fait, ils réussissent à casser les essieux, mais on amène une autre carrosse et Broussel est malgré tout emmené en prison. A cette nouvelle, boutiques et ateliers se closent. Des groupes armés apparaissent, criant : « Laissez-nous notre père ! » L'agitation gagne peu à peu la ville entière. Or, le coadjuteur Paul de Gondi, grand ami de Broussel, descend lui aussi dans la rue, essaye de calmer les choses, mais sans succès. Soit remords, soit double jeu, dès qu'il a fini ses objurgations, il gagne le Palais Royal, et en chemin il observe que les insurgés tendent des chaînes au travers des rues pour interdire l'entrée aux cavaliers du roi.

Dès qu'il est admis auprès de la reine, Gondi raconte ce qu'il a vu, et, à sa grande surprise, la Cour le tourne en dérision. Ce n'est rien. Ce n'est qu'une petite émotion[1]. Le maréchal de La Meilleraye n'aura qu'à se montrer et tout rentrera dans l'ordre. Et pourquoi, en effet, les courtisans s'alarmeraient-ils ? Ils se trouvent de toute façon dans un palais solide, dont les murs et les volets sont épais. Ils sont entourés de gardes de la reine, des gardes françaises, des cavaliers de La Meilleraye, et s'il le faut, de La Meilleraye lui-même. Si l'émotion populaire se prolonge, on les mettra à la raison avec une petite charge de cavalerie. Gondi insiste : la chose est sérieuse. Il ne s'agit pas d'une émotion, mais d'une révolte. Cependant, Anne d'Autriche, murée dans son aveugle obstination, ne veut rien entendre, et tout soudain s'encolérant, elle crie de sa voix de fausset : « Il y a de la révolte à imaginer que l'on puisse se révolter. Voilà les contes de ceux qui la veulent ! »

Lecteur, il ne se peut que tu ne te ramentoives

1. Emeute.

qu'à la veille d'une guerre il y a toujours des gens qui refusent d'y croire. Cela revient à dire : « Puisque cette perspective m'effraye, je la nie. » Cependant, Mazarin intervient. Sans prendre parti pour Gondi, il se porte garant de sa sincérité, et la reine peu à peu rentre dans ses gonds et demeure bouche close et cousue, pour le moment du moins, et les présents, à savoir Gondi, Gaston, Mazarin, Guitaut, Longueville et moi, encouragés par ce silence, se mettent à parler de « l'émotion » sans oser encore employer le mot honni et pourtant vrai : la révolte.

Guitaut, que j'aime fort, pour la raison qu'il est le seul homme de cour à dire partout et toujours ce qu'il croit être vrai, et parfois assez lourdement, demande permission à la reine de bailler son avis. Avec assez de bonne grâce elle y consent, et Guitaut dit bonnement et roidement sa râtelée sur l'affaire : « Le mieux est de rendre à ces rebelles ce vieux coquin de Broussel, mort ou vif. » A peine a-t-il eu le temps de finir son rôle que la reine s'empourpre et Gondi aussitôt vole à la rescousse de Guitaut, et fort habilement s'exclame :

— On le rend mort ? Non ! Ce ne serait ni de la piété ni de la prudence de la part de la reine, mais on le rend vivant, et cela pourrait faire cesser le tumulte.

Observez, de grâce, que Gondi a employé le

mot tumulte qui minimise beaucoup les choses, et non le mot révolte que la reine, on s'en souvient, honnit.

Malgré cela, la reine s'empourpre et s'escalabre. Elle foudroie Gondi de regards furieux et s'écrie :

— Monsieur le Coadjuteur, vous voudriez que je donnasse la liberté à ce Broussel. Je l'étranglerais plutôt de ces deux mains que voilà, et vous aussi.

Nous sommes atterrés, et un silence tombe, très long et très lourd, jusqu'à ce que Mazarin s'approche de la reine et lui parle longuement à l'oreille. Je fais confiance à ce suave cardinal. Il adoucirait un tigre.

*

* *

— Monsieur, de grâce, qu'est-ce qu'une barricade ?

— Belle lectrice, rien qu'à votre question j'entends bien que vous êtes jeune. Vous êtes trop jeune pour avoir connu les barricades de 1968 à Paris.

— En effet.

— Je dirai donc d'évidence qu'une barricade est construite avec des barriques pour barrer une route, non seulement des barriques mais aussi des tas d'objets lourds et hétéroclites. Les barriques sont le plus souvent remplies de terre ou de pierres afin de résister mieux aux mousquetades. Derrière cette barricade sont accroupis les révoltés prêts à tirer sur les soldats royaux qui voudraient les prendre d'assaut, tandis que, du haut des fenêtres, de bonnes commères, ayant fait provisions de grosses pierres, sont prêtes à lapider les assaillants.

— J'entends bien par là, Monsieur, qu'une armée régulière a peu de chances de s'emparer d'une barricade.

— Si, mais en employant alors les grands moyens, les pétards de guerre et les canons. Dans ce cas, il y aurait beaucoup de morts, et la réconciliation du peuple avec la reine deviendrait fort aléatoire.

— Monsieur, peux-je vous poser encore question ? Quand la reine dit : « Monsieur le Coadjuteur, vous voudriez que je donnasse la liberté à ce Broussel », ce « donnasse » n'est-il pas une erreur ?

— M'amie, oseriez-vous accuser la reine de France de faire une faute de français ?

— Certes, je n'oserais. Mais il me semble que « vous voudriez que je donne » sonnerait mieux à l'oreille.

— Je ne sais, et je ne veux plus rien entendre à ce sujet.

— La reine a-t-elle, en tout bien tout honneur, quelque faiblesse de cœur pour Gondi ?

— Voici ce que je peux répondre. Toutes les femmes ont un faible pour Gondi.

— Et Gondi a-t-il un faible pour le *gentil sesso* ?

— Ma chère, connaissez mieux les prêtres, la robe ne les a jamais empêchés de courir le cotillon.

— Une dernière question, Monsieur, s'il vous plaît. On dit de Gondi qu'il est coadjuteur. Qu'est-ce que cela veut dire ?

— C'est un prêtre qui est chargé d'aider un évêque dans ses fonctions, et qui a presque toujours l'assurance de lui succéder à sa mort.

Maintenant que la reine, au lieu d' « étrangler Broussel de ses propres mains », avait décidé de le libérer, il fallait quelqu'un qui, au péril de sa vie, allât annoncer la nouvelle aux révoltés, car même si la nouvelle était bonne, la mission demeurait périlleuse, le peuple haïssant tout ce qui venait de la Cour. Le coadjuteur Gondi s'offrit pour cette démarche, et il partit vêtu simplement d'une aube à manches étroites et d'une courte pèlerine. Il est vrai que sa vêture, dans une grande mesure, le protégeait, ainsi que les bénédictions données libéralement à dextre et à senestre en avançant dans la ville. Qui aimerait tuer un prêtre et être excommunié au moment même où il vous bénit ? En outre, Gondi savait soigner son image. Depuis le mois de mars il avait distribué aux pauvres de Paris trente-six mille écus. Ils s'en souvenaient, et parcourant les rues de la capitale, il harangua le populaire toujours occupé à construire des barricades. Il constata qu'il y en aurait bientôt plus de mille. A vrai dire, Gondi ne rencontrait qu'un succès mitigé. On reprochait à la Cour de promettre le retour de Broussel sans pourtant l'élargir. Les Parisiens, toujours très méfiants quand il s'agissait de promesses, voulaient qu'on le libérât de prime, le calme revenant alors.

Je ne sais si la reine, à cette occasion, voulut finasser avec les Parisiens, mais elle eut le tort de promettre, sans tenir aussitôt. Tant est que Gondi revint de sa croisade au Palais Royal suivi de plusieurs milliers d'hommes et de femmes qui réclamaient à cor et à cri la libération de Broussel.

Un élément nouveau des plus inquiétants apparut le lendemain. Les Bourgeois de Paris, qui à l'ordinaire méprisaient le populaire, souffraient cependant comme Louis des impôts excessifs, et dressèrent eux aussi des barricades et s'armèrent. Dans la tuerie qui menaçait, un émeutier reconnut le chancelier Séguier qui avait dû abandonner sa carrosse en raison des chaînes et des barricades, et allait à pied, très imprudemment, au Parlement. L'insurgé poussa un cri vengeur et s'écria à voix tonnante :

— Voilà ce bougre de chancelier qui vient pour empêcher qu'on nous rende Broussel.

Bien que l'accusation fût tout à fait gratuite, elle fut crue, tant les bonnes gens avaient besoin de coupables. La chasse à l'homme commença alors sans tant languir. Par bonheur, le chancelier trouva refuge à bout de souffle à l'hôtel de Luynes, et s'y cacha dans un placard que ces sanguinaires coquefredouilles, qui avaient plus de muscles que de mérangeoises, n'eurent pas l'esprit d'ouvrir.

Dépités de n'avoir pu assommer le pauvre Séguier qui dans son frêle refuge suait mal de mort, la fièvre lui tombant sur le corps comme dit le poète, les insurgés commencèrent incontinent à piller les bibelots qui se trouvaient là. Séguier remarqua à cette occasion qu'ils eussent fait une bien meilleure picorée s'ils avaient su la valeur des objets qu'ils prenaient et de ceux qu'ils laissaient. Le lecteur se souvient que les insurgés l'avaient appelé bougre, et que cette accusation lui fut lancée sans aucun fondement. Il aimait les femmes et n'aimait qu'elles. Cette chasse à l'homme, où un innocent avait failli périr, me chaffourra d'inquiétude au sujet des miens. Par bonheur, Nicolas, qui avait soigné et guéri la fièvre contractée à Perpignan, dans mon domaine de Montfort l'Amaury, réapparut rue des Bourbons avec sa femme Henriette et ses enfantelets. Il avait eu beaucoup de mal à passer les portes de Paris, les insurgés les tenant closes. La reine leur avait, certes, spontanément remis les clefs de Paris afin qu'ils ne puissent la soupçonner de vouloir s'échapper de la capitale pour rameuter ensuite une armée royale qui les aurait assiégés. Mais la reine n'était pas femme pour rien. Elle avait certes baillé les clefs de la ville aux insurgés, mais au préalable elle en avait fait faire des doubles, qu'elle gardait nuit et jour sur elle. Cependant, j'étais chaffourré d'inquiétude au sujet des miens, et je ne savais de prime que résoudre. Les garder en mon hôtel de la rue des Bourbons n'était pas sûr, les pousser hors les murs l'était moins encore. Car ces messieurs, ayant exigé les clefs des grandes portes de Paris, les avaient closes à double tour, afin d'éviter que la reine pût saillir hors et rameuter contre eux une armée qui l'eût revanchée par de rudes représailles des avaries qu'elle avait subies du fait de ses sujets.

En fin de compte, je voulus en savoir davantage sur la façon dont les portes de la ville, jour et nuit, étaient closes et gardées, et j'envoyai sur les lieux mon petit vas-y-dire, Lazare. Il devrait se rendre seul à la porte de la ville la plus proche, et portant à la main un flacon à demi entamé de mon vin de Bourgogne. Je lui enseignai de mon mieux la comédie qu'il devrait jouer pour capter la confiance des portiers. Le galapian, qui était un *commediante* naturel, apprit son rôle à merveille. Cependant, ce n'est pas sans appréhension que je le vis partir, craignant que ces brutes, flairant l'espion, ne lui fissent un mauvais parti. Et à parler à la franche marguerite, je ressentis ses transes et ses inquiétudes tant qu'il ne fut pas revenu.

Lazare (le lecteur n'a pas oublié que c'est le galapian lui-même qui avait choisi ce nom-là, espérant être ressuscité aussi promptement que son homonyme, quand le moment serait venu), quand il surgit enfin devant moi, était aussi rayonnant que s'il avait occis d'un seul coup d'épée les septante diables de l'enfer. Cependant, si exalté qu'il fût, il ne perdit pas ses bonnes manières, et ce ne fut qu'après avoir fléchi le genou devant moi qu'il me récita sa râtelée.

— Monseigneur, me dit-il, ces marauds étaient cinq, assis cul sur sol, l'un dormant, les autres tapant des cartes et buvant à lut. Dès qu'ils me virent avec la bouteille, ils me l'arrachèrent des mains et la vidèrent l'un après l'autre sans tant languir. Après quoi, ils quirent de moi, de façon menaçante, ce que je faisais là, et quand je leur dis que je leur avais apporté du vin pour qu'ils me déclosent la porte afin que je puisse quérir chez un paysan de ma connaissance un peu de pain pour ma mère et moi, ils se mirent à rire à gueule bec.

« — Ma fé ! Que voilà le plus grand niquedouille de la Création. Avez-vous ouï ? Un flacon pour déclore l'huis ! Et qui sait, un autre flacon pour le retour ! Pincez-moi le cul, compains, pour que je sois sûr que je sois pas déjà en train de rêver dans mon cercueil. Ecoute, petit fainéant de merde. Pour qu'on déclose l'huis, il faut cinq écus, vu que nous sommes cinq, et au retour encore il faut cinq écus. Si tu ne les as pas, va te faire pincer les fesses par la duchesse.

« Là-dessus, l'un d'eux me lança un caillou, et craignant d'être lapidé par ces caïmans juste pour le plaisir, je courus hors de leur portée.

« Monseigneur, reprit enfin Lazare quand il eut fini son récit, qu'est-ce que cela veut dire "Va te faire pincer les fesses par la duchesse". De quelle duchesse s'agit-il ?

— Rassure-toi, Lazare, elle n'existe pas. Ce n'est rien là qu'une parladure parisienne, orde, sale et fâcheuse, pour donner son congé à quelqu'un qui vous fâche.

*

* *

— Monsieur, un mot de grâce ! Comme se

fait-il que les portiers des portes de Paris soient si mal embouchés et si goulus de clicailles. Ce ne sont donc pas les vrais portiers ?

— Nenni, ceux-là ce sont des mutins qui ont de force chassé les vrais portiers et pris leur place.

— Et pourquoi cela ?

— Dès que les barricades et les chaînes furent dressées dans Paris, bon nombre de nobles et de riches bourgeois quittèrent la capitale sans tant languir pour chercher refuge en leurs maisons des champs. Les mutins en firent de prime des gorges chaudes, mais s'apercevant assez vite que cet exode ruinait le commerce et appauvrissait ceux qui en vivaient, ou ceux qui volaient, ils établirent alors leurs hommes aux portes pour interdire cet exode, mais ces hommes se laissèrent vite corrompre, persuadés par les boursicots des voyageurs, tant est que l'exode continua comme devant.

— Et pourquoi avez-vous dépêché Lazare vers ces portiers ?

— Pour tâter le terrain, projetant de mettre sous peu en lieu sûr Catherine, Henriette et leurs enfants sous la protection de Nicolas.

— Et vous-même demeurant céans ?

— Avec Lazare, Mariette, le *maggiordomo* et les chambrières.

403

— Etant seul, qu'avez-vous besoin de tout ce domestique ?

— Vais-je le jeter hors en pleine émeute et sans un sol ?

— Et comment Catherine et les enfants vont-ils atteindre Montfort l'Amaury ?

— Quand ils seront sortis de Paris, une carrosse de louage les attendra au plus proche village. Et Catherine est par mes soins bien garnie en pécunes.

— Mais dégarnie en escorte ?

— Détrompez-vous. J'y ai pourvu. La moitié de mes Suisses part avec elle. L'autre moitié demeure avec moi.

— Pour vous escorter sur les routes à votre tour ?

— A Dieu m'en garde. Ce serait provoquer les mutins.

— Et pourquoi, en ce qui vous concerne, demeurez-vous céans en pleine émeute ?

— Je suis au service de la reine, et je ne saurais l'abandonner. A mon domestique de protéger mon hôtel quand je serai parti avec la reine.

— Et la reine partira ?

— Assurément. Comment pourrait-elle accepter que le roi, son fils, soit assiégé par son peuple dans sa propre capitale ? Elle reviendra la reconquérir, rassurez-vous.

Lecteur, si j'en crois l'exemple de la reine,

les femmes sont meilleures conspiratrices que les hommes, étant plus méthodiques, plus prudentes et bien meilleures comédiennes. L'évasion étant fixée à deux heures du matin le six janvier 1649, il fallut que la veillée fût chez la reine une soirée comme les autres, calme et familiale, la reine tirant les rois avec ses deux fils. Elle eut la fève et on lui mit sur la tête une couronne de papier. Vous étonnerais-je en vous disant que même cette couronne, la reine la portait majestueusement.

Après ces divertissements, Louis et Philippe s'allèrent sur son ordre se coucher. La reine soupa de bon appétit en bavardant gaiement avec ses femmes. Puis, après quelques discrets bâillements qu'elle cacha de ses belles mains — les plus belles du monde, disaient les courtisans — elle s'en fut coucher. Mais tout cela n'était que leurre. A deux heures du matin elle se réveilla, fit réveiller ses fils, et donna l'ordre de les habiller. Les pauvrets dormaient debout, ignorant tout de cette aventure et n'osant poser question. Madame de Beauvais, première femme de la reine, aida à habiller ces grands garçons, et je remarquai que la dame y mettait avec Louis beaucoup de tendresse et qu'il paraissait très sensible à ces enchérissements, ayant l'œil déjà très accroché par les tétins des dames, lesquels, de reste, me parurent fermes et bien rondis,

Madame de Beauvais n'étant certes pas femme à user d'artifices. Je conclus de ce bref, mais peu innocent regard du roi, qu'en ce qui concernait le *gentil sesso,* Louis XIV tiendrait davantage de son grand-père que de son père.

Plusieurs carrosses nous attendaient, car la reine espérait bien que ses plus fidèles sujets l'allaient suivre. Un mousquetaire me conduisit dans celui qui m'était réservé et où je trouvai aussi Monsieur de Guron, le docteur médecin chanoine Fogacer et son petit clerc, le nonce apostolique, et pour ne le citer qu'en dernier, bien qu'il ne fût pas le moindre, le cardinal de Mazarin. Celui-ci gardait jalousement sur ses genoux une boîte recouverte de velours. Fogacer, qui savait tout, me glissa à l'oreille qu'elle était pleine de pierres précieuses, monnaie acceptée dans le monde entier. Et comme dit un Anglais, on voit bien par là que le cardinal ne s'embarquait pas sans biscuits.

CHAPITRE XIV

Cet exode à la nuitée de la Cour fut rendu très pénible par l'extrême froidure de ce mois de janvier. Les roues des carrosses dérapaient sur des chemins glacés. Qui pis est, on avait oublié de garnir les voyageurs de chaufferettes, et les pieds se glaçaient dans les bottes fourrées.

L'arrivée au château de Saint-Germain fut plus pénible encore. Le lecteur n'a sans doute pas oublié que les châteaux des champs de nos rois n'étaient pas garnis en meubles. Quand le roi voulait y séjourner, il y expédiait au préalable les lits, les tables, les chaires à bras qu'il jugeait nécessaires. Or, on n'aurait pas pu en la circonstance prendre ces précautions, sans que ces préparatifs eussent mis puce au poitrail des Parisiens, avec tous les risques que cela pouvait entraîner.

En conséquence, à Saint-Germain, on ne trouva dans tout le château que quatre lits de camp oubliés là depuis le dernier séjour de Louis XIII. La reine, le roi, Monsieur et Mazarin eurent seuls droit à ces princières litières. Le reste de la Cour dut se contenter de la paille qui, par bonheur, se trouva dans les communs en grande quantité. Cependant, ne trouvant pas de bois, les cheminées demeurèrent béantes et froidureuses.

Je noulus accepter des conditions aussi fâcheuses sans essayer de trouver mieux, et comme Nicolas avait suivi ma carrosse à cheval, en tenant mon Accla par la bride, nous les montâmes le lendemain, gagnâmes sans tant languir Saint-Nom-la-Bretèche où je toquai, le cœur battant, à l'huis de la maison des champs de la princesse de Guéméné. Hélas, ni le valet qui m'ouvrit, ni le *maggiordomo*, à qui j'avais tant de fois graissé la patte, ne parurent si heureux de me voir. Le *maggiordomo* me dit froidureusement assez qu'il allait demander à sa maîtresse si elle pouvait me recevoir. Il revint et, plus froid encore, me dit que la princesse devait renoncer au plaisir de ma visite, étant en conférence avec Monsieur le coadjuteur Gondi.

Je sus aussitôt ce que cette conférence-là voulait dire, Gondi, si proche qu'il fût déjà d'un évêché, n'ayant pas encore renoncé aux plaisirs de ce monde. Pour ne point paraître trop humilié, j'eus la force de sourire et de bailler au *maggiordomo* un écu d'adieu. Mais resté seul, et sur le point de verser des larmes, je préférai me laisser aller à la fureur qui me secouait, laquelle était telle et si grande qu'elle me faisait regretter que Louis XIII eût aboli les duels, sans cela j'eusse aussitôt percé de mon épée le cœur de cet abominable chattemite qui n'était ni chair ni poisson, ni prêtre ni laïc, et qui en couchant avec ma princesse rêvait encore de son épiscopat. Sans quitter Saint-Nom-la-Bretèche, je trouvai cependant asile chez une veuve qui se trouva fort heureuse d'héberger un duc et pair, et un aussi gentil garçon que Nicolas. Et d'autant plus que je lui offris de payer ma quote-part, ce qu'elle accepta sans tant languir, étant chiche-face et pleure-pain, bien que fort riche, à ce que je sus plus tard.

Ma chambre était belle et donnait sur un large champ où paissaient des vaches, et chose curieuse, la vue de ces paisibles animaux m'apazima. Mais dès que le soir vint, je tombai dans un grand pensement de la princesse de Guéméné, lequel me fit grand mal.

Bien qu'elle en eût le nom et les manières, mon hôtesse n'était pas noble. Elle se faisait appeler Madame du Bousquet, ayant adopté le nom d'une maison qu'elle possédait en Dordogne, et qui avait une tour du XIVᵉ siècle.

Nos pimpésouées de cour appelaient méchamment ces maisons de fausse noblesse « des savonnettes à vilain », oubliant que d'aucuns nobles authentiques se conduisaient si mal qu'ils eussent eu besoin, quant à eux, d'un savon de grande dimension pour nettoyer leurs vilenies.

A Paris, le départ du roi pour Saint-Germain sema la consternation. D'abord parce qu'il était l'oint du Seigneur, et qu'à sa personne s'attachait un caractère sacré. Ensuite, parce que les Parisiens redoutaient que le roi ne revînt faire le siège de sa capitale avec une forte armée. Confrontés à cette funeste perspective et un mélange de bravoure et de naïveté, les Parisiens essayèrent de se donner une armée. Ils recrutèrent comme soldats des ouvriers mécaniques qui de leur vie n'avaient épaulé un mousquet, et comme officiers des bourgeois qui n'avaient jamais tiré l'épée de leur vie. Comme général, ils firent choix de Conti parce qu'il était prince du sang. Mais le sang ne garantit pas tout. Conti était petit, bossu, se destinait à l'Eglise, et se montrait fort peu combatif.

Comme l'armée royale ne bougeait pas, les insurgés décidèrent d'attaquer la Bastille, laquelle était une prison d'Etat plutôt agréable, où l'on ne serrait que les Grands, qui étaient livrés aux bons soins de geôliers polis. La nourriture y était bonne, la cave excellente, et la visite des dames dans les cellules des prisonniers n'était pas exclue.

Les insurgés installèrent leur batterie de canons dans le jardin de l'Arsenal. Cela excita prou les riches dames bourgeoises des alentours, lesquelles, sachant en outre que la Bastille n'avait ni soldats ni canons, et ne pouvait en aucune façon riposter, firent porter leurs chaires à bras par leurs valets dans le jardin de l'Arsenal où Conti avait disposé ses batteries. Et là, gracieusement assises en leurs plus belles vêtures, elles éprouvèrent de douces émotions à voir les trous que faisaient les canons dans les murs. Cependant, cette jouissance dura peu, car les portes de la Bastille furent promptement décloses, et nos belles dames purent y pénétrer ainsi que nos vaillants guerriers qui, trouvant aussitôt la célèbre cave de la Bastille, burent à lut en se félicitant du succès éclatant de leurs armes.

*

* *

— Monsieur, peux-je vous dire deux mots ? Est-ce que la Fronde des Parisiens et du Parlement peut être considérée comme terminée ?

— Pas tout à fait. Mais elle est en mauvais point. Elle n'a pas les moyens de se battre et de conserver Paris.

— La Fronde est-elle donc finie ?

— Hélas non ! Car la Fronde des Grands va commencer, et elle est autrement redoutable.

— Mais n'a-t-elle pas déjà commencé avec la défection du prince de Conti et du duc de Longueville ?

— Les grands seigneurs, certes, sont grands, mais ils ont de petits moyens. La défection du grand Turenne est d'une autre importance, car Turenne possède une fort belle armée composée des mercenaires allemands hérités du duc de Saxe-Weimar, dont vous vous rappelez qu'il a conquis pour nous Fribourg et Brisach. Or Turenne avait un caractère suspicioneux, escalabreux et vindicatif. Il avait eu des difficultés à obtenir de la régence les soldes pour payer ses mercenaires, et attribuait ces difficultés à Mazarin, lequel n'en pouvait mais, car c'était la pécune qui manquait.

La reine et Mazarin lui avaient néanmoins promis, à son retour, le gouvernement de l'Alsace, faveur bien méritée, car sans lui elle ne serait pas devenue française. Mais la reine, à cette offre généreuse, avait ajouté une condition : pour être nommé gouverneur de l'Alsace, Turenne au préalable devrait se faire catholique.

Turenne ne répondit de prime ni mot ni miette à cette exigence qu'il trouvait déplacée et quasi humiliante.

— Madame, dit-il enfin, je suis et serai toujours dévoué à votre service. Mais je ne barguigne point au sujet de ma religion, serait-ce pour un empire.

Il salua alors profondément la reine, et celle-ci lui bailla son congé, la voix brève et l'œil dur. A partir de cet instant, elle considéra Turenne comme un ennemi et travailla à sa perte.

En effet, dans la nuit qui suivit, elle envoya le banquier Barthélemy Hervar distribuer subrepticement aux mercenaires allemands de Turenne un million de livres pour payer leurs soldes en retard, à la condition qu'à la nuitée ils s'en allassent du camp pour regagner l'Allemagne.

Tant est que le lendemain, quand Turenne se réveilla, il s'aperçut que son armée avait disparu et, comprenant aussitôt que la régente n'allait pas en rester là, il sauta à cheval, s'enfuit et gagna la Hollande.

*

* *

Comme mon hôtesse Madame du Bousquet souffrait d'un méchant catarrhe qui lui baillait une forte fièvre, je demandai au révérend docteur médecin chanoine Fogacer de la venir visiter. Il le fit, et émut beaucoup la malade par son apparence et la suave gravité de ses manières.

— Madame, dit-il, tandis que ses sourcils se relevaient vers les tempes, vous êtes au début d'un mal qui eût pu dégénérer très vite, si vous n'aviez pas été soignée. Surtout, il ne faut rien de violent : ni saignée, ni clystère. Avalez simplement une de ces pilules quand votre mal augmentera. Avalez l'autre le lendemain. Prenez-la le soir avant de vous coucher, avec un bon bouillon de légumes.

— Révérend docteur médecin, dit-elle d'un air presque choqué, vous n'allez donc m'administrer ni la saignée ni le clystère ?

— Ni ce jour d'hui, ni demain. Ils ne feraient qu'aggraver votre mal. Monseigneur d'Orbieu vous remettra demain matin une autre pilule[1], et je viendrai vous visiter demain sur le coup de midi.

Là-dessus, après avoir béni sa malade, Fogacer se retira en me disant qu'il allait m'attendre en sa carrosse. A peine l'huis fut clos sur lui que Madame du Bousquet, se tournant vers moi, me dit :

— Ce gentilhomme est-il vraiment chanoine ?

1. Le lecteur se rappelle sans doute que cette pilule était le *quina quina* (quinine) qui avait été apporté d'Amérique par les jésuites.

— Il l'est, Madame, n'en doutez pas, et chanoine du grand chapitre de Notre-Dame, et aussi le secrétaire du nonce apostolique. Et si vous voulez aussi quérir de moi s'il est vraiment médecin...

— Monseigneur ! Je n'eusse jamais osé !

— La réponse est celle-ci. Le chanoine Fogacer a été reçu docteur médecin à l'Ecole de médecine de Montpellier, la meilleure du monde.

Madame du Bousquet nous invita à sa table et nous acceptâmes son offre, ce qui nous permit de parler tous deux au bec à bec sans crainte d'être ouïs par une tierce oreille, laquelle de reste était à demi sourde.

— Mon ami, dis-je, que pensez-vous de la façon dont on a traité Turenne ?

— Je sais ce que j'en pense, mais je me garderai de le dire.

— C'est donc qu'elle fut en cette occasion critiquable ?

— Allons, mon ami ! Parlons à la franche marguerite. Qu'en pensez-vous ?

— Que la reine a commis là une grave erreur. Premièrement, d'avoir voulu que Turenne achetât le gouvernement de l'Alsace en reniant sa foi protestante, et la seconde en le considérant comme son ennemi, parce qu'il avait refusé à juste titre ce peu ragoûtant bargoin. La troisième faute est d'avoir payé la solde des soldats de

Turenne pour qu'ils s'enfuient nuitamment, privant ainsi Turenne de son armée, mais dépensant, pour payer cet exode, un million et demi de livres, alors que le Trésor royal est déjà si mal en point.

— Mais comment Mazarin n'a-t-il pas dissuadé la reine de commettre cette bévue ?

— Ne l'avez-vous pas su ? Il fuyait une tentative d'assassination sur sa personne.

— Il fuyait ! Richelieu, lui, aurait fait front, entouré de ses mousquetaires.

— Mon ami, dit Fogacer avec son lent sourire, cessons à tout instant d'oublier que Richelieu est mort.

*
* *

Un des aspects de la Fronde qui m'étonna le plus, après coup, ce fut le mépris et le rejet des bonnes mœurs et de l'Eglise. Le dévergondage qui de tout temps avait fleuri, mais en catimini et accompagné souvent de remords et de confessions, non seulement s'étala effrontément au grand jour, mais proclama avec insolence sa légitimité.

J'en donnerai quelques exemples. Chez le grave conseiller Coulon qui avait eu l'imprudence de donner chez lui un grand bal, les invités féminins et masculins se dévêtirent d'un commun accord et dansèrent nus.

Une haute dame, que je ne veux nommer, se flattait de traiter ses mignons comme ses jupes. Elle les portait deux jours et les brûlait ensuite. La Dieu merci, ce n'était qu'une métaphore. Elle ne brûlait personne.

La bougrerie, qui de tout temps avait été persécutée, sauf dans la famille royale et chez les Grands, s'étalait maintenant en public, et l'on voyait dans les rues des couples masculins s'accoler, et comme disait mon père, « se lécher le morveau ». Une grande dame s'éprit de son accorte chambrière, laquelle, craignant d'être congédiée, consentit à tout. Mais cela pourtant ne la sauva pas, car la bougresse après coup conçut des remords, se confessa, et son confesseur lui ayant prédit qu'elle irait rôtir en enfer, la dame entreprit de se rafraîchir l'âme. Elle roua de coups sa mignote et sans un sol la jeta sur le pavé.

Les enlèvements et les viols se multipliaient. Des hommes masqués, mais qui à en croire les blasons peints sur la porte de leurs carrosses appartenaient à la grande noblesse, enlevaient en plein jour dans les rues de Paris de jolies mignotes qui couraient à leur travail. Ils les violaient à tour de rôle et, leur forfait accompli, les abandonnaient dans un bois ou les jetaient dans la Seine.

Tout respect était perdu et toute vergogne avalée. On insultait la reine, le roi et Dieu lui-même en des termes si ordes et si sales que je ne veux les répéter.

Je voudrais noter ici que le « juron » pour le gentilhomme était une manifestation de virilité et de supériorité sociale. Raison pour laquelle les femmes n'étaient pas censées jurer, non plus que le domestique. Cependant, une tolérance tacite était accordée aux cochers des carrosses et aux harenguières des halles en raison des métiers qu'ils exerçaient et qui leur donnaient de fréquentes occasions de s'escalabrer.

L'impiété régnant sur les esprits, on finit par s'en prendre aux prêtres, à les insulter, à les molester, à les menacer, à leur arracher en pleine messe le ciboire, et à piétiner les hosties où, déclarait-on bien haut, « il n'y avait qu'un peu de pain ».

Les pamphlétaires allèrent plus loin, et s'en prirent à la reine, la traînant dans la boue, lui imputant tous les crimes, et en particulier d'avoir livré le petit roi à la bougrerie supposée de Mazarin. Un de ces infâmes diffamateurs, Morlot, fut capturé, jugé et condamné à mort. Mais comme on le menait à la place de Grève pour être exécuté, il fut délivré par une douzaine de galapians à qui les archers escorteurs firent fort peu de résistance.

On aurait dit que Paris étant rentré dans l'obéissance, les mutins s'en revanchaient en se livrant à leurs vieux démons, l'impiété, le vice, la calomnie, et la persécution des juifs.

Nos rois avaient de tout temps protégé les juifs qui, en revanche, ne les avaient déçus, en leur consentant des prêts à intérêts modérés et à remboursements lointains. Un nommé Bourgeois, qui avait peu à se glorifier en ses mérangeoises, se mit en tête d'insulter quotidiennement les fripiers juifs de la rue de la Tonnellerie, lesquels, pourtant, rendaient de si grands services aux Parisiens pauvres. La réaction des juifs fut vigoureuse. Ils s'emparèrent par surprise de Bourgeois et l'assassinèrent, à ce qu'on me dit, point vite ni doucement.

Cependant, tandis que Paris revenait peu à peu au calme, les provinces à leur tour s'agitaient, et la reine estima nécessaire d'aller en personne rétablir l'ordre. La décision fut courageuse de ces longuissimes voyages en carrosse par un février froidureux, mais avant que j'en dise ma râtelée, plaise au lecteur de me permettre de lui parler d'aucunes dames de ce royaume.

Le lecteur se souvient sans doute que, sous le règne de Louis XIII, de grandes dames avaient lutté bec et ongles contre la politique de Richelieu, méritant par là le surnom que je leur avais donné : « le clan des vertugadins diaboliques ». Comme en France on ne coupe pas la tête aux dames, elles n'avaient subi aucun châtiment, hors l'exil, dont, Richelieu mort, elles étaient revenues, toujours aussi avides de conspirations et d'aventures galantes. Il va sans dire que l'on retrouvait dans ce nouveau clan la terrible duchesse de Chevreuse, mais d'autres noms apparaissaient aussi pour la première fois : la princesse Palatine et la duchesse de Longueville. La dernière nommée, en 1650, souleva la Normandie contre la reine Anne. Aussitôt, en plein février, par un temps fort froidureux, la reine, qui avait lutté bec et ongles contre ces pécores de la haute noblesse, décida d'aller elle-même recouvrer sa province perdue. Elle la reconquit en vingt jours. Je note en passant, en effet, qu'à Rouen, ayant destitué le procureur des Etats de Normandie, elle le remplaça par Pierre Corneille, lequel possédait en ladite ville une fort belle maison, et faisait, disait-on, de si belles tragédies en vers. Il va sans dire que les incultes et les non-doctes en firent des gorges chaudes : des vers ! Un procureur qui faisait des vers ! s'exclamaient ces coquefredouilles.

La reine, qui avait autant de cœur que Rodrigue dans la tragédie que l'on sait, ne s'arrêta pas là. A peine revenue de Paris, elle partit pour la Bourgogne, laquelle elle pacifia en un tournemain. Elle en revint et elle repartit pour la Guyenne au bord de la révolte. La reine voulut à cette occasion que je l'accompagnasse, pensant que connaissant le latin, l'anglais, l'allemand, l'italien et l'occitan, j'étais capable d'entendre tous les jargons de nos provinces. Il s'en fallait bien, mais je ne pus la faire revenir sur cette idée ni sur sa décision, et la mort dans l'âme, je dus quitter mon épouse et mes enfantelets pour de longues semaines. J'eus du moins la consolation d'emmener avec moi Fogacer, ce qui faillit ne pas se faire, car il noulut départir de Paris sans emmener avec lui un nouveau petit clerc, lequel, dit-il, avait appris sous sa houlette des éléments de médecine et pratiquait à merveille la saignée.

Le petit clerc s'appelait Babelon, et dès que je le vis, je trouvai que c'était bien pitié qu'il ne s'appelât pas Babelette, car avec quelques petites modifications il eût fait une bien accorte mignote.

Ayant appris mes démarches auprès d'Anne d'Autriche pour qu'elle emmenât avec elle, outre ma personne, Fogacer et Babelon, le médecin de la reine, loin de contrecarrer ces projets, s'avisa de tomber malade, tant il était sans doute peu ragoûté à l'idée de courir des centaines de lieues dans une cahotante carrosse par un temps froidureux.

Pour moi, ce ne fut pas sans un serrement de cœur que je quittai mon épouse et mes enfantelets. Du moins avais-je obtenu de la reine de voyager dans ma propre carrosse avec Nicolas, Fogacer et Babelon, suivi de mes charrons. La veille de mon département, j'allai faire mes adieux à la princesse de Guéméné. Elle était dans les larmes, le coadjuteur ayant rompu la veille avec elle. Ce qu'elle eût dû prévoir, le futur archevêque étant plus couvert de femmes qu'un chien de puces.

Bien que j'en fusse fort aise, je compatis chattemitement à sa douleur, mais sans répondre à ses avances, voulant mettre quelque délai à notre raccommodement. A dire le vrai, je lui avais gardé mauvaise dent de sa trahison, et avant mon départir, emmitouflé dans ma carrosse, une chaufferette sous les pieds, je tombai dans un grand pensement d'elle, lequel me fit grand mal. Et d'autant que j'étais en même temps mordu par le remords d'avoir trahi la meilleure des épouses. J'y perdais tout à trac ma philosophie ! Qu'est la vie, m'apensai-je, si on n'aime pas les autres ? Mais pourquoi diantre l'amour est en même temps délices et tourments, et comporte tant de quotidiennes blessures ?

Chaque matin, avant de monter en sa carrosse, la reine s'était fait, par ses femmes, testonner le cheveu et pimplocher le visage. Elle m'appelait alors dans sa carrosse pour lui tenir compagnie, et je savais pourquoi. Elle adorait les compliments, quoiqu'elle détestât qu'on eût l'impertinence de lui faire la cour. A qui s'y essayait, elle répondait avec le plus grand mépris : « Voyez un peu le joli galant ! Vous me faites pitié ! Il faudrait vous envoyer aux petites maisons[1]. » En revanche, quand on lui disait avec le plus grand respect que Sa Majesté paraissait ce matin se porter à merveille, ayant l'œil vif, le teint clair et la bouche vermeille, elle était ravie, mais sans le montrer le moindre, vous écoutant d'un air las et lointain.

Toutes les Cours d'Europe savaient par leurs ambassadeurs qu'elle avait les plus belles mains du monde, et toute la Cour française savait qu'il n'était pas nécessaire de lui en faire l'éloge. Il suffisait de les regarder un peu longuement, comme si le regard ne se pouvait détacher d'un si charmant objet.

A la vérité, tout en l'admirant prou pour l'inouï courage qu'elle montrait à pacifier une à une ses provinces, parcourant des lieues et des lieues, par tous les temps, sur de mauvaises routes, je trouvais qu'elle se fatiguait beaucoup trop en ses perpétuelles pérégrinations. Et Fogacer, la voyant pâlotte malgré ses fards, et la

---

1. Les petites maisons étaient les maisons où l'on soignait les fous.

marche parfois hésitante, me dit qu'elle devrait cesser de se mener à la cravache comme elle faisait, car, visiblement, elle allait très au-delà de ses forces.

Et en effet, s'étant arrêtée dans un village de Guyenne pour ouïr la messe, laquelle en son honneur avait duré un peu longtemps, à peine était-elle sortie de l'église qu'elle chancela et se pâma, et serait tombée sans les deux officiers de la Garde royale qui la flanquaient de dextre et de senestre pour assurer sa sécurité. On porta la reine jusqu'à la proche demeure du curé où Fogacer la rejoignit, flanqué de Babelon. Ils commencèrent par se laver les mains, ce que faisait rarement le médecin (et bien à tort, disait mon père), et décidèrent de faire à Sa Majesté une saignée. Mais Fogacer n'arriva pas à découvrir la veine qu'il fallait, tant elle était petite et, de guerre lasse, il appela Babelon à la rescousse, lequel réussit en un battement de cil à trouver l'introuvable, ce dont il tira grande gloire dans les siècles des siècles.

Pour moi — et plaise à ma belle lectrice de me pardonner, si elle trouve à redire à ma délicatesse — j'osai, après coup, demander *sotto voce* à Fogacer s'il avait trouvé la reine aussi belle dévêtue que vêtue. A quoi il répondit : « Je n'ai rien remarqué. » Or, ce n'était pas la pudeur, mais la vérité vraie ! Il n'avait rien remarqué, le misérable !

Là-dessus, comme on rhabillait déjà la reine, accourut le médecin du procureur des Etats qui voulut à toutes forces pratiquer une seconde saignée. Je m'y opposai très vivement, et Fogacer aussi, ce qui donna lieu à une vive prise de bec où, des deux côtés, les médecins s'exprimèrent en latin. Je m'y mêlai et dis haut et clair que le révérend docteur médecin chanoine Fogacer, outre qu'il avait fait ses études à l'Ecole de médecine de Montpellier, la meilleure du monde, avait reçu mission de soigner la reine, laquelle avait pleine confiance en lui (blanc mensonge, que je prie le Seigneur de me pardonner). Par bonheur, la reine était une de ces femmes fortes dont parlent les Saintes Ecritures, et elle déclara que c'était là beaucoup de bruit pour rien, et qu'elle désirait manger, boire un bon verre de vin et dormir. Ce qui se fit, et le lendemain matin, en effet, la dame était sur pied.

*
* *

— Monsieur, un instant, de grâce !
— Belle lectrice, je vous ois.
— Monsieur, permettez-moi de vous dire que

vous aimez trop le *gentil sesso*. Cela fausse votre jugement.

— Dois-je vous croire ? Donnez-moi un exemple.

— Vous faites un portrait beaucoup trop flatté d'Anne d'Autriche. Vous semblez oublier qu'elle fut tout Espagnole et qu'elle a trahi le roi de France plus d'une fois en faveur de sa famille.

— Mais, m'amie, c'est du passé cela ! Je l'ai dit et répété. Depuis la naissance de Louis, Anne est toute Française devenue.

— Et que de tartines, meshui, sur ses belles mains !

— Mais avec ces belles mains, elle se testonne fort gracieusement les cheveux. Elle se pimploche peu. A peine un peu de rouge sur les lèvres, et c'est tout. Point de céruse ni de peautre sur les joues. Et surtout, elle se baigne tous les jours, de la tête aux pieds.

— Mais moi aussi !

— Belle lectrice, vous êtes de votre temps, mais dans le sien on se lavait fort peu.

— Fut-elle une bonne mère ?

— Excellentissime, comme eût dit Richelieu. Tout au rebours de la Médicis qui, pour le pauvre Louis XIII, fut une mère désaimante et rabaissante, Anne aime ses deux fils à la folie.

— Sans faire de différence entre Louis et Philippe ?

426

— Nenni, sauf que pourtant elle porte au poignet un bracelet fait des cheveux de son aîné... Mais c'est toujours ensemble que les deux frères viennent le matin souhaiter le bonjour à leur mère dans son lit, et ne croyez pas que ce soit froid et protocolaire. Tout le rebours. Ce ne sont que poutounes et ococoulements. Et Anne viole de nouveau le protocole en prenant ses repas avec ses fils.

Elle a choisi pour eux, avec le plus grand soin, des confesseurs indulgents sur le chapitre de la chair, pensant sans doute que ceux de Louis XIII avaient été responsables des difficultés qu'il avait eues pour « parfaire son mariage », selon le mot fameux du nonce apostolique. Louis XIV eut tout jeune l'œil très accroché par le tétin des filles, s'éprit en sa dixième année d'une grande passion pour Madame de Hautefort (qui avait une tête de plus que lui), l'appelait « ma femme », et dès qu'elle était malade, grimpait sur son lit et serait allé plus loin, si la belle y avait consenti. Mais elle craignait bien à tort l'ire de la reine et resta dans la réserve. Ce n'était que partie remise, car il était facile de prévoir que Louis serait plus proche du Vert-Galant que de son père.

Anne, pour instruire le roi, lui donna d'excellents maîtres, dont je dois dire en toute humilité que je fus, enseignant au jeune roi l'espagnol et l'allemand, les langues de nos ennemis. La reine ne négligea pas non plus son éducation politique, recevant en sa présence les ambassadeurs étrangers, afin qu'il apprît à distinguer lesquels, parmi les pays étrangers, étaient nos amis, et lesquels l'étaient moins. En outre, sachant qu'il devait être un jour, comme son père et son grand-père, un roi-soldat, nulle parade des gardes n'avait lieu sans qu'il fût avec elle présent. Lui-même avait de la reine reçu, en son âge le plus tendre, une compagnie d'enfants d'honneur, coiffée d'une gigantesque capitainesse, pour qu'il s'initiât au maniement de l'épée et du mousquet. Il va sans dire que nos pimpésouées de cour en faisaient des contes à l'infini : c'est ainsi que l'on sut que le roi, ayant prêté son arbalète au jeune Brienne qui l'émerveillait par ses cabrioles, la reine lui dit : « Je regrette, mon fils, que vous ayez perdu votre arbalète. » « Mais, répliqua Louis, je ne l'ai pas perdue. Je l'ai prêtée à Brienne. » Sur quoi la reine répondit avec quelque gravité : « Sachez, Monsieur, que les rois ne prêtent pas : ils donnent. »

Au sujet de l'éducation des princes, Fogacer me dit un jour : « Si le prince a de l'esprit, il n'y perd pas ses qualités natives. Tout le rebours, il les accroît. S'il est sot, il ne gagne rien. » Ce fut tout le rebours pour Louis XIV. Même avant d'apprendre à lire, il savait ce qu'il était, et parlait en maître. Pendant la Fronde, il avait dit un jour à son oncle Gaston d'Orléans, frère cadet de Louis XIII, et intrigant incorrigible :

— Mon oncle, il faut que vous me fassiez une déclaration, si vous voulez être de mon parti ou de celui de Monsieur le Prince.

— Mais je suis de votre parti, protesta Gaston avec quelque confusion.

— Alors, dit Louis d'une voix coupante, donnez lieu que je n'en puisse douter.

Il avait alors à peine treize ans, et il parlait déjà en maître. Et bien s'en aperçut Anne d'Autriche elle-même quand elle avisa de lui interdire de monter à cheval avec Madame de Frontenac qu'elle trouvait un peu trop séduisante. Louis répondit d'un ton sans réplique : « Madame, quand je serai le maître, j'irai où je voudrai, et ce sera bientôt. » Anne d'Autriche éclata alors en sanglots. Louis la prit dans ses bras, la poutouna, pleura avec elle, mais ne revint pas sur sa déclaration, ni sur la promenade qu'il avait décidée.

Anne d'Autriche avait logé son fils et son frère Philippe dans la même chambre, et dans le même lit, sous la discrète surveillance de Beringhen, avec l'espoir que leur amitié se fortifierait par ce contact quotidien. Hélas, ce fut le contraire qui arriva. Ils eurent de prime des querelles de frontière au cours desquelles des injures malsonnantes furent de part et d'autre prononcées. Beringhen, qui dormait dans la même chambre qu'eux pour les surveiller, vint à la rescousse pour séparer les combattants. Mais il y eut pis. Une nuit, Philippe cracha (c'était l'habitude, alors, de cracher un peu n'importe où), et le crachat tomba sur la joue du roi, lequel se réveilla alors, sentit ce qui était arrivé, et dans sa folle colère (pardon, belle lectrice, sur les détails qui vont venir et dont j'affirme la véracité), Louis, dis-je, pissa sur son frère qui aussitôt le contrepissa. Après quoi, ils se seraient peut-être rués l'un sur l'autre si Beringhen ne les avait pas une fois de plus séparés. La reine décida alors de séparer les frères ennemis et de donner à chacun sa chambre. Ils en furent l'un et l'autre aux anges. Mais bientôt un autre problème se posa. Les chambrières de Louis avertirent la reine que sur les draps du roi elles avaient trouvé des traces irrécusables de virilité.

Anne, à cette nouvelle, ne sut si elle devait se chagriner ou se réjouir. Bien sûr, elle pensait bien qu'il fallait pour son fils qu'il devînt un jour un homme, mais alors elle perdait son enfant. Elle s'en ouvrit à Mazarin dont la réponse fut décisoire :

— Madame, sans tant languir, mettez une femme dans son lit ! C'est là la seule solution.

— Mettre une femme dans son lit ! Jamais !
Et c'est un cardinal qui me conseille cela !

— Oui, Madame, c'est un cardinal qui vous
le conseille ! Avez-vous oublié qu'Onan fut fou-
droyé par le Seigneur pour avoir versé sa
semence à terre ? Ou préférez-vous qu'à force
de ne fréquenter que des garçons, votre fils
devienne bougre ?

— Mais une femme hors mariage !

— Cela s'est vu plus d'une fois dans la Bible
et, de toute façon, je lui donnerai l'absolution.

— Mais une femme ! Une femme pour mon
fils !

— Madame, c'est votre insensée jalousie de
mère qui vous fait tergiverser. Surmontez-la, et
sans retard choisissez.

La reine choisit et, toujours par jalousie, choisit comme initiatrice Madame de Beauvais, que
la Cour appelait la Borgnesse, parce qu'en effet
un œil lui faillait, ce qui ne l'embellissait pas,
et faisait fuir les amants. Outre cette laideur peu
encourageante, elle souffrait — ce que la reine
ne savait pas — d'une maladie vénérienne,
qu'elle transmit à Louis, et dont Louis mit un
mois à se remettre. Quand enfin il se leva, son
premier mot fut pour dire à sa mère : « De grâce,
Madame, ne vous occupez plus de me procurer
des femmes. D'ores en avant je les choisirai
moi-même. »

Anne, à ces sévères paroles, éclata en sanglots, mais cette fois Louis ne la prit pas dans ses bras pour la consoler et, après un salut tout protocolaire, quitta à grands pas la pièce.

— Remarquez, me dit plus tard Beringhen, que Louis a dit « mes femmes », cela veut dire qu'une seule ne lui suffira pas, en cela bien semblable à son grand-père le Vert-Galant, qui allait de cotillon à cotillon.

— Beringhen, dis-je, pourquoi ne dites-vous pas que notre Louis volera de vertugadin en vertugadin ?

— Les grandes dames, Monseigneur, qui lui feront plus tard, pour une raison évidente, des avances et des caresses, ne trouvent pas ce jour d'hui que ce soit leur rôle de le déniaiser, vu qu'en leur famille, pour ce qui concerne les droles, c'est toujours à une chambrière que ce soin est confié. Et nos pimpésouées de cour croiraient déchoir de jouer un tel rôle, même avec un grand roi.

A treize ans révolus, le sept septembre 1651 Louis XIV est proclamé majeur. Il fait son entrée dans Paris, entouré de ses cavaliers montés sur des chevaux couverts de housses brodées d'or. C'est vous dire comment était le roi lui-même, dont l'habit était si constellé d'or qu'on ne voyait même plus le tissu. En outre, de sa personne il était fort beau et, le chapeau à la main,

432

saluait ses sujets avec une bonne grâce et une gravité particulièrement royale. La mère du roi suivait dans une carrosse avec Philippe, son frère, et Gaston d'Orléans, son oncle. Lecteur, plaise à toi de te ramentevoir que si, traditionnellement, on appelait le frère du roi « Monsieur », appellation qui était celle de Gaston frère de Louis XIII, on ne pouvait dès lors appeler Philippe, frère du roi régnant, que « le petit Monsieur », titre certes protocolaire, mais pour celui qui le portait, quelque peu rabaissant.

Le but de ce défilé royal n'était pas seulement de montrer, dans toute sa splendeur, le roi de France aux Français, mais d'atteindre le Parlement où la reine-régente devait passer ses pouvoirs au roi régnant.

Elle le fit avec beaucoup d'élégance et de dignité, sans jouer outre mesure de ses doigts effilés. A mon sentiment, il y eut quelque frémissement dans sa belle voix quand elle remit à son fils « *avec grande satisfaction* » la puissance qui lui avait été conférée pour gouverner le royaume en attendant son avènement.

Quant à moi, je doutais qu'elle éprouvât une « *si grande satisfaction* » à renoncer au pouvoir, tant elle l'avait aimé, et Louis eut sans doute le même sentiment, car dans sa réponse il n'omit pas, en ce qui concernait l'avenir, de mettre doucement les points sur les i.

— Madame, dit-il, je vous remercie du soin qu'il vous a plu de prendre de mon éducation et de l'administration de mon royaume. Je vous prie de continuer à me donner vos bons avis et je désire qu'après moi vous soyez le chef de mon Conseil.

Cet « après moi », débité devant le Parlement, devant un public attentif, ne laissait aucun doute sur celui qui, en ce royaume, allait d'ores en avant décider de tout. L'affrontement avec les Grands ne tarda pas. L'outrecuidant Condé, croyant la pâte molle, voulut y mordre et se cassa les dents. Voici comment il en alla. Le nouveau roi, sur le conseil de sa mère, avait choisi Châteauneuf, Molé et La Vieuville comme ministres, excellents tous trois dans leurs charges respectives, et d'ailleurs, ils en avaient fait la preuve.

Condé s'opposa à ce choix, parce qu'on ne l'avait pas consulté, et menaça, appuyé par Monsieur, de ne pas paraître au Palais Royal si ce choix était maintenu. Il n'avait pas plutôt formulé cette menace que Louis convoquait le Grand Conseil, et sans tant languir intronisait les nouveaux ministres. Monsieur, la crête fort rabattue, tira la leçon de cette écorne, et le lendemain, en zélé sujet, il alla assister au lever du roi. Quant à Condé, il prit seul les armes, mais sans beaucoup d'espoir, la fermeté du roi lui donnant fort à réfléchir.

*
* *

Si bien je me souviens, c'est le lendemain de la défection de Condé qu'un vas-y-dire m'apporta un mot de la princesse de Guéméné, dans lequel elle me disait qu'elle désirait me voir après le lever du roi. Je fus donc chez elle, mais si j'ose dire bardé de fer et de dures résolutions.

Comme à l'accoutumée, bien qu'il fût déjà dix heures du matin, la princesse de Guéméné était encore dans son lit, mais le cheveu testonné à merveille, la face pimplochée à ravir et vêtue d'une chemise de chambre si richement ornée que plus d'une de nos pimpésouées de cour eût souhaité la porter dans les couloirs du château.

— Enfin ! dit-elle, enfin ! Je vous vois ! Et que se passe-t-il donc ? Etes-vous à mon endroit hostile devenu ? Qu'ai-je fait pour mériter un traitement si cruel ?

— Madame, dis-je froidureusement, la dernière fois que j'ai toqué à votre huis, votre majordome m'a dit que vous étiez en conférence avec Monsieur le coadjuteur. Je me suis alors retiré, pensant que, le salut de votre âme se trouvant en des mains si expertes, je n'avais pas à m'en mêler.

— Duc, dit la princesse avec une moue enfantine, vous êtes un méchant. Le coadjuteur ne fut dans ma vie qu'un court instant de curiosité. Il était si couvert de femmes que j'ai voulu savoir ce qu'il en était.

— Et fûtes-vous satisfaite ?

— Point du tout. Il n'y avait d'étonnant chez le coadjuteur que son extrême outrecuidance. Mais vous-même, Monsieur (et au timbre de sa voix je sentis qu'allait fondre sur moi la charge de la brigade légère), dans vos missions lointaines, au service du roi, n'avez-vous pas bénéficié des faiblesses de nos bonnes hôtesses ?

— Mais ce ne sont là que des cancans de cour.

— Nenni, nenni, Monsieur, ces contes viennent des armées. Allez-vous accuser les officiers de Sa Majesté d'être de fieffés menteurs ? Et s'ils le sont, n'êtes-vous pas l'un d'eux ?

— Madame ! Vous me fâcheriez si vous deviez m'accabler plus avant. Et pour couper court, je vous propose un bargoin équitable. Vous enterrez votre coadjuteur, et j'enterre mes hôtesses.

— Monsieur, dit-elle alors avec un petit rire, je crains fort que le reste de la matinée ne soit perdu pour toute conversation utile.

436

Ce fut vrai. Cependant, nos tumultes achevés, la parole revint de soi dans nos bouches.

— Mon ami, dit-elle, que pensez-vous de Mazarin ?

— Il n'a pas la rigueur ni la vigueur de Richelieu, mais il a beaucoup d'esprit, et donne à la reine de pertinents conseils. Raison pour laquelle les éternels opposants commencent à le haïr et songent même déjà à l'assassiner.

— Savez-vous ce que Mazarin dit de lui-même en tant que ministre ?

— Nenni.

— Vous plairait-il de le savoir ?

— Certes !

— Eh bien, voici ce qu'il dit de lui-même : « Je dissimule, je biaise, j'adoucis, j'accommode autant qu'il est possible, mais dans un besoin pressant, je ferai voir de quoi je suis capable. »

— Mais, princesse, sur quel pied êtes-vous donc avec Mazarin pour qu'il vous fasse une telle confidence ?

— Rassurez-vous, beau Sire, ma familiarité va de soi. Je lui suis apparentée.

— Apparentée ? Dieu du Ciel ! J'espère que je n'ai rien dit de damnable à son sujet !

— Rien de ce genre, dit la princesse de Gué-méné, mais comme vous pleurez encore Riche-lieu, on pourrait soupçonner que vous n'estimez pas autant son successeur.

— Que devrais-je donc faire pour écarter cet erroné soupçon ?

— Duc, serait-il Dieu possible que vous demandiez conseil à une faible femme ?

— M'amie, je ne crois pas au mythe de la faible femme. Et moins encore quand il s'agit de vous.

— M'ami, votre lucidité vous honore. Voici donc le conseil que j'ose vous bailler. Quand vous cheminez dans le Louvre, au Parlement, ou ès lieux publics, gardez-vous de prononcer le nom de Richelieu avec ferveur. En revanche, quand l'huis bien clos sur vous dans le cabinet de votre chacunière, vous pouvez boire un flacon de votre vin de Bourgogne en compagnie du comte de Sault, de Monsieur de Guron et du chanoine Fogacer, et alors, alors seulement, je vous autorise à verser en chœur des torrents de larmes et des louanges infinies sur le grand cardinal, lequel, comme vous savez, était honni de toute la France de son vivant.

— Mais pourquoi donc ?

— Parce que les Français nourrissent une vive aversion pour toute autorité, et comme ils ne peuvent pas dénigrer le roi ou la reine, ils s'en prennent à son ministre. Ce fut le lot de Richelieu et, meshui, celui de Mazarin.

*
* *

Le lendemain de cette tendre visite à la princesse de Guéméné, je me rendis, comme à l'accoutumée, au lever de la reine et je fus profondément étonné de ce qui se passa en ce qui me concerne et que je n'eusse pas cru possible en un pays où il y a une telle distance entre le roi et ses sujets qu'il paraît impossible de les faire communiquer.

Le lever de la reine n'était pas seulement pour moi un devoir, mais un devoir que j'accomplissais avec de douces émotions. Avant que les courtisans fussent admis dans sa chambre, la reine avait eu le cheveu parfaitement testonné, le visage lavé d'eau claire, peu de pimplochement sur les lèvres, les mains lavées, polies et parfumées.

La reine était grande dormeuse. A peine mise au lit et sa jolie tête posée sur l'oreiller, elle s'endormait comme un enfant, et ne se réveillait que le lendemain, fraîche, rose et reposée, et d'une humeur charmante, dont il fallait au plus tôt profiter, car elle n'allait pas durer, les soucis du pouvoir lui donnant dès le matin maintes occasions de s'escalabrer.

Les courtisans parlaient peu au lever de la

reine, leurs yeux étant dévotement fixés sur les mains merveilleuses de leur souveraine bien-aimée, laquelle eût cru penser perdre toute beauté et toute jeunesse, si les courtisans ne s'étaient pas conduits ainsi.

La mémoire de la reine était excellente, car elle savait, non seulement tous les noms de ceux qui se trouvaient là, mais aussi leurs histoires personnelles, et cela dans les plus petits détails, ayant organisé toute une équipe de rediseuses qui n'avait rien à voir avec celle de Monsieur de Guron et de moi-même, car la nôtre était toute politique, alors que la redisance pour la reine n'avait pour but que de savoir ce qu'il en était des petits secrets de nos Grands. Il est vrai que les deux redisances se rejoignaient assez souvent, l'amour et la politique marchant assez souvent de pair, les dames détenant à la Cour une grande influence.

Pour moi, j'admirais à la fois sa beauté, son courage et son habileté. Car puisant dans son émerveillable mémoire des précieux détails, elle interpellait tel ou tel, en lui donnant l'impression qu'elle savait tout de sa vie, de ses amis, de ses amours, et de ses opinions. Elle se rendait par là redoutable aux intrigants, son apparente omniscience leur faisant craindre qu'elle sût déjà tout de l'intrigue qui se tramait.

Ce jour-là, je n'arrivai pas parmi les premiers

au lever, ce qui me valut un regard froidureux et une remarque sèche de la part de Sa Majesté.

— Duc, dit la reine, vous voilà, vous d'ordinaire si ponctuel, un des derniers à me venir souhaiter bon réveil. Sans doute vous êtes-vous attardé en route à cueillir quelques fleurettes.

Remarque dont le sous-entendu était si évident qu'il fit sourire à la ronde, et me fit dauber enfantinement, après le lever par nos pimpésouées de cour : « Duc, me dit plus d'une, qu'allez-vous faire meshui ? Cueillir encore d'autres fleurettes ? »

Cette cérémonie du lever durait une vingtaine de minutes, après quoi la reine remerciait les courtisans de leur visite et les priait de se retirer. C'était à chaque fois une cohue indisciplinée, tous voulant être les premiers à franchir l'huis de la chambre. J'allais les suivre plus posément quand la reine dit d'une voix forte.

— Nous voulons que demeurent céans le duc d'Orbieu et le révérend docteur médecin chanoine Fogacer.

Un frémissement de curiosité courut dans la foule des courtisans qui eut pour effet de ralentir beaucoup sa sortie. Tant est que le *maggiordomo* dut donner de la voix pour que l'exode reprît à son rythme accoutumé.

L'huis se referma à la parfin sur nous. La reine nous fit signe de prendre place, chacun sur un tabouret, ce qui était à la fois un honneur, mais aussi le signe que la conversation serait longue.

— Messieurs, dit-elle d'une voix qui me parut quelque peu anxieuse, je suis dans de grandes difficultés au sujet du roi, et j'espère que vous allez pouvoir m'aider à les dénouer. Depuis que le roi a décidé de choisir seul ses femmes, il n'a pu choisir que des chambrières pour les raisons que vous savez. Or, deux d'entre elles sont enceintes, l'une semble-t-il d'une fille, l'autre d'un garçon. La fille ne pose guère de problème. On l'élèvera dans quelque couvent où elle sera très bien traitée. Mais le garçon, lui, en pose un. Nous ne pouvons le considérer comme un bâtard royal, puisque sa mère n'est pas noble. Mais il peut regimber à cette occasion et créer des difficultés à l'infini. Il est évidemment impossible de demander au roi de se retirer de l'objet aimé avant terme. Outre qu'il n'acceptera jamais, ce *coitus interruptus* est, comme vous le savez, depuis Onan, considéré comme péché capital par notre Eglise. D'un autre côté, interrompre volontairement cette grossesse, une fois qu'elle est là, est un autre péché. En fait, la solution la meilleure, et qui paraît irréelle, serait que le *coitus* puisse se faire normalement sans amener de grossesse. Or, Messieurs, j'ai ouï dire que vous déteniez un secret qui vous permettait de réaliser cet exploit.

— C'est un secret, dis-je, parce que nous avons décidé, le chanoine Fogacer et moi-même, de ne le divulguer point, craignant que l'Eglise ne nous chante pouilles à cette occasion. Mais il va sans dire, Madame, que nous ne pourrions le dissimuler à Votre Majesté, si Elle nous commande de le lui déclore.

— Je le commande donc, dit la reine avec bonne grâce, en vous assurant, Messieurs, que je serai aussi bouche close que vous-mêmes sur le procédé dont il s'agit.

— En fait, Majesté, dit Fogacer, il s'agit d'une herbe qui ne pousse que dans un pays lointain, laquelle herbe, introduite là où il faut et au moment voulu, empêche la procréation.

— Secret redoutable ! dit la reine avec effroi, et qui serait désastreux pour le royaume si le peuple venait à le connaître.

— Madame, dis-je aussitôt, il n'y a pas le moindre danger. Car il ne suffit pas de connaître l'herbe. Il faut aussi connaître sa préparation, laquelle est savante et compliquée. La seule difficulté, Madame, que je vous le dise enfin, qui subsiste, est de savoir si le roi acceptera ce recours.

— Il l'acceptera, dit la reine sans hésitation, tant il est lui-même fort chaffourré par le nombre de bâtards qu'il laisse derrière lui.

— Madame, dit alors Fogacer, si Votre

Majesté veut bien me le permettre, j'aimerais faire une suggestion. Ne serait-il pas possible, quand une nouvelle garcelette apparaît dans la vie du roi, de la faire au préalable examiner par un docteur-médecin afin de s'assurer si elle est exempte de maladie vénérienne, ou de toute autre affection qui se puisse transmettre.

Je trouvai fort courageux de la part de Fogacer de soulever ce point, car il ne pouvait que rappeler à la reine la cruelle faute qu'elle avait commise en confiant le déniaisement du roi à la Borgnesse.

— Chanoine, dit la reine, votre suggestion me paraît pertinente, mais il faudra, bien entendu, que le roi vous reçoive et accepte votre proposition.

CHAPITRE XV

Deux jours après que Fogacer et moi avions mis Anne d'Autriche au courant de nos projets, Beringhen, qui eût pu tout aussi bien nous envoyer un page, nous vint dire en personne que le roi nous attendait à deux heures de l'après-midi dans ses appartements.

A cette occasion, chacun dans sa chacunière, nous fîmes, Fogacer et moi, une toilette si consciencieuse que personne n'aurait pu y trouver à redire. Tout fut parfait : le lavage du corps du bout du nez au bout de l'orteil, le rasage de la barbe, le testonnement du cheveu, le retroussis de la petite moustache sur la lèvre supérieure, nos plus belles bottes brillant comme des miroirs, les hauts-de-chausse et les pourpoints brossés et repassés par nos plus habiles chambrières.

— Dieu bon ! dit Catherine quand Fogacer vint me prendre chez moi, pour qui donc faites-vous tous ces frais ? Pour le roi ? Ou pour une garcelette que vous irez voir avant de vous présenter à Sa Majesté ?

— Sachez, m'amie, dis-je, en lui donnant une forte brassée et dans le cou quelques poutounes promeneurs, sachez que le roi est très méticuleux sur le chapitre de la propreté et de la vêture, à telle enseigne qu'un jour il n'hésita pas à dire à un pauvre marquis frais débarqué de son Auvergne : « *Marquis, comme vous voilà fait !* »

Belle lectrice, il n'est que vous n'ayez déjà deviné que la Cour dauba le pauvre marquis pendant des jours en lui répétant à tout propos : « Mais, Marquis, comme vous voilà fait ! » Les choses allèrent si loin que, pris de fureur, le marquis se jeta sur l'un des persécuteurs et lui fit à mains nues tels battures et frappements que le moqueur tomba à terre et qu'il fallut quelque temps pour le ranimer. A peine debout, l'effronté aussitôt parla de duel, mais le roi menaça de le renvoyer pour toujours sur ses terres s'il passait outre à son commandement. Il interdit par la même occasion à la Cour de répéter les mots, bons ou mauvais, issus de sa bouche, qu'ils fussent flatteurs ou moqueurs.

Mais revenons, de grâce, à nos affaires. Je fus séduit par les appartements du roi. Je les trouvai beaux et luxueux, bien plus que ceux de la reine, lesquels étaient d'un goût si simple qu'ils eussent convenu à une riche bourgeoise. Il était apparent qu'au rebours de son père, et plus encore de son grand-père Henri IV, qui se serait contenté d'un lit de camp même dans un palais, Louis XIV avait au plus haut point le goût de la pompe et du luxe.

Il avait alors dix-sept ans et me fit la plus grande impression. Il était grand, la membrature carrée, les jambes longues, le torse redressé, l'œil beau et perçant, ajoutant à ces dons célestes les dons terrestres : la vêture, où ni l'or, ni les perles, ni les dentelles ne faillaient. Il se trouvait assis sur une chaire à bras dorée, une main posée sur le pommeau richement ciselé d'une épée, et l'autre reposant sur une canne dorée qu'on eût pu prendre à la rigueur pour un sceptre. Il était rasé de près, à l'exception d'une petite moustache fine et relevée aux deux extrémités des lèvres. Les pans d'une perruque noire, abondante et testonnée avec le plus grand soin, tombaient jusqu'en bas de sa poitrine. A vue de nez, il avait l'œil hautain, distant et froidureux, mais dès qu'il ouvrait la bouche, il retrouvait aussitôt cet air courtois et amical qui l'avait fait tant aimer du peuple parisien quand, passant parmi eux dans les rues, il leur ôtait son chapeau. J'ai ouï dire que Mazarin disait à la reine, avec qui, comme on sait, il était fort intime, que son fils était un admirable *commediante*, à quoi elle répliqua que Mazarin était lui-même un *commediante* et, qui pis est, de l'espèce italienne.

Sa Majesté nous reçut très gracieusement, nous priant de nous asseoir sur les tabourets qui se trouvaient là, regrettant qu'il n'eût pas de meilleurs sièges à nous offrir et nous demandant, sans tant languir, quelle était l'affaire qui nous amenait à lui. Quand j'en eus dit ma râtelée, il me demanda si la reine était au courant de notre projet. Je trouvai cette question périlleuse, car le roi, toujours très à cheval sur ses droits, pouvait s'offenser qu'on l'eût consultée avant lui la première.

— Sire, dis-je, s'agissant d'un problème féminin, j'en ai touché un mot à Sa Majesté la reine. Mais la reine, quoique fort intéressée par notre projet, noulut ni l'approuver ni le désapprouver, avant que l'eussiez envisagé.

Lecteur, c'était là un de ces blancs mensonges qui sont d'une si grande utilité quand on s'adresse aux Grands. On se ramentoit sans doute que la reine était, en fait, tout à fait favorable à nos inventions, mais d'évidence il eût été fort maladroit de ne point laisser le privilège du dernier mot au roi.

D'aucuns de ces beaux esprits qui aiment dauber les grands hommes, et plus encore les rois, ont prétendu *sotto voce* que Louis XIV n'avait pas d'esprit. Je m'inscris en faux contre cette stupide calomnie. Tous ceux qui ont approché le grand roi ont admiré, bien au rebours, l'agilité de ses mérangeoises, la pertinence de ses répliques et, par-dessus tout, cette qualité si rare chez les Grands : il savait écouter. Quand Fogacer et moi, nous en eûmes fini de notre râtelée :

— Il n'est que trop vrai, dit-il, que le nombre croissant de bâtards, les miens et ceux de Philippe, crée des problèmes épineux et coûtera à la longue au Trésor des clicailles qui eussent été mieux employées ailleurs. Je ne prends pas ici en compte la prétention bien connue des bâtards à jouer les grands personnages dans l'Etat, à réclamer des pensions élevées, à aspirer à des emplois où ils ne pourraient prouver que leur insuffisance. Qui pis est, ils ne sont jamais satisfaits, ils entrent dans de tortueuses conspirations qui ne peuvent, du reste, que faillir, tant ils sont trop brouillons et niquedouilles.

« Reprenons, duc. Si je vous entends bien, il faudrait de prime qu'un médecin examinât la candidate aux couches princières pour acertainer qu'elle est saine. Ensuite, la convaincre d'absorber, par un canal inhabituel, les herbes magiques de votre père, cette démarche suffisant pour que le plaisir d'un moment ne soit pas durement payé par une grossesse indésirée. Et enfin, il faudrait garder ces opérations fort secrètes, pour que l'Eglise ne les connaisse pas, car elle les dénoncerait aussitôt comme péché capital en s'appuyant sur le passage du Saint Livre où le Seigneur foudroie Onan parce qu'il a versé sa semence à terre. Quant à l'examen des candidates aux couches royales, je le trouve d'autant plus nécessaire que, s'il avait existé au moment de mon déniaisement, la Borgnesse ne m'aurait pas affecté d'une maladie dont je souffris plus d'un mois.

Là-dessus, le roi me demanda si j'étais satisfait de mon rôle au Parlement, à quoi je répondis que les parlementaires, croyant que je somnolais à toutes leurs séances, ne se défiaient plus de moi et parlaient librement. Toutefois, je ne retenais de leurs propos que ceux qui me paraissaient dommageables à Sa Majesté, et de ceux-là, comme toujours, j'avais l'honneur de lui faire part, aussi promptement qu'il était possible.

*

* *

L'occasion se présenta plus tôt que je ne l'eusse cru, car ces messieurs du Parlement, jugeant qu'ils pouvaient agir tout à leur guise, le roi n'ayant que dix-sept ans, remirent en discussion des édits qui n'eussent pas dû l'être, puisqu'ils avaient été dûment enregistrés au cours d'un lit de justice présidé précisément par le roi lui-même. Somnolant de plus belle à ouïr cette insolente écorne au pouvoir royal, dès que la séance fut finie, je montai mon Accla et, suivi du seul Nicolas, je galopai jusqu'à la garenne du Peq, où je savais que le roi chassait. Sa Majesté, à ma vue, se doutant que je n'avais galopé si loin et si vite que pour apporter une nouvelle de conséquence, me fit signe de mettre ma monture tête-bêche avec la sienne, écouta attentivement ma râtelée, puis sans tant languir décida de retourner à Paris chanter pouilles à ces messieurs, ce qu'Elle fit en des termes qui me firent penser à ceux de son père Louis XIII quand le Parlement outrepassait ses droits. Seule la conclusion des deux mercuriales n'était pas tout à fait la même. Louis XIII, après avoir rabroué nos beaux sires, conclut en disant avec force : « Messieurs, ramentez-vous, je vous prie, que cet Etat est un Etat monarchique. » Son fils, dans le même ordre de pensée, fut plus explicite encore : « Messieurs, vous n'avez pas à empiéter sur mes pouvoirs en vous mêlant des affaires de l'Etat. L'Etat, c'est moi. »

Mazarin, exilé volontaire en attendant que la cabale, qui lui voulait mal de mort, finît par mettre les pouces, fut charmé d'ouïr comment

Louis avait rebuffé le Parlement. « Vous verrez, dit-il à ses amis, vous verrez que Louis va se montrer si redoutable aux révoltés qu'il rétablira partout l'ordre et l'obéissance. »

*

* *

— Monsieur, j'aurais quelques questions à vous poser.

— Madame, avec joie je vous ois.

— La grand merci de m'accueillir avec tant de gentillesse. Quand on a passé trente ans, les éloges qu'une femme reçoit sont d'autant plus rebiscoulants. Monsieur, vous ne sauriez croire comme il est agréable d'avoir affaire à un fervent ami du *gentil sesso*. Tant d'hommes sont si hautains et péremptoires à notre égard. On dirait que le fait d'avoir un *nephliseth*[1] entre les jambes leur donne d'emblée sur nous une immense supériorité.

— Et quel imbécile, dis-je, a tout d'un coup décidé qu'à partir de trente ans une femme ne serait plus aimable ? J'ai connu, moi qui vous parle, une haute dame à Bruxelles qui, âgée de soixante-six ans, me plaisait plus qu'une caillette de vingt ans. Il s'agit de l'infante Claire-Isabelle

1. Mentulle [verge] (hébreu).

Eugénie. J'ajouterai que, si elle n'avait pas porté l'habit des clarisses de saint François, j'eusse été tenté de la prendre dans mes bras.

— Mais vous ne le fîtes pas, préférant quelque frétillante caillette ou peut-être même votre ronde et belle hôtesse, dont vous ne pouviez craindre une redoutable rebuffade. J'espère, du moins, qu'en ne touchant pas à l'infante, vous ne vous êtes pas flatté d'avoir été vertueux.

— Je ne me flatte jamais, m'amie, d'être vertueux, et je détesterais qu'on me prenne pour un fanfaron de luxure. Mais il me semble que la conversation prend un tour trop personnel. Ne pouvons-nous pas revenir à nos moutons ?

— Oui-da. Monsieur, parlez-moi de grâce des traités de Münster et d'Osnabrück en octobre 1648.

— Si vous savez leurs noms, vous savez ce qui s'y est dit. Il serait donc inutile que je le répète.

— Oui, je le sais, mais pas aussi bien que si vous pouviez me l'expliquer.

— Voilà qui est futé et flatteur. Mais voyons ces traités. Ils consacrent indiscutablement nos victoires sur l'empereur d'Allemagne.

— Qui est l'empereur d'Allemagne ?

— C'est un Autrichien, un Habsbourg, indigne de présider aux destinées du « saint » Empire.

— Pourquoi donc ?

— Parce qu'il a persécuté les protestants de la façon la plus odieuse, et il eût fait pis encore s'il avait pu.

— Et qu'aviez-vous à faire à lui ?

— La France luttait depuis toujours pour lui ôter toute influence en Lorraine. Elle avait conquis les Trois Evêchés — Metz, Toul, Verdun — ainsi que Brisach et les landgraviats de la haute et basse Alsace à l'exception de Strasbourg.

— C'est pitié que Strasbourg ne soit pas encore à nous. C'est une si belle ville à ce qu'on m'a dit.

— Soyez certaine que Louis XIV y remédiera, car c'est lui aussi un roi-soldat et il voudra parfaire l'œuvre de son père et de son grand-père.

— Monsieur, tout à fait entre nous et *sotto voce*, approuvez-vous ces conquêtes ?

— Point du tout. Je suis néanmoins content que Louis XIV les ait faites, parce qu'elles ont un côté à la fois défensif et offensif, elles renforcent le royaume. Et d'autant que maugré les traités qu'on a dits, la guerre avec le prétendu Saint Empire n'est pas finie. Belle lectrice, avez-vous d'autres questions ?

— Si fait, mais celles-ci que j'ai conservées

pour la bonne bouche sont, comme vous diriez, « féminines » et indiscrètes.

— M'amie, vous connaissez nos conventions. Je serai discret pour deux.

— Comment se fait-il alors, Monsieur, que Louis, qui en son adolescence était si rebelute aux bâtards, les multiplia en son âge mûr ?

— Parce que le grand roi n'avait plus alors pour maîtresses que des personnes de bon lieu.

— Que voulez-vous dire par là ?

— En le langage de l'époque, « les personnes de bon lieu » appartiennent à la noblesse. Tant est que si bâtard il y avait, il ne pouvait être, des deux côtés, que de noble maison, et faire honneur au roi au lieu de lui faire honte. Madame, je vous vois faire une petite grimace, et je vous entends bien. Pour vous, un enfant est un enfant, et ces discriminations vous choquent. Mais pouvons-nous changer l'Histoire ?

*
* *

En 1653, le royaume se trouve dans une situation étrange : la guerre contre l'Espagne se double d'une guerre intestine : Condé, aussi hostile au roi qu'on peut l'être, et Turenne qui le sert. Il y avait belle heurette que Louis XIV voulait participer au combat. Après tout, n'était-ce pas son royaume qu'on voulait mettre en pièces ? Anne d'Autriche, longtemps rebelute, mais vivement chapitrée par Mazarin, y consentit, et le seize juillet 1653, Louis partit au front à la tête de troupes fraîches, et en compagnie de Mazarin que sa mère avait prié de veiller sur lui. Louis XIV avait alors quinze ans et il était fort robuste pour son âge, qui plus est, cavalier fougueux et infatigable. Turenne l'accueillit en son camp de Saint-Agis, et en son honneur les canons tonnèrent, accompagnés de salves de mousquets. Louis demanda aussitôt qu'on attaquât l'ennemi. Turenne porta ses troupes sur la rive gauche de l'Oise, et là, sans engager sérieusement la bataille, il escarmoucha les avant-postes de Condé. Peux-je ajouter qu'une escarmouche est un petit combat entre avant-gardes amies et ennemies, parfois inopiné, souvent fait pour tâter les défenses de l'adversaire. Il va sans dire que Turenne prit bien garde de ne pas mettre le roi ès lieux périlleux. Cependant, tant il était fougueux, Louis se porta, malgré les défenses de son mentor, bien trop souvent en avant à la portée des mousquets de l'ennemi.

Louis resta plusieurs mois avec Turenne, n'appétant, comme son grand-père et son père, qu'à être un roi-soldat. Ce qu'il fut, et même un peu trop, comme l'avenir le montrera.

Rien ne le décourageait, ni la froidure, ni la

pluie. Sa vigueur physique faisant l'étonnement de tous. Il pouvait rester quinze heures à cheval, ce que sa suite, dont j'étais, souffrait difficilement. Certains disaient de lui *sotto voce* qu'il avait « *un cul d'acier* ».

Louis aimait son père, mais à mon sentiment il préférait son grand-père, ne serait-ce qu'en raison de son vif amour pour le *gentil sesso*. Et comme son grand-père, il aimait vivre avec les soldats, étant avec eux à la fois autoritaire et séducteur. Mais toujours extrêmement poli et n'omettant jamais, quand il traversait Paris en sa calèche, de saluer les Parisiens de son chapeau, mais je crois que j'ai déjà noté ce détail révélateur.

Naturellement il excellait en tous les exercices corporels. Il jouait fort bien à la paume. Son escrime était excellente. Il dansait fort bien et de façon si infatigable qu'il eût pu danser toute une nuit. Il aimait aussi les arts, la musique, la peinture, la comédie, tout ce qui n'avait que fort peu intéressé son père et son grand-père. Il aimait aussi l'architecture, et fit du petit château de Versailles, bâti pauvrement par son père, le chef-d'œuvre que l'on sait et que tous les rois d'Europe nous envièrent au point de le vouloir imiter.

Quant à la vêture, bien loin était le temps où Louis avait dit à un pauvre provincial mal fagoté : « Marquis, comme vous voilà fait ! » Des gentilshommes campagnards, pour être admis à Versailles, vendaient leurs champs. Toutes les clicailles partaient en parfums, fards, poudres, hauts talons, vertugadins et perruques. Il fallait être duc ou prince pour qu'on vous donnât une chambre à coucher, et la Dieu merci, la princesse de Guéméné en avait une.

Le métier de courtisan était fort harassant, car il fallait assister debout au lever du roi, debout à son déjeuner, debout à son dîner, debout à son souper, les tabourets étant réservés aux duchesses et aux princesses.

Les lieux d'aisance, comme vous savez, n'existant pas, et n'ayant pas été prévus par les architectes qui avaient construit Versailles, les grands seigneurs étaient suivis d'un valet portant sous son mantel un pot. Si le temps était beau, le parc offrait des bosquets où d'autres valets vous tendaient un grand seau déjà à demi plein. Pour les dames, il fallait de force forcée avoir une amie qui possédât une chambre au château. Si elles n'avaient pas cette précieuse amie, elles se soulageaient dans quelque coin de l'immense château. Des valets et des chambrières avaient pour mission, de l'aube à la nuit, de parcourir les couloirs en épongeant les *liquides.* Cependant, l'odeur persistait.

Catherine ne vint qu'une fois à Versailles et

c'était à mon sentiment moins par intérêt pour l'architecture que pour user des privilèges du tabouret réservé aux duchesses. Mais elle resta peu, tant le dévergognement des dames de ce lieu la chiffonna. De retour en notre chacunière, elle donna libre cours à son indignation. Tout y passa : le visage peinturluré de nos pimpésouées de cour, les décolletés indécents qui laissaient voir la moitié des tétins, les tailles indécemment serrées pour atteindre à la minceur imposée par la mode, les faux-culs qui donnaient de l'ampleur à la croupière, laquelle toutes ces dames dandinaient en marchant, pour citer mon épouse une deuxième fois, « comme putains d'étuves ».

Notez, belle lectrice, que Catherine n'avait jamais vu une étuve de sa vie, l'Eglise les ayant fait supprimer avant même qu'elle naquît, et ce fut grande pitié, lecteur, car si les Parisiens y gagnèrent en vertu, ils y perdirent en propreté.

Le premier mars 1658, bien je me rappelle mon encontre avec le cardinal Mazarin. Il occupait meshui la place de Richelieu, mais ce n'était pas le même occupant. Richelieu était Zeus olympien, la foudre en mains, l'œil perçant, la parole brève et décisoire. Mazarin, lui, était suave, conciliant, souple, éloquent, charmeur, ce pour quoi il plaisait tant aux dames de la Cour, lesquelles eussent essayé de le capturer de leurs blanches mains, si la reine ne les avait devancées, ce qu'elle exprimait devant la Cour en plaçant sa belle main sur l'épaule de son ministre, ce qui voulait dire tout à la fois que Mazarin était son sage mentor en la régence du royaume, mais aussi qu'il était à elle, et malheur à l'impudente pimpésouée qui essayerait de le lui prendre.

— Duc, dit Mazarin de sa voix à laquelle son italien natal donnait une intonation chantante, ni la régente ni le jeune roi ignorent les services admirables que votre grand-père, votre père et vous-même avez rendus à nos rois, tant est que le nom d'Orbieu, à la Cour, est devenu synonyme de fidélité.

Après ce superbe éloge auquel je répondis par un grand salut, mon genou touchant presque la terre, Mazarin reprit d'une voix plus rapide :

— Duc, voici ce qu'il en est. Les Espagnols, une fois de plus, ont sailli des Pays-Bas, nous ont envahis, et se sont emparés de Dunkerque. Je trouve insupportable ce petit jeu de places perdues et reconquises, mais cela ne va pas nous empêcher de reprendre Dunkerque. Turenne, avec une forte armée, est parti déjà pour en faire le siège. La reine, le roi, moi-même, et vous, ajouta-t-il avec un sourire, nous les suivrons, et nous prendrons gîte à Calais. Votre mission alors sera de traverser la Manche, afin de rappeler aux

Anglais notre alliance avec eux et de les presser de mettre le blocus avec leurs vaisseaux devant Dunkerque. S'ils réussissent cette manœuvre, ajouta-t-il, nous leur donnerons Dunkerque, une fois que nous l'aurons prise.

Je fus, je dois le dire, plongé dans la plus grande perplexité quand j'appris que Mazarin donnerait Dunkerque aux Anglais, s'ils nous aidaient à l'arracher des mains des Espagnols. Je m'en ouvris dans mon cabinet à Fogacer devant un bon flacon de mon vin de Bourgogne, et en présence de son petit clerc Babelon que j'évitai de regarder, de prime parce que je ne voulais pas éveiller la jalousie de Fogacer, et aussi parce que je regrettais une fois de plus que le Seigneur n'eût pas choisi de le faire naître fille. Il aurait eu si peu à faire.

— En effet, dit Fogacer, c'est un sacrifice étonnant que de donner Dunkerque aux Anglais après qu'on eut fait tant d'efforts pour leur arracher Calais. Cependant, nous y gagnerons prou. Désormais, ce sera aux Anglais à veiller sur notre côte Atlantique et à en écarter les flottes espagnoles. Au fond, il nous supplée dans une défense que nous ne pouvons plus nous-mêmes assurer, notre flotte depuis la mort de Richelieu n'ayant été ni entretenue ni augmentée. « Bel exemple d'inconstance française », dirent de nous les Anglais, et là-dessus je ne leur donne pas tort.

« Cher duc, reprit Fogacer, quand donc partez-vous ?

— En même temps que le roi, la reine-mère, le cardinal, et pour la même destination, Calais. Turenne et son armée nous ont devancés et ont déjà encerclé Dunkerque.

— Et Mazarin vous a-t-il dit pourquoi il vous avait recruté ?

— Oui. Il veut que je passe de Calais à Douvres afin d'aller trouver les Anglais et de raviver notre alliance avec eux par des promesses précises.

— Dieu bon ! Traverser deux fois la Manche au milieu des gros vaisseaux espagnols grouillant comme requins dans l'eau. Pour l'amour du Ciel, ne le dites surtout pas à Catherine.

— Pour elle, je ne serai à Dunkerque que pour interroger les prisonniers espagnols.

— Voilà le bon d'être un mari infidèle ! Il sait mentir. Il est vrai que les Anglaises ne sauraient vous séduire. Elles faillent fort, dit-on, en tétins.

— Babillebahou ! C'est une légende. Elles sont aussi bien garnies que les Françaises.

— C'est donc que vous avez déjà semé vos folles avoines dans les champs d'outremer.

— A cette question, chanoine, je ne répondrai mie, ne voulant me confesser qu'à mon confesseur. Il est jésuite et répond avec bonté à mes bontés.

*

* *

Lecteur, Dieu merci, Londres était toujours là, avec ses beaux monuments, ses rues lassantes où toutes les maisons sont faites à l'identique, ses palais magnifiques et mal chauffés, l'accueil à la fois courtois et distant de ses habitants, et cette langue légère et élégante qui fait le bonheur des poètes.

Ma première visite ne fut évidemment pas pour Cromwell, mais pour My Lady Markby qui m'accueillit à bras ouverts, ce qui, dans ce cas, ne fut pas qu'une métaphore, car elle me serra contre elle à m'étouffer. C'est seulement quand ces furieux embrassements eurent pris fin que je pus lui conter ma mission, et quérir d'elle ce qu'elle en pensait. Je lui contai de prime ce que je venais faire à Londres et lui demandai si Cromwell entrerait dans mes vues.

— Pour sa flotte, oui, dit-elle, surtout si vous lui donnez Dunkerque. Mais je doute que vous obteniez de lui qu'il mette à votre disposition ses « têtes rondes ».

— Et pourquoi diantre, appelle-t-on ainsi ses soldats ? Pourquoi « les têtes rondes » ?

463

— Parce que, détestant la parure des cheveux, ils se rasent le crâne par humilité puritaine. Vous pensez bien que Cromwell ne permettra jamais à ces puritains de mettre un pied sur le sol français, de peur que les Françaises ne se jettent aussitôt sur eux pour les dévergogner.

— Dieu bon ! Sous quel règne vivez-vous !

— Ne vous y trompez pas. L'amour est irrépressible, et si même on l'opprime le jour, on ne saurait l'empêcher la nuit de s'épanouir. C'est alors que la belle, son domestique étant couché, déclôt son huis à sa bête, et avec sa bête danse joyeusement jusqu'à la pique du jour.

— Serais-je donc, dis-je en souriant, avec vous la bête que vous dites ?

— Assurément ! Croyez-vous échapper à mes griffes ?

— Me donnerez-vous encore le temps de vous poser question ?

— Si elle est courte, oui.

— Qu'est devenu le jeune de Vardes que j'ai confié à vos soins, après la terrible entorse qu'il avait faite au protocole de Louis XIII ?

— Rien ! Il était mou à frémir. Le jour, il dormait dans un de mes fauteuils. Et la nuit, jusqu'à midi, dans son lit. Tel qu'il était, il plut à une riche Ecossaise, qui l'a marié et emporté aussitôt en Ecosse. Je serais curieuse de savoir ce qu'elle a pu tirer de ce mollasson.

Grâce à Lady Markby, je n'attendis que deux jours et deux nuits chez elle avant d'être reçu par le Lord-protector, comme Cromwell est appelé céans. Son apparence ne me déçut pas. On était loin ici des perruques, des dentelles et des perles de la Cour de France. Sa vêture était noire, austère, fermée par un col blanc. Toutefois, au contraire du plus simple de ses soldats, sa chevelure n'avait pas été sacrifiée à l'ascétisme puritain. Il la portait longue, tombant jusqu'aux épaules. Le front était bombé, le menton fort, le nez gros. Une moustache courte apparaissait sur sa lèvre, mais n'était pas accompagnée d'une mouche sous la lèvre inférieure.

Il me reçut debout, ce qui, je suppose, était une manière de me faire comprendre que notre temps était compté. Il m'appela Lord d'Orbiou, je l'appelai Lord-protector, et lui dis que le roi de France désirait resserrer l'alliance qui unissait son royaume et la Grande-Bretagne contre notre ennemi commun, l'Espagne. En conséquence, mon maître Louis XIV serait reconnaissant au Lord-protector s'il envoyait quelques navires devant Dunkerque pour bloquer l'Espagnol, tandis que le roi de France assiégeait la ville côté terre.

— My Lord d'Orbiou, dit Cromwell, cela est très faisable, surtout si le roi de France voulait bien bannir de son royaume la famille de Charles Ier qui s'y est réfugiée.

Cette requête m'embarrassa prou, car en la matière je pouvais difficilement engager Louis sans l'avoir consulté. Toutefois, je sentais aussi que, si je ne répondais pas, je perdrais la partie.

— My Lord-protector, dis-je, il serait contraire à l'hospitalité de la France de rejeter tout à fait ces personnes. En revanche, si la proximité de ces personnes est une gêne pour vous, nous pourrons y remédier, le roi de France pourrait les envoyer par exemple en royaume étranger dans une ville que nous y possédons.

— Et quelle serait cette ville ? dit Cromwell.

— La forteresse de Pignerol en Italie.

A mon sentiment, l'affaire était résolue, mais de toute évidence elle ne l'était pas encore dans l'esprit de Cromwell.

— My Lord d'Orbiou, reprit-il, accepteriez-vous qu'un de mes secrétaires vous suive en France et accompagne ensuite les personnes que nous avons dites jusqu'à Pignerol ?

Je trouvai cette méfiance presque offensante, mais Cromwell s'étant montré si roide en cette

466

négociation, je jugeai que je serais bien malvenu de regimber au dernier moment.

— L'affaire, dis-je, ne souffre pas de difficulté.

— Fort bien donc, dit le Lord-protector. L'affaire est close et résolue. Nos navires feront dès demain le blocus devant Dunkerque, et si une flotte espagnole vient à rescourre, nous la coulerons !

*

* *

— Monsieur, un mot de grâce : Cromwell tint-il ses promesses ?

— Magnifiquement. Il dépêcha dès le lendemain dix-huit vaisseaux pour le blocus marin de Dunkerque, et peu après Turenne investit la ville. Les Espagnols des Pays-Bas dépêchèrent bien une armée de secours, mais elle fut battue. Dunkerque capitula, et, selon nos promesses, fut remise aux Anglais. Fort heureusement, un peu plus tard Charles II d'Angleterre, ayant grand besoin de pécunes, nous revendit la ville et ses habitants pour cinq millions de livres.

— Qui parle ici par votre bouche ? Le duc d'Orbieu ou l'auteur ?

— L'auteur.

— Tant mieux. Je n'aimerais pas que vous ayez le don de prophétiser.

— Et de Cromwell, qu'advint-il ?

— Il y avait tant de force en lui qu'à le voir je l'eusse cru indestructible. Mais il mourut quelques semaines après ma visite.

— Et qui furent vos hôtesses à Calais ?

— Deux orphelines, Charlotte et Henriette.

— Et cela se passa bien ?

— M'amie, vous allez me faire passer pour un fat. Je demeurerai donc là-dessus bouche cousue.

— Votre bouche cousue en dit autant qu'un long discours.

— M'amie, je l'ai dit déjà. Les officiers du cantonnement, pour éviter les conflits, ne logent jamais les officiers dans une maison où il y a mari ou amant.

— Tant est que les tigresses affamées se jettent comme folles sur le nouveau venu.

— Je n'ai pas dit cela.

— Monsieur, ne vous hérissez pas ! D'ores en avant, je resterai là-dessus bouche cousue. Dites-moi plutôt ce que vous pensez du don de Dunkerque à l'Angleterre.

— Notre belle Dunkerque livrée à ces puritains ! C'est à pleurer de rage !

— Vous n'aimez donc pas les Anglais ?

— Que si ! Ils ont de grandes qualités, mais

ils ont un gros, gros défaut : ils ne regardent pas les femmes dans les rues. Beaux yeux, belle bouche, derrière dansant, tétins tantalisant, ils ne regardent rien.

— Cependant, ils font autant d'enfants que nous.

— C'est qu'ils obéissent à leur Bible : « Croissez et multipliez. »

— Monsieur, je n'en crois pas un mot. Leur ascétisme est d'apparence. Ils aiment leurs belles aussi fort que vous, mais pour ainsi dire en se voilant la face.

— Madame, après cette pétillante remarque, je ne peux que vous laisser le privilège féminin du dernier mot.

CHAPITRE XVI

Tandis que Turenne, après avoir pris Dunkerque, avait chassé les Espagnols des places maritimes qu'ils avaient prises sur les côtes françaises, Louis était tombé malade le six juillet 1658 à Mardick. Sans tant languir on le ramena à Calais, tant son état paraissait grave. Il souffrait d'une terrible migraine accompagnée d'une fièvre ardente et, ce qui inquiéta le plus les médecins, on voyait des taches pourpres et des bouffissures apparaître sur tout son corps.

Le *quina quina* des jésuites fit baisser quelque peu la fièvre sans faire disparaître la migraine et les taches. Il va sans dire qu'on purgea et qu'on saigna sans le moindre résultat. Pis même, on essaya les vésicatoires, qui n'eurent aucun résultat que d'ajouter des ampoules aux bouffissures qui couvraient déjà le corps du malade. Les médecins du roi y perdaient leur latin qu'ils savaient bien, et la médecine qu'ils savaient peu.

Comme son mal empirait jour après jour, on jugea son corps perdu et on commença à se préoccuper de son âme. Les prêtres apportèrent le saint viatique, et Louis communia avec une parfaite sérénité.

Les pimpreneaux et les pimpésouées de cour attendaient une issue fatale, non qu'ils eussent quelque mauvaise dent à l'encontre de Louis, mais être présents à la mort d'un roi était un événement si rare et de si grande conséquence que c'était quasiment un honneur d'y avoir assisté. D'aucuns de ces niquedouilles faisaient déjà la cour à Philippe, frère cadet de Louis, et son successeur éventuel.

Quand je la visitai, la princesse de Guéméné, qui était mal allante et couchée, voulut néanmoins me recevoir à son chevet. A vrai dire, toute languissante qu'elle parût, elle n'avait qu'une petite douleur au gaster, dont elle se faisait une grande affaire, alors qu'elle aurait cessé de soi, si elle avait consenti à se montrer moins gourmande.

— Mon âne de médecin, dit-elle d'un ton plaintif, s'obstine à me recommander de manger moins. C'est un grand fol. Je mange à ma faim, voilà tout, et qu'importe, puisque je ne grossis pas, sauf des tétins qui se sont quelque peu rondis.

— Mais, Madame, qui s'en plaint ? Les Anglais disent à juste titre qu'on n'a jamais trop d'une bonne chose.

— Mais j'ai aussi le ventre qui me douloit.

— Ne pensez-vous pas qu'il irait mieux, si je vous le massais, ou mieux même si je me frottais à vous ventre contre ventre.

— Monsieur, vous êtes sacrilégieux. Alors même que je me meurs, vous me proposez des choses affreuses. Que dirais-je au Créateur, si j'avais à me présenter demain à son tribunal, toute barbouillée des méchants péchés que vous voulez m'infliger ?

— Vous lui diriez que vous aimez votre prochain comme vous-même, ce qui vous a amenée à quelques petits excès.

— Monsieur, vous êtes un méchant. Je ne sais si je vais vous aimer davantage. Votre bon roi se meurt, et vous n'avez en tête que des paillardises.

— Pardonnez-moi, Madame, le roi ne se meurt pas du tout. Un de nos médecins a eu l'idée de lui administrer un émeutique, et aussitôt, par la porte du haut comme par la porte du bas, Louis a rejeté d'énormes quantités de matières noirâtres. Tant est qu'il est meshui,

473

sinon tout à fait rebiscoulé, à tout le moins sur le chemin de l'être.

— Voilà, dit la princesse, une nouvelle excellentissime. Merci mille fois, mon Dieu, pour nous avoir gardé un si bon roi. Et d'autant plus que cette mort funeste eût été suivie d'une autre calamité : l'accession au trône de son frère Philippe. Dieu ! Le Ciel a eu raison de le faire naître après Louis. Mais ce que le Ciel a fait, le Ciel peut le défaire, et l'aîné mort, donner le trône au cadet me paraît bien dangereux.

— Vous n'aimez donc pas Philippe ?

— Tout au rebours, j'aime assez, comme disent nos prêtres, « sa terrestre guenille ». Il a de beaux yeux noirs, des boucles brunes toujours bien testonnées, et la bouche vermeille. Je dirais cependant, avec tout mon respect, que Philippe a beaucoup plus à se glorifier dans la chair que dans les mérangeoises. Quant à la volonté qui abonde chez son aîné, elle est, chez Philippe, molle et vacillante.

— M'amie, vous parlez si bien de Philippe que j'aimerais ouïr votre avis sur le roi.

— Si je le fais, vous ne manquerez pas d'être jaloux.

— Je le suis donc déjà.

— Eh bien, je dirai de prime que c'est le plus bel homme et le mieux fait de son royaume.

— Madame, vous vous avancez beaucoup. Connaissez-vous tous les autres ?

— Nenni, mais je me fie à ce qu'en disent mes amies.

— Je me défie de ces témoignages. Pour les femmes, l'être aimé est toujours le plus beau.

— En ce qui me concerne, mon cher, c'est vous. Et je placerais Louis en second.

— Eh bien, décrivez-moi dès lors mon second.

— Mais de prime, m'ami, asseyez-vous à mon chevet et grattez-moi très légèrement le ventre qui me douloit, vous me ferez du bien.

— Comme ceci, m'amie ?

— C'est fort bien, mais gare si votre main s'égare.

— Je la surveillerai.

— Et vous ferez bien, car je me confesse demain à mon jésuite, et je voudrais, pour une fois, ne pas avoir à lui avouer un péché de chair.

— De toute façon, s'il est jésuite il trouvera bien une « opinion probable » pour vous le pardonner.

— Monsieur, vous êtes si mécréant, que je suis meshui tout à fait assurée que vous finirez en enfer.

— Madame, si je vous y retrouve, l'enfer sera pour moi un paradis.

— Moi en enfer ! Moi qui donne tant de

pécunes chaque dimanche aux quêtes de mon curé, moi, je serais mise en enfer ?

— M'amie, ce n'est pas votre curé qui décidera de votre salut, mais Dieu. Madame, pardonnez-moi, nous nous égarons. Parlez-moi plutôt de mon « second », puisque second il y a.

— Notre roi est grand, bien fait, les jambes belles. Il a l'air à la fois fier et agréable.

— Agréable ?

— C'est vrai qu'il est haut assez, mais en même temps il y a dans son visage un je ne sais quoi que je trouve charmant. En outre il danse à ravir. Il excelle en tous les jeux et exercices du corps. En outre, si jeune qu'il soit, il sait déjà la guerre, et la fait bien, avec audace et circonspection.

— Voilà donc enfin un homme parfait !

— Sauf, pourtant, qu'il est un peu trop sensible aux charmes du *gentil sesso*.

— En quoi, Madame, il est humain, et cette humanité le rapproche encore plus de ses sujets.

— Monsieur, j'ai encore une question, mais je redoute qu'en vous la posant, je vous donne à penser que je pourrais vous emprunter quelques pécunes dont je n'ai nullement besoin, étant moi-même fort bien garnie.

— M'amie, posez votre question. Tout indiscrète qu'elle soit je vous y répondrai, d'autant plus que, venant de vous, elle ne peut être qu'amicale.

— La voici. Etes-vous riche ? Je vous dis tout de suite que c'est simple et simplette curiosité car je n'ai pas le dessein de vous emprunter pécunes et clicailles.

— Madame, je vais vous répondre en toute sincérité. N'étant pas ministre, je n'ai rien à cacher. Voici, puisque vous le désirez, le détail de mes revenus. Je suis, comme vous savez, membre du Grand Conseil, et en cette capacité le roi me rémunère.

— Beaucoup ?

— Passablement. *Secundo,* dès lors que le roi m'emploie à des missions diplomatiques en pays étrangers, il me rémunère très largement. *Tertio*, mon père m'a légué quelques grosses sommes de pécunes, lesquelles je place, comme lui, chez d'honnêtes juifs à des taux élevés.

— Mais c'est là, mon cher, de l'usure, et l'usure est un gros péché.

— En effet, mais remarquez cependant, Madame, que ce gros péché est commis par les juifs. Je suis, moi, blanc comme neige. Continuerai-je ?

— De grâce, Monsieur.

— Je possède aussi en Paris un hôtel particulier que je loue à grand prix à un grand prince, lequel y loge une grande dame qui jouit d'une grande réputation de vertu et ne voudrait pas la perdre.

— Si vous savez ce que ces deux-là font dans votre hôtel, il me semble que vous êtes, vous aussi, coupable.

— Absurde accusation, Madame ! Si ce grand personnage tuait sa bien-aimée en mon hôtel, serais-je un assassin ?

— Une dernière question, m'ami, et la plus indiscrète. Etes-vous économe ?

— Je ne suis ni chiche-face ni pleure-pain, mais j'ai toujours tâché de modérer mes dépenses. Hélas, avec Louis XIV, c'est devenu tout à trac impossible. Il veut que les Grands qui le servent soient, je ne dirais pas, aussi fastueux que lui, mais montrent clairement leur rang par leur belle vêture et leur somptueux équipage.

— Une chose m'étonne. Vous n'avez pas mentionné votre domaine de Monfort l'Amaury comme source de vos revenus.

— C'est que ladite source de revenus est si imparfaite. Les vaches maigres succédant aux vaches grasses, et inversement. Madame, je vous ai répondu sans rien déguiser, pouvez-vous me dire, meshui, à quoi rime cette inquisition ?

— Je me suis alarmée des insinuations que les pimpreneaux et pimpésouées de cour répandaient sur votre « pauvreté », ne pouvant expliquer que par là la modestie de votre attifure.

— Dieu bon ! Que les temps sont changés ! Louis XIII a vivement combattu le luxe de ses courtisans, pour la raison que des gentilshommes campagnards allaient jusqu'à vendre leurs biens pour s'offrir des attifures qui leur permettaient d'entrer dans le château du roi.

— Monsieur, veuillez excuser mes indiscrétions. En voici d'autres, mais concernant le roi.

— Je vous ois.

— On dit qu'on songe à marier le roi, et d'autre part on dit aussi que Mazarin a fait venir toutes ses nièces d'Italie aux fins de les marier à des gentilshommes français de haut rang.

— Que voilà un oncle affectueux !

— Oui-da, la Cour en ricane. Mais ces mazarinettes, comme on les appelle, sont jeunes et débordent de charme italien. Il n'était besoin que de les polir un peu pour qu'elles brillent de tous leurs feux, ce qu'on fit en les envoyant dans un couvent pour leur apprendre le français et les bonnes manières. Elles s'adonnèrent à la fureur à cette étude, tant elles étaient pressées de retourner à la Cour et de s'y marier. Quand elles furent polies à la perfection, sans pour autant perdre leur charme italien, la reine Anne, qui avait mis au monde deux garçons, mais point de filles, fut attendrézie par les caillettes et étendit sur elles sa protection. Et à ceux qui s'en étonnaient, elle répondait naïvement, qu'ayant le même âge que

479

ses deux fils, elles seraient pour eux d'excellentes compagnes de jeux. « Majesté, dit Fogacer, c'est oublier que le mot "jeu" a plus d'un sens. »

Mais à cette saillie la reine ne cilla, ni ne sourit, et nos pimpésouées de cour entendirent bien qu'elle n'avait pas compris le sens de ces paroles. « On peut, dit la plus méchante d'entre elles, se glorifier de ses belles mains sans se glorifier de ses mérangeoises. »

Louis, qui n'avait reçu jusque-là de ses belles chambrières que des apaisements qui ne charmaient ni son esprit ni son cœur, fut conquis en un tournemain par la plus belle et la plus fine des mazarinettes : Maria Mancini. Et les choses allèrent si bon train que la reine et Mazarin finirent par s'alarmer de voir le jeune et fougueux roi donner des bals où il ne dansait qu'avec elle. Belle lectrice, vous vous en doutez, un roi de France n'épouse pas la nièce d'un cardinal. Le monde entier se gausserait de cette mésalliance.

On se hâta donc de marier la caillette au prince de Carignan, lequel était apparenté à la famille royale française. A ce sujet, nos pimpésouées de cour furent d'avis que certes marier le roi, c'était merveille, mais si la distance énorme des rangs entre le Pierrot et la Pierrette l'interdisait, il restait que, pour une Italienne, marier un prince français tenait déjà du miracle.

Il était évident que l'amour du *gentil sesso* se trouvait si profondément ancré dans le cœur et le corps du roi que le mieux qu'on eût à faire, pour éviter des mariages clandestins, était de le marier au plus vite au grand jour. La reine et Mazarin choisirent l'infante espagnole, et s'en ouvrirent à son père, Philippe IV. Le choix s'imposait, car la France et l'Espagne étaient en Europe les royaumes dominants et la guerre entre eux continuait interminablement. On pouvait donc espérer qu'un mariage pourrait ramener Louis XIV et Philippe IV d'Espagne du côté de la paix tant désirée, et qu'aucun des deux dans sa morgue n'oserait demander.

Par malheur, Philippe IV, tout en acceptant le projet de mariage, voulut taquiner un peu la France. L'Espagnol lanterna, tant est que Louis et Mazarin, pour le presser, feignirent de porter leur choix sur une fille de la duchesse de Savoie. L'affaire pressait, car Louis, passant de la brune à la blonde, s'était alors épris passionnément de Mademoiselle de La Motte Argencourt, fille d'honneur de la reine. A la parfin la reine fit venir le roi en ses appartements, lui chanta pouilles, lui dit, les larmes aux yeux, et le tétin houleux, que cet amour était sans espoir : « S'écarter des sentiers de l'innocence et de la vertu, dit-elle, est une mauvaise chose. » Elle semblait oublier qu'elle-même y avait contribué en poussant la Borgnesse dans le lit de son fils. Louis fit quelque résistance, mais la reine, qui, toute bonne âme qu'elle fût, savait faire preuve de cynisme pour parvenir à ses fins, l'emporta : de prime, elle accusa Mademoiselle de La Motte Argencourt d'avoir un autre amant, ce qui était faux, et comme Louis en doutait, elle serra la pauvre fille dans un couvent. Désirant survivre, la belle eut assez d'esprit pour déclarer qu'elle était parfaitement à son aise dans un couvent. Tant est qu'après le mariage du roi, on la libéra et elle revint dans le monde, riche en oraisons et en désillusions.

Philippe IV d'Espagne désirait ardemment en son for que Louis XIV épousât sa fille, car lui aussi voulait la paix avec la France, d'autant que l'or des Amériques ne suffisait plus à nourrir cette guerre interminable. Mais étant de sa nature outrecuidant et plein de morgue, il avait voulu lanterner le roi de France pour lui faire sentir qu'il était sinon plus grand, à tout le moins aussi grand que lui.

Louis, outré d'être traité d'une façon aussi cavalière, eût voulu rompre, mais le cardinal Mazarin imagina, pour presser les choses, un habile stratagème. Il organisa à Lyon une rencontre du roi avec sa cousine germaine Marguerite Yolande, fille de la duchesse de Savoie. La caillette était brune, bien faite et douce. Elle plut fort à Louis et, entrant dans le jeu, il ne laissa pas de la voir souvent. Aussitôt la rumeur d'un mariage, encouragé par le cardinal, entre les cousins de Savoie se répandit en Europe. Philippe IV le sut, et oubliant son lanternement, entra dans ses coutumières fureurs et s'écria « *Esto no puede ser, y no sera*[1] ».

Il s'égarait fort s'il se croyait le maître de la situation. Il n'avait pas le pouvoir d'empêcher l'union qu'il exécrait, et après ses emportements, revenant au bon sens, il dépêcha le marquis Antonio Alonzo Pimentel à Lyon. Le marquis remit en due forme à Louis une demande en mariage aussi pressante que courtoise. Cependant si fort était l'amour que Louis portait à Maria Mancini, qu'il subit encore bien des tourments avant de renoncer à elle et d'accepter le mariage espagnol.

Quant à Mazarin, il triomphait. Il signait le sept novembre 1659 avec les Espagnols un traité qui agrandissait prou le royaume de France. Et complément nécessaire pour donner à cette paix plus de solidité, l'infante Marie-Thérèse d'Espagne épousait Louis XIV...

Une clause originale, et qui s'avéra dange-

1. Ce mariage ne peut se faire et il ne se fera pas ! (esp.).

reuse, fut introduite dans le contrat de ce mariage. Marie-Thérèse recevrait de son père une dot de cinq cent mille écus d'or et moyennant cette somme, à la mort de son père elle renoncerait à ses droits sur la couronne d'Espagne. En effet, la loi salique qui excluait les femmes du pouvoir royal n'existait pas en Espagne, tant est qu'à la mort de son père, sa fille Marie-Thérèse, reine de France aurait pu devenir aussi reine régnante d'Espagne. Voilà qui était bel et bon, mais qu'arriverait-il si la dot de cinq cent mille écus d'or n'était pas versée, ce qui était fort probable, étant donné la faiblesse du Trésor espagnol. Ce renoncement de la reine de France aux droits de la couronne serait-il alors valable ? Vous verrez, lecteur, que ce problème va se poser bientôt.

*
* *

— Monsieur, un mot de grâce. Pour parler à la franche marguerite, je suis mécontente.

— De moi ?

— Nenni. De la reine. Je trouve qu'elle a fort mal agi avec Mademoiselle de La Motte Argencourt, *primo* en l'accusant mensongèrement d'avoir un amant, *secundo* en la serrant au couvent aux seules fins de la séparer de son fils.

— Belle lectrice, vous adressez-vous au duc d'Orbieu ou à l'auteur ?

— A l'auteur.

— Eh bien, l'auteur partage entièrement votre réprobation. Mais le duc d'Orbieu lui, étant de son siècle, ne trouvait rien à blâmer à l'absolutisme royal, ni les injustices, ni même les iniquités, qu'il ne pouvait qu'entraîner. Est-ce tout ?

— Monsieur, je trouve aussi que le stratagème de la fausse union de Louis avec la fille de la duchesse de Savoie était quelque peu puéril.

— Nenni, m'amie ! Ce qui réussit n'est jamais puéril. Permettez-moi de vous le rappeler. Le prétendu mariage de Louis avec Marguerite Yolande de Savoie effraya le roi d'Espagne et le fit sortir de ses lanternements.

— Certes, mais songez au chagrin de Marguerite Yolande qui n'est plus rien après avoir cru qu'elle allait devenir reine.

— Mais elle ne l'a jamais cru. Elle savait d'avance que ce « mariage » n'était que comédie. En outre, pour la remercier d'avoir si bien joué son rôle, on lui fit de beaux cadeaux et on la maria avec le duc de Parme, lequel, ne se contentant pas d'être duc, était aussi un homme immensément riche. Essuyez vos pleurs, belle lectrice. Aux Grands de ce monde, tout n'est que roses. Il leur suffit de naître.

*
* *

Ce n'était pas la première fois que France et Espagne mariaient leurs enfants. Le lecteur n'a pas oublié qu'en 1612 l'infant épousa Isabelle de Bourbon, et Louis XIII l'infante Ana, sœur du roi espagnol. L'échange des princesses se fit sur la Bidassoa, ce qui rendit ce fleuve célèbre, ainsi que l'île des Faisans où Français et Espagnols se réunirent. Ne croyez pas que ce double mariage fut un bonheur pour les épousées. Car elles allaient vivre loin de leur famille et de leur patrie, dans un pays dont elles ne connaissaient rien, à peine la langue, et dont elles ne pourraient plus jamais revenir. Car c'était la règle, rois et reines ne se visitaient jamais d'un Etat à l'autre.

Lectrice, encore que vous ne me posiez pas la question, je suppose que vous voudriez en savoir plus sur la Bidassoa dont le nom sonne si sinistrement à nos oreilles. Voici pour vous satisfaire. La Bidassoa est un fleuve côtier pyrénéen, il naît en Espagne et sert de frontière à la France pendant les dix derniers kilomètres de son cours. Son estuaire, passablement envasé, commence à Béhobie, et c'est là que se trouve la fameuse île des Faisans dans laquelle France et Espagne, après des guerres acharnées, signaient leurs traités de paix et mariaient leurs enfants.

Ce n'est pas, certes, la paix qui m'afflige — encore qu'entre ces deux royaumes elle ne dure jamais bien longtemps — mais l'exil définitif de ces princesses, qu'elles soient Françaises ou Espagnoles, et, bien entendu aussi, le fait qu'on ne leur demandait jamais leur avis, qu'elles étaient traitées comme des pions qu'on bouge d'un point à l'autre sur l'échiquier, au mieux des intérêts des rois, frères ou pères.

Plaise à vous de vous souvenir que dans cette partie de mes Mémoires intitulés *L'Enfant-Roi*, cette cruelle séparation ne fut que soupirs et sanglots entre Louis et sa sœur cadette, Elisabeth, qui fut remise sur la Bidassoa au prince des Asturies, l'homme qu'elle n'avait jamais vu, dont elle ne savait même pas la langue, et qui allait devenir son mari pour la vie.

Belle lectrice, puis-je meshui faire briller dans vos beaux yeux une lumière d'espoir ? Une seule fois, une guerre permit à l'exilée de revoir sa famille. Voici comment il en alla. Lorsque Louis XIII vainquit la Savoie et s'installa à Suse, il rencontra non seulement le duc de Savoie, mais aussi son beau-frère le prince de Piémont, et sur les instances pressantes de sa sœur, la princesse de Piémont laquelle, en son honneur, était habillée magnifiquement. Elle fit de prime à son frère une belle génuflexion, à laquelle il répondit par un profond salut, après quoi ils se jetèrent dans les bras l'un de l'autre et s'étreignirent éperdument. D'aucuns des nôtres en furent ébouriffés, mais Monsieur de Guron dit avec sagesse : « Le protocole est fait pour le roi, et non le roi pour le protocole. »

Je ne voudrais pas que vous croyiez que les princesses étaient seules mécontentes de ces mariages aveugles qui ressemblaient fort à une loterie. Les princes et les rois eux-mêmes épousaient des inconnues, et la déception pour eux, au moment du mariage, pouvait être tout aussi amère et profonde.

Tel fut, sans aucun doute, le sentiment de Louis XIV quand pour la première fois il encontra Marie-Thérèse. On lui avait dit que rien n'était si beau que l'infante. Hélas, il n'en était rien. Elle était fort petite, le menton prognathe des Habsbourg, les dents gâtées assez, le nez fort, le front très haut. Et elle était habillée à la mode espagnole, et c'est tout dire, étant enchâssée dans une « garde-infante », entendez des jupes montées sur des armatures métalliques qui, certes, la protégeaient des outrages, mais en revanche rendaient sa démarche lourde et disgracieuse. Quant à la coiffure, c'était un étrange mélange de rubans, de nœuds et de pendeloques qui cachait, Dieu sait pourquoi, son véritable trésor : de splendides cheveux blonds. Je ne sais si sa suite avait remarqué le mauvais effet que cet échafaudage avait produit sur les aregardants, mais le soir Marie-Thérèse portait pour coiffe un bonnet blanc qui ne l'embellissait pas davantage.

La Bidassoa franchie, on se retrouva en France et, Dieu merci, Anne d'Autriche, qui elle-même était passée par là, prit la pauvrette sous son aile. Ce n'est pas que la vêture française plût fort à Marie-Thérèse, qui se trouva quasiment étouffée par un étroit corps de baleine qui lui amincissait la taille certes, mais avait surtout pour but de mettre les tétins en valeur, lesquels, quoique juvéniles, étaient beaux. Grande compensation pour ces tribulations et grande nouveauté aussi, sa vêture était constellée de bijoux, de perles et de pierres précieuses, ornements entièrement déconnus en Espagne. Après le souper du soir, dans la demeure d'Anne d'Autriche, et l'heure fatidique s'approchant, elle fut prise de panique, et dit d'une voix trémulante et les larmes lui coulant des yeux, grosses comme des pois : « *Es muy temprano* » (il est trop tôt). Cependant, quand on vint lui annoncer que le roi était déshabillé, le ton changea.

— *Presto ! Presto !* dit-elle, *qu'el rey m'espera*[1].

On la mena jusqu'à la chambre nuptiale, on la déshabilla, on lui ouvrit les courtines et on les referma sur le couple.

Lecteur, vous le savez déjà, en de telles situations Louis XIV ne ressemblait en rien à son père. On ne lui avait jamais appris que le péché de chair menait tout droit à l'enfer. En revanche, les attentes, les fièvres et les tumultes de l'amour lui étaient connus de longue date. Il adorait le *gentil sesso*. Il savait l'adoucir par de longues caresses et de douces paroles, et la suite inévitable de cet ococoulement ne ressemblait en rien au forcement brutal d'une villageoise par un caïman des chemins.

Je fus témoin de ce mariage, non ce qu'on appelle d'habitude un témoin, mais ma connaissance de l'espagnol faisant de moi un inévitable truchement entre le roi et la reine, et ce fut mon labeur de les suivre partout (sauf toutefois derrière les courtines), et de les secourir dans leurs conversations. Et bien je me ramentois encore à ce jour un petit pourmenoir[2] qu'ils firent le long de la Bidassoa la veille de leur département pour Paris.

1. Vite ! Vite ! que le roi m'attend ! (esp.)
2. Promenade.

Je marchais derrière eux à faible distance, et je les voyais et oyais fort bien. Contrairement aux méchantes rumeurs des Espagnols, Louis ne devait pas sa taille élevée à sa perruque et à ses talons, mais à la nature. Il mesurait plus de six pieds de haut, et quand il était entouré de ses courtisans, il les dépassait tous d'une tête. Le lecteur le sait déjà, le visage était beau, la membrature carrée et les jambes longues.

Tout le long de ce pourmenoir, les époux parlèrent, et je les voyais alors de profil, ce que ne disaient pas les mots, leurs visages les trahissaient. Une certitude naquit alors en moi qui fut connue ensuite de toute la Cour. Ce mari inconnu, tombé tout soudain du ciel, Marie-Thérèse l'aimait de grande amour. Ses longs regards, ses frémissements et sa voix trémulante le disaient mieux encore que ses paroles. J'en fus rasséréné, et, belle lectrice, je vais vous en dire le pourquoi. Il me semblait que Louis ne pourrait pas rester insensible à une telle adoration, et que dans une large mesure elle pourrait lui faire oublier, ou à tout le moins rejeter au second plan, les imperfections de son épouse.

Dès qu'elle l'eut vue, la reine-mère de France l'aima et la protégea en réprimant du mieux qu'elle put les dauberies de nos pimpésouées de cour qui déjà avaient conclu que Marie-Thérèse n'avait guère à se glorifier dans ses mérangeoises. Le mot « sotte » n'était pas encore prononcé, mais il flottait, non sans raison d'ailleurs dans les hochements de tête, les petits plissements de lèvres et les petites moues dédaigneuses de nos pimpésouées de cour. Ce qui dès l'abord choqua le plus, c'est qu'elle n'arrivait pas à apprendre le français, tant est que pendant de longs mois on ne put parler avec elle que le castillan. Divers maîtres s'y usèrent langue et dents pour la faire passer du castillan au français, passage qui ne devrait pas être aussi difficile, les langues étant cousines. Le roi, de guerre lasse, en appela à moi, et j'entrai avec crainte dans la lice. J'avais raison de trembler. J'y fus d'abord bien, trop bien reçu, vu qu'à notre première encontre Marie-Thérèse me dit qu'elle m'adorait, et se jetant sur moi me baisa gloutonnement les lèvres.

Je fus au supplice de me trouver dans un prédicament qui pouvait me faire accuser de crime de lèse-majesté au premier chef, et je courus me confesser au confesseur du roi qui, si haut qu'il fût, voulut bien accepter de m'ouïr, après que je lui eus dit ce qui s'était passé. Il me conseilla de l'aller conter à la reine-mère, laquelle me dit : « Duc, ne vous inquiétez pas. La reine agit ainsi avec tous les hommes qui l'approchent. Mais comment la réprimander ? Physiquement elle a vingt-deux ans, c'est une femme, mais mentalement c'est une petite fille. La preuve en est que, si un quidam à la Cour dit quelque chose qu'elle trouve amusant, sans se soucier le moins du monde du protocole, elle se met à rire aux éclats et à battre des mains. »

Avec Mazarin, les relations se tendirent assez vite, car ignorant le protocole, elle ne sut pas user non plus de diplomatie. Ayant reçu du roi, sur le conseil de son ministre, dix mille écus pour ses étrennes, elle trouva la somme insuffisante. Et pourquoi, Dieu du Ciel ? Parce qu'elle avait appris que la reine-mère avait reçu douze mille écus. La chose aurait pu encore s'arranger, si elle s'était dérangée en personne pour réclamer le supplément à Mazarin. Mais non, elle dépêcha inconsidérément sa dame d'honneur. La réponse ne fut que des plus brèves : la reine aurait de l'argent quand il lui plairait d'en demander : entendez « elle-même », et non par l'intermédiaire d'une tierce personne. Hélas, Marie-Thérèse n'entendit pas la nuance. Elle garda fort mauvaise dent à Mazarin et, si je puis dire, ne se réconcilia avec lui qu'après sa mort, quand elle apprit qu'il lui avait fort galamment légué un bouquet de cinquante diamants taillés en pointe.

*

* *

Quand le roi quitta son palais parisien pour s'installer à Versailles, tout un chacun comprit qu'il se rappelait la fronde des Parisiens et voulait mettre, lui et sa famille, en telle position qu'elle ne pouvait plus être attaquée par le populaire. Cependant, il noulut donner au château un aspect guerrier avec créneaux et échauguettes. Il désira tout le rebours en faire une œuvre si belle qu'elle éblouirait l'Europe et ferait retentir son nom dans les siècles futurs. Pour bâtir le château, Louis dépensa beaucoup de pécunes, de temps, de rêve, d'études et aussi par malheur de vies humaines, car pas moins d'une dizaine d'ouvriers mécaniques trouvèrent la mort dans cette construction gigantesque. A la parfin, Louis détourna des fleuves pour donner à Versailles à la fois le miroitement des eaux et une splendide végétation. Cependant, il ne facilitait pas la vie à ceux qui le servaient, car la distance de Paris à Versailles rendait nécessaires des allées et venues, longues et coûteuses. Je dois dire qu'à cet égard Monsieur de Guron, qui comme toujours avait la tête bien vissée sur ses épaules, me donna un conseil plein de bon sens.

— Mon cher duc, dit-il, si vous ne voulez pas d'ores en avant passer toute votre vie à chevaucher de Paris à Versailles et de Versailles à Paris, en plus dans des encombrements de carrosses inextricables, vu le nombre de courtisans et d'officiers de Sa Majesté qui emprunteront le même chemin, il va falloir prendre une décision dramatique pour vous, celle de vendre votre hôtel parisien et d'acheter à Versailles un bel hôtel, avant que les prix ne haussent démesurément.

Il avait raison, et bien que la vente de mon hôtel parisien me déchirât le cœur, et plus encore celui de Catherine et des enfants, je me décidai pour cette solution.

Cependant, lecteur, vous ne pouvez pas ne pas deviner que la dame du logis avait son mot à dire en ce domaine. Et Catherine m'en dit non pas un, mais plusieurs, et avec véhémence.

— C'est folie pure, dit-elle, de vendre de prime votre hôtel parisien et d'acheter ensuite une maison à Versailles. C'est l'inverse qu'il faut faire, achetez d'abord la maison de Versailles le plus vite qu'il se peut, car il y aura foule d'officiers du roi et de ses proches serviteurs qui voudront y loger aussi, de sorte que vous ne pourrez plus acheter quoi que ce soit.

A ouïr ce propos, je me demandais si les femmes n'étaient pas plus douées que nous le sommes pour les affaires de la vie. Et la pensée me vint qu'elles le seraient tout autant pour les affaires de la grande politique si nous avions consenti à les en instruire.

Je suivis donc les conseils de Catherine, et

non sans lui avoir fait visiter au préalable, j'achetai une charmante maison à Viroflay, à une lieue de Versailles.

Il va sans dire que je me gardai d'articuler en public aucune des pensées que je viens de dire sur le *gentil sesso,* craignant les clabauderies de la Cour sur ces paroles insensées, et bien entendu, je n'en dis mot non plus à mon confesseur. Il m'aurait rappelé que le Seigneur avait façonné les femmes pour qu'elles « enfantent » dans la douleur et rien d'autre.

CHAPITRE XVII

— Monsieur, un mot de grâce. J'aimerais que vous me décriviez le sacre de Louis XIV, si du moins vous y avez assisté.

— Etant duc et pair, je ne pouvais que je n'y fusse.

— Et votre épouse ?

— Mon épouse tomba providentiellement malade la veille du sacre, ce qui lui permit de se soustraire à une cérémonie longuissime, répétitive et ennuyeuse.

— Monsieur ! C'est ainsi que vous parlez du sacre de votre roi ?

— Dont je suis un des plus fidèles serviteurs.

— On dirait pourtant que ce sacre vous chiffonne.

— Nenni, nenni. Je le crois nécessaire. A la minute même où son père meurt, le dauphin acquiert la royauté, mais le sacre confère à cette royauté « un caractère plus auguste, plus inviolable et plus saint ».

— Cette belle formule est-elle de vous, Monsieur ?

— Nenni. Du roi lui-même.

— Dès lors, pourquoi boudez-vous le sacre ?

— Je ne le boude pas. Je rechigne.

— Et pourquoi rechignez-vous, Monsieur ?

— Parce que l'Eglise a démesurément allongé la cérémonie. Plus courte, elle serait plus belle.

— J'ai remarqué que vous êtes souvent critique à l'égard de notre Sainte Eglise.

— Je la vénère. Mais cela me chagrine que son absolutisme l'ait conduite dans le passé à des décisions désastreuses.

— Par exemple ?

— Par exemple, elle a supprimé les étuves. Et en savez-vous la raison ?

— Nenni.

— La voici. Dans ces étuves, d'accortes laveuses savonnaient suavement le corps du client de leurs douces mains, et une fois qu'elles les avaient essuyées, il arrivait qu'elles leur proposassent des soins plus particuliers.

— Et ces soins étaient-ils acceptés ?

— Par quelques mécréants, dont je fus, mais la plupart des clients, assurément plus vertueux que moi, les refusaient.

— Qu'en concluez-vous ?

— Que l'Eglise supprima les étuves pour quelques caillettes trop prévenantes et quelques clients trop chaleureux. Elle ne se rendit pas compte qu'en prenant cette mesure, elle faisait le plus durable tort à la propreté des Français.

— Avez-vous d'autres reproches à faire à notre Sainte Eglise ?

— Hélas, oui. Au siècle dernier elle interdit aux médecins la dissection des cadavres.

— Et pourquoi cette interdiction est-elle si dommageable ?

— Mais voyons, belle lectrice, cela va de soi. Sans dissection, comment les médecins pourraient-ils étudier les organes et les fonctions du corps humain ?

— Et pourquoi l'Eglise a-t-elle interdit la dissection ?

— Parce qu'il fallait que les cadavres fussent intacts le jour du Jugement dernier.

— Intacts ? Disséqués ou non, ils ne le seraient sûrement pas.

— C'est ce que l'Eglise comprit enfin, et elle est revenue depuis sur cette sotte interdiction. La Dieu merci, la dissection meshui est tolérée partout.

— N'êtes-vous pas un peu sévère pour notre Eglise ?

— Je la vénère, mais je ne voudrais pas

qu'elle soit dans l'état où elle se trouve aujourd'hui. Je n'aime pas que le roi confie des évêchés à des cadets ignares de grande maison, lesquels vivent paresseusement dans des palais magnifiques, parfois même avec des concubines, payent mal, ou pas du tout, les curés des campagnes, ne donnent pas un sol pour l'entretien de leurs églises, et cependant lèvent une lourde dîme sur les paysans au moment des récoltes. Quant aux prêtres eux-mêmes, ils sont très peu et très mal formés à leur sacerdoce. Et à cet égard, j'en connais plus d'un qui ne mérite pas sa tonsure.

— C'est désolant.

— Ne vous désolez point. Même en ce siècle l'Eglise a fait des progrès, grâce à Monsieur Vincent.

— Et que fit ce Monsieur Vincent ?

— Il réinventa la charité. Il était né à Pouy dans les Landes. Fils de paysans pauvres, il avait beaucoup d'esprit et de souplesse et trouva toujours de puissants protecteurs grâce auxquels il put faire des études sérieuses. Devenu prêtre, il fut le plus zélé des prêtres. Revenu à Paris au service des Gondi, il découvrit la misère et les maladies des pauvres et donna alors un sens nouveau à l'Evangile du Christ. Il se souvint que l'amour des autres, recommandé par le Seigneur, impliquait le désir et le devoir de les secourir. La tâche charitable entreprise par Vincent de Paul fut de prime entravée par le mauvais vouloir de certains dévots, mais à la parfin il triompha de tous les obstacles, convertissant la noblesse, et recevant d'elle des subsides, fondant et organisant des missions charitables. Si ce n'est pas saint Vincent qui construisit La Salpêtrière, immense hôpital ouvert aux pauvres et aux mendiants, du moins en fut-il l'inspirateur.

*
* *

Le roi étant de moins en moins à Paris, je décidai d'acheter une maison des champs.

Je la trouvai à Viroflay. Un certain Monsieur de Brissac, qui voulait « finir ses jours » en sa province natale, me vendit sa gentilhommière pour une somme très raisonnable. C'était une maison élégante, avec deux tours, des fenêtres ouvragées, de belles cheminées dans chaque pièce, et quand on y eut installé des meubles, tout à fait agréable. Le domaine comprenait une grande ferme à proximité, fort bien garnie en chevaux, vaches, moutons, chèvres, oies et poules ; une petite forêt à l'orée de laquelle je vis quelques chaumières habitées par des paysans, lesquels étaient « à moi », m'avait dit Monsieur de Brissac. Il me recommanda par-dessus tout son fermier et sa femme, et me conseilla chaleureusement de les garder à mon service. Là-dessus, il prit congé de Catherine et de moi, juste à temps pour que je ne visse pas des larmes couler sur ses joues. Dès qu'il fut départi, je dépêchai Nicolas à la ferme pour dire au fermier que nous désirions le voir ainsi que son épouse. Celle-ci, je ne peux mieux la décrire qu'en la comparant à notre bonne nourrice Honorée. Tout, chez elle, était excessif : la bedondaine, le fessier, le tétin. Mais cette abondance de chair n'enlevait rien à la bénignité de son regard et à la douceur de sa voix. En contraste, son mari était petit et vigoureux. Après un salut, il me dit son nom et celui de sa femme. Il s'appelait Erwane, et sa femme Gwenola. Il va sans dire qu'ils avaient aussi un nom de famille qui était Nedelec.

— Vous êtes donc tous deux Bretons, dis-je avec un sourire, et partant de fort bonnes gens.

— Nous faisons de notre mieux, Monseigneur, dit Nedelec en rougissant, mais fort heureux, me semble-t-il, que je fisse à la fois l'éloge de la Bretagne et des Bretons.

Je lui demandai alors quels gages Monsieur de Brissac lui baillait.

— Mais aucun, dit Nedelec avec surprise. Nous avions le logis, l'eau, le bois de chauffage, et une part des légumes et des œufs.

— Nedelec, dis-je, il me semble que ce retour en Bretagne ne vous réjouit guère.

— En fait, Monseigneur, pas du tout. Ma sœur, chez qui je logerai, babille comme cascade, et mon beau-frère est une bête brute qui bat sa femme, fouette ses enfants et maltraite le laboureur. En outre, il est chiche-face et pleure-pain à faire frémir, et si je travaillais pour lui, ce qui est tout à fait exclu dans mon esprit, le labeur serait prou, et les gages, petits.

— Dans ces conditions, pourquoi ne demeurez-vous pas céans dans vos pénates en dirigeant comme devant la ferme ?

— Ah, Monseigneur, Monseigneur ! s'écria Nedelec, je n'eusse osé le quérir de vous, mais ce serait pour moi et ma femme grande joie et soulas de demeurer céans.

— Adonc ! dis-je en lui baillant une tape sur l'épaule, c'est résolu. Vous demeurez. Une question encore, Nedelec, dis-je, ne touchant pas de gages ; comment faisiez-vous pour la vesture et le soulier ?

— Hélas, nous vendions pendant plusieurs jours des œufs dont nous devions nous passer, ce qui nous imposait un jeûne désagréable.

— Voilà une vesture qui coûtait cher à votre gaster.

— Oh pour ça, nous avions toujours les légumes !

— Aviez-vous congé le dimanche ?

— Seulement le matin pour ouïr la messe, laquelle était chantée et longuissime, Monsieur de Brissac, votre prédécesseur, étant si pieux.

— Ai-je bien ouï ? Il était pieux ?

— Ah, Monsieur, pour la prière il ne craignait personne. Cependant j'aimais assister à la messe du dimanche.

— Pourquoi cela ?

— Parce qu'une fois à genoux sur les dalles, je pouvais couvrir mon visage de mes mains pour prier, mais au lieu de prier je dormais comme loir. Cependant, je ne voulais pas léser par là le Seigneur, et chaque soir sur ma paillasse, juste avant que mon sommeil me dorme, je faisais une prière au Seigneur Dieu pour qu'Il me pardonne d'avoir dormi au lieu de prier en son église.

— Et croyez-vous qu'Il vous ait pardonné ?

— Oui-da ! J'en suis bien assuré. Il pardonne tout à tous, comme un père à ses enfantelets.

*
* *

Le soir venu et les courtines tirées, je contai à ma Catherine notre entretien avec Nedelec. Les bougies parfumées étaient allumées sur notre table de nuit comme à l'ordinaire. Quand j'eus fini ma râtelée, Catherine me dit avec un petit sourire :

— Si je vous entends bien, vous allez meshui donner des gages à Nedelec ?

— C'est, en effet, mon intention. Ne seriez-vous pas d'accord ?

— Assurément, je le suis.

— Expliquez-moi alors pourquoi vous souriez ? Etes-vous en train de me dauber ?

— Tout le rebours, je suis par vous attendrézie.

— Et pourquoi ?

— Tant d'hommes sont si pleure-pain et chiche-face ! Je vous sais gré de n'être pas l'un d'eux.

— Et pour moi, m'amie, je vous sais gré d'être ce que vous êtes. Si le Seigneur voulait vous remodeler âme et corps, je Lui supplierais de n'en rien faire.

Je ne sais pas si Catherine en son for, mais sans en piper mot, ne regrettait pas Paris et ses merveilleux magasins, car ce n'est certes pas à Viroflay qu'elle allait trouver les robes, les bijoux et les parfums dont elle était raffolée. C'est pourquoi, observant son silence, je lui promis qu'une fois par semaine, du moins si le roi m'en laissait le loisir, nous irions déjeuner et dormir en notre hôtel parisien, ce qui serait aussi une fort bonne occasion pour nous de nous assurer que les soldats et les servantes que nous y avions laissés avaient bien pris soin de notre logis.

J'avais laissé en mon hôtel parisien un tiers de mes soldats, et d'eux je n'avais rien à craindre : Hörner les avait triés sur le volet avant de me les louer. C'étaient de bons Allemands, solides et disciplinés, et qui veilleraient sur mon hôtel comme sur une église. Il est vrai que mon escorte, de ce fait, était un peu maigrelette pour me présenter à la Cour, qui séjournait alors à Vincennes, où Mazarin agonisait, si gravement atteint qu'on attendait sa mort d'une minute à l'autre. Louis allait le voir deux fois par jour, mais ne demeurait que deux ou trois minutes, les médecins craignant la contagion. Le pauvre Mazarin mourut le neuf mars 1661, et à peine eut-il expiré que nos pimpreneaux de cour s'interrogeaient sur la personne qui allait lui succéder comme premier ministre.

Ils n'eurent pas à attendre longtemps. Le lendemain de la mort de Mazarin, Louis convoqua dans la chambre de la reine-mère — où se tenaient à l'ordinaire les Conseils — les princes, les ducs et les ministres d'Etat, et dévoila son dessein.

— Messieurs, dit-il, j'ai pris la résolution de commander moi-même mon Etat en ne me reposant que sur mes propres soins. Je n'aurai donc pas de premier ministre. Cependant, j'aurai besoin de vos bons avis, et je ne manquerai pas de les quérir de vous.

Là-dessus, après un courtois salut, il baisa les belles mains de la reine-mère, et se retira, plongeant les princes, les ducs et les ministres d'Etat dans un profond silence, lequel fut rompu par la reine-mère qui, levant ses belles mains au ciel, demanda :

— Messieurs, pouvez-vous m'expliquer, de grâce, ce que cela veut dire ?

Un grand silence suivit, et comme personne n'osait mot piper, je pris sur moi de répondre à la reine.

— Majesté, dis-je, cela veut dire qu'après la mort de Mazarin il n'y aura plus de premier ministre. Le roi, pour citer ses propres paroles, « tiendra seul le timon ».

HISTOIRE CONTEMPORAINE

Moncada, premier combat de Fidel Castro, Laffont, 1965, épuisé.
Ahmed Ben Bella, NRF, 1985.

THÉÂTRE

Tome I : *Sisiphe et la mort, Flamineo, Les Sonderling*, NRF, 1950.
Tome II : *Nouveau Sisiphe, Justice à Miramar,*
L'Assemblée des femmes, NRF, 1957.
Tome III : *Le Mort et le Vif* suivi de *Nanterre la Folie*
(adaptation de Sylvie Gravagna), Editions de Fallois, 1992.
Pièces pies et impies, Editions de Fallois, 1996.

ESSAIS

Oscar Wilde ou la « destinée » de l'homosexuel, NRF, 1955.
Oscar Wilde (1984), Editions de Fallois.

EN COLLABORATION AVEC MAGALI MERLE

ERNESTO « CHE » GUEVARA, *Souvenirs de la Guerre*
révolutionnaire, Maspero, 1967.
RALPH ELLISON, *Homme invisible,* Grasset, 1969.
P. COLLIER et D. HOROWITZ, *Les Rockefeller,* Le Seuil, 1976.

Composition réalisée par JOUVE

Imprimé en France sur Presse Offset par

BRODARD & TAUPIN

GROUPE CPI

La Flèche (Sarthe).
N° d'imprimeur : 23354 – Dépôt légal Éditeur 45243-06/2004
Édition 1
LIBRAIRIE GÉNÉRALE FRANÇAISE - 43, quai de Grenelle - 75015 Paris.
ISBN : 2 - 253 - 10921 - 5